Max Meier-Jobst
Der große Kamerad

Roman nach Motiven von
Alain-Fournier

Bibliografische Information der Deutschen Nationalbibliothek: Die Deutsche Nationalbibliothek verzeichnet diese Publikation in der Deutschen Nationalbibliografie; detaillierte bibliografische Daten sind im Internet über http://dnb.dnb.de abrufbar.

© 2019 Max Meier-Jobst

Umschlagfoto © Jhandersen (via Dreamstime.com)

Herstellung und Verlag: BoD – Books on Demand, Norderstedt

ISBN: 9783743149045

Vorwort

Es gibt Bücher, die sind wie gute Freunde. Sie begleiten einen das ganze Leben. So ein Buch ist für mich „Le Grand Meaulnes". Die Geschichte ist genauso wunderschön und traurig wie die seines Verfassers. Es blieb der einzige Roman des Franzosen Alain-Fournier. 1914, nur ein Jahr nach der Veröffentlichung, fiel er im Ersten Weltkrieg. Sein Werk machte ihn weltberühmt, unsterblich. Und doch ist er in Vergessenheit geraten. Auch ich hätte ihn wohl nie gelesen, würde „Der große Kamerad", so einer der deutschen Titel, nicht zu den Lieblingsbüchern meines Vaters zählen.

Obwohl wir so unterschiedlich sind, zu ganz anderen Zeiten und unter völlig verschiedenen Voraussetzungen aufwuchsen, hat diese Geschichte nicht nur seine, sondern schließlich auch meine Jugend geprägt. Und doch habe ich sie ganz anders gelesen als er. Zwischen den Zeilen dieser vermeintlich so altmodischen Liebes- und Abenteuergeschichte spürte ich von Anfang an eine homoerotische Faszination, die ihm völlig fremd geblieben war.

Die Frage, wie Alain-Fourniers Figuren gelebt hätten, wären sie in meiner Gegenwart groß geworden, hat mich nie losgelassen. Also habe ich es nun einfach gewagt: sie in die Zeitmaschine meiner Fantasie gesetzt und genau ein Jahrhundert später wieder herausgelassen – Ende der 1990er, in der Zeit meines Heranwachsens. Auf einmal sind nicht mehr die Pferdekutschen, sondern die einst noch so moderne Eisenbahn nostalgisch. Die digitale Revolution schickt bereits ihre Vorboten, doch das wahre Abenteuer des Erwachsenwerdens findet noch immer offline statt.

Die Zeiten ändern sich, die Gefühle nicht. So wie einst mein Vater und später auch mir ergeht es vermutlich jeder Generation. Schon in der Adoleszenz beginnt sie: die ewige Sehnsucht nach dem erloschenen Paradies der Kindheit. Bei der Arbeit an diesem Roman durfte ich endlich ein Stück des Weges zu jenem verlorenen Land, das auf keiner Karte zu finden ist, gemeinsam mit dir zurücklegen, lieber Vater. Dafür danke ich dir von Herzen.

I. Das Abenteuer

1

An einem Novembertag in den späten Neunzigerjahren kam er zu uns. Ich sage noch immer „zu uns", dabei ist es gar nicht mehr mein Zuhause. Vor vielen Jahren bin ich weggezogen und werde bestimmt nicht mehr dorthin zurückkehren.

Wir wohnten in Sichtweite des Schulzentrums von Großburgdorf. Mein Vater, den ich während der Schulzeit wie alle anderen mit Herr Plötz ansprechen musste, unterrichte Englisch und Geschichte und war der Direktor des Gymnasiums, meine Mutter Lehrerin an der angeschlossenen Grundschule.

Der Schulweg war eine Sackgasse am Ortsrand, an deren Ende wir wohnten, in einem ganz normalen, etwas in die Jahre gekommenen Einfamilienhaus. Während man vom Vorgarten und den Räumen auf der Südseite direkt auf das schräg gegenüber liegende Schulgelände blicken konnte, sah man von der anderen Seite soweit das Auge reichte nur Felder. Es war ein unspektakulärer Ort, an dem ich die aufregendste Zeit meines Lebens verbrachte und von dem aus all meine Abenteuer begannen.

Die Versetzung meines Vaters auf den Posten des Direktors hatte uns nach Großburgdorf geführt. Meine Mutter war damals noch zu Hause, erst Jahre später bekam sie eine Stelle an der Grundschule und begann wieder zu arbeiten. Anders als mein Vater hat sie mich nie unterrichtet.

Immer wieder versuche ich mich daran zu erinnern, wie ich damals am Tag unseres Einzugs zum ersten Mal aus dem Fenster meines Zimmers im oberen Stockwerk sah. Ich weiß, dass er mir gefallen hat, dieser erste Blick in die scheinbar unendliche Weite der Felder. Doch die Erinnerung daran vermischt sich stets mit den unzähligen Malen in den Jahren danach, an denen ich aus genau diesem Fenster blickte und mir nichts sehnsüchtiger wünschte, als dass inmitten der friedlichen, menschenleeren Landschaft endlich irgendetwas passieren oder irgendjemand auftauchen möge.

Und irgendwann war er dann da. Acht Jahre nach unserem

Einzug in Großburgdorf kam Maraun. Ich war dreizehn. Es war ein kalter Mittwochnachmittag, der Winter kündigte sich an. Mein Vater war, wie jede Woche, bei der Vorstandssitzung des Heimatvereins, einem der vielen Gremien, denen er angehörte. Meine Mutter saß in ihrem Arbeitszimmer und strickte, nebenbei lief der Fernseher. Sie sah um diese Zeit immer ihre Arztserie auf dem kleinen Zweitgerät.

Ich beschäftigte mich währenddessen mit der Modelleisenbahn im Keller, las auf meinem Zimmer oder spielte heimlich harmlose, aber mir dennoch streng verbotene Computerspiele am PC meines Vaters. Es war die einzige Möglichkeit, überhaupt etwas zu spielen, da mir mein Vater noch nicht einmal einen Gameboy erlaubte. Das Fenster zum Vorgarten behielt ich dabei immer im Blick, falls er überraschend früher zurückkehrte. So waren unsere Nachmittage oft.

Ich weiß bis heute nicht, warum sie vorher nichts davon gesagt hatten. Damals glaubte ich, die Entscheidung, Maraun aufzunehmen, sei spontan gefallen. Genauso spontan wie er in mein Leben trat und alles veränderte. Doch meine Eltern mussten die Aufnahme eines Pflegekindes lange zuvor geplant haben. Als mein Vater an diesem Tag nach Hause kam, hatte meine Mutter das Gästezimmer längst hergerichtet.

Vom Arbeitszimmer sah ich, während ich wie immer etwas hektisch den PC herunterfuhr, das Auto meines Vaters kommen. Doch er war nicht allein, auf dem Beifahrersitz saß ein Junge. Als ich in die Diele kam, hatte aber nur mein Vater die Wohnung betreten.

Mein Vater holte weit aus, um die Entscheidung, die meine Eltern getroffen hatten, zu begründen. Seine Mutter ziehe ihn alleine groß, aber nun sei sie schwer erkrankt und er habe niemanden, der sich um ihn kümmern könnte. Es fielen jene großen Worte, die ich so oft von ihm zu hören bekam: Pflichtgefühl, Werte, Verantwortung für die Gesellschaft.

Meine Mutter hingegen versuchte lediglich, mir die Idee eines großen Bruders schmackhaft zu machen. „Du wirst dich mit ihm sicherlich gut verstehen, Frederik."

Ich wusste nicht, was ich auf die erwartungsvollen Blicke meiner Eltern am Ende ihres Vortrags erwidern sollte. „Wo ist er?", fragte ich schließlich nach längerem Schweigen.

Endlich machte mein Vater Anstalten, den Jungen aus dem mittlerweile sicherlich abgekühlten Wagen hereinzubitten. Doch dort saß Maraun nicht mehr.

Meine Mutter war sauer. „Du hättest ihn gleich mit reinbringen sollen", sagte sie.

„Er sieht sich sicherlich nur mal um", entgegnete mein Vater.

Sie schickten mich nach draußen in die kalte Dämmerung, um ihn zu suchen. Ich entdeckte ihn auf dem Garagendach. Er war an der von Efeu umschlungenen Regenrinne hochgeklettert und deutete mir an, es ihm gleich zu tun. Eigentlich durfte ich nicht auf die Garage klettern, aber ich hatte ja den Auftrag, ihn zu suchen. Umständlich stieg ich hinauf zu ihm.

Maraun war zwei Jahre älter als ich, vor allem aber um mindestens zwei Köpfe größer. Während mir meine Haare immer ins Gesicht fielen, trug er sie kurzgeschoren.

Er hatte eine Handvoll vermoderter Silvesterknaller entdeckt. Sie lagen wahrscheinlich schon seit dem vorherigen Winter auf dem Garagendach. Um den Jahreswechsel war unser Haus, das Haus des Direktors, bei vielen meiner Schulkameraden ein beliebtes Anschlagsziel. Ich fürchtete mich vor Böllern und erschrak jedes Mal, wenn einer davon in meiner Nähe explodierte.

„Ein paar davon sind noch nicht abgebrannt", sagte Maraun ruhig, gelangweilt wie jemand, der hofft, bald noch etwas Besseres zu finden. Zu meinem Erstaunen holte er ein Feuerzeug aus der Hosentasche hervor. Ich fragte mich, ob er wohl rauchte.

Bevor er Gelegenheit hatte, sich an den unversehrt aussehenden Lunten zu versuchen, hörten wir die Stimme meines Vaters. „Kommt sofort da runter!"

Ich hatte noch kein Wort zu ihm gesagt, und auch er saß schweigend mit gesenktem Kopf am Esszimmertisch, wich meinen neugierigen Blicken aus und antwortete nur einsilbig auf die freundlich gemeinten Fragen, die ihm meine Eltern während des Abendbrots von Zeit zu Zeit stellten.

2

Bevor Maraun zu uns kam, hatte ich nicht viele Freunde. Ich war noch nie besonders sportlich, geriet viel zu schnell außer Atem. Beim Fußball- oder Fangenspielen mit den Jungs auf der Straße wurde ich oft ausgelacht, weil ich nicht hinterher kam. Irgendwann machte ich einfach nicht mehr mit.

Als ich klein war, hielt ich mich meistens im Garten auf. Ich saß stundenlang in den Ästen des alten Birnbaums, wo mein Vater mir ein Baumhaus gebaut hatte. Später begann ich, die Felder dahinter zu erkunden, machte ausgedehnte Spaziergänge. Wenn man lang genug in Richtung Norden ging, gelangte man irgendwann an den Bahndamm. Die Schienen lagen noch da, aber es fuhren schon lange keine Züge mehr.

Manchmal lief ich auf dem stillgelegten Gleis entlang in den Ort zum Bahnhof, von wo aus noch immerhin stündlich ein Zug in die nächstgrößere Kreisstadt fuhr. Dort wurde die Strecke zweigleisig und es verkehrten Vorortzüge bis in die nahe gelegene Großstadt. Ich hatte die gesamte Linie so gut es ging mit meiner Modelleisenbahn im Keller nachgebaut.

Großburgdorf war weder groß noch gab es eine Burg. Es war einfach nur ein Dorf, das sich entlang einer Landstraße zog und irgendwann zum Städtchen mit 5120 Einwohnern angewachsen war. Es gab keinen richtigen Ortskern, keine bedeutsamen historischen Bauten, keine vernünftige Einkaufsstraße. Der Ort lag am äußersten Rand des Ballungsgebietes, etwa 50 Kilometer vom Zentrum der Großstadt entfernt. Neben den einheimischen Landwirten hatten sich dennoch etliche Pendler sowie einige Firmen angesiedelt und die Großburgdorfer so zu bescheidenem Reichtum gebracht.

Die Kinder von Großburgdorf tummelten sich nachmittags meist auf dem Spielplatz am Schulzentrum, auf dem Bolzplatz bei der Kirche oder in den Grünanlagen rings um den Dorfsee. Die Größeren trafen sich am Platz vor dem Bahnhof, auf den Bänken gegenüber dem Kiosk, auf dem Supermarktparkplatz nach Ladenschluss oder im Jugendzentrum bei der Freiwilligen Feuerwehr.

Diese Orte mied ich vor Marauns Ankunft. Doch mit ihm sollte sich alles ändern. Er hatte einmal wiederholt und wurde spät eingeschult, daher kam er trotz des fast zweijährigen Altersunterschieds in meine Klasse, saß sogar auf dem zuvor leeren Platz direkt neben mir.

„Darf ich euch unseren neuen Mitschüler vorstellen, meinen Pflegesohn Jonas Maraun", sagte mein Vater, der auch unser Klassenlehrer war, an Marauns erstem Tag.

Nach der ersten Stunde knöpfte sich Jannik Diebel, der Sohn einer Kneipenwirtin, den Neuen vor. Er war längst nicht so groß wie Maraun, aber wie er sitzen geblieben und so immerhin ebenfalls bereits fast fünfzehn. Vor Marauns Ankunft war Jannik so etwas wie der Anführer in unserer Klasse.

„Glückwunsch zur neuen Familie. Den Streber als Bruder und den Direktor als Vater, das ist ja wie ein Sechser im Lotto", rief er ihm höhnisch entgegen. Maraun tat so, als habe er ihn gar nicht gehört, sah an ihm vorbei und schwieg.

Mein neuer Bruder hatte nicht nur die Statur und die Kraft eines Oberstüflers, wie sie rauchte auch er als erster und einziger unserer Klasse. Gleich in der ersten Pause begleitete ich ihn in eine abgelegene Ecke des Schulhofs.

Heute schäme ich mich, dass ich ihn dafür so sehr bewunderte, denn es gibt kaum etwas Sinnloseres als Rauchen. Aber genau dieses Sinnlose war es, was mich daran faszinierte. Rauchen war nicht nur verboten und erwachsen, sondern auch unvernünftig. Es widersprach damit allem, was mir meine Eltern nahezubringen versuchten.

Maraun bot mir in unserer ersten gemeinsamen Pause gleich eine Zigarette an. Trotz aller Bewunderung für sein unerlaubtes Laster lehnte ich ab. Jedoch weniger aus Vernunft, denn aus Angst, mein Vater könnte mich erwischen.

Als wir gegen Ende der Pause wieder zu den anderen stießen, roch er trotz des Kaugummis, den er danach genommen hatte, nach Tabak. „Rauchst du etwa?", fragte ein Mädchen, halb neugierig, halb bewundernd. Wieder antwortete Maraun nicht.

Jannik hatte die Szene mitbekommen. „Mach dir nichts daraus, der große Schweiger spricht nicht mit jedem. Oder er ist taub."

Erwartungsgemäß schwieg Maraun erneut. Es waren am Ende Taten und nicht Worte, mit denen er sich bereits an seinem ersten Tag Respekt verschaffte. Nach der letzten Stunde fing uns Jannik ab, in Begleitung seines Gefolgsmanns Martin, einem stämmigen Bauernjungen mit Segelohren.

„Hey, Plötzchen, warte mal. Jetzt wo du einen großen Spielkameraden hast, wird es dir doch wohl endlich gelingen, deinen Alten zu überlisten. Ich will die Fragen für die Arbeit nächste Woche, kapiert? Und einen Aufsatz schuldest du mir übrigens auch noch", sagte er und streckte mir sein Heft entgegen.

Jannik war ein miserabler Schüler und wäre vermutlich längst vom Gymnasium geflogen, wenn er mich nicht immer mal wieder dazu genötigt hätte, ihn abschreiben zu lassen oder gar für ihn die Hausaufgaben zu erledigen. Doch meinem Vater Prüfungsfragen zu stehlen, das hatte ich noch nicht fertig gebracht.

„Ich weiß nicht, wo er sie aufbewahrt… Und mit deinem Aufsatz, also eigentlich, weißt du, ich finde…", stammelte ich unsicher. Ich wollte nicht, dass Maraun mitbekam, wie er mich erpresste und es war mir peinlich, dass ich mich vor Jannik fürchtete.

Doch der große Maraun hatte längst verstanden. Noch immer wortlos nahm er Jannik das Heft aus der Hand. Mit einer schnellen, gekonnten Handbewegung riss er es ohne mit der Wimper zu zucken in zwei Teile. „Ab sofort schreibst du deine Aufsätze selbst. Und sollten wir die Prüfungsfragen finden, dann erfährst du sie mit Sicherheit als letztes."

So war es immer: Wenn sich Maraun doch einmal entschloss, mit jemanden zu reden, dann hatten seine Worte Gewicht. An diesem ersten Tag musste er ihnen noch mit Fäusten Nachdruck verleihen, da Jannik es sich nach kurzer Schockstarre nicht nehmen ließ, seinen Widersacher aufs Übelste zu provozieren.

„Wenn das der Herr Direktor erfährt, dass sein Pflegesöhnchen so ein Verhalten zeigt und fremde Hefte zerreißt! Dann schickt er dich gleich wieder zurück in die Gosse, wo du herkommst!"

Noch blieb Maraun gelassen. „Du willst beim Lehrer petzen,

du erbärmliches Würstchen? Dann erkläre ich ihm gerne, warum ich das getan habe. Wie meinst du wird er es finden, dass du seinen Sohn erpresst? Und weiß deine Mama eigentlich, wer deine Hausaufgaben für dich macht?"

„Anders als du habe ich wenigstens eine, du Hurensohn", erwiderte Jannik. Ich hatte beinahe erwartet, dass er so etwas sagen würde, denn Maraun hatte ihm eine Steilvorlage geliefert, die ein Junge wie er nicht auslassen konnte. Und damit wohl offenbar genau Marauns wunden Punkt getroffen.

Er stürzte sich auf Jannik und obwohl Martin seinem Freund sofort zur Hilfe eilte, wurde er in kürzester Zeit mit beiden fertig. Sie waren offenkundig überrascht von seiner Schlagkraft und Stärke, nahmen Reißaus, nicht ohne vorher vollmundig Rache zu schwören und auch mir noch einmal zu drohen. „Er wird nicht immer auf dich aufpassen können", rief Jannik noch in meine Richtung.

Doch der große Maraun behielt recht: Ich schrieb danach nie wieder einen Aufsatz für Jannik.

Schnell sprach sich herum, dass es dem Neuen gelungen war, unserem Klassentyrannen Einhalt zu gebieten und seine Autorität in Frage zu stellen. Schon bald wurde er, obwohl er noch immer nur das Nötigste redete, nicht mehr wie zu Anfang spöttisch „der große Schweiger" genannt. Stattdessen setzten sich „der große Maraun" oder einfach nur Maraun als deutlich ehrfürchtigere Spitznamen durch.

Mein großer Kamerad wurde nicht nur gefürchtet, sondern respektiert, ja schließlich beinahe so etwas wie geliebt. Im Fahrwasser seiner Prominenz blühte auch ich auf. Ich war nicht mehr der ungelenke Strebersohn des Direktors, sondern der kleine Bruder des großen Maraun, in dessen Windschatten ich auf ungeahnte Höhen in der Beliebtheitsskala katapultiert wurde.

In den Pausen scharten sich die Kinder um Maraun und damit auch um mich, denn ich wich nicht mehr von seiner Seite. Endlich hatte ich meinen Platz auf dem Pausenhof gefunden, musste nicht mehr vermeintlich lässig hin- und herlaufen, streberhafte Beschäftigung simulieren, um meine Einsamkeit zu kaschieren.

Obwohl ich auch weiterhin zu feige war, um beim Rauchen oder bei Prügeleien mitzumischen, wurde ich nicht mehr ausgelacht, schon gar nicht von Maraun. Er lachte ohnehin nur selten, auch wenn sich die anderen Jungs alle Mühe gaben, ihn mit ihren Anekdoten und Anbiederungsversuchen zu unterhalten. Selbst die aberwitzigsten Geschichten entlockten ihm höchstens ein müdes Lächeln. Das Lachen, so schien es, hob er sich für bessere Geschichten auf, die allein er kannte.

3

Am ersten Tag der Ferien, vier Tage vor Heiligabend, regnete es ununterbrochen. Maraun und mir war sterbenslangweilig. Dennoch war ich nicht unzufrieden, denn immerhin konnte ich meine Langeweile mit jemandem teilen.

Das einzig Spannende war die Vorfreude auf Weihnachten. Ich liebte die ganze festliche Stimmung. Meine Mutter dekorierte bereits Haus und Baum, kochte und backte von morgens bis abends. Mein Vater machte es, wie jedes Jahr, große Freude, so zu tun, als habe er dieses Jahr auf keinen Fall vor, mir auch nur einen meiner unverschämt vielen Geschenkwünsche zu erfüllen. Meistens bekam ich dann doch fast alles, was ich mir gewünscht hatte.

Marauns Mutter hatte ihrem einzigen Sohn aus der psychiatrischen Klinik, in der sie sich seit geraumer Zeit aufhielt, bereits zu Anfang der Adventszeit ein üppiges Paket zukommen lassen. Ich war dabei, als er es öffnete, die teuren Markenklamotten auspackte und ihre Weihnachtskarte las.

Aus einer seltsamen Stimmung heraus wünschte ich mir in jenem Moment, in seinen Augen eine Träne oder irgendeine andere emotionale Regung zu erkennen, doch sein Blick blieb ausdruckslos.

Am Abend erzählte meine Mutter von einem Telefonat mit ihrer Mutter. Sie verbrachte wie jedes Jahr die Feiertage bei uns und hatte sich für den folgenden Tag angekündigt. Wie immer wollte sie bereits früh morgens losfahren und mittags in Großburgdorf eintreffen.

Da meine Eltern beide den Vormittag ihres Ankunftstages an

diesem Jahr allerdings noch wegen irgendwelcher Konferenzen an der Schule verbringen mussten, würde sie niemand mit dem Auto vom Fernzug am Hauptbahnhof in der Stadt abholen können. Dabei fiele ihr doch das Umsteigen immer schwerer und die Verbindung nach Großburgdorf sei ja wirklich nicht optimal, erklärte meine Mutter. Auf einen Zug am Nachmittag umbuchen wolle sie jedoch auf keinen Fall.

„Wir könnten sie doch am Hauptbahnhof abholen und mit ihr zurück nach Großburgdorf fahren", schlug ich vor, wohl wissend, dass mir meine Eltern noch nie erlaubt hatten, alleine in die Stadt zu fahren. Aber ich war ja nun auch nicht mehr allein.

„Das kommt überhaupt nicht in Frage. Der Hauptbahnhof ist gefährlich und kein Ort für Kinder", sagte mein Vater sofort.

„Ich war schon an ganz anderen Orten alleine, die deutlich gefährlicher sind als dieser Hauptbahnhof", entgegnete Maraun. „Und ein Kind bin ich übrigens auch nicht mehr, Herr Plötz." Immer wenn er sauer war, siezte er meinen Vater auch zu Hause.

Die Diskussion setzte sich noch eine Weile fort, doch natürlich ließ mein Vater sich nicht von seinen Prinzipien abbringen. Wie gern hätte ich Maraun die Strecke, deren Nachbildung er im Keller noch mit respektvollem Nicken gewürdigt hatte, einmal in Wirklichkeit gezeigt.

Wahrscheinlich hätte ihn das alles wenig interessiert, die unbeschrankten Bahnübergänge genauso wenig wie die Tunnelfahrten im Stadtgebiet. Er hätte seine Beine verbotenerweise mitsamt Schuhen auf den gegenüberliegenden Sitz gelegt und gelangweilt aus dem Fenster geschaut. Aber das wäre egal gewesen.

Später an diesem Abend, als wir alleine waren, grinste mich Maraun schelmisch an. „Wir werden deinem Vater morgen mal eine kleine Lektion erteilen", sagte er. Mehr verriet er nicht.

Vor dem Einschlafen dachte ich noch lange darüber nach, was er wohl vorhatte. Ich fürchtete mich vor den Folgen und gleichzeitig erwartete ich geradezu von ihm, dass er den Mut hätte, etwas zu tun, das alles verändern würde. Doch noch nicht einmal Maraun selbst wusste, welch großes Abenteuer so kurz vor Weihnachten noch auf ihn wartete.

4

Kaum hatten meine Eltern das Haus nach dem Frühstück in Richtung Schule verlassen, machten auch Maraun und ich uns auf den Weg. Wir zogen uns winterfest an, denn es war kalt geworden, liefen den Schulweg hinunter und schließlich die Hauptstraße entlang. Schweigend wie so oft gingen wir nebeneinander her, bis wir das zum Wohnhaus umfunktionierte Bahnhofsgebäude erreicht hatten.

„Hast du genug Geld für die Fahrkarte oder müssen wir schwarz fahren?", fragte er mich. Er wollte es also wirklich tun. Als ich nicht antwortete, ging er am Fahrkartenautomaten vorbei. Ich folgte ihm hilflos auf den Bahnsteig. „Dann verstecken wir uns eben auf dem Klo vorm Schaffner."

„Das können wir nicht machen, mein Vater bringt uns um", sagte ich, enttäuscht, dass das Abenteuer nun gleich schon wieder vorbei sein würde. Aber was hatte ich auch erwartet?

Der Zug, ein zweiteiliger Dieseltriebwagen, stand zur Abfahrt bereit auf dem einzigen noch aktiven Gleis des zur Endstation degradierten, einst stolzen Landbahnhofs.

„Und wenn schon. Du kannst dir doch nicht alles gefallen lassen. Du bist dreizehn und er behandelt dich wie ein Baby", sagte Maraun.

„Was wollen wir überhaupt in der Stadt? Wir wissen gar nicht, wann genau Oma ankommt", entgegnete ich.

„Hab auch gar nicht vor, deine Oma abzuholen. Wir könnten ein paar Freunde von meiner alten Schule besuchen und…", er beendete den Satz nicht, denn im selben Moment schloss der Zug hinter uns seine Türen und setzte sich gemächlich in Bewegung.

„Mist! Jetzt müssen wir eine Stunde warten", fluchte Maraun.

„Komm, lass uns einfach zurück nach Hause gehen", schlug ich resigniert vor.

Doch der große Maraun gab nicht auf. Erst jetzt, nachdem der Regionalzug abgefahren war, fiel mir auf, dass auf einem der anderen, mit Unkraut gesäumten Gleise des Bahnhofs einige Güterwaggons standen. Es handelte sich dabei um Flachwagen, wie sie zum Holztransport eingesetzt werden. Sie waren jedoch leer und auch nicht mit einer Lok bespannt. Es war das erste und einzige Mal, dass ich so etwas wie Güterverkehr in Großburgdorf gesehen hatte.

Auch Maraun waren die Wagen aufgefallen. Er lief über die Gleise, kletterte auf einen der Waggons und rief: „Ich warte hier auf den nächsten Zug. Komm doch rüber!"

Ich zögerte. Es erforderte schon einiges an Mut, die stillgelegte Strecke in Richtung Norden entlang zu gehen, aber das Gleis am Bahnhof wurde noch benutzt, es zu überqueren strengstens verboten.

Als könne er meine Gedanken lesen, rief Maraun, während er noch immer auf dem Güterzug umher kletterte: „Du bist so ein Angsthase!". Ich sagte nichts und blieb reglos auf dem Bahnsteig stehen. Maraun hatte einfach vor nichts und niemandem Angst. Ich bewunderte ihn so sehr dafür und war doch ganz anders.

Unbeholfen kletterte ich schließlich nach längerem Zögern doch noch auf den Güterwagen. Maraun musste mir seine Hand reichen, denn der Waggon war höher als gedacht. Wir setzten uns auf die leere Ladefläche. Nervös guckte ich zum Bahnsteig hinüber, doch es hatte uns niemand beobachtet. Der Zug war gerade abgefahren und Personal gab es an dem kleinen Bahnhof schon lange nicht mehr. Wir saßen eine Weile schweigend nebeneinander und ich überlegte bereits, wie ich Maraun davon abbringen konnte, in weniger als sechzig Minuten einen großen Fehler zu machen.

„Lass uns nach Hause gehen", sagte ich erneut. „Es könnte uns jeden Moment jemand hier entdecken."

Maraun sah mich verächtlich an. „Ich werde hier warten. Was ist schon dabei! Geh doch noch Hause und spiel mit deiner Modelleisenbahn, wenn dir die echte zu gefährlich ist!"

Ich merkte, wie die Tränen langsam in mir aufstiegen und wollte mir den peinlichen Moment ersparen, also sprang ich tatsächlich vom Güterwagen ab, lief zurück zum Bahnsteig und ließ Maraun allein auf dem Bahnhofsgelände zurück. Auf dem Nachhauseweg drehte ich mich immer wieder um, in der Hoffnung, ihn hinter mir zu entdecken, doch da war niemand.

Als meine Eltern mittags nach Hause kamen, war er noch immer nicht zurückgekehrt. Ich erzählte ihnen alles. Mein Vater war wütend, meine Mutter besorgt. Wir fuhren gemeinsam zum Bahnhof. Keine Spur vom großen Maraun. Die Güterwagen waren ebenfalls nicht mehr da.

„Der letzte Zug kommt um zehn Uhr abends an, spätestens dann werden wir ihn wohl wiedersehen. Er kann sich auf was gefasst machen", sagte mein Vater.

Mit dem Zug um vierzehn Uhr traf aber zunächst einmal meine Großmutter ein. Sie war zwar weit über siebzig, hatte aber auch diesmal die Reise ohne Schwierigkeiten allein gemeistert.

Ich fragte sie aus, ob ihr am Hauptbahnhof ein Junge von Marauns Statur begegnet sei, doch natürlich hatte sie niemanden gesehen. Sie erzählte wie immer viel, wusste Neuigkeiten von sämtlichen Verwandten zu berichten, doch ich hörte ihr kaum zu. Ich wartete den ganzen Abend auf ein Klingeln an der Tür, doch der große Maraun kam nicht, auch nicht mit dem letzten Zug.

Um kurz vor Mitternacht schließlich verständigte mein Vater telefonisch die Polizei. „Seine Mutter rufen wir erst an, wenn er morgen um diese Zeit noch immer nicht aufgetaucht ist. Man will die arme Frau ja nicht noch verrückter machen, als sie ohnehin schon ist", sagte er.

Meine Mutter warf ihm einen vorwurfsvollen Blick zu. Großmutter war auf dem Sofa eingenickt. Ich konnte die ganze Nacht kein Auge zumachen.

5

Der Tag nach Marauns Verschwinden war erneut geprägt von quälendem Warten. Die Polizei hatte, bis auf einige erfolglose Nachforschungen im Umfeld seiner alten Schule in der Großstadt, noch immer keinerlei Suchmaßnahmen eingeleitet. Man ging davon aus, er würde, wie die meisten Ausreißer, von selbst zurückkehren.

Nachdem es am Abend zuvor noch so kalt wie nie in jenem Winter gewesen war, schien am Morgen danach die Sonne und es war seltsam mild für einen Dezembertag. Dennoch ließ mir die

Frage, wo mein großer Freund die eisige Nacht verbracht hatte, keine Ruhe.

Am späten Abend, kurz bevor mein Vater endlich Marauns Mutter anrufen wollte, war er plötzlich wieder da. Zitternd stand er vor der Tür. Während meine Mutter ihm einen heißen Kakao zubereitete, überhäufte ihn mein Vater mit Fragen.

„Was fällt dir ein? Hast du es denn nicht gut bei uns? Wo warst du bloß?"

Maraun antwortete nicht. „Ich würde jetzt gerne schlafen gehen", sagte er schließlich und stand auf.

Mein Vater folgte ihm nach oben und kam erst nach einiger Zeit wieder zurück ins Wohnzimmer. Erst viele Monate später erfuhr ich, was die beiden besprochen hatten.

In dieser Nacht konnte ich ihn nichts mehr fragen. Als mein Vater mich kurz darauf ins Bett schickte, schlief Maraun bereits tief und fest in meinem Zimmer, unter dem Hochbett, auf der Matratze, die sonst nur meinen Stofftieren gehörte. Sein Zimmer war durch den Besuch meiner Großmutter vorübergehend wieder zum Gästezimmer geworden. Ich lag noch eine ganze Weile wach und lauschte Marauns regelmäßigem Atem. Es war ein schönes Gefühl, meinen großen Kameraden wieder so nah bei mir zu wissen und ich freute mich schon darauf, von seinen Abenteuern zu erfahren.

Der nächste Tag war der Tag vor Heiligabend, meine Vorfreude auf Weihnachten stieg ins Unermessliche. Am Frühstückstisch herrschte dennoch erneut betretenes Schweigen, selbst meine Großmutter sagte kaum ein Wort. Am Vormittag fuhr meine Mutter in die Kreisstadt, um letzte Besorgungen vor dem Fest zu machen. Maraun und ich wurden von meinem Vater dazu verdonnert, den Vormittag mit ihm und Großmutter zu verbringen. Im Wohnzimmer spielten wir ihr Lieblingsspiel, Scrabble. Natürlich gewann sie.

Nach dem Mittagessen schickte uns meine Mutter noch einmal zum Supermarkt, da sie noch ein paar Dinge vergessen hatte. Endlich war ich mit Maraun allein, doch er wollte mir noch immer nicht erzählen, wo er gewesen war.

Als wir aus dem Laden kamen, dämmerte es bereits. Auf dem Parkplatz trafen wir Jannik Diebel und zwei weitere Jungs. Sie stellten sich uns in den Weg. Die Nachricht von Marauns Verschwinden hatte wohl im Ort schon die Runde gemacht.

„Ah, der Ausreißer ist wieder da. Wohl doch kalte Füße bekommen. Und jetzt macht er gleich wieder Botengänge für den Herrn Direktor und sein Söhnchen", sagte Jannik und zeigte auf die Tüten, die Maraun trug. „Kein Wunder, wenn ich so einen warmen Bruder wie Plötzchen hätte, würde ich auch die Biege machen", beleidigte mich sein Begleiter Martin, der Bauernsohn mit den abstehenden Ohren.

Ich wäre am liebsten davongelaufen, doch was folgte, war unvermeidlich. Maraun schleuderte die Einkaufstüten zu Boden und stürzte sich auf die Jungs. Er war zwar stark, aber diesmal waren sie besser darauf vorbereitet und noch dazu zu dritt. Wie unter Schock stand ich daneben und kam ihm erst zur Hilfe, als es schon zu spät war.

Nachdem sie von allen Seiten auf ihn eingeprügelt hatten, war Maraun zu Boden gegangen. Er blutete im Gesicht. Als Jannik Diebel die übel aussehende Platzwunde entdeckt hatte, erschrak er. „Lass uns abhauen", befahl er. Die drei Jungs verschwanden.

Ich half Maraun hoch. Er war sauer, sagte aber nichts. Ich fühlte mich schuldig, weil ich ihm keine Hilfe gewesen war. Zu zweit wären wir vielleicht mit ihnen fertig geworden.

Als mein Vater Marauns Verletzung entdeckte und ihm klar wurde, dass er sich geprügelt haben musste, durfte er das Abendbrot nicht mit uns einnehmen und verbrachte den Rest des Abends allein auf dem Zimmer. Zum ersten Mal hatte ich Angst, dass meine Eltern es sich anders überlegen und Maraun wieder fortschicken könnten.

Vor dem Schlafengehen fragte ich ihn erneut: „Wo warst du?"

Maraun zuckte mit den Achseln. „Ich weiß es selber nicht, das ist ja das Problem. Aber ich werde es herausfinden."

Ich lag bereits im Hochbett, während Maraun, noch immer angezogen, meinen Schulatlas aus dem Bücherregal zwischen meinen Krimis, Abenteuerromanen und Eisenbahnbüchern hervorsuchte und eifrig studierte. Anschließend stand er auf und fuhr mit dem Finger über einige Linien auf der Übersichtslandkarte der Bahn, die ich an der Tür aufgehängt hatte.

Es hätte keinen Zweck gehabt, ihm noch weitere Fragen zu stellen, also tat ich so, als würde ich bereits schlafen, beobachtete ihn schweigend. Nach einiger Zeit räumte er den Atlas entnervt ins Regal zurück und begann, sich auszuziehen. Unter seinem modischen Sweatshirt sah ich, dass er ein auffällig verziertes, altmodisches Hemd trug, das ich noch nie zuvor bei ihm gesehen hatte.

Schließlich zog er auch das seltsame Hemd aus und legte es ordentlich gefaltet über den Schreibtischstuhl. Zum ersten Mal fielen mir Marauns muskulöser Oberkörper und seine im Vergleich zu meinen sogar schon üppig behaarten Achseln auf.

Die Haare auf dem Kopf hingegen hatte er sich wieder kurz schneiden lassen, das machte sein Gesicht noch kantiger und erwachsener. Er war mittlerweile fast genauso groß wie mein Vater, also etwa ein Meter achtzig. Und er würde noch weiter wachsen.

6

An Heiligabend wurden Maraun und ich reich beschenkt. Meine Eltern hatten darauf geachtet, dass er nicht weniger bekam als ich. Selbst meine Großmutter hatte für uns beide etwas. Ich war nicht eifersüchtig, im Gegenteil, es beruhigte mich, dass sie es erst meinten mit ihren Beteuerungen, Jonas, wie sie ihn nannten, würde nun zur Familie gehören.

Die Großzügigkeit meiner Eltern vergrößerte auch Marauns schlechtes Gewissen, war er sich doch bewusst, welchen Kummer er ihnen mit seinem Verschwinden bereitet hatte. Über die Weihnachtstage war er so umgänglich und rücksichtsvoll wie nie zuvor. Er widersprach meinem Vater kein einziges Mal, bot meiner Mutter Hilfe in der Küche an und ließ sich bereitwillig von Großmutter langweilige Geschichten aus alten Zeiten erzählen.

Als sie kurz vor Silvester wieder abreiste, war Marauns vorweihnachtliches Abenteuer schon beinahe in Vergessenheit geraten. „Dein neuer großer Bruder ist schon ein richtiger Charmeur", sagte mir Großmutter zum Abschied am Bahnhof.

Die Weihnachtsferien gingen vorüber, mein Bücherregal war um mehrere spannende Titel voller geworden und die Modelleisenbahn im Keller um ein paar Details reicher, doch mein größter Wunsch war mir verwehrt geblieben. Der große Maraun hatte mir sein Geheimnis noch immer nicht anvertraut.

In jeder freien Minute beschäftigte er sich mit Karten und Atlanten, versuchte offenbar verzweifelt, eine Route zu rekonstruieren. Ich war gekränkt, weil er mich nicht um Hilfe bat. War ich in seinen Augen doch nur das kleine, ängstliche Kind, das man zu nichts gebrauchen konnte?

Auch in der Schule hatten sich die Dinge verschlechtert. Nach der Schlägerei auf dem Supermarktparkplatz kurz vor Weihnachten mussten Jannik und seine Freunde die Ferien genutzt haben, um Stimmung gegen Maraun und mich zu machen. Ihm schien es kaum etwas auszumachen, dass die Bewunderung der anderen immer mehr in Ablehnung umzuschlagen drohte, aber ich litt sehr darunter, wieder ausgeschlossen zu sein.

Doch alles war erträglich, solange ich Maraun an meiner Seite wusste. Aber wie lange würde er noch bleiben? Die Befürchtung, dass meine Eltern ihn fortschicken, war einer neuen, noch schlimmeren gewichen: Dass er erneut ausreißen und mich dann für immer allein zurück lassen würde.

Eines Nachts wachte ich von einem unbestimmten Geräusch auf. Ich ging auf den Flur, um nachzusehen, was mich geweckt haben könnte. Unter der Tür des ehemaligen Gästezimmers, in das Maraun zu meinem Bedauern längst wieder gezogen war, drang ein Lichtspalt hindurch. Ich nahm all meinen Mut zusammen und öffnete die Tür, ohne zu klopfen. Auf dem Bett saß Maraun, vollständig angezogen, sogar Jacke und Mütze trug er bereits. Langsam sah er zu mir auf, als wäre er nicht überrascht mich zu sehen, als hätte er gar auf mich gewartet.

Ich wusste sofort, was er vorhatte. Es war so weit. Ich versuchte erst gar nicht, ihn davon abzubringen. „Nimm mich mit, bitte", flehte ich ihn an und wunderte mich im selben Moment darüber, wie entschlossen ich diese Worte ausgesprochen hatte.

„Das geht nicht, Frederik. Ich kenne den Weg immer noch

nicht, es wird eine sehr schwere Reise werden", sagte er, ruhig, aber mit einem Hauch von Verzweiflung in der Stimme.

„Wenn du den Weg selbst nicht kennst, wieso willst du dann los?", fragte ich.

Maraun schwieg, doch ich ahnte die Antwort. Zwar hatte ich keinerlei Erfahrungen in dieser Hinsicht, aber durchaus eine große Vorstellungskraft. Noch immer schoss Adrenalin durch meinen Körper. Wie im Rausch äußerte ich meinen vagen Verdacht so, als wäre er Gewissheit.

„Lass mich dir doch helfen. Gemeinsam werden wir sie finden."

Marauns Augenbrauen hoben sich. „Wen finden?", fragte er.

„Das Mädchen, in das du dich verliebt hast."

7

Ich setzte mich zu Maraun auf die Bettkante. Er legte Jacke und Mütze ab und begann zu erzählen, als habe er nur darauf gewartet, dass ich es erraten oder zumindest erahnen würde.

In jener Nacht verriet er mir noch längst nicht alles, doch er gab mir ein Versprechen: Er würde mich mitnehmen. Mir wurde schwindelig vor Aufregung und Glück. Ich war bis dahin der einzige Mensch, dem er seine Geschichte anvertraute. Es sollte das große Geheimnis unserer Jugend werden.

Aus diesem ersten Gespräch und den vielen, die noch folgten, brannte sich ein lebendiges Bild der etwa sechsunddreißig spannendsten Stunden im Leben meines großen Freundes in meine Erinnerung ein, so intensiv und detailreich, als hätte ich all das selbst erlebt.

Noch heute kann ich mich an jede Einzelheit erinnern, wobei ich gestehen muss, dass ich nicht mit Sicherheit sagen kann, was ich wirklich aus seinen Erzählungen erfahren und was ich später hineininterpretiert und gedanklich ausgeschmückt habe. Denn in meiner Fantasie rekonstruierte ich sein seltsames Abenteuer immer wieder aufs Neue.

Im Gegenzug zu seinem Versprechen, mich mitzunehmen, versprach ich ihm damals, niemandem in unser Geheimnis einzuweihen. Aber heute, nach all den Jahren und da von jenem Ort nur noch Staub übrig ist, kann ich Marauns Geschichte guten Gewissens erzählen.

Nachdem ich Maraun drei Tage vor Heiligabend im Streit allein auf dem Güterwagen im Bahnhof zurück gelassen hatte, war er aus Trotz und Wut über meinen fehlenden Mut fest entschlossen, ohne mich in die Stadt zu fahren. Anders als er zuvor mir gegenüber angedeutet hatte, gab es jedoch – mit Ausnahme seiner kranken, aber nicht besuchbaren Mutter – niemanden in der Stadt, den er so sehr vermisste, dass er ihn gern getroffen hätte.

Am Hauptbahnhof plante er daher, sich zu erkundigen, mit welchem Zug meine Großmutter ankommen würde. Woher sie kam, wusste er, und erkennen in der Menschenmenge würde er sie wohl auch, schließlich hatte er sich das große Familienfoto in der Diele unseres Hauses, das auch Großmutter zeigte, oft genug angesehen.

Dann, so erhoffte er sich, würde er mit ihr nach Großburgdorf als Held zurückkehren, hätte der alten Dame das vermeintlich beschwerliche Umsteigen erleichtert und sowohl mir, als auch meinem Vater bewiesen, dass er nun wirklich erwachsen genug war für eine lächerliche Bahnfahrt in die Stadt, in der er den größten Teil seines bisherigen Lebens verbracht hatte.

Doch es kam alles ganz anders. Noch bevor der nächste Regionalzug in den kleinen Bahnhof einfuhr, hörte und sah Maraun – immer noch verbotenerweise auf dem Güterwagen sitzend – wie sich eine Lokomotive näherte. Instinktiv duckte er sich, kroch näher an das Ende des Waggons, so dass man ihn vom Ende der gerade einmal fünf Wagen fassenden Zuggarnitur nicht mehr sehen konnte. Nachdem die Rangierfahrt abgeschlossen war, stieg der Lokomotivführer aus und kuppelte die Lok an den ersten Wagen an. Maraun rührte sich nicht, aus Angst entdeckt zu werden.

Wenige Minuten später setzte sich der Güterzug langsam in Bewegung. Maraun erschrak, richtete sich schnell auf und wollte bereits abspringen, doch da kam ihm ein kühner Gedanke: Wieso nicht einfach als blinder Passagier ein Stückchen auf dem leeren Güterwagen mitfahren?

Das Risiko, als Schwarzfahrer erwischt zu werden, war geringer als im Personenzug, schließlich gab es hier keinen Schaffner. Und wenn man ihn dennoch entdeckte, könnte er einfach abspringen. Bis in die Kreisstadt, dachte sich Maraun, würde der Zug ja mindestens fahren, vielleicht sogar weiter in Richtung der großen Stadt.

Dass er damit einem schicksalhaftem Irrtum aufgesessen war, merkte Maraun zu diesem Zeitpunkt noch nicht. Der Güterzug beschleunigte nach dem Verlassen des Bahnhofs. Er fuhr zwar immer noch nicht sonderlich schnell, vielleicht dreißig, maximal vierzig Stundenkilometer, schätzte Maraun. Dennoch schlug ihm auf dem offenen, völlig leeren Flachwagen ein eisiger Fahrtwind ins Gesicht und sogar durch seine dicke Winterjacke hindurch.

Doch der große Maraun hielt die Kälte mit zusammengebissenen Zähnen aus und dachte darüber nach, dass dies bislang seine vielleicht mutigste Aktion war. Obwohl er fror, ja geradezu zitterte, fühlte er sich zum ersten Mal seit langem wirklich frei.

8

Mit zunehmender Kälte änderte Maraun seinen Plan. Er wollte nun abspringen, sobald die Kreisstadt in Sicht war und vom dortigen Bahnhof die Reise mit einer beheizten S-Bahn fortsetzen. In den Vorortzügen wurde ja nur sporadisch kontrolliert, so dass er auch ohne Fahrkarte – er hatte nur ein wenig Kleingeld in der Hosentasche – an sein Ziel zu kommen hoffte.

Doch von der Kreisstadt war auch gut eine Stunde nach seiner Abfahrt nichts in Sicht. Wenn dieser Zug weiterhin so langsam fahren würde, dachte sich Maraun, hätte er keine Chance, die alte Dame noch rechtzeitig am Hauptbahnhof abzufangen.

Maraun war die Strecke zwischen Großburgdorf und der Kreisstadt bereits mehrfach mit meinen Eltern und mir im Auto gefahren und erinnerte sich, dass die Fahrt kaum je länger als zwanzig Minuten gedauert hatte. Vielleicht machte die Eisenbahnlinie ja nur einen Umweg. Doch welchen Sinn machte ein Umweg durch dieses Niemandsland?

Seit dem Verlassen des Bahnhofs hatte er keine Ortschaften,

noch nicht einmal vereinzelte Häuser mehr an der Strecke gesehen. Auf der Straße in die Kreisstadt hingegen glaubte er sich zu erinnern, immer wieder durch bebaute Gegenden gefahren zu sein.

Anders als ich war Maraun weder mit der Geografie unserer Region, geschweige denn mit dem Eisenbahnnetz vertraut. Noch immer war er sich daher sicher, früher oder später die ersehnte Stadt zu erlangen. Obwohl er Mütze, Schal und Handschuhe trug, waren seine Hände und sein Gesicht bereits gefroren und fühlten sich taub an.

Plötzlich merkte Maraun, dass der Zug über eine Weiche gefahren war. Die Strecke hatte sich, ohne dass irgendwo ein Bahnhof oder andere Häuser in Sicht gewesen wären, geteilt. Maraun sah dem abgehenden Gleis hinterher und bekam zum ersten Mal einen leichten Anflug von Panik: Was, wenn das die Strecke in die Kreisstadt gewesen war und er sich nun auf dem Weg an einen ganz anderen Ort befand?

Kurz überlegte er, abzuspringen und das andere Gleis zu Fuß entlangzugehen. Doch er verwarf diesen Gedanken schnell wieder und verdrängte die böse Ahnung, die falsche Entscheidung getroffen zu haben.

Nach einer weiteren halben Stunde sah er in der Ferne endlich Häuser und schöpfte wieder Hoffnung. Doch die Gebäude, von denen Maraun glaubte, sie könnten so etwas wie die Vorboten der Kreisstadt sein, bildeten lediglich ein winziges Dorf, bestehend aus einigen Bauernhöfen und einer verfallenen, kleinen Kirche. Noch ehe die Enttäuschung darüber verdaut war, hatte der Zug die Ortschaft bereits hinter sich gelassen. Wieder hatte er es versäumt, abzuspringen und klammerte sich noch immer an den Glauben, er würde bald sein eigentliches Ziel erreichen.

Nach Gesicht und Händen begannen nun auch seine Füße, taub zu werden, doch auch diese Schmerzen hielt der große Maraun eher aus als den Gedanken daran, mitten im Nirgendwo abzuspringen, den langen Fußweg zurück in das abgelegene Dorf antreten und einen der Bauern um Hilfe bitten zu müssen. Sein Abenteuer sollte nicht mit einem so kläglichen Versagen enden.

Maraun hatte sich im hintersten Winkel des Wagens zusammengekauert, da er glaubte, in dieser Lage und Körperhaltung dem beißenden Fahrtwind noch am geringsten ausgesetzt zu sein. Langsam sah er ein, dass der ursprüngliche Plan mit der Fahrt in die Großstadt und Abholung der Großmutter wohl wirklich nicht mehr einzuhalten war. Er nahm sich daher vor, noch so lange auf dem Güterzug mitzufahren, bis dieser endlich einen Bahnhof erreichte, von dem aus er dann mit einem normalen Zug versuchen würde, wieder nach Großburgdorf zu gelangen – ohne fremde Hilfe.

Nach einer ihm quälend lang erscheinenden weiteren halben Stunde sah es tatsächlich so aus, als würde dieser Plan aufgehen. Es tauchten Häuser auf, wieder wohl nur ein kleines Dorf, doch Maraun erkannte in der Ferne ein Bahnhofsgebäude und machte sich schon bereit für den Absprung. Trotz des gemächlichen Tempos, mit dem der Güterzug die eingleisige Nebenstrecke befuhr, würde es sicherlich schmerzhaft werden, aus dem fahrenden Zug auf harten Untergrund abzuspringen.

Es war jedoch nicht die Angst vor einer unsanften Landung, die Maraun erneut davon abhielt, endlich den Absprung zu schaffen. Als sich der Zug dem Bahnhof näherte, sah er, dass das Gebäude verlassen und zerfallen, der Bahnsteig vollständig von Unkraut überwuchert war. Hier würde bestimmt keine Bahn mehr abfahren, die Maraun zurück nach Großburgdorf oder an sonst irgendeinen Ort hätte bringen können.

Marauns Verzweiflung wuchs. Er musste sich eingestehen, dass er keinen blassen Schimmer hatte, wo er sich gerade befand und wohin ihn seine Reise noch führen würde. Bald, so dachte er, würde ihm wohl nichts anderes mehr übrig bleiben, als möglichst in der Nähe eines Dorfes abzuspringen und doch Fremde um Hilfe zu bitten.

Aber etwas in ihm hielt ihn davon ab. Vermutlich eine Mischung aus Stolz und der Wunsch, irgendwo anzukommen, damit sein Abenteuer nicht völlig sinnlos gewesen sein sollte.

So harrte er weiter auf dem Eisenbahnwagen aus, wohl wissend, dass er sich mit jedem Kilometer nicht nur mehr Ärger, sondern auch eine immer üblere Erkältung oder gar Schlimmeres einhandeln würde. Trotz dieser unschönen Aussichten kam so etwas wie eine trotzige Freude in ihm auf: Er hatte es geschafft, von allem zu entfliehen. Ohne dass er es überhaupt vorgehabt hätte.

9

Der Güterzug war bereits seit über zwei Stunden unterwegs, als er kurz nach der Einfahrt in ein Waldstück zum ersten Mal sein Tempo deutlich verlangsamte und schließlich ganz zum Stehen kam.

Anders als Maraun gehofft hatte, war das nun offenbar erreichte Ziel des Zuges aber keine Stadt, ja noch nicht einmal ein richtiger Bahnhof. Da begriff Maraun, welchen Zweck die Leerfahrt hatte: Am Rand der Strecke sah er, neben einem weiteren Gleis, große Mengen an gefällten Baumstämmen liegen.

Am vorderen Ende des Zuges, in Höhe der Lok, begrüßten mehrere Männer in orangefarbenen Westen den Zugführer. Sicherlich würden sie bald damit beginnen, das Holz auf die leeren Flachwagen zu verladen. Ein entsprechendes Fahrzeug stand ebenfalls bereits neben den Gleisen.

Maraun legte sich, wie schon im Großburgdorfer Bahnhof, bäuchlings auf den Boden des Güterwaggons, um nicht gesehen zu werden. Ihm war klar, dass er den Zug nun aber verlassen musste, wollte er nicht entdeckt werden. Er plante, sich in der Nähe im Wald zu verstecken und sobald die Baumstämme verladen waren, sich anzuschleichen und zu versuchen, noch einen Platz auf dem dann beladenen Zug zu finden – in der Hoffnung, dass ihn dieser dann dorthin zurückbringen würde, wo er herkam.

Auch wenn ihm vor dem Gedanken an eine erneut eisige Rückfahrt graute, war ihm klar, dass dies allemal besser war, als sich vom gottverlassenen Verladebahnhof auf gut Glück zu entfernen und schlimmstenfalls bis in die Nacht unter freiem Himmel umherirren zu müssen.

Er robbte sich bereits langsam an den Rand des Wagens, als er sah, dass das Gespräch der Waldarbeiter mit dem Zugführer beendet war. Die Männer liefen am Zug entlang direkt auf seinen Waggon zu. Sie würden ihn nun jeden Moment entdecken. Ohne länger zu überlegen ging er aus der Deckung und sprang ab.

Natürlich hörten sie ihn. Zu seiner Überraschung nahmen sie sofort die Verfolgung auf. „Halt, stehen bleiben!", rief einer von ihnen, kurz nachdem er Maraun erblickt hatte. Er war auf der anderen Seite des Zuges zu Boden gegangen, so dass seine Verfolger zunächst ebenfalls über den Wagen klettern mussten und er seinen Vorsprung so ausbauen konnte.

Ziellos rannte Maraun weg von den Gleisen hinein in den dichten Wald. Wieder rief jemand hinter ihm: „Stopp! Hiergeblieben, Bursche!"

Maraun rannte noch schneller und wagte es nicht einmal mehr, sich umzudrehen. Doch die Stimmen waren verstummt. Offensichtlich hatten sie seine Spur verloren oder die Verfolgung nun doch aufgegeben. Maraun rannte dennoch weiter durch das Gehölz und verlangsamte seinen Gang erst, als er bereits völlig außer Atem war. Erst da merkte er, dass seine Jeans zerrissen waren und seine Beine schmerzten. Er war mehrfach über Sträucher und am Boden liegende Äste gestolpert und hatte sich dabei Hose und Haut aufgekratzt.

Die Bahnarbeiter waren alarmiert und sein Plan hinfällig. Mit Sicherheit würden sie den Zug nach Beladung und vor Abfahrt gut kontrollieren und ihm damit die Rückreise als erneut blinder Passagier unmöglich machen, ja wahrscheinlich sogar die Polizei verständigen. Maraun wollte auf keinen Fall in einem Streifenwagen die Rückfahrt nach Großburgdorf antreten. Er würde, das gebot ihm sein Stolz, entweder als freier Mann zurückkehren – oder gar nicht.

Je länger er ziellos im Wald umherirrte, umso mehr schwand sein Glaube an eine baldige Rückkehr. Erst hatte er gehofft, bald aus dem Wald hinaus auf ein Feld und damit wieder in die Nähe eines Bauernhauses oder Dorfes zu kommen. Doch als er merkte, dass er stattdessen immer tiefer in den nicht enden wollenden Wald vorgedrungen war, drehte er um und hoffte so, wieder in Richtung der Gleise zu kommen. Auch wenn er nicht mehr auf den Güterzug aufspringen konnte, so würde er von dort über den

Schienenweg wenigstens aus dem Wald hinaus zurück in die Zivilisation finden.

Doch er hatte ganz offensichtlich die Orientierung verloren, denn so lang er auch lief, auf das Gleis stieß er nicht mehr. Er musste seine Laufrichtung in der Hektik der Verfolgung durch die Bahnarbeiter, ohne dass er sich daran erinnern konnte, wohl mehrfach gewechselt haben.

Nach der Sonne konnte er sich nicht richten, sie war seit Tagen nicht mehr zum Vorschein gekommen. Bald würde ohnehin die Dämmerung einsetzen und damit auch die Temperaturen noch weiter sinken. Zwar wehte zwischen den Bäumen anders als an Bord des Güterzuges kein eisiger Wind mehr, doch die gefühlte Temperatur lag bereits nah am Gefrierpunkt. Eine frostige Nacht im Freien verbringen zu müssen, das wusste Maraun, wäre gefährlich, ja vielleicht sogar tödlich.

Die Kälte und vor allem die Aussicht auf eine noch kältere Dunkelheit raubten Maraun die Kräfte. Ihm war klar, dass er sich dennoch in Bewegung halten musste, um nicht noch mehr zu frieren.

Ich hatte den großen Maraun zuvor noch nie weinen sehen und dennoch überraschte es mich nicht, als er mir gestand, dass er nach über einer Stunde mühsamen Herumirrens im Wald und angesichts seiner schier ausweglosen Situation kaum mehr gegen die Tränen ankämpfen konnte.

Auf einem umgekippten Baumstamm setzte er sich zum ersten Mal seit seiner Flucht vom Güterwagen über einer Stunde zuvor. Zumindest für kurze Zeit gab er sich seinem Selbstmitleid hin. Er hatte sich im Wald verirrt wie ein kleiner Junge und musste sich eingestehen, dass sein spontanes und ihm bis vor kurzem noch so genial erscheinendes Abenteuer kläglich gescheitert war.

Er dachte daran, wie er zu dieser Zeit mit uns im warmen Esszimmer sitzen und eine deftige Mahlzeit genießen könnte. Schließlich hatte er seit dem Frühstück nichts mehr gegessen und getrunken. Und dann dachte er auch noch daran, wie wir, seine Pflegeeltern und sein neuer kleiner Bruder, uns nun wohl um ihn sorgen würden. Wie wir uns vielleicht sogar gezwungen sahen, seine Mutter über sein Verschwinden zu unterrichten und damit ihr ohnehin für ihn schon kaum begreifliches Leid noch vergrößern würden.

Dieser Gedanke war der schmerzhafteste. Auch wenn er mir nie etwas davon erzählt hatte, spürte ich, dass ihn seiner Mutter gegenüber ein schlechtes Gewissen plagte, er sich vielleicht sogar an ihrer Situation mitschuldig fühlte.

Als die Tränen getrocknet waren, nahm er all seine Kräfte zusammen und setzte seinen Irrweg fort. Er versuchte sich Mut zu machen, indem er sich in Erinnerung rief, dass es – obwohl es sich gerade anders anfühlte – in diesen Breitengraden keine Urwälder mehr gab und er auch nicht jenseits von jeglicher Zivilisation war, sondern noch immer in einem dicht besiedelten Land. Früher oder später musste er wieder auf Menschen stoßen. In seiner Verzweiflung wären ihm mittlerweile selbst die wenig Sympathie erweckenden Bahnarbeiter recht gewesen. Sogar polizeilicher Gewahrsam erschien ihm nun besser als die Aussicht auf eine Nacht im Freien bei Minusgraden.

Es war zwar erst Nachmittag, doch die Jahreszeit, die Bewölkung und die Dichte des Waldes sorgten dafür, dass die Dunkelheit bereits so früh und fast schlagartig hereinbrach. Die Anzahl der schmerzhaften Stolperer und Ausrutscher wuchs von Minute zu Minute. Maraun konnte kaum noch erkennen, wo er hintrat. Immer wenn er an eine Lichtung kam, schöpfte er kurz Hoffnung, dachte er doch, das Ende des Waldes sei erreicht. Doch dieser Eindruck stellte sich jedes Mal erneut als falsch heraus.

Plötzlich meinte er, in der Ferne zwischen den Bäumen etwas Schimmerndes erkannt zu haben. Um nicht wieder bitter enttäuscht zu werden, versuchte er, seine Erwartungen herunterzuschrauben. Dennoch legte er unweigerlich etwas an Geschwindigkeit zu und lief zielstrebig in Richtung des hellen Punktes. Als er näher kam, merkte er: Es war doch keine Einbildung. Dort hinten, mitten im Wald, war Licht. Elektrisches Licht. Ein Hoffnungsschimmer, endlich.

10

Die letzten Meter rannte Maraun, bis er es deutlich erkennen konnte. Das Licht drang aus dem einzigen Fenster eines winziges Holzhauses, das auf einer kleinen Böschung stand. Die Gardine war zugezogen. Rechts neben dem schmucklosen Häuschen stand ein Schuppen, an dem ein Herrenrad lehnte. Daneben erkannte er die Umrisse eines alten Lieferwagens.

Noch ehe sich Maraun überlegen konnte, was er als nächstes tun würde, hörte er, wie im Haus ein Hund zu bellen begann. Wenige Augenblicke später ging die Tür auf und ein älterer Mann mit ausgeprägtem Buckel trat in die Dunkelheit, an seiner Seite ein großgewachsener Schäferhund, der mittlerweile noch lauter bellte.

„Wer ist da?", schrie der Mann in den Wald hinein. Maraun erkannte deutlich, dass er ein Gewehr in der Hand trug. Der Alte hatte ihn zum Glück aber noch nicht gesehen, stand er doch im Schutz der Dunkelheit. „Komm raus, du Feigling, oder ich lasse meinen Hund auf dich los!"

Wieder traf Maraun in Sekundenbruchteilen die Entscheidung zu fliehen, doch diesmal machte er nicht den Fehler, einfach in den Wald zu laufen. Im Gegenteil: Geistesgegenwärtig rannte er in Richtung des Schuppens und schwang sich auf das dort stehende Rad. Auch wenn es sich um ein etwas eingerostetes, älteres Modell handeln musste, war es zum Glück fahrtüchtig und auch nicht abgeschlossen. Er trat in die Pedale und fuhr so schnell es ging den Waldweg davon, der neben dem Schuppen begann.

Wie angedroht, ließ der alte Kauz daraufhin seinen Hund los. Maraun hatte zwar bereits einen kleinen Vorsprung und dennoch große Angst davor, in der Dunkelheit vom Rad zu stürzen und so dem Hund ausgeliefert zu sein. Außerdem befürchtete er, der Mann könnte plötzlich mit seiner Flinte das Feuer auf ihn eröffnen, denn er hörte seine Rufe noch immer hinter sich.

Auch diesmal gelang ihm die Flucht. Irgendwann verstummte das Gebell und der alte Mann war nicht mehr zu hören. Nach anfänglicher Erleichterung darüber machte sich erneut Enttäuschung breit. Zwar hatte Maraun nun ein Fahrrad erbeutet und war auf einem Weg gelandet. Doch die klapprige Gurke hatte noch nicht einmal ein Licht und anders als er gehofft hatte, führte der Weg auch nicht in eine nahe gelegene Ortschaft, sondern weiter kilometerweit durch den mittlerweile stockfinsteren Wald.

Nach einiger Zeit bemerkte Maraun, dass er an einer Kreuzung angelangt sein musste. Der Weg gabelte sich und fast wäre er einfach weiter geradeaus gegen einen Baum gefahren. Gerade noch rechtzeitig bremste er und stieg ab. Am Baumstamm erkannte, oder besser gesagt, erfühlte er eine Art Holzschild, vielleicht einen Wegweiser.

Es war zu dunkel um etwas zu entziffern. Sein Feuerzeug hatte er ausgerechnet an diesem Morgen nicht eingesteckt, weil seine Zigaretten seit Tagen alle waren und er kein Geld für neue hatte. In seiner Hosentasche war, neben ein paar Münzen, nur sein Taschenmesser. Das half ihm in diesem Moment auch nicht.

Maraun verließ erneut der Mut. Er ahnte, dass – wenn überhaupt – nur einer der beiden Wege aus dem Wald hinaus führen würde, und bei dem Pech, das ihn schon den ganzen Tag über verfolgte, würde er mit Sicherheit den falschen wählen und erneut tiefer in den dschungelartigen Mischwald vordringen.

Doch dann erinnerte sich Maraun daran, wie er eines Abends, vor vielen Jahren, als es seiner Mutter noch besser ging, nach einem heftigen Streit mit seinem damaligen Stiefvater im Zorn auf dem Fahrrad davon gefahren war, so lang, bis er plötzlich am Ende der Stadt angelangt war, wo keine Häuser, keine Industriegebiete, sondern nur noch Felder waren.

Sie hatten zu dieser Zeit im Zentrum der Metropole gewohnt und die Fahrt mit Bus und Bahn ins Grüne war ihm wie eine Weltreise vorgekommen. Umso erstaunter war er damals, dass er es nur mit dem Rad und ohne Plänen oder Schildern zu folgen mitten in der Nacht hinaus aus dem Großstadtmoloch geschafft hatte. Er war einfach nur immer so gut es ging geradeaus gefahren, immer in eine Himmelsrichtung.

Das gleiche müsste er nun auch tun. Denn viel größer als eine der größten Städte des Landes konnte dieser gottverdammte Wald auch nicht sein, dachte er sich. Wenn er nur noch in eine Richtung fuhr, würde er früher oder später hinaus finden.

Maraun entschloss sich für den rechten Weg, da dieser in einem weniger steilen Winkel als der linke vom bisherigen Pfad abging und er so die Fahrtrichtung am ehesten würde fortsetzen können.

Schon bald musste er allerdings mehrmals kurz hintereinander feststellen, meist erst knapp vor der Kollision mit einem Baum oder sonstigem Gestrüpp, dass der Weg, den er eingeschlagen hatte, kurvenreich war. Sein Vorhaben, immer nur in eine Richtung zu fahren, war damit hinfällig.

Maraun fluchte innerlich – nicht nur, weil die erst spät zu erkennenden Kurven in der Dunkelheit seine Fahrt verlangsamten und ihn jedes Mal fast zum Sturz brachten. Wer baute solche Wege? War das hier ein Irrgarten? Wollte der Wald sich lustig machen über ihn? Es erschien ihm, als habe sich nach den Bahnarbeitern und dem Waldschrat nun die ganze Welt gegen ihn verschworen.

Obwohl auch beim Fahrradfahren ein leichter Fahrtwind entstand, spürte Maraun die Kälte kaum noch. Das eifrige Treten in die Pedale strengte ihn, nach einem ohnehin kaum vorstellbar anstrengenden Tag, so sehr an, dass er sogar ins Schwitzen kam. Seine Kräfte schwanden von Minute zu Minute. Dennoch dürfte er sich keine Pause gönnen, denn die Gefahr war groß, dabei einzuschlafen und – davor graute Maraun wie vor nichts anderem – im Schlaf zu erfrieren.

Maraun erschrak, als er in der Ferne plötzlich erneut ein Licht sah, denn sein erster Gedanke war, dass er unfreiwillig im Kreis gefahren und nun erneut an der Hütte des alten Mannes angelangt sein musste. Aber das erschien ihm trotz aller Kurven, die der Weg genommen hatte, dann doch glücklicherweise ziemlich unwahrscheinlich. Außerdem handelte es sich diesmal offensichtlich um ein stärkeres Licht als den dünnen Strahl, der durch die zugezogenen Gardinen des Waldhausfensters gedrungen war.

Er beschleunigte seine Fahrt dennoch ganz bewusst nicht, um Kräfte zu schonen, da er damit rechnen musste, erneut enttäuscht zu werden. Als er schließlich dem Licht immer näher kam, traute er seinen Augen kaum. Die Beleuchtung stammte von einer etwa zwei Meter hohen, elektrischen Laterne und erhellte eine Einfahrt.

Maraun erkannte schon von weitem deutlich ein zweiflügliges, geöffnetes Stahltor. Dahinter bestand der Weg nicht mehr aus unebener, matschiger Erde, sondern aus akkuratem und frisch gekehrtem Kies. Neben dem Tor war zwar keinerlei Hausschild oder Briefkasten zu sehen, dennoch machte es den Anschein, als hätte er hier inmitten des Waldes den Zugang zu einem stolzen Anwesen gefunden.

Zögerlich setzte er seine Fahrt fort. Er musste davon ausgehen, jeden Moment entdeckt und erneut verscheucht zu werden, schließlich betrat er nun ganz offensichtlich ein Privatgrundstück. Doch das Tor stand weit offen und er war in einer Notsituation, diesmal würde er um Hilfe bitten und, so hoffte er, nicht abgewiesen werden.

Schon nach wenigen Metern leuchtete ihm die nächste Laterne den Weg. Auf beiden Seiten der Einfahrt wurde das Licht jedoch sofort von riesigen Bäumen verschluckt. Den Wald hatte Maraun also noch immer nicht hinter sich gelassen.

Dann machte auch dieser Weg erneut eine Biegung. Noch immer waren kein Haus und keine Menschenseele in Sicht, doch Maraun war abermals überrascht von dem, was er dort zu sehen bekam: Ein ganz besonders schöner und hoher Baum am Rand des Kieswegs, wohl eine Fichte oder Tanne – so gut kannte sich Maraun als Stadtkind mit Bäumen nicht aus – war mit einer riesigen Lichterkette geschmückt und erstrahlte in weihnachtlichem Glanz.

Maraun konnte nicht anders, als von seinem Rad abzusteigen und den Anblick des prächtigen Baumes zu genießen. Was für eine unwirkliche Situation, dachte er sich, nach all der Dunkelheit des Waldes auf einmal in den Genuss eines solch geradezu verschwenderischen Lichtes zu geraten.

Er erinnerte sich daran, wie sehr es ihn als kleiner Junge immer gefreut hatte, wenn zur Weihnachtszeit die Bäume in den Alleen der Stadt mit Lichterketten geschmückt wurden. Zum ersten Mal seit vielen Jahren, trotz der Kälte und des Hungers und seiner misslichen Lage, empfand er eine geradezu kindliche Vorfreude auf Weihnachten.

Seltsam zufrieden und getragen von der unerklärlichen Gewissheit, dass er in wenigen Metern sein Ziel erreicht haben würde, setzte er seine Fahrt fort. Trotz aller Erschöpfung hatte er das Gefühl, über den Kies zu schweben, als erwarte ihn am Ende des Weges nicht weniger als das größte Glück auf Erden.

11

Der große Maraun hatte sich erst wenige Meter vom leuchtenden Weihnachtsbaum entfernt, als er Stimmen hörte. Sofort schlug seine eben noch euphorische Stimmung erneut in Unsicherheit um. Obwohl er diesmal eigentlich vorgehabt hatte, um Hilfe zu bitten, floh er instinktiv mitsamt seinem Fahrrad ins Gebüsch, rannte aber nicht davon, sondern versteckte sich im Schutz der Dunkelheit. In Hörweite des Weges wartete er ab, bis sich die Stimmen näherten.

Er kauerte sich hinter einen Baum, das Rad auf den Boden gelegt. Zuerst dachte er, es wären Frauen, doch als er die Stimmen immer deutlicher hörte, merkte er, dass es Kinder sein mussten. Nun verstand er sie klar und deutlich.

Eines von ihnen, vermutlich ein kleines Mädchen, drückte sich trotz ihres Alters so klar und gewählt aus, dass Maraun unweigerlich lächeln musste, obwohl er den Sinn ihrer Worte nicht verstand.

„Was mich beunruhigt ist die Frage der Pferde. Keiner wird Daniel daran hindern, auf ihnen zu reiten", sagte sie.

„Na und?", antwortete eine spöttisch klingende Jungenstimme.

Dann entfernten sich die Stimmen der beiden, doch nur kurze Zeit später hörte er erneut Kinderstimmen. Diesmal schienen sie jedoch aus der anderen Richtung zu kommen.

„Wenn morgen der See nicht zugefroren ist, fahren wir mit dem Boot!", hörte er ein Mädchen sagen.

„Ob sie uns das erlauben?", fragte ein anderes Mädchen.

„Natürlich! Wir feiern das Fest, so wie es uns gefällt. Das hat Arthur doch gesagt."

Es musste eine ganze Schar Kinder sein, die den Weg hinunter und nun wieder hinauf lief, denn ihre Stimmen vermischten sich immer mehr. Nur ein weiterer Ausruf blieb Maraun im Gedächtnis: „Vielleicht kommt Arthur ja heute Abend noch mit Jennifer zurück, dann knutschen sie bestimmt!", sagte eine aufgeregte Mädchenstimme.

„Ihhh!", hörte er einen Jungen rufen, andere Kinder kicherten.

Maraun blieb noch so lange in seinem Versteck, bis alle Stimmen verstummt waren. Das Rad ließ er auf dem Waldboden zurück. Wenn er sich nun schon bald zu erkennen geben würde, wollte er kein gestohlenes Fahrrad bei sich haben. Zur Not, falls er doch wieder fliehen müsste, könnte er es sich immer noch wiederholen. So würde es ihm auch niemand abnehmen können.

Langsamen Schrittes ging er den Weg weiter in die Richtung, aus der die Kinder gekommen waren, bis auf der linken Seite der Wald einem einstöckigen Gebäude wich. Immer noch erhellten in regelmäßigen Abständen Laternen den Weg, und so erkannte Maraun, dass es sich zwar um ein einfaches, aber sehr altes, massives Haus handeln musste, mit großen Fenstern und einer Tür aus Holz.

Die Fassade war großflächig mit Efeu überwachsen. Aus keinem der Fenster drang Licht, aber aus dem Schornstein auf dem Flachdach des Hauses stieg Rauch auf. Der angenehme Geruch von Brennholz, wie ihn Maraun von gemütlichen Lagerfeuern bei Jugendfreizeiten erinnerte, stieg ihm in die Nase. Zwar ging der Weg noch weiter, dennoch entschloss sich der völlig erschöpfte Junge, hier sein Glück zu versuchen und endlich um Hilfe zu bitten.

An der großen Holztür fand er zwar keine Klingel, aber genau in der Mitte war ein antik aussehender, leicht rostiger Türklopfer aus Gusseisen in Form eines Löwenkopfes angebracht. Maraun klopfte mehrmals, doch im Haus tat sich nichts, es blieb weiter dunkel.

Ein letztes Mal klopfte er, schon mit wenig Hoffnung und sich darauf einstellend, dass er seinen Weg fortsetzen musste. Dabei zog er aus Resignation etwas zu heftig am Ring, der dem Löwen aus dem Maul hing – und prompt öffnete sich die Tür einen Spalt breit. Sie war gar nicht verschlossen!

Nach kurzem Zögern und als er sich umgesehen und erneut vergewissert hatte, dass weder die Kinder noch sonst jemand in der Nähe waren, machte er die alte Holztür ganz auf. Der Gedanke an einen warmen Ort trieb ihn dazu, ohne Erlaubnis und Aufforderung das fremde Haus zu betreten. Offenbar hielt sich niemand in dem Gebäude auf, denn noch immer blieb es still. Maraun wurde mutiger und rief: „Hallo, ist da jemand?", doch niemand antwortete.

Langsam gewöhnten sich seine Augen wieder an die Dunkelheit. Durch die Fenster zum Weg drang ein wenig Licht von der Laterne ein, so dass Maraun sich einen Überblick schaffen konnte. Es gab keine Diele und keinen Flur, das gesamte Untergeschoss schien aus einem einzigen Raum zu bestehen, der provisorisch zum Schlafsaal hergerichtet war. Neben mit Decken und Kissen ausgestatteten Sofas, die aussahen, als kämen sie vom Sperrmüll, lagen sogar einige Matratzen direkt auf dem gefliesten Boden.

Am rechten Ende des Raumes, in der Nähe der Steintreppe, die ins erste Obergeschoss führte, stand das einzige richtige Bett. Anders als die meisten anderen Schlafgelegenheiten war es ordentlich gemacht. Obwohl es im Raum durch den Ofen wohlig warm war, roch es feucht und etwas modrig, so als wäre das Gebäude zuvor lange Zeit unbenutzt gewesen.

Neben den wirr durcheinander und dennoch dicht zusammenstehenden Sofas, Matratzen und dem aus einem schnörkellosen Eisengestell bestehenden Bett gab es kaum weitere Einrichtungsgegenstände in dem Raum. An der hinteren Wand waren einige einfache Holzregale aufgebaut, auf denen Maraun Taschen und Koffer sowie Kleiderstapel erkannte. In der Ecke befand sich ein gekachelter Kaminofen. An der Wand daneben stand eine altmodische, laut tickende und opulent verzierte Standuhr aus Holz, die überhaupt nicht zum Rest des spartanischen Mobiliars passte.

Maraun, der wie immer keine Armbanduhr trug, hatte das Zeitgefühl völlig verloren und war erstaunt, als er sah, dass es noch nicht einmal sieben Uhr abends war. Er hätte schwören können, es sei bereits tiefste Nacht.

Maraun setzte sich auf das Eisenbett, das ihn vom etwa halben Dutzend Schlafplätzen im Raum am meisten einlud. Offenbar waren die Menschen, die hier untergebracht waren, um diese Zeit nicht zu Hause. Mit Sicherheit musste es in diesem Anwesen noch weitere Gebäude geben, unter anderem eines, wo sich die Kinder aufhielten oder wo dieser Arthur seine Jennifer küssen würde.

Doch er war viel zu müde, um weiter über den seltsamen Ort, geschweige denn über sein weiteres Vorgehen nachzudenken. Ohne lang zu überlegen, zog er die Schuhe aus und kuschelte sich unter die Decke des frisch bezogenen Bettes. Trotz der Wärme des geheizten Raums ließ er – bis auf Mütze, Handschuhe und Schal, die er auf den Boden warf – all seine Klamotten an, denn so schnell wich die Kälte eines unter freiem Himmel verbrachten Wintertages nicht aus seinem Körper.

Eigentlich wollte er sich nur einen Moment ausruhen, doch er fühlte sich so sicher und geborgen, dass er sofort in einen tiefen, ruhigen Schlaf fiel. An einem Ort, an dem Kinder Feste feiern durften wie sie wollten, würde ihm schon nichts passieren.

12

Es waren Schritte, von denen er wach wurde. Jemand war in den Raum gekommen, hatte Licht angemacht und lief umher. Maraun rührte sich nicht und hielt den Atem an, doch der andere hatte ihn schon entdeckt.

„Na, Junge, willst du etwa die ganze Feier verschlafen?", sagte er. Maraun war erleichtert über diese zwar etwas spöttische, glücklicherweise jedoch nicht feindselige Begrüßung, blieb aber dennoch reglos liegen. Der Fremde hielt ihn offenbar für einen Gast. Wenn er nun sah, dass er vollständig angezogen im Bett lag, würde er ihn vielleicht doch als Eindringling enttarnen.

Doch der Mann schien, wohl durch Marauns auf dem Boden liegende Wintersachen, erkannt zu haben, dass er hier eigentlich nicht hingehörte. „Haben dich deine Leute rausgeworfen? Oder ist es dir in deinem Wagen zu eng geworden?", fragte er.

Nun stand er direkt neben dem Eisenbett. Maraun drehte sich zu ihm um. Er war klein und stämmig, sein Kopf hatte die Form eines Eis, seine Wangen waren dick und rötlich. Er hatte eine Glatze, trug einen Bart und ein langes, weißes Gewand, das Maraun an die Kleidung von Julius Cäsar in Asterix-Comics erinnerte.

Er hatte keine Ahnung, von welchen Wagen oder Leuten der Mann redete, doch er deute ein Nicken an. „Trotzdem kannst du hier nicht bleiben. Alle anderen sind schon drüben. Arthur und seine Liebste können jeden Moment ankommen, das willst du doch nicht verpassen. Oder bist du etwa krank? Du siehst nicht gut aus, Junge!", sagte der Mann. Maraun schüttelte den Kopf und richtete sich langsam auf. Der Dicke ließ nicht von ihm ab.

„Du trägst ja noch gar kein Kostüm! Die haben wir euch doch heute Nachmittag gebracht, da hast du wohl auch schon geschlafen. Warte, oben sind noch ein paar, ich hole dir eins." Ehe er etwas erwidern konnte, verschwand der Mann die Treppen in das Obergeschoss hinauf.

Kurz überlegte Maraun, ob er einfach gehen sollte, doch dann dachte er sich, wenn hier alle Kostüme trugen, wäre es besser, er würde auch eines tragen. Dann könnte er sich unerkannt unter die Feiernden mischen und würde vielleicht auch etwas zu essen und trinken bekommen.

Wenige Augenblicke später war er wieder da und drückte Maraun, der noch immer auf dem Bett saß, ein Oberteil und eine Hose in die Hand. „Das müsste von der Größe ungefähr hinkommen. Viel Auswahl gibt es leider nicht mehr", sagte er und lächelte dabei freundlich. „Ich lasse dich jetzt alleine, in der Küche wartet man sicherlich schon auf mich. Und mach dich mal etwas frisch, bevor du in das Kostüm schlüpfst, du bist ja ganz verschwitzt. Das Bad ist dahinten", sagte er und zeigte auf eine kleine Tür am anderen Ende des Raums, die Maraun bei seiner ersten Begutachtung im Halbdunkeln noch gar nicht aufgefallen war.

Als der Mann, der wohl so etwas wie ein Bediensteter auf diesem seltsamen Anwesen sein musste, das Gebäude verlassen hatte, stand Maraun auf und ging ins Badezimmer. Es war das kurioseste Badezimmer, das er jemals gesehen hatte. Offenkundig diente der Raum einst als Küche, denn die Rückseite des Kachelofens aus dem großen Zimmer bildete hier eine Kochstelle, daneben stand ein ebenso antik anmutender Spültisch.

Inmitten des Raumes war eine Badewanne aufgestellt worden, die zwar über einen Abfluss, aber nicht über einen Wasserzufluss verfügte. An der Wand stand ein Küchenschrank aus Holz, hinter den Glasvitrinen lagen eine Vielzahl von Kulturbeuteln und Kosmetika. Daneben waren ein großer Wandspiegel und viele Kleiderhaken angebracht, an denen Handtücher verschiedenster Farben und Größen hingen. Eine Dusche gab es nicht, die Toilette und ein kleines Waschbecken entdeckte Maraun in einem kleinen Nebenraum, der wahrscheinlich früher einmal eine Speisekammer war.

Maraun zog sich aus und war froh, die verschwitzen Klamotten endlich loszuwerden. Anders als noch vor wenigen Stunden war ihm am ganzen Körper heiß. Erst befürchtete er, es könne sich um Fieber handeln, doch dafür fühlte er sich – trotz noch immer großer Müdigkeit und vor allem Hunger und Durst – nicht schlapp genug. Wahrscheinlich war es doch zu viel des Guten gewesen, mit der Jacke im geheizten Raum unter der Decke einzuschlafen.

Die an Beinen und Knien zerrissene, dreckige Jeans, sein nassgeschwitztes Unterhemd und das nicht minder müffelnde Sweatshirt stopfte er kurzerhand in eine leere Schublade im Küchenschrank. Er drehte den Wasserhahn oberhalb des Spültischs auf, doch es kam nur eiskaltes Wasser. Er beugte sich unter den Strahl und trank.

Auf dem Ofen entdeckte er einen Kessel, gefüllt mit angenehm warmem Wasser, das er verwendete, um zumindest seinen Oberkörper notdürftig zu waschen. Im Schrank sah er sich anschließend nach einem Herrendeodorant um und wurde fündig. Er trug auch noch etwas Aftershave aus einem anderen Kulturbeutel auf.

Dann zog er das Kostüm an, das ihm der Alte gegeben hatte. Es passte ihm, fiel sogar etwas weit aus. Im Spiegel betrachtete er sich. Das Hemd war an den Seiten nur mit einer Kordel zusammengeschnürt. Sowohl auf der Rückseite als auch an Brust und Ärmeln war es mit kunstvollen Stickereien verziert. Wie die Hose bestand auch das Oberteil nur aus einem dünnen Leinenstoff.

Damit würde er draußen mit Sicherheit frieren. Da er nicht wusste, ob und wie weit er mit diesem Kostüm noch durch die Kälte laufen müsste, holte er seine zerfetzte Jeans wieder aus dem Schrank und zog sie unter die Leinenhose an.

Nachdem er den Kessel wieder mit Wasser gefüllt und auf den Ofen gestellt hatte, machte er auch, so gut er konnte, das Bett, in dem er geschlafen hatte und zog seine Jacke über das dünne Oberteil. Schal, Handschuhe und Mütze verstaute er erst einmal in den Jackentaschen.

Bevor er, mit neuer Kraft und frohen Mutes, sein vorübergehendes Domizil wieder in Richtung der kalten Nacht verließ, warf er noch einen letzten Blick auf die Standuhr. Es war bereits halb zehn.

Hoffentlich bekam er auf der Feier noch etwas zu essen, denn seine letzte Mahlzeit hatte er vor über zwölf Stunden zu sich genommen, am Frühstückstisch der Familie Plötz.

Auch wenn er keine Ahnung hatte, wo er eigentlich war, fühlte er sich in diesem Moment Lichtjahre von seinem Leben bei uns in Großburgdorf entfernt.

13

Der Weg mündete schon bald hinter dem Gebäude, das Maraun als abendliches Quartier gedient hatte, in einen großen Platz. Nun sah er, was der Mann mit den Wagen gemeint hatte. Auf größtenteils unebenem Waldboden und zwischen vereinzelten Bäumen, die durch auf dem Boden liegende Baustrahler angeleuchtet wurden, parkten dicht an dicht Wohn- und Campingwagen, dazwischen auch einige Lieferwagen und normale Autos. Die Kennzeichen, die Maraun entziffern konnte, wusste er kaum einer Stadt zuzuordnen, zum Teil stammten sie sogar aus dem Ausland.

Mühsam bahnte er sich einen Weg durch die eng aneinander stehenden Wagen. Er schätzte, dass es mindestens zwei Dutzend, wenn nicht sogar deutlich mehr waren. Das Ende des Parkplatzes bildete eine große Mauer aus Stein, an der er entlanglief, bis er erneut zu einem weit geöffneten Eisentor gelangte, das aber um ein

Vielfaches größer und älter wirkte als jenes, durch das er vor einigen Stunden spaziert war.

Und da kam sie wieder, die Magie, die Maraun schon gespürt hatte, kurz nachdem er das erste Tor durchquert und den beleuchten Weihnachtsbaum entdeckt hatte. Was sich seinen Augen nun bot, übertraf das Vorherige sogar noch.

Der Weg führte direkt auf ein prächtiges, zweigeschossiges Gutshaus im Stil eines Barockschlösschens. Die Fassade war aufwändig verziert und links und rechts eingerahmt von zwei kleinen Türmen. Das gesamte Gebäude wurde mit Strahlern vom Boden aus beleuchtet.

Den Weg zum Eingang erhellten zusätzlich zu den elektrischen Laternen auch noch in den Boden gesteckte Fackeln. Im Garten standen keine großen Tannen oder Fichten mehr, sondern mehrere sauber zurechtgeschnittene, zu dieser Jahreszeit kahle Laubbäume, alle ebenfalls mit Lichterketten geschmückt.

Erst als Maraun sich dem Gebäude näherte, erkannte er, dass die Fassade in einem sehr schlechten Zustand, der Putz an vielen Stellen abgebröckelt war.

Als er das kleine, vollständig verglaste Foyer des Gutshauses betrat, drangen bereits vergnügte Stimmen und Musik durch die größte der drei abgehenden Türen. Sie war angelehnt, aber nicht verschlossen. Wieder begann er, zu zweifeln. Was würde ihn hinter der Tür erwarten?

Zögerlich öffnete er die Holztür einen Spalt breit und wagte einen Blick in den Raum. Er sah einen festlich geschmückten Saal, mit Kronleuchtern und Stuck an den Decken. Die Wände hatten eine undefinierbare Farbe und benötigten dringend einen frischen Anstrich. Zwischen den Kronleuchtern hingen Spinnweben.

Der Raum war riesig, wahrscheinlich der größte im gesamten Gebäude. Um die im Eingangsbereich noch rechteckige, am Kopfende kreisrunde Tafel – die aus vielen einzelnen, zum Teil unterschiedlich hohen Tischen mit weißen Tischdecken bestand – saßen Männer, Frauen und Kinder, allesamt in ähnlich altertümlichen Kostümen wie dem, was Maraun unter seiner Jacke trug.

Am hinteren Ende des Zimmers brannte Feuer in einem großen Kamin. Etwa in der Mitte des langgezogenen Saals war auf der rechten Seite eine kleine Bühne aufgebaut, auf der eine Band spielte. Eine auf Französisch singende, rothaarige Frau an der Gitarre wurde von zwei Männern begleitet, der eine spielte eine Art Bratsche, der andere ein seltsames Blasinstrument, das Maraun noch nie zuvor gesehen hatte. Auch die Musik konnte er nur schwer zuordnen, sie war zwar altmodisch, aber auch heiter, ausgelassen, schnell.

Einige Gäste waren aufgestanden, klatschten zum Rhythmus der Musik, manche tanzten sogar. Vor allem die Kinder rannten zwischen den Tischen hin und her. Ein kleines Mädchen in einem elfenartigen Kleid und mit Schleife im Haar lief direkt auf die große Tür zu, durch die Maraun in den Raum spähte.

Hatte es ihn gesehen? Bevor Maraun darüber nachdenken konnte, hatte die Kleine die nach innen gehende Tür bereits aufgemacht und stand vor ihm. Niemand von den anderen Gästen beachtete sie.

„Soll ich dir zeigen, wo du deine Jacke loswerden kannst?", fragte sie und lächelte ihn an. Maraun nickte verdutzt. Das kleine Mädchen streckte ihm, dem fremden, großen Jungen, seine Hand entgegen und führte ihn zu einer der anderen Türen im Foyer. Sie mündete in einen schwach beleuchteten Flur, in dem ein Kleiderwagen stand. Maraun fand noch einen freien Bügel und hängte seine Jacke auf.

Das Mädchen, das Maraun auf sieben oder acht Jahre schätzte, schaute ihm mit großen Augen dabei zu. „Ich heiße Lara. Wie heißt du?", sagte sie und griff erneut nach seiner Hand – mit dem Vertrauen und dem Wunsch nach Freundschaft, den Kinder an einem solch besonderen Abend haben.

„Ich heiße Jonas", sagte Maraun. „Weißt du, ob ich auch noch etwas zu essen bekomme?", fragte er sie. Auf den Tischen im Saal hatte er nur noch vereinzelt halbleere Teller, vor allem aber Weingläser und Bierflaschen gesehen.

Das Mädchen führte ihn zurück ins Foyer und von da ins Treppenhaus, eine knarzende Holztreppe hinunter in den Keller. Dort war eine große Küche untergebracht. Überrascht betrachtete

Maraun, wie modern sie ausgestattet war, hatte doch das restliche Gebäude bisher einen sehr alten und verfallenen Eindruck auf ihn gemacht.

In einer Ecke waren zwei Frauen mit dem Abwasch des schmutzigen Geschirrs beschäftigt, während der dicke Mann, dem er bereits zuvor im Schlafsaal des anderen Gebäudes begegnet war, gerade den Herd reinigte. Um sein Julius-Cäsar-Kostüm hatte er eine grün-weiß karierte Kochschürze gebunden, dazu trug er gelbe Plastikhandschuhe, was ziemlich albern aussah.

„Sieh an, der Langschläfer ist da!", rief der Dicke und zwinkerte Maraun zu. „Dir knurrt wohl der Magen. Warmes gibt es nicht mehr, aber es ist noch reichlich Salat übrig. Und vom Dessert ist auch noch etwas da", sagte er. Maraun war dankbar und erleichtert, dass der Koch so ein netter Mensch war und ihm den Hunger förmlich aus den Augen abgelesen hatte.

„Hast du auch noch Hunger, meine Süße?", fragte der Mann das kleine Mädchen. „Nein. Ich gehe wieder hoch zu den anderen. Wenn du fertig bist, spielst du dann mit mir, Jonas?"

Maraun konnte noch immer kaum glauben, dass er, nach einem Tag, an dem es zunächst so schien, als haben sich alle gegen ihn verschworen, nun von Menschen umgeben war, die es gut mit ihm meinten. „Ja, klar", sagte er. Die Kleine lächelte ihn noch einmal an und verschwand dann die Treppen hinauf.

Der Koch stellte ihm einen Teller, Besteck, eine große Schüssel mit gemischtem Salat, einige Scheiben Brot und eine Dessertschale auf die frisch polierte Arbeitsfläche, holte sogar noch einen in der Ecke stehenden Hocker und eine Flasche Wasser für ihn herbei. Danach ging er wieder seiner Arbeit nach. Maraun bedankte sich und war froh, dass der Dicke ihm keine Fragen stellte. Auch die beiden Frauen beachteten ihn kaum.

Eigentlich war Maraun kein großer Freund von Rohkost, doch selten schmeckte ihm etwas so gut wie der einfache Bauernsalat, den ihm der dicke Koch an diesem Abend servierte. Nach dem dritten Teller ging er zum Nachtisch über - einer Quarkspeise, die ein Gedicht war.

14

Satt und zufrieden verließ Maraun die Küche im Keller, nachdem er sich nochmals beim Koch bedankt hatte. Er erinnerte sich an das Versprechen, das er der kleinen Lara gegeben hatte. Diesmal betrat er ohne zu zögern den großen Festsaal.

Die Band hatte aufgehört zu spielen, die Bühne samt Instrumenten war verwaist. Alle Teller waren abgeräumt. Nur noch zwei oder drei kleinere Gruppen von Erwachsenen saßen an den Tischen, tranken Wein und unterhielten sich angeregt. Niemand beachtete ihn.

Das runde Kopfende war überhaupt nicht mehr besetzt. Erst da erkannte Maraun, dass genau in der Mitte Tafel, hinter dem Kamin und mit Blick auf die Eingangstür, zwei besonders prachtvolle Stühle standen. Sie hatten höhere Lehnen als alle anderen und waren als einzige mit einem roten, samtartigen Stoff überzogen und mit einem aufgestickten Schwert verziert. Dadurch und aufgrund ihrer prominenten Platzierung wirkten sie wie königliche Throne.

Dahinter, vor dem Ofen, standen zwei etwa zehnjährige Jungen in Ritterkostümen, die einzigen noch im Raum verbliebenen Kinder. Sie warfen zusammengeknüllte Papierservietten in das offene Feuer und sahen vergnügt dabei zu, wie die Knäule in Flammen aufgingen. Maraun war mutiger geworden und lief auf sie zu.

„Wisst ihr, wo Lara ist?", sagte er. Als sie ihn mit fragendem Ausdruck ansahen, ergänzte er: „Das kleine Mädchen mit dem Elfenkleid und der Schleife im Haar".

Der eine zuckte nur mit den Schultern und der andere sagte: „Vielleicht oben im Salon?"

Daraus, dass die Jungen Lara zumindest nicht namentlich kannten und auch sonst niemand sich über seine Anwesenheit zu wundern schien, schloss Maraun, dass die Gäste sich untereinander wohl insgesamt kaum oder nur vereinzelt kannten. Da er nicht wusste, was er sonst tun sollte, beschloss er, die kleine Elfe zu suchen und sich nebenbei in dem Haus etwas umzusehen. Vielleicht würde er auch hier einen Platz für die Nacht finden und müsste nicht wieder in das andere Gebäude zurück.

Den Gedanken, jemandem seine Situation zu offenbaren und um Hilfe zu bitten, sich also als Ausreißer und ungeladener Gast bloßzustellen, hatte er längst verworfen – mehr aus Bequemlichkeit denn aus Furcht. Großburgdorf war weit weg und diesen geheimnisvollen Ort noch ein wenig länger zu erkunden erschien ihm spannender als der Gedanke an die schwierige Rückkehr in sein altes Leben.

Die Treppe in die erste Etage war, anders als die in den Keller, großzügig und aus Stein statt aus Holz. Auf den Stufen lag ein roter Teppich, der sich auch im Flur des Obergeschosses fortsetzte. An den Wänden waren vereinzelt Ölgemälde angebracht, die Burgen und Könige zeigten. Fast alle hingen schief und wirkten reichlich verstaubt.

Die Türen, die links und rechts vom Flur abgingen, waren geschlossen. Aus einem der Räume drangen jedoch gedämpft Klavierklänge. Eine leise, sanfte Melodie. Stimmen waren nicht zu hören, sodass Maraun sich nicht traute, anzuklopfen oder einfach hineinzugehen, obwohl ihn die Musik magisch anzog.

Eine Weile lang lauschte er nur vor der Tür, dann – immer noch alleine auf dem langen Flur – bückte er sich und wagte einen verstohlenen Blick durch das Schlüsselloch. Er erkannte eine Frau, die an einem Klavier saß und spielte. Sie saß mit dem Rücken zur Tür und er konnte sie nur von hinten sehen. Sonst war niemand im Raum.

Zum zweiten Mal seitdem er auf dem Anwesen angekommen war, fühlte sich Maraun an seine Kindheit erinnert. Seine Mutter hatte ihm, als es ihr noch besser ging, oft am Klavier vorgespielt. Sie hatte sich gewünscht, dass auch er das Klavierspielen erlernte, doch er war stets zu ungeduldig und zu faul zum Üben gewesen.

Die langen, blonden und leicht gelockten Haare der Pianistin waren wunderschön. Er wünschte sich, sie würde sich einmal umdrehen, damit er ihr Gesicht sehen konnte, doch sie war ganz vertieft in ihre Partitur. Nur schwer löste er sich aus der Position des Voyeurs, doch die Beine drohten ihm einzuschlafen, würde er noch länger in der Hocke bleiben. Außerdem könnte jederzeit jemand vorbeikommen.

Er blieb noch eine Weile aufrecht neben der Tür stehen und lauschte der Musik. Doch es war kalt im Flur, offensichtlich war er nicht beheizt und die Fenster schlecht isoliert, denn er spürte eine leichte Zugluft und begann zu frieren unter seinem dünnen Hemd. Also raffte er sich auf und setzte die Erkundung des Hauses fort.

Am Ende des Flurs war eine größere Tür. Maraun lauschte erneut und vernahm ein Durcheinander an Stimmen. Durch das Schlüsselloch erkannte er jedoch kaum etwas. Es kostete nun doch mehr Überwindung als gedacht, den Raum zu betreten und sein Herz begann schneller zu schlagen, als er die Tür öffnete. Was, wenn man ihn nun ausfragen würde?

Auch diesmal trafen seine Befürchtungen nicht ein. Zwar richteten sich beim Betreten des Raums einige Blicke auf ihn, doch niemand unterbrach deswegen ein Gespräch oder bewegte sich auf ihn zu. Der Raum war zwar nicht ganz so riesig wie der Festsaal, aber immer noch größer als jedes normale Wohnzimmer. Es musste sich wohl um den Salon handeln, von dem der Junge gesprochen hatte.

Auf altmodischen Sesseln und Sofas saßen Erwachsene, während die Kinder auf Kissen und Decken am Boden hockten und spielten. Es war schon nach elf Uhr, wie Maraun der Wanduhr neben dem auch in diesem Raum vorhandenen Kamin entnahm, und dennoch waren selbst kleine Kinder noch wach.

Als Lara ihn sah, sprang sie sofort auf und lief freudig auf Maraun zu. „Spielst du mit uns Karten?", sagte sie. Maraun willigte ein und setzte sich auf den Boden neben das Mädchen und ihren Spielkameraden, einen Jungen etwa im selben Alter.

„Das ist Jonas", stellte sie ihren großen Freund nicht ohne Stolz vor.

„Und wer bist du?", fragte Maraun den Jungen.

„Ich bin Robert und das ist mein Papa", sagte er und zeigte auf einen Mann mit Bart, der in der Nähe auf einem der Sofas saß. „Mein Papa ist Zirkusdirektor. Und deiner?", fragte Robert.

Maraun antwortete, was er mittlerweile immer sagte, wenn jemand nach seinem Vater fragte: „Ich habe keinen." Normalerweise genügte das, um Nachfragen zu verhindern, doch nicht bei diesem Kind.

„Aber jeder auf der Erde *muss* doch einen Papa haben."

„Mein Vater ist ein Außerirdischer", sagte Maraun, schelmisch grinsend. „Zufrieden?"

Robert sah ihn skeptisch an, während er schweigend die Karten austeilte. Sie spielten Mau-Mau. Maraun gewann eine Runde nach der anderen. Lara freute sich jedes Mal für ihm, doch der Junge war den Tränen nahe.

Damit er und das Mädchen auch eine Chance zu gewinnen bekämen, änderte Maraun seine Taktik und begann absichtlich nachlässig zu spielen. Es kam ihm ohnehin entgegen, sich nicht mehr so sehr auf die Karten konzentrieren zu müssen, denn so konnte er dem Gespräch von Roberts Vater und seinen beiden Sitznachbarn, einer Frau und einem jungen Mann, besser folgen.

Sie unterhielten sich aufgeregt darüber, dass der Gastgeber, den sie Arthur oder alternativ „den Junior" nannten, noch immer nicht mit seiner Angebeteten namens Jennifer erschienen war. Das gesamte Fest hatte er offensichtlich nur für sie ausgerichtet – und nun waren beide den ganzen Abend nicht aufgetaucht.

Während Arthur allen bestens vertraut schien, kannte offenbar noch niemand aus der Runde seine Geliebte. „Sie muss ja eine ganz schöne Wucht sein, wenn sie dem Junior so den Kopf verdreht hat", ließ Roberts Vater verlauten.

„Na hoffentlich bekommen wir sie morgen mal zu sehen, bevor der Spuk hier schon wieder vorbei ist", sagte der andere Mann.

Warum alle Gäste so seltsam altertümlich kostümiert waren und weshalb diese skurrile Feier eigentlich genau stattfand, konnte Maraun nicht heraushören. Von einer Sage war die Rede und davon, das „solche Ideen" Arthur ähnlich sähen. „Der Senior kann ihm aber auch keinen Wunsch abschlagen, stellt seinem Sohn so kurz vor Weihnachten das Schloss zur Verfügung und spendiert eine Feier für die ganze Familie. Er lässt ihm einfach alles durchgehen", sagte die Frau. Waren die Gäste also doch untereinander verwandt? Dann musste es sich wirklich um eine Großfamilie handeln, dachte sich Maraun verwundert.

Noch erstaunter war er, als er beiläufig das Alter des Gastgebers erfuhr. „Also ich war mit sechzehn auch schon schwer verliebt, aber so ein Tamtam für eine Frau zu veranstalten, das wäre mir damals nicht in den Sinn gekommen", sagte Roberts Vater.

„Das würde dir auch heute nicht in den Sinn kommen", erwiderte die Frau und alle lachten.

Arthur war also gerade einmal ein Jahr älter als er und tat bereits solche verrückten Dinge – für ein Mädchen. Maraun hatte, trotz einschlägiger Erfahrungen mit dem anderen Geschlecht, noch nie wirklich die Gelegenheit gehabt, einem Mädchen seine Liebe zu beweisen und fühlte sich, wie er dort auf dem Boden unbeachtet von den Erwachsenen sitzend Mau-Mau mit zwei Sechsjährigen spielte, auf einmal wieder selbst wie ein kleines Kind.

15

Das Gespräch zwischen Roberts Vater und den beiden anderen war, nach mehrfachem Gähnen der Frau, etwas ins Stocken geraten und der Zirkusdirektor wandte sich den Kindern zu.

„Es wird langsam Zeit, Robert. Und du kommst auch mit Lara, ich hab deiner Mutter versprochen, dich zu eurem Wagen zu bringen", sagte er und ergänzte in Richtung Maraun: „Ich fürchte, du musst dir andere Mitspieler suchen, junger Mann."

Ohne Murren standen die beiden Kinder auf. „Sehen wir uns morgen, Jonas? Fährst du auch mit dem Boot?", fragte sie.

„Denke schon, mal sehen", antwortete Maraun. An der Hand des Zirkusdirektors und gemeinsam mit der Frau verließen die Kinder den Raum, Lara winkte ihm noch einmal zum Abschied.

Der jüngere Mann verabschiedete sich ebenfalls von seinen beiden Sitznachbarn und den Kindern. Maraun überlegte kurz, ob er nun auch einfach gehen sollte, doch es war schon zu spät.

„Hilf mir mal kurz auf die Sprünge, wir haben uns doch schon mal gesehen!", sagte der Mann.

Er war um die zwanzig und hatte eine gewisse Ähnlichkeit mit dem Zirkusdirektor, vielleicht kam es Maraun aber auch nur so vor, weil er ebenfalls kurze Haare und einen Stoppelbart trug. Er war sich ziemlich sicher, dass sie sich nicht kannten. Schnelligkeit und Spontanität waren gefordert, denn Maraun hatte sich nichts zurechtgelegt.

„Ich bin ein Cousin vom Koch", war das erste, was ihm einfiel.

„Ach, der dicke Albert hat seine ganze Familie mitgebracht, das sieht ihm ähnlich! Hast du auch einen Namen, Cousin vom Koch?", entgegnete der Fremde amüsiert.

Glück gehabt, dachte sich Maraun, und hoffte dennoch inständig, dass das Gespräch bald beendet sein würde. „Ich heiße Jonas, und Sie?", sagte Maraun höflich.

„Na, also so alt bin ich nun auch wieder nicht, dass du mich siezen müsstest. Und verwandt sind wir sicherlich auch, über ein paar Ecken. Ich bin Jan, Jongleur im Zirkus meines Vaters. Freut mich dich kennen zu lernen, Jonas."

Maraun begleitete Jan zu einer weiteren Polstersitzgruppe in einem anderen Winkel des Raums, an der noch andere Leute saßen, die er offenbar alle kannte. Er stellte ihn der Runde als „Jonas, der Cousin vom Koch" vor. Zum Glück hinterfragte das niemand und auch der Koch selbst war nirgendwo in Sicht. Wahrscheinlich schlief er nach getaner Arbeit bereits in einem der Betten des Schlafsaals, in dem sich Maraun am frühen Abend ausgeruht hatte.

Das Gespräch war heiter, der Umgangston locker und freundschaftlich. Er konnte der Unterhaltung kaum folgen, es ging um Leute, die er nicht kannte und um Orte, von denen er noch nie gehört hatte.

Alle hatten wohl schon das eine oder andere Glas getrunken, es wurde viel gelacht, die Themen wechselten häufig und abrupt, es wurde wild durcheinander geredet. Mancher Diskussionsbeitrag ergab offensichtlich keinen Sinn, gelacht wurde trotzdem. Jan goss auch Maraun wie selbstverständlich Rotwein aus einer großen Karaffe in eines der ebenfalls auf dem Couchtisch bereitstehenden Gläser ein.

Maraun schwieg die meiste Zeit und war froh, dass ihm auch hier niemand größere Beachtung schenkte. Auf eine seltsame Art und Weise fühlte er sich dennoch geborgen, ja sogar willkommen inmitten dieser ausgelassen feiernden Fremden, die keine Fragen stellten.

Ein wohliges Gefühl machte sich in ihm breit, woran auch der Wein seinen Anteil hatte. Bald war sein Glas leer und er schenkte sich nach. Nach einiger Zeit stand jemand auf und holte eine neue, volle Karaffe Wein von irgendwoher. Sie leerte sich innerhalb kurzer Zeit.

Maraun betrank sich nicht zum ersten Mal. Doch noch nie war das Gefühl, Kind zu sein, das er eben noch hatte, so schnell dem Gefühl gewichen, erwachsen und damit frei zu sein.

Eine junge Frau, nur zwei oder drei Jahre älter als Maraun, mit dunklen Augen, dunklem Haar und einem insgesamt exotischem Einschlag gesellte sich zu der Gruppe, die damit auf sechs oder sieben Leute angewachsen war, so genau erinnerte Maraun das nicht mehr.

Sie brachte eine goldene, orientalisch anmutende Wasserpfeife mit, die langsam die Runde machte. Bald war auch Maraun an der Reihe. Anders als die Wasserpfeifen, die Maraun aus Tagen in zweifelhafter Gesellschaft in der Stadt kannte, kam der Rauch bei diesem aufwändig verzierten Modell nicht direkt aus dem Kopf, sondern aus einen Schlauch und enthielt offenbar auch kein Cannabis, sondern eine angenehm fruchtig riechende Tabakmischung. Dennoch fühlte er sich, nachdem er einen tiefen Zug genommen hatte, seltsam benebelt.

Vielleicht war es die Mischung aus Tabak und Alkohol, vielleicht aber auch nur die Anstrengung eines eisig langen Tages auf Schienen und in Wäldern, die dafür sorgten, dass Maraun am Ende eines versöhnlichen Abends und inmitten eines lebhaften Gesprächs, an dem er sich nicht beteiligte, auf dem Sofa im Sitzen einnickte und erneut ungewollt in einen tiefen Schlaf fiel – umgeben von einer großen, warmherzigen und nachsichtigen Gemeinschaft, die es gut mit ihn meinte und ihn schlafen ließ, auch nachdem die letzte Karaffe Wein geleert und der letzte Gast den Salon verlassen hatte.

16

Am nächsten Morgen war es die Sonne, die Maraun weckte. Seit Tagen hatte sie sich nicht mehr blicken lasse, doch nun schien sie ihm ins Gesicht, so hell wie an einem Frühlingstag.

Es dauerte ein paar Sekunden, bis Maraun realisierte, dass er nicht in seinem Bett lag, sondern auf einer Couch an einem immer noch seltsam fremden Ort. Jemand von den anderen Gästen musste am Abend zuvor so fürsorglich gewesen sein, ihm eine Decke zu holen und ihn damit zuzudecken. Er konnte sich an nichts mehr erinnern und sein Schädel brummte.

Niemand außer ihm hielt sich im Raum auf. Die Überreste der Feiergesellschaft vom Abend zuvor waren jedoch allgegenwärtig, auf den Tischen vor den Sitzgruppen und auch auf dem Boden standen Gläser, Krüge und leere Flaschen. Das Feuer im Kamin war erloschen. Jemand hatte eine halbvolle Zigarettenschachtel und Streichhölzer liegen lassen. Da er längst kein lässiger Gelegenheitsraucher mehr, sondern ein Süchtiger war, griff er zu.

Die Wanduhr zeigte an, dass es bereits fünf vor zehn war, als Maraun seinen Schlafplatz verließ. Er suchte den Flur nach einer Toilette ab. Die Türen waren alle verschlossen – auch die, aus der am Abend zuvor noch die Klaviermusik gedrungen war.

Erst am anderen Ende des Ganges fand er eine nicht verschlossene Tür vor. Sie führte in ein Badezimmer von der Größe eines Wohnzimmers, mit einer riesigen Badewanne und zwei in eine Marmorplatte eingelassene Waschbecken mit kupfernen, verzierten Wasserhähnen. Trotz seiner Opulenz machte aber auch dieser Raum einen heruntergekommenen, ungepflegten Eindruck. In den Ecken sah Maraun grünlichen Schimmel an der Wand.

Nachdem er sich das Gesicht mit Wasser erfrischt hatte, betrachtete er sich im Spiegel. Er erkannte sich darin kaum wieder. Im Tageslicht wurde ihm erst so richtig bewusst, was das Kostüm aus ihm gemacht hatte.

Er sah nicht mehr aus wie ein verzweifelter Ausreißerjunge. Er sah aus wie ein Romanheld aus einem alten Buch, wie ein Abenteurer aus antiken Epochen. Keinen Gedanken verschwendete er in diesem Augenblick mehr an eine baldige Rückkehr in sein vorheriges Leben als Pflegekind oder an die Angst, als Fremder enttarnt zu werden. Er brannte darauf, einen weiteren festlichen Tag auf diesem Anwesen zu verbringen.

Maraun begab sich nach unten in den großen Saal, wo er erneut eine Mahlzeit verpasst hatte. Niemand saß mehr an der Tafel. Die zwei Frauen, die Maraun Tags zuvor in der Küche gesehen hatte, waren gerade dabei, das schmutzige Frühstücksgeschirr abzuräumen.

Auf einem weiteren Tisch an der Wand waren noch die Reste eines üppigen Buffets zu erkennen. Maraun nickte den Frauen freundlich zu und goss sich mit noch nicht einmal mehr gespielter Selbstverständlichkeit ein Glas Orangensaft ein, füllte sich eine Schüssel mit Zerealien, fand keine Milch mehr dazu und nahm sich stattdessen das letzte Rosinenbrötchen aus einem Korb.

Als er sich an den Tisch setzte, sprach eine der beiden Frauen ihn an. Sie war nicht mehr die Jüngste und noch molliger als der Koch.

„Du bist spät dran, die anderen sind schon alle am See. Wenn du dich beeilst mit dem Frühstück, dann kannst du noch mitfahren", sagte sie. Es gab sie also tatsächlich, die Bootsfahrt, von der Lara gesprochen hatte.

„Sind denn Arthur und Jennifer mittlerweile angekommen?", fragte Maraun und war erstaunt darüber, wie selbstbewusst und vertraut ihm diese Namen mittlerweile über die Lippen gingen.

„Nein, noch immer nicht. Daran glaubt aber auch so langsam keiner mehr hier. Nur die Kinder vielleicht noch", sagte sie. „Es heißt, die schöne Unbekannte hat unseren Junior sitzen lassen und jetzt traut er sich nicht mehr hierher, ist am Boden zerstört. Was für ein Unglück. Aber die Familie feiert auch ohne den Gastgeber weiter, als ob nichts gewesen wäre. Nach dem Motto: Wenn wir schon einmal alle zusammen kommen, dann lassen wir es auch krachen."

Maraun versuchte, einen wissenden Gesichtsausdruck aufzulegen und sagte nichts.

Die Frau war bereits mit einem großen Tablett in der Hand auf dem Weg zur Tür, als sie sich noch einmal umdrehte. „Zu wem gehörst du eigentlich, Junge? Ich hab dich noch nie gesehen und eigentlich kenne ich hier fast jeden."

Maraun bereute es schlagartig, dass er so unvorsichtig ein Gespräch mit der Fremden begonnen hatte. Wieder musste er sich schnell etwas einfallen lassen. Sich als Cousin des Kochs auszugeben, wäre gegenüber der Küchenfrau kaum ratsam gewesen.

Während er noch überlegte, welchen der wenigen ihm von der Feiergesellschaft namentlich bekannten Leute ihm diesmal als Alibi dienen könnte, kam ihm die Frau, die seinen verlegenen Gesichtsausdruck bemerkt haben musste, zuvor. „Lass mich raten: Du gehörst gar nicht zur Familie. Du bist einer von ihren Freunden. Hab ich gestern schon ein paar kennen gelernt. Die waren genauso wortkarg wie du."

Ihre Annahme bekräftigend, sagte er nichts, nickte nur und rang sich ein Grinsen ab. „Ich nehme mal an, du weißt auch nicht, was eure Jennifer da geritten hat, oder? Aber der Junior hat ja auch selber schuld, dieser hoffnungslose Romantiker. Das arme Mädchen ist doch völlig überfordert. Wenn mein Mann, als wir uns damals in eurem Altern kennen lernten, so etwas für mich veranstaltet hätte…"

Sie beendete den Satz nicht, sah kurz nachdenklich auf den Boden, um wenige Augenblicke später ihren Blick erneut auf Maraun zu richten. „Stimmt es eigentlich, was ich gehört habe? Dass sie von zu Hause weggelaufen ist? Dass sie zuletzt sogar auf der Straße wohnte?", fragte sie ihn.

„Na ja, also… Das ist kompliziert… Ich weiß nicht, ob ich viel dazu sagen kann. Das ist eine lange Geschichte", stammelte Maraun nervös.

„Entschuldige, ich wollte nicht indiskret sein. Ich mache mir ja nur Sorgen um das junge Ding und um unseren Arthur." Dann verabschiedete sie sich recht hastig, nicht ohne ihn noch einmal darauf hinzuweisen, dass er sich beeilen müsse, um die Bootsfahrt nicht zu verpassen.

Maraun beeilte sich tatsächlich, denn er wollte die kleine Lara nicht enttäuschen. Er holte seine Jacke und verließ das Haus durch den Haupteingang, in der Hoffnung, den See ohne fremde

Hilfe rasch zu finden. Draußen in der Sonne war es so mild wie an einem Apriltag. Von irgendwoher drang sogar Vogelgezwitscher. Die dünne Eisschicht, die an den Tagen zuvor die Landschaft bedeckt hatte, war verschwunden.

Bei Tag wurde noch deutlicher, in welch schlechtem Zustand sich das einst stolze Gutshaus befand. In manchen Fenstern des zweiten Geschosses war noch nicht einmal mehr Glas. Der Garten machte hingegen einen erstaunlich gepflegten Eindruck. Der Rasen war gemäht, Hecken und Bäume für den Winter zurechtgeschnitten. Maraun nahm den Weg am Haus vorbei in die entgegengesetzte Richtung, aus der er am vorherigen Abend gekommen war.

Hinter dem Anwesen setzte sich der Garten fort und entwickelte sich zur üppigen Parkanlage. Im Frühjahr, stellte sich Maraun vor, würde es an diesem Ort bestimmt überall blühen und gedeihen. Der Weg führte an einem Springbrunnen vorbei, in dem jedoch kein Wasser war.

Nach einigen Minuten Fußmarsch durch die weitläufige Anlage sah Maraun dafür umso mehr Wasser. Hätte er nicht schon gehört, dass es sich um einen See handelte, so wäre er davon ausgegangen, geradewegs auf das Meer zuzulaufen. Denn das Gewässer, was sich vor ihm auftat, war so groß, dass er – trotz besten Wetters und klarer Sicht – die andere Seite des Ufers nicht erkennen konnte.

An einem Holzsteg ankerte ein Ausflugsdampfer der Art, wie Maraun sie schon oft auf dem Fluss gesehen hatte, der die Großstadt, in der er aufgewachsen war, durchquerte. Die meisten Gäste waren schon an Bord. Nur etwa eine Handvoll Menschen stand noch am Ufer. Bis auf einige Kinder trug zu Marauns Bedauern niemand mehr die Kostüme. Nicht nur, dass er als Verkleideter nun auffallen würde – es nahm dem Fest auch etwas von der Magie, das es am Abend zuvor versprüht hatte.

Dennoch wollte Maraun sich die Bootsfahrt nicht entgehen lassen. Um nicht aufzufallen, lief er zielstrebig in Richtung des Anlegers. Aber dann verlangsamte er dennoch unweigerlich seinen Schritt, denn in der Gruppe der noch an Land Gebliebenen erkannte er sie: die Pianistin.

Erneut sah er nur ihren Rücken und ihre prächtigen, in der Sonne golden schimmernden Locken. Sie war im Gespräch mit einer anderen Frau, doch als er an ihr vorbeilief, drehte sie sich kurz zu ihm um. In dem Moment, in dem sich ihre Blicke für Sekunden trafen, erkannte Maraun sofort, dass nicht nur ihre Haare und die Musik, die sie machte, wunderschön waren.

Wie viele Nächte hatte er in den Wochen und Monaten danach verzweifelt versucht, sich diesen ersten Blick in der Erinnerung ein weiteres Mal vor sein geistiges Auge zu führen. Doch alle Versuche waren vergebens. Die Bilder blieben blass wie die Haut seiner Angebeteten an diesem Dezembermorgen. So viel Schönheit überstieg sein Vorstellungsvermögen jedes Mal aufs Neue.

17

Die kleine Lara rettete ihn vor einer peinlichen Situation. Längst hatte die Pianistin sich wieder ihrer Gesprächspartnerin zugewandt, als Maraun sie noch immer anblickte. Er war wie angewurzelt auf dem Bootssteg stehen geblieben.

Aus dem Augenwinkel würde das schöne Mädchen sein Starren früher oder später bemerken. Doch in diesem Moment hatte Lara, die bereits im Boot saß, ihren neuen Freund erkannt und stürmte an Land. „Da bist du ja, Jonas! Wir fahren gleich los, komm mit!", sagte sie freudig und nahm seine Hand.

Nur mit Mühe löste sich Maraun vom Anblick der Pianistin und folgte der Kleinen auf das Boot. Als sie bereits an Bord waren, drehte er sich erneut um. Und wie es das Schicksal wollte, wandte auch sie sich noch einmal ihm zu. Ihre Blicke trafen sich erneut für Sekunden. Maraun meinte, ein Lächeln auf ihren Lippen erkannt zu haben. Er bekam eine Gänsehaut am ganzen Körper.

Lara brachte ihn zu den anderen Kindern, die auf dem offenen Oberdeck tobten, während die Größeren ein Stockwerk tiefer im Warmen auf einfachen Bänken in der Kajüte saßen. Das Boot legte ab, zu Marauns großer Enttäuschung ohne das lockige Mädchen, die mit einigen anderen zurück an Land geblieben war.

Das Lachen der Kinder, die sich spiegelnde Wintersonne im silberblauen Wasser des Sees, den Blick auf die sich entfernenden Gärten und Wälder am Ufer – all das nahm Maraun nur noch durch einen rosaroten Schleier wahr, wie die Kulisse oder die Hintergrundmusik zu einem Film, in dem einzig und allein die schöne Pianistin die Hauptrolle spielte.

Ein frischer Wind kam auf und erinnerte Maraun daran, dass es trotz allem nicht Frühling, sondern immer noch Winter war. Dennoch ging er nicht in die Kabine hinunter. Auch wenn sie ihn gestern mit offenen Armen in ihrer Gruppe aufgenommen hatten, wollte er ihre Geschichten nicht mehr hören und sich auch selbst keine mehr ausdenken müssen.

Die einzige Geschichte, die ihn noch interessierte, war die des schönen Mädchens. Wie alt sie wohl sein mochte? Ihr Anmut und ihre Eleganz waren die einer Dame, die sanften Gesichtszüge und ihre zierliche Erscheinung die eines Mädchens. Vielleicht war sie in seinem Alter. Vielleicht war sie aber auch schon erwachsen. Er wusste sie nicht einzuschätzen. Er wusste nur, dass er noch nie einen so schönen Menschen gesehen hatte.

Als das Boot nach etwa einer Stunde wieder am Steg festmachte, verabschiedete Maraun sich von Lara, die etwas enttäuscht war, dass ihr großer Freund ihr während der Fahrt kaum Aufmerksamkeit gewidmet hatte. Maraun wartete, bis das Mädchen und die meisten Passagiere von Bord waren und ging als einer der letzten erneut von den anderen Gästen unbeachtet an Land.

Er musste sie finden. Es gab auf der Erde an diesem Tag nichts Wichtigeres für ihn. Er musste sie finden und er musste ihr etwas sagen. Was, wusste er noch nicht.

Er lief zurück zum Gutshaus, wo es bereits nach Kochdünsten roch und die Vorbereitungen für das Mittagessen in vollem Gange waren. Maraun suchte jeden Raum nach dem Mädchen ab, doch entweder waren die Zimmer leer oder die Türen verschlossen. Auch das, aus dem die Klaviermusik gekommen war, ließ sich weiterhin nicht öffnen.

Schließlich suchte er im Freien weiter nach ihr, lief durch den Garten und entdeckte in einem Teil, in dem er noch nicht gewesen war, verborgen hinter einer haushohen Hecke, ein weiteres Gebäude. Es handelte sich um einfache, eingeschossige Stallungen. Auf der Koppel daneben ritt ein Mädchen auf einem Pferd. Um ein weiteres, noch an den Zaun angebundenes Pferd scharten sich noch andere Kinder, während ein junger Mann das Tier striegelte.

Maraun wollte schon wieder kehrt machen, doch dann sah er sie. Sie kam aus einem der Ställe. Ihren eleganten Mantel, die Ballerina-Schuhe und die Jeans, die sie noch am Ufer trug, hatte sie gegen Reiterhose, Stiefel und eine schlichte Daunenjacke getauscht, ihre lockige Haarpracht war zum großen Teil unter einer Wollmütze verschwunden. Doch selbst wenn sie einen Kartoffelsack angehabt hätte, wäre Maraun bei seinem Urteil geblieben: Sie war das bezauberndste Mädchen, das er jemals gesehen hatte.

Auch sie hatte ihn mittlerweile entdeckt. Als sie merkte, dass er auf sie zuging, blieb sie stehen. Sofort hielt auch Maraun an, so dass sie sich reglos gegenüber standen. Er spürte, dass er nun gefragt war, dass sie darauf wartete, dass er etwas sagte.

Er wollte es nicht, doch es kam einfach aus ihm heraus. „Du bist schön", war alles, was er hervorbrachte.

Verlegen senkte sie ihren Blick. Jeder einzelne von Marauns immer schneller werdenden Herzschlägen fühlte sich wie ein Messerstich an. Nach Sekunden, die Maraun vorkamen wie Stunden, sagte sie leise und ohne Maraun dabei anzusehen: „Ich muss los. Die Kinder warten."

„Warte, bitte, nur ganz kurz!", entfuhr es ihm. Sein verzweifelter, unbeholfener Versuch, die Situation noch zu retten, scheiterte kläglich.

„Tut mir leid. Die Kinder möchten reiten, und heute haben sie das Sagen", entgegnete sie, bereits etwas gefasster.

Maraun wollte im Erdboden versinken, auf der Stelle. Doch er gab nicht auf. Es wäre ihm auch nur unter größten Schmerzen möglich gewesen, seine Augen von ihr zu nehmen.

Also blieb er am Rande des Reitgeländes stehen und beobachtete sie dabei, wie sie einem Jungen auf das Pferd half und ihn bei seinen wilden Reitversuchen anschließend erfolglos zu bändigen versuchte, wie sie danach einem Mädchen das Voltigieren beibrachte und schließlich, mit Hinweis auf das nahende Mittagessen, die Pferde absattelte und in den Stall zurückführte.

Maraun interessierte sich nicht für Pferde, war noch nie auf einem geritten. Schon der Geruch der Tiere war ihm zuwider, so dass er normalerweise einen weiten Bogen um sie machte. Doch an diesem Tag hätte er ein Königreich dafür gegeben, mit einem der kleinen Reitschüler tauschen zu können.

18

Als sie endlich aus dem Stall kam, hatte Maraun große Angst, sie würde ihn erneut stehen lassen und einfach an ihm vorbeigehen.

Während der Reitstunde mit den Kindern hätte er lange genug Zeit gehabt, sich zu überlegen, was er ihr sagen könnte, doch wieder brachte er nur einen knappen Satz heraus: „Es tut mir leid", rief er ihr entgegen. „Wegen vorhin", ergänzte er noch zaghaft, doch sein Ziel hatte er bereits erreicht. Sie war tatsächlich stehen geblieben, lächelte sogar ein wenig.

„Wer bist du eigentlich?", fragte sie.

„Ich heiße Jonas", antwortete er, „und wer bist du?"

Sie schien sichtlich erstaunt über die Frage zu sein. „Ich bin Yvonne. Hat mein Bruder dich eingeladen? Oder bist du einer von Jennifers Freunden?"

Maraun wollte und konnte dieses wunderschöne Wesen nicht belügen. „Um ehrlich zu sein, mich hat niemand eingeladen", gestand er, erleichtert, endlich die Wahrheit gesagt zu haben.

Das Mädchen, dessen Namen also Yvonne war und dessen Bruder der abwesende Gastgeber sein musste, lachte. „Na ja, ich denke, Arthur hätte nichts dagegen gehabt. Für ihn gibt es keine ungebetenen Gäste. Er wollte dieses Fest am liebsten mit der ganzen Welt feiern. Und die Kinder, an denen ihm so viel liegt, scheinen dich ja zu mögen. Zumindest die kleine Nichte von unserem Zirkusdirektor", sagte sie.

„Du meinst Lara, oder? Ja, die ist wirklich süß", sagte er und wunderte sich darüber, wie locker das Gespräch auf einmal lief und wie offen und wohlwollend sie ihm gegenüber war.

Sie kannten sich erst seit einem halben Vormittag, eigentlich kannten sie sich noch gar nicht, doch ihm war, als wäre zwischen ihm und dem zierlich-grazilen Mädchen bereits ein tiefes Vertrauen entstanden, als gäbe es ein unsichtbares Band zwischen ihnen.

Während sie sich unterhielten, liefen sie langsam zurück in Richtung des Gutshauses. „Wie bist du denn hierher gekommen?", fragte sie ihn.

„Ich bin von zu Hause abgehauen, auf einem Güterzug aufgesprungen und habe mich dann im Wald verlaufen, bis ich durch Zufall hier gelandet bin", sagte er.

„Aha, ein Ausreißer also. Wie Arthurs Freundin Jennifer", entgegnete sie.

„Stimmt es, was die anderen sagen? Dass sie nicht nur von zu Hause, sondern auch vor ihm weggelaufen ist?", erkundigte er sich.

„Ich weiß es nicht. Ich befürchte, ja. Er hat sich seit gestern Abend nicht mehr bei mir gemeldet. Da hatte er noch die Hoffnung, sie zu finden und wie geplant hierher zu bringen."

Maraun bereute, die Frage gestellt zu haben, denn das Lächeln in ihrem Gesicht war erloschen und einem nachdenklichen, traurigen Ausdruck gewichen.

„Ich habe ihm von Anfang an gesagt, dass es verrückt ist. Doch wenn er sich etwas in den Kopf gesetzt hat, dann ist er nicht aufzuhalten", erklärte sie und meinte damit wohl offenbar die Feier, die Arthur für seine Geliebte ausgerichtet hatte.

„Er sagte immer, es könne kein Zufall sein, dass er, Arthur, sich ausgerechnet so unsterblich in ein Mädchen namens Jennifer verliebt hätte. Deswegen wollte er diesen ganzen Zirkus. Ein sagenhaftes Fest im Stil einer spätantiken Hochzeit als ultimativer Liebesbeweis. Dass König Artus mit seiner Guinevère auch nicht glücklich geworden ist, das hat er wohl verdrängt", fuhr sie fort. Maraun hatte keine Ahnung, wovon Yvonne sprach. Er beschloss jedoch, ihr keine weiteren Fragen zu stellen.

Er wollte, dass sie wieder lächelte, dass sie nicht mehr an ihren verrückten Bruder dachte, sondern an ihn, so wie er seit Stunden an nichts anderes mehr denken konnte als an sie.

„Ich wäre nicht weggelaufen", sagte er.

Statt eines Lächelns erntete er ein herzhaftes Lachen. „Du bist weggelaufen!"

Nach kurzer Stille wandte er sich ihr zu und sagte leise und betont: „Aber nicht vor dir." Dabei sah er ihr so tief in die Augen, wie man einem Menschen nur dann ansieht, wenn man ihn liebt.

Beide blieben stehen und er wusste, jetzt war der Moment gekommen. Diesmal senkte sie ihren Blick nicht, ihr Lachen war verstummt, sie lächelte nicht einmal mehr und dennoch war ihr Gesicht perfekt, ihr blasses Antlitz vollkommen.

Er nahm ihre Hand, sie leistete keinen Widerstand. Er ging einen Schritt auf sie zu, sie wich nicht zurück. Mit dem Kopf näherte er sich ihrem und sie schlossen beide die Augen. Es waren Bruchteile von Sekunden und doch erschien es Maraun so, als würde die gesamte Welt still stehen, in dem Moment, in dem seine Lippen ihre beinahe berührten.

Beinahe deshalb, weil sie im letzten Augenblick doch noch zurückwich. Sie öffnete die Augen und sagte hektisch, ohne Maraun dabei anzusehen: „Ich gehe jetzt besser. Es gibt gleich Mittagessen und ich muss mich noch frischmachen und umziehen."

Ein schmerzhaftes, schamvolles Schuldgefühl machte sich in Maraun breit. Eilig lief sie davon und er konnte nichts tun als ihr dabei zuzusehen, fühlte sich schlecht und ohnmächtig.

Es war ihm zwar verwehrt geblieben, zu erfahren, wonach sie schmeckte, doch er wusste nun immerhin, wie sie duftete. Ihr dezentes Parfüm hatte sich mit dem Stallgeruch vermischt. Von diesem Tagen an empfand Maraun Pferdegestank nicht mehr als widerlich, sondern geradezu als betörend.

19

Maraun hatte keinen Appetit. Dennoch nahm er zum ersten Mal seit seiner Ankunft auf dem Anwesen an einer der gemeinsamen Mahlzeiten teil.

Er setzte sich an den gedeckten Tisch im großen Saal neben Jan, der ihn am Abend zuvor in die Feierrunde aufgenommen hatte und auch am Mittagstisch sofort freundschaftlich begrüßte. Am anderen Ende der Tafel saß Yvonne neben den immer noch freibleibenden Prunksesseln. Zu ihrer Linken erkannte Maraun einen älteren Mann. Vermutlich handelte es sich dabei um ihren Vater, den Senior, wie ihn die anderen Gäste nannten.

Zum herzhaften Essen floss erneut reichlich Bier und Wein und schnell wurde die Stimmung auch ohne die Anwesenheit des Gastgebers wieder ausgelassen und heiter. Nicht beim Trinken, wohl aber mit der Heiterkeit hielt sich Maraun zurück und beteiligte sich abermals kaum an den Gesprächen.

Durch das Zuhören wurden ihm jedoch einige Dinge klarer. Offenbar waren die Gäste, die sich ja auch als „die Familie" bezeichneten, tatsächlich fast alle miteinander verwandt, wenn auch zum Teil nur so entfernt, dass sie sich kaum kannten. Es handelte sich um eine Schaustellerdynastie, an dessen Kopf der Senior und seine Kinder, Yvonne und Arthur, standen, denen auch das prächtige Anwesen gehörte. Von einer Mutter der beiden war hingegen seltsamerweise nie die Rede.

Ein Mann schräg gegenüber erklärte, er habe extra zwei Tage früher als geplant seine lukrativen Verkaufsstände auf einem Weihnachtsmarkt abgebaut, um an der Feier teilnehmen zu können. Die Frau, mit der er sich unterhielt, betrieb ein Puppentheater und ein Kinderkarussell und war auf Einladung des Juniors sogar aus dem Ausland angereist, wo sie zuletzt gastierte.

Dass die eng miteinander verwobenen Schaustellerfamilien in so großer Zahl zusammen kamen, schlussfolgerte Maraun, war also durchaus nicht alltäglich. Es war offenbar auch nicht geplant, Weihnachten zusammen zu verbringen. Schon nach dem Mittagessen wolle sie wieder abreisen und die Feiertage an ihrem Winterdomizil in Küstennähe verbringen, kündigte die Frau mit dem Puppentheater an.

Tatsächlich machte sich, nachdem der Tisch abgeräumt und auch der Kaffee ausgetrunken sowie das weihnachtliche Gebäck dazu verspeist war, allgemeine Aufbruchsstimmung breit, die auch Marauns Sitznachbarn Jan erfasste.

„Kommst du mit zum Parkplatz?", fragte er.

„Ich muss meinem Onkel erst noch in der Küche helfen und

bleibe noch ein bisschen", log er. Doch bleiben wollte er tatsächlich noch. Solange sich auch Yvonne auf diesem Anwesen befand, gab es keinen Ort auf der Welt, an dem er sich lieber aufhielt. Auch wenn sie nun vermutlich, nach seinem übermütigen Annäherungsversuch, nichts mehr von ihm wissen wollte.

Die beiden verabschiedeten sich und Jan versprach, Lara von ihm zu grüßen, denn er hatte das Mädchen nirgendwo mehr gesehen. Im Gegenzug verpflichte sich Maraun, seinem vermeintlichen Onkel Albert einen Gruß auszurichten.

Der Festsaal leerte sich zunehmend, so dass Maraun einen besseren Blick an das andere Tafelende hatte, wo noch immer Yvonne, ihr Vater und einige andere Familienmitglieder im engeren Kreis zusammensaßen.

Er würde nicht nur sich selbst, sondern auch sie erneut in eine peinliche Situation bringen, wenn er nun ohne konkretes Anliegen die Runde stören würde. Er konnte allerdings unmöglich gehen, ohne sie noch einmal zu sprechen, sich zumindest von ihr zu verabschieden. Also beschloss er zu warten, bis sie aufstehen würde und sie dann abzufangen.

Doch der dicke Koch durchkreuzte seinen Plan. Noch mit Mütze und Schürze bekleidet, betrat er den Festsaal und lief direkt auf Maraun zu.

„Großer Unbekannter, erweist du mir die Ehre und hilfst *deinem Onkel* ein bisschen in der Küche?", sagte er, mehr amüsiert als hämisch.

Maraun merkte, wie sein Gesicht rot anlief. Er war aufgeflogen. Jan musste den Koch beim Gehen getroffen und ihn auf seinen vermeintlichen Neffen angesprochen haben. Zum zweiten Mal an diesem Tag wünschte er sich, die Erde würde sich unter seinen Füßen auftun und ihn verschlingen.

Albert meinte es erstaunlicherweise aber noch immer gut mit ihm. Er konnte tatsächlich Hilfe in der Küche gebrauchen. Bereitwillig begleitete Maraun ihn in den Keller und ging dem Koch beim Saubermachen zur Hand.

Zum Glück war die Küchenhilfe, mit der er sich beim Frühstück als angeblicher Bekannter der abgetauchten Geliebten unterhalten hatte, nicht mehr da, so dass ihm das Auffliegen weiterer Lügengeschichten erspart blieb.

„Woher kommst du denn nun wirklich?", wollte Albert wissen.

„Aus Großburgdorf", antwortete Maraun und dachte zum ersten Mal seit vielen Stunden wieder an die Menschen, die er dort zurückgelassen hatte.

„Ach, tatsächlich? Da fahre ich nachher dran vorbei. Soll ich dich mitnehmen?" Es fehlte nicht viel und Maraun hätte nein gesagt, war er doch noch immer besessen von dem Gedanken, in Yvonnes Nähe bleiben zu wollen. Doch die Vernunft siegte und er willigte ein. „Aber ich muss vorher noch etwas erledigen."

Gerade noch rechtzeitig betrat er den mittlerweile fast vollständig leeren Festsaal. Yvonne und ihr Vater waren aufgestanden und kamen ihm beim Verlassen des Raums entgegen. Der Senior war am elegantesten von allen Menschen gekleidet, die Maraun auf dem Anwesen bislang begegnet waren. Er trug einen schwarzen Anzug mit akkurat sitzender Fliege und hatte, wie seine Tochter, lockiges, längeres Haar, das jedoch ergraut war. Sein gepflegter Vollbart kaschierte so manche Falte und machte es Maraun genauso schwer wie bei seiner Tochter, das Alter einzuschätzen. An den Augen und den ebenfalls sehr filigranen Gesichtszügen war die Verwandtschaft zwischen den beiden klar erkennbar.

Yvonne trug ein schlichtes, aber wunderschönes Kleid und wieder die Ballerinaschuhe, die Maraun schon am Morgen am Ufer aufgefallen waren. Als sie ihn sah, wirkte sie erschrocken, ja beinahe verängstigt. Er dürfte nun nicht wieder alles falsch machen. Also entschloss er sich, auch wenn es ihm schwer fiel, für größte Zurückhaltung und ging diplomatischer vor. Er streckte ihr den Arm hin, verdutzt ließ sie sich die Hand schütteln. Im Anschluss wiederholte er die Prozedur beim ebenfalls überraschten Senior.

„Vielen Dank für die Gastfreundschaft. Bitte grüßen Sie auch Arthur unbekannterweise von mir und sagen ihm, dass es mir sehr leid tut. Es hat mir aber trotzdem sehr gut bei Ihnen gefallen", sagte er und kam sich dabei vor wie ein Hochstapler, ein Heiratsschwindler und ein Schauspieler in einer schmierigen Komödie zur gleichen Zeit.

Während der Senior noch immer schwieg und einen überrumpelten Eindruck machte – vielleicht versuchte er angestrengt, sich daran zu erinnern, woher er diesen höflichen jungen Mann überhaupt kannte – war es Maraun, trotz oder gerade wegen der Schauspieleinlage, ein weiteres Mal gelungen, ein Lächeln auf die Lippen der schönen Patriarchentochter zu zaubern.

Der alte Mann gab seine anfängliche Skepsis nach Marauns Ansprache schnell auf und ließ sich sogar zu einem freundlichen Satz hinreißen. „Gern geschehen. Komm uns bald wieder besuchen, mein Junge!"

Er musste tatsächlich sehr gutmütig sein, wenn er seinem Sohn ein solches Fest gestattete und ihm sogar völlig unbekannte Gäste willkommen waren, dachte sich Maraun. Da so recht niemand mehr etwas zu sagen hatte, wandten sich die beiden von Maraun ab.

Nachdem sie den Saal verlassen hatten, blieb Yvonne noch einmal stehen, drehte sich um und ging zwei Schritte zurück. Ihr Vater war bereits durch die Tür gegangen und wartete im Foyer auf seine Tochter. Leise, so dass er es nicht mitbekam, ergänzte sie die Einladung des Vaters um vier Worte, die sich für immer in Marauns Gedächtnis einbrannten und zum Ausgangspunkt seines gesamten Handelns in den folgenden Wochen, Monaten und Jahren werden sollten: „Ich warte auf dich."

Sie sagte das in einem Ton, von dem Maraun hoffte, dass er so romantisch gemeint war, wie er klang, auch wenn er nie ganz ausschließen konnte, dass nicht doch eine leichte ironische Note mitschwang.

20

In Gedanken versunken lief Maraun hinaus auf den Waldparkplatz, wo er mit Albert verabredet war. Der Koch hatte ihm beschrieben, wie der Lieferwagen aussah, mit dem er nun in Kürze widerwillig die Rückfahrt in sein altes Leben antreten sollte.

Da fiel Maraun auf, dass er unter der Jacke noch immer das Kostüm trug. Seine Klamotten hatte er ja in dem anderen Gebäude zurückgelassen, einschließlich des modischen Sweaters, der Teil des Weihnachtspakets seiner Mutter gewesen war und den er es deshalb nicht zurücklassen wollte.

Es dämmerte bereits, als er den improvisierten Schlafsaal im abgelegenen Nebengebäude betrat, um seine Sachen zu holen. Alle Sofas, Betten und Matratzen waren abgezogen, in den Regalen standen kaum noch Koffer und Taschen. Maraun ging ins Bad und zog sich um. Er legte die Leinenhose ab, beschloss aber, das Oberteil des Kostüms anzubehalten. Zum einen, weil er es gerne als Souvenir behalten wollte, zum anderen aber auch, weil sein eigentliches Unterhemd noch immer unangenehm roch. Er ließ es zurück und zog nur das Sweatshirt über das Hemd.

Wieder im Schlafsaal angekommen, vernahm er ein heftiges Schluchzen, das aus dem oberen Geschoss des Gebäudes drang. Maraun überlegte, ob er hinaufgehen und nachsehen sollte, wer da weinte. Vielleicht war es eines der Kinder, das sich weh getan hatte und Trost oder Hilfe brauchte.

Doch die Seufzer und Klagelaute wurden zunehmend hysterischer, schließlich kamen sogar jämmerliche, immer lauter werdende Schreie hinzu. Das klang nicht wie ein Kind, dafür war die Stimme viel zu tief. Wenn sich jemand so gehen ließ, sich seinem Kummer und seiner Verzweiflung so hingab, dachte Maraun, dann wähnte er sich offenbar alleine und wollte wohl kaum von einem Fremden angesprochen werden.

Leise ging er zur Tür, als plötzlich ein ohrenbetäubender Knall die Stille zerschoss. Maraun erschreckte sich zu Tode, rannte instinktiv so schnell er konnte ins Freie und von dort ohne sich umzudrehen den Weg immer weiter bis zum Parkplatz.

Albert, der Koch, wartete dort bereits in seinem Wagen auf ihn. „Da bist du ja endlich. Ich dachte schon, du hast es dir doch anders überlegt. Steig ein!", rief er ihm zu.

„Haben Sie das auch gehört?", fragte Maraun.

„Ja, das war ja nicht zu überhören. Irgendein Waldschrat meint wohl, er müsste im Dunklen wilde Tiere jagen und durch die Gegend ballern. Idioten gibt's!"

Erst als er schon auf dem Beifahrersitz saß und das Tor zum

Anwesen bereits hinter ihnen lag, begann Maraun zu begreifen, dass der Knall ein Schuss gewesen sein musste und dass dieser Schuss wohl kaum einem Tier galt, sondern einem Menschen. Einem Menschen, der so verzweifelt war, dass er keinen anderen Ausweg gesehen hatte, als sich zu erschießen. Weil die Person, die er über alles liebte, ihn verlassen hatte.

Maraun machte sich schwere Vorwürfe. Er hatte nicht den Mut gehabt und nicht die Geistesgegenwärtigkeit besessen, den Verzweiflungsschreien nachzugehen, dann hätte er womöglich das Unfassbare verhindern können.

Außerdem war er wütend auf sich selbst, weil es weder das tragische Schicksal des nun vermutlich verstorbenen Gastgebers, noch die Anteilnahme und das Mitgefühl gegenüber dessen Schwester waren, die ihn so unendlich traurig machten. Es war vor allem Selbstmitleid, in dem er versank. Er konnte Arthur sogar verstehen. Welchen Sinn hat das Leben noch, nachdem die große Liebe einen verlassen hatte?

Auch wenn er gerade im Begriff war, genau das zu tun, schwor er sich, dass er zurückkehren würde. Denn das, was er für Yvonne empfand, war das stärkste Gefühl seines bisherigen Lebens. Es war nicht das erste Mal, dass er sich in ein Mädchen verliebt hatte. Er war bereits mit zwei Mädchen für einige Zeit liiert gewesen, mit einem davon hatte er sogar geschlafen. Doch das alles erschien ihm im Rückblick so unbedeutend, so trivial, pubertär und oberflächlich im Vergleich zum bloßen Gedanken an eine einzige Berührung mit Yvonne.

Kurz überlegte er, ob er den Koch bitten sollte, anzuhalten, um auszusteigen und zum Anwesen zurücklaufen zu können. Doch dann wäre er kein ungebetener Gast mehr auf einem Familienfest, er wäre ein ungebetener Gast in einer Familientragödie. Diese Vorstellung überforderte ihn.

Der Koch summte leise vor sich hin und unternahm erst gar nicht den Versuch, mit seinem wortkargen und geistig abwesend wirkenden Beifahrer ein Gespräch anzufangen. Sie hatten den Waldweg längst verlassen und über die Landstraße schließlich eine Autobahn erreicht.

Maraun war in Gedanken überall, nur nicht beim Straßenverkehr, und so kam es, dass er sich an kein einziges Orts- oder Verkehrsschild erinnern konnte. Schließlich fiel er, wohl auch bedingt durch Bier und Wein beim Mittagessen, in einen unruhigen Schlaf und wurde erst wieder wach, als Albert ankündigte, er würde die nächste Ausfahrt nehmen und Maraun dann an Ortsrand von Großburgdorf absetzen.

Der klapprige Lieferwagen, letzte Spur des geheimnisvollen Festes, wendete und verschwand wieder in Richtung der Autobahn. Obwohl Weihnachten noch bevor stand, fühlte sich Maraun so, als habe er das letzte Geschenk bereits ausgepackt, als sei alles schon wieder vorbei.

II. Der Zauberer

21

Die Tage vor Weihnachten waren die letzten milden Tage des Winters. Bis in den März hinein schneite es immer wieder und nur selten lagen die Temperaturen über null Grad. Dennoch ging Maraun fast täglich nach der Schule zum Bahnhof. Vergeblich hoffte er dort jedes Mal, auf einen Güterzug zu treffen.

Er hatte mir versprochen, dass er nicht einfach aufspringen und ohne mich fahren, sondern lediglich versuchen würde, herauszufinden, wohin der Zug fuhr. Denn auch mit meiner Hilfe gelang es uns nicht, Marauns Route zu rekonstruieren.

Fest stand nur, dass er nicht auf der Strecke in Richtung der Stadt gefahren war, sondern auf dem Gleis landeinwärts, das für den Personenverkehr längst stillgelegt und in meinen Karten und Kursbüchern deshalb nicht mehr geführt wurde.

Ich überredete ihn, zu warten, bis es wärmer werden würde, um dann die Strecke zu Fuß abzulaufen. Ich hatte jedoch Zweifel, ob das ein guter Plan war. Nicht nur, dass es ein enorm kräftezehrender, langer, vielleicht sogar mehrtägiger Marsch werden würde. Es bestand zudem die Gefahr, dass er umsonst wäre, denn den verworrenen Weg, den Maraun vom Verladebahnhof durch den Wald zum Anwesen gelaufen war, würden wir wohl kaum wiederfinden. Und selbst wenn es uns gelänge, das Gutshaus zu erreichen, erschien es mir fraglich, ob man uns dort erneut so willkommen heißen würde wie Maraun auf dem vorweihnachtlichen Fest.

All diese Gedanken verschwieg ich Maraun gegenüber. Er hätte sie ohnehin nicht ernst genommen, so wie er kaum mehr etwas ernst nahm: meine Eltern nicht, die Schule nicht, die Versuche der anderen, sich mit ihm anzulegen auch nicht. Er verlor sich nur noch in Zukunftsträumereien oder in der Erinnerung. Die Gegenwart, auch meine, schien ihm meistens egal zu sein.

Da Maraun nur mir allein erzählt hatte, was wirklich geschehen war und ich sein Geheimnis niemandem verriet, bildeten sich unterschiedliche Legenden über sein vorweihnachtliches Verschwinden, von dem längst jeder in der Schule etwas zu wissen glaubte.

Ich vermutete, dass es sein größter Rivale Jannik Diebel war, der die übelsten Gerüchte in die Welt setzte. Mal hieß es, Maraun sei bei seiner Mutter gewesen, die man angeblich in eine Irrenanstalt eingewiesen hatte. Andere Male war die Rede davon, Maraun und ich hätten etwas miteinander und er sei nach einem Streit mit mir abgehauen.

Während Maraun diese Geschichten nicht interessierten und er sich nur noch dann wehrte, wenn jemand es wagte, offen etwas Schlechtes über seine Mutter zu sagen, waren es bei mir vor allem die pubertären, homophoben Hänseleien meiner Mitschüler, die mich verletzten und irritierten zugleich.

Auch wenn ich es stets geheim gehalten hatte und meine Gefühle folglich nie erwidert wurden, war ich durchaus schon verliebt gewesen, ausschließlich in Mädchen. Meine erotischen Fantasien und Träumereien waren ebenfalls bislang nur um Frauen gekreist. Und doch konnte nicht verhehlen, dass mein großer Freund eine bislang ungekannte Faszination auf mich ausübte, die weit über ein rein freundschaftliches, platonisches Gefühl hinausging.

Ein Leben ohne ihn konnte ich mir nicht mehr vorstellen. Und ja, ich fand ihn attraktiv, genoss auch die körperliche Nähe zu ihm. Die selten Male, in denen er mir kameradschaftlich auf die Schulter klopfte oder wir uns bei einem raufigen Spiel berührten, elektrisierten mich von Kopf bis Fuß. An mehr wagte ich jedoch nicht einmal zu denken. Anders als an meiner eigenen Heterosexualität, und anders als meine Klassenkameraden, hatte ich an der von Maraun nicht den leisesten Zweifel.

Selbst die hübschesten Mädchen in unserer Klasse, auf die ich vor seiner Ankunft noch heimlich ein Auge geworfen hatte, interessierten mich kaum noch. Was auf Gegenseitigkeit beruhte, denn unverändert nahmen sie so gut wie nie Notiz von mir. Wenn Maraun hingegen von seinem Geheimnis erzählte, von der wunderschönen Yvonne und der Feier im Gutshaus, wenn er seine Aufmerksamkeit nur mir widmete und wir gemeinsam neue Pläne schmiedeten, dann kribbelte es in mir.

Maraun sprach zwar nie wieder so viel und so offen mit mir

wie in jener Nacht, als er mir seine Geschichte anvertraute, machte mir jedoch auch ohne große Worte klar, dass er zu mir stand. Immer wieder versuchten Jannik Diebel und sein höriger Gefolgsmann Martin einen Keil zwischen uns beide zu treiben. „Wieso gibst du dich mit dieser Schwuchtel ab?", sagten sie oft.

Dahinter steckte wohl der Wunsch, meinen großen Freund auf ihre Seite zu holen. Denn obwohl sie sich mit ihm anlegten, schwang immer auch Bewunderung in ihren Anfeindungen mit. Mir schlug jedoch nichts als Verachtung entgegen.

Es wäre Maraun also möglich gewesen, sich in der Schule von mir loszusagen und auf die Seite von Jannik Diebel zu wechseln. Doch er tat es nicht. Er stand zu seinem jüngeren Freund, dem Streber und Direktorensohn, sogar noch dann, als er dafür angegriffen wurde. Das werde ich ihm niemals vergessen. Ich weiß nicht, ob ich, wenn ich in seiner Haut gesteckt hätte, diese Kraft und diesen Mut besessen hätte.

Als im März das Wetter langsam besser wurde, drang Maraun darauf, bald aufzubrechen. Ich sagte noch immer nicht, dass ich grundsätzliche Zweifel an seinem Plan hatte, sondern versuchte ihn stattdessen mit Vorwänden davon abzubringen und den Aufbruch noch aufzuschieben.

„Es wird noch zu früh dunkel und nachts ist es noch immer zu kalt", sagte ich – wohl wissend, dass ich damit das Unausweichliche nur herauszögerte.

Mir war klar, dass wir einen besseren Plan brauchten, wenn wir das Anwesen wiederfinden wollten. Der Schlüssel dazu war, Marauns Route zu rekonstruieren. Mein Vater hatte zwar einen PC und ich konnte mit Computern umgehen, doch das Internet mit all seinen Recherchemöglichkeiten war noch lange nicht bis Großburgdorf vorgedrungen.

Also blieb mir nur der Gang in die örtliche Bücherei. Ich hängte meine Bahn-Übersichtskarte von der Wand ab, faltete sie zusammen und nahm sie mit in das alte Pfarrhaus, in dem die winzige öffentliche Bibliothek Großburgdorfs untergebracht war.

In einem über zwanzig Jahre alten Reiseführer für unsere Region wurde ich fündig. Mit Erstaunen stellte ich fest, dass es rings um Großburgdorf einmal jede Menge Schienenverbindungen gegeben hatte, von denen ich noch nichts wusste. Einige davon waren mittlerweile abgebaut, zu Radwegen umfunktioniert oder ganz verschwunden. Doch die Gleise, auf denen Maraun mit dem leeren Zug gefahren war, befanden sich offenbar noch im Betrieb, wenn auch nur für den Güterverkehr.

Aufgeregt fuhr ich die Schienen mit dem Finger auf einer alten Übersichtskarte nach, stellte jedoch schon bald ernüchtert fest, dass die Strecke nur einige Kilometer hinter Großburgdorf wieder auf eine andere Linie stieß und diese sich kurz danach erneut in verschiedene Richtungen teilte. In welche der mindestens drei möglichen Richtungen Maraun gefahren war, konnte ich nicht nachvollziehen.

Ich dachte daran, was mir Maraun erzählt hatte und erinnerte mich, dass er lediglich von einem einzigen abgehenden Gleis sprach. Also fotokopierte ich die entsprechenden Kartenausschnitte in dem Buch und beschloss, Maraun zu Hause noch einmal nach dem genauen Streckenverlauf zu befragen. Doch er blieb dabei: Er habe nur einmal ein anderes Gleis gesehen.

Das konnte ich mir bei der Engmaschigkeit des zwar nicht mehr besonders rege genutzten, aber immer noch vorhandenen Schienennetzes kaum vorstellen. Dann musste der Wald mit dem rätselhaften Anwesen in unserer Region liegen und das widersprach der stundenlangen Fahrt, die Maraun als blinder Passagier auf dem eisigen Güterzug durchlebt hatte.

Als ich bereits kurz davor war, frustriert aufzugeben, fiel mir ein wichtiges Detail wieder ein: Maraun hatte auf dem Anwesen eine Bootsfahrt unternommen, auf einem See, der so groß war, dass man von der einen Seite des Ufers die andere Seite nicht sehen konnte.

Eilig holte ich meinen Atlas hervor und suchte die Karte nach Seen ab. Ein Gewässer dieser Größe musste aufgeführt sein. Und tatsächlich war in der Nähe einer der möglichen Bahnstrecken Wasser auf der Karte verzeichnet. Das Problem: Es war nicht nur ein See, sondern eine ganze Seenplatte. Umgeben von ebenso vielen Wäldern. Ein Gebiet, das zwar nicht weit entfernt von Großburgdorf begann, sich aber über hunderte von Quadratkilometern erstreckte, die wir unmöglich vollständig zu Fuß durchkämmen konnten.

Immerhin war aber eine erste Einschränkung getroffen. In der Gegend der Seenplatte musste das Anwesen liegen. Ich kreiste das Gebiet in der Fotokopie der Bahnkarte rot ein. Den Plan trug ich fortan immer bei mir und hütete ihn wie eine Schatzkarte. Dass das einfache Stück Papier tatsächlich bald zum Objekt der Begierde unserer Feinde wurde, wusste ich zu diesem Zeitpunkt noch nicht.

22

Kalendarisch hatte der Frühling bereits begonnen, doch es war noch immer zu kalt für die Jahreszeit, als an den ersten Apriltagen wie in jedem Jahr zu dieser Zeit die Marktleute auf dem Freigelände bei Bauer Kruse ihre Stände und Buden aufbauten.

Anders als unser kleines Dorffest rings um die Kirche im September war das große Mittelalterfest im Grünen eine Veranstaltung, die auch Besucher von auswärts anzog. Zwar gehörte die Fläche um den Bauernhof noch zur Gemeinde, aber räumlich gesehen lag Großburgdorfs einzige überregionale Attraktion näher an der Kreisstadt als am eigentlichen Ort.

Mein Vater störte sich dennoch an der Veranstaltung, da ihre Auswirkungen sich auch bei uns bemerkbar machten. Jedes Jahr schloss er sich im Gemeinderat jener vom Bürgermeister als unpatriotisch verschmähten Minderheit an, die ein Verbot des Festes forderten – aus Gründen des Umweltschutzes, da die Verkehrsbelastung während des Marktes nicht hinnehmbar sei.

Tatsächlich standen die Autos der Besucher, die bis aus der Großstadt und teilweise sogar von noch weiter her kamen, kilometerlang auf beiden Seitenstreifen der Landstraße, vom Ortskern bis in die Kreisstadt. Wenn am Wochenende auch Konzerte und Aufführungen stattfanden, kampierten einige sogar auf den Feldern. Andere parkten wild mit ihren Wohnmobilen und Minibussen mitten in den beschaulichen Gassen Großburgdorfs und hörten laute Musik bis spät in die Nacht.

Für die Kinder und Jugendlichen des Ortes war die einwöchige Unterbrechung der kleinstädtischen Ruhe durch das Mittelalterfest jedoch eine willkommene Abwechslung. Auch ich liebte die Stimmung auf dem Markt mit seinen langhaarigen Verkäufern und Besuchern, ihren fantasievollen Gewändern und dem altertümlich anmutenden Kunsthandwerk, das sie feilboten.

Maraun war ebenfalls sofort Feuer und Flamme, als er von dem bevorstehenden Fest erfuhr. Ich freute mich darauf, in diesem Jahr zum ersten Mal nicht meine Mutter gegen den Widerstand meines Vaters überreden zu müssen, mit mir dort hinzugehen.

Noch am Abend vor Beginn des eigentlichen Festes drängte Maraun darauf, dem Gelände einen Besuch abzustatten. Da begriff ich seine Motivation: Er versprach sich, unter den Marktleuten Mitglieder von Yvonnes großer Schaustellerfamilie zu finden, die ihm den Weg zum Anwesen der Familie verraten könnten.

Obwohl sein Plan naheliegend und gut war, hatte ich Mühe, meine Enttäuschung zu verbergen, denn wenn wir bereits am Vorabend der Eröffnung mit unseren Recherchen erfolgreich sein würden, hätte Maraun womöglich gar keine Lust mehr, mit mir in den Tagen danach über den Markt zu schlendern.

Da der Bus über die Landstraße in Richtung der Kreisstadt nur selten fuhr, nahmen wir die Räder. Es dämmerte, als wir auf dem Gelände am Bauernhof ankamen. Fast alle Buden und die große Bühne standen bereits, doch die in bunten Laternen versteckten Glühbirnen, die wie Girlanden zwischen den Wagen und überdachten Ständen hingen, waren noch nicht eingeschaltet. Der Geruch von Sägespänen, mit denen der Boden ausgelegt war, lag in der Luft.

„Wir haben noch geschlossen, kommt morgen wieder", rief uns eine Frau entgegen, die vor einem Stand mit der Aufschrift „Backstube" eine Schiefertafel mit Preisangaben in Talern versah. Sie trug ein altmodisches Kleid und eine mit Perlen bedeckte Haube auf dem Kopf. Ich fragte mich, ob sie immer so angezogen war oder ob es sich um eine Verkleidung handelte, wie jene auf Arthurs Fest. Womöglich war sie unter den Gästen gewesen und hatte dort genau diese Klamotten getragen.

Maraun schien denselben Gedanken zu haben und sagte selbstbewusst: „Kennen wir uns nicht von Arthurs Feier im Dezember?" Doch statt einer Antwort bekam Maraun nur einen verdutzten Blick zurück. „Wissen sie, wer Arthur und Yvonne sind?", hakte Maraun nach, doch die Sicherheit in seiner Stimme war verschwunden.

„Noch nie gehört. Keine Ahnung, wovon du redest", entgegnete die Perlenfrau und setzte ihre Schreibarbeiten fort, ohne uns weitere Aufmerksamkeit zu schenken.

Glücklicherweise vertrieb sie uns nicht, so dass wir unseren Rundgang über den Festplatz begannen. Wir begegneten einem langhaarigen Südländer in brauner Soutane, der gerade einen Schwenkgrill aufbaute, einer zierlichen Frau an einem Getränkestand und zwei jüngeren Männern, einer im Wikingerkostüm und einer in Cordhose und Pullover, die gekonnt aber gelangweilt Äxte auf einen zur Zielscheibe umfunktionierten Baumstamm warfen.

Auch wenn all diese Leute auf mich wirkten, als entsprängen sie unmittelbar Marauns Erzählungen von der geheimnisvollen Feier, erkannte er niemanden zweifelsfrei wieder. Und, was noch enttäuschender war, keiner von ihnen schien die Geschwister zu kennen. Auf Marauns immer gleiche Frage ernteten wir ausschließlich Achselzucken.

Wie so oft passierte das Entscheidende erst dann, als wir nicht mehr damit rechneten. Aus einem holzverkleideten Bauwagen stieg ein Mann mittleren Alters mit ergrauten, halblangen Haaren ins Freie und zündete sich eine Zigarette an. Grimmig musterte er uns, während er den Rauch in die kalte Dämmerung blies. Ich wollte schnell an ihm vorbei gehen, da er auf mich keinen besonders freundlichen Eindruck machte, doch natürlich blieb Maraun stehen.

„Kennen Sie Arthur und seine Schwester Yvonne?", fragte er, ohne sich große Hoffnungen zu machen, dass er diesmal erfolgreich sein würde.

„Wer will das wissen?", entgegnete der Mann barsch.

„Kennen Sie die beiden nun oder nicht?", sagte Maraun und es klang patziger, als es vermutlich gemeint war.

„Ich kenne viele Leute. Wer seid ihr?", rief er uns zu.

Maraun sah ein, dass er dem Mann entgegenkommen musste, wollte er ihn zum Reden bringen. „Ich heiße Jonas Maraun und das ist mein Freund Frederik Plötz", sagte er. Es klang seltsam, seinen Vornamen von ihm selbst zu hören und tat gut, dass er mich als seinen Freund vorstellte.

„Wir… Ich bin ein Freund von Yvonne und war auf dem Fest ihres Bruders im Dezember. Ich habe gehört, was mit ihm passiert ist und da… Ich würde Yvonne gerne etwas mitteilen", erklärte er und hörte sich dabei erneut erstaunlich unsicher an, ganz anders als ich es von ihm gewohnt war, wenn er mit Gleichaltrigen oder meinen Eltern sprach.

„Und was hab ich damit zu tun?", erwiderte der Mann noch immer argwöhnisch.

„Nun ja, es ist so: Ich habe ihre Telefonnummer leider verlegt und die Anschrift des Anwesens auch. Vielleicht könnten Sie mir da weiterhelfen?", fuhr Maraun fort.

„Was musst du ihr denn so Wichtiges mitteilen?", erkundigte sich der Fremde und brachte Maraun, der sich nichts zurechtgelegt hatte, damit erneut in Erklärungsnöte.

„Das kann ich Ihnen leider nicht verraten, das muss ich ihr persönlich sagen", war alles, was ihm einfiel. Maraun sah in meine Richtung und bedeutete mir, meine Karte hervorzuholen. Er nahm sie und zeigte sie dem Fremden. „Wenn Sie auch bei der Feier waren, können Sie mir ja den Weg auf der Karte zeigen."

„Du sagst, du bist ein Freund, willst sogar dort gewesen sein, und dann weißt du nicht einmal, wo das war? Willst du mich für dumm verkaufen?", sagte der Mann verächtlich.

Maraun unternahm einen letzten, noch jämmerlicheren Versuch, die Gunst des Unbekannten zu gewinnen. „Bitte, Sie müssen mir helfen! Ich gebe Ihnen auch Geld dafür!", sagte er aufgeregt und durchkramte seine Hosentaschen, fand jedoch wie üblich nur ein paar Münzen darin.

„Du beleidigst mich! Einen Teufel werde ich tun! Seht zu, dass ihr Land gewinnt und lasst euch hier nicht mehr blicken."

Schweigend fuhren wir nach Hause. Maraun sprach den ganzen Abend kein einziges Wort mehr.

23

Am nächsten Morgen kam mein Vater während der ersten Stunde, Mathematik bei der unausstehlichen Frau Raths, plötzlich in unseren Klassenraum, in Begleitung eines fremden Jungen.

Er musste schon einmal wiederholt haben, denn ich schätzte ihn auf mindestens fünfzehn, auch wenn er nicht so groß war wie Maraun. Das schwarze Haar hing ihm in Form eines Seitenscheitels ins Gesicht und verbarg sein rechtes Auge. Seine Jeans waren zerrissen und zu groß. Nur ein mit Nieten versehener Ledergürtel hinderte die Hose daran, herunterzurutschen.

Noch auffälliger war lediglich die schwarz-weiß gestreifte Krawatte, die er lose gebunden zu seinem karierten Holzfällerhemd trug. Seine Umhängetasche zierten allerlei Buttons mit rätselhaften Symbolen sowie seltsame Metallkügelchen, die klimperten, sobald der Junge sich bewegte.

„Ich möchte euch Christian vorstellen. Seine Familie arbeitet auf dem Mittelalterfest und er wird während dieser Zeit unsere Schule besuchen. Bitte helft unserem Gast, sich in den nächsten Tagen in Großburgdorf wohl zu fühlen", sagte mein Vater.

Wortlos setzte sich der Neue an einen noch freien Tisch im hinteren Bereich des Klassenzimmers. Noch ehe das Getuschel lauter wurde, händigte Frau Raths ihm die Arbeitsblätter aus, die wir gerade besprachen, und fuhr mit der Auflösung der Aufgaben an der Tafel fort.

Immer wieder während der Stunde drehte ich mich nach hinten zu ihm um. Es war das erste Mal seit der Grundschule, dass ein Schaustellerkind in unserer Klasse hospitierte. Und einen solchen Jungen hatte Großburgdorf noch nicht gesehen. Alle starrten ihn heimlich an. Er schien den Worten der Lehrerin auch nicht zu folgen und spielte stattdessen mit seinem Bleistift. Unsere neugierigen Blicke erwiderte er nicht, doch registriert hatte er sie sehr wohl.

Während Frau Raths gerade mit dem Rücken zu uns an der

Tafel stand und fast die ganze Klasse ihre Augen auf das ungewohnte, neue Gesicht richtete, führte er uns seinen ersten Trick vor. Der Bleistift, den er gerade noch gekonnt, ja beinahe akrobatisch durch seine Finger gleiten ließ, war urplötzlich verschwunden. Sekunden später, nachdem er ein paar theatralische, undurchschaubare Handbewegungen gemacht hatte, tauchte der Stift wieder auf. Zauberei.

„Wie hat er das gemacht?", flüsterte ich Maraun staunend zu, der das Kunststück auch gesehen haben musste. Wieder setzte Getuschel und Gemurmel ein. Frau Raths ermahnte uns mit schriller Stimme, still zu sein.

In der Pause scharten sich alle um den Neuen, selbst Jannik Diebel und sein Freund Martin. Sie redeten auf ihn ein und baten ihn, den Bleistifttrick erneut zu zeigen und noch weitere Zauberstücke vorzuführen.

„Also gut. Eigentlich verlange ich dafür Eintritt, aber ausnahmsweise gebe ich euch noch eine kostenlose Kostprobe. Mein Name ist übrigens Merlin. Christian heiße ich nur auf dem Papier", sagte er.

Irgendjemand in der zweiten Reihe lachte, doch die meisten schwiegen ehrfürchtig. Er bat eines der Mädchen um ein Papiertaschentuch. Vor unseren Augen riss er es gut sichtbar in kleine Stücke und knüllte die einzelnen Fetzen zu einem Knäuel zusammen. Dann ließ er die Überreste des zerstörten Taschentuchs in seiner Faust verschwinden. Mit der anderen Hand zog er es langsam wieder hinaus – es war unversehrt!

Wild durcheinander drängten wir darauf, dass er uns verriet, wie er das gemacht hatte oder wenigstens noch einen weiteren Trick zeigte. Doch er ließ sich nicht erweichen. „Kommt am Freitagabend auf den Markt, um 18 Uhr könnt ihr meinen Onkel Gabor, den großen Illusionisten, und mich auf der Bühne sehen."

Der Junge, der wollte, dass wir ihn Merlin nannten, lieferte uns am Ende der großen Pause schließlich doch noch einen weiteren Beweis für seine außergewöhnlichen Kräfte. Der Reihe nach konnte er die Namen aller Schüler aufsagen, die um ihn herumstanden, obwohl wir uns ihm noch nicht namentlich vorgestellt hatten und er uns erst seit wenigen Stunden kannte.

Alle waren verblüfft und sahen ihn mit offenen Mündern und großen Augen an. Tricks mit Bleistiften und Taschentüchern waren eine Sache, aber das konnte wirklich nicht mit rechten Dingen zugehen.

Maraun fand als erstes die Sprache wieder. „Du hast heute Morgen im Büro des Direktors oder im Lehrerzimmer oder sonst wo eine Klassenliste in die Hände bekommen und schön auswendig gelernt", sagte er frech.

„Ja, bestimmt, eine Klassenliste samt Fotos! Und eine Liste, auf der auch noch stand, dass du nicht bei deinem Vornamen Jonas, sondern mit deinem Nachnamen Maraun gerufen wirst. Die Liste möchte ich sehen", entgegnete der Zauberer und erntete anerkennendes Lachen.

Darauf wusste auch Maraun nichts mehr zu entgegnen. Ich spürte, dass er den Neuen nicht mochte.

Mein Vater schien dem Gastschüler ebenfalls kritisch gegenüberzustehen. Anders war es kaum zu erklären, dass er ausgerechnet an seinem ersten Tag eine unangekündigte Arbeit schreiben ließ. Ich vermutete, er wollte überprüfen, ob der in seinen Augen – wie alle Menschen vom Mittelalterfest – wenig vertrauenserweckend aussehende Junge überhaupt zu Recht auf seiner Schule gelandet war. Schließlich war das Gymnasium für gewöhnlich nicht die Bildungsstätte, an der man Schaustellerkinder und dergleichen fahrendes Volk vermutete.

So kam es, dass er in seiner Geschichtsstunde, der letzten des Tages, zunächst Stillarbeit anordnete. Anders als bei den meisten Lehrern verdiente diese Unterrichtsform bei ihm tatsächlich ihren Namen. Man hätte eine Stecknadel fallen hören, so leise war es. Alle lasen konzentriert in ihren Büchern einen Text über die Französische Revolution oder taten zumindest so. Um Letztere von den tatsächlich Lesenden zu trennen, sammelte mein Vater kurz vor Ende alle Bücher ein und teilte einen seiner gefürchteten Überraschungstests aus.

Es handelte sich um ein auf dem Computer erstelltes Arbeitsblatt, einen Lückentext, der das Kapitel über die Revolution in unserem Schulbuch zusammenfasste. Wichtige Angaben, darunter zahlreiche Namen und Jahreszahlen, fehlten und mussten ergänzt werden.

Ich war gerade einmal bei der vierten oder fünften der insgesamt zwanzig Lücken, als Maraun und mir vom Nachbartisch ein Zettel zugesteckt wurde. Ein kaugummipapiergroßer Spicker, auf dem alle Antworten fein säuberlich in winziger Schrift aufgelistet waren. Ich hatte den Text zwar aufmerksam gelesen, dennoch konnte ich mich natürlich nicht mehr an alles erinnern. Dankbar und aufgeregt zugleich übernahm ich die Antworten.

Als auch Maraun alles abgeschrieben hatte, wollte er den Zettel so unauffällig wie möglich weiterreichen. Doch Laura, das Mädchen, das rechts von Maraun saß, deutete ihm durch leichtes Kopfschütteln an, er solle das kleine Stück Papier behalten. Da sahen wir, dass sie unter ihrem Pult bereits einen ähnlichen Zettel verbarg, von dem sie eifrig abschrieb.

Ohne dass wir es wagten, uns darüber auch nur im Flüsterton auszutauschen, war Maraun und mir sofort klar, wer diese waghalsige Aktion gestartet und gleich mehrere Spickzettel unter den Augen des strengen Herrn Plötz in Umlauf gebracht haben musste. Es war mit Sicherheit unserer Klassenzauberer.

Wer in der Lage war, zwei Dutzend Namen wie auch immer in Erfahrung zu bringen und sich zu merken, der konnte auch sämtliche Fakten über die Französische Revolution behalten und innerhalb kürzester Zeit ohne jede Vorbereitung Spickzettel dazu anfertigen.

Doch es kam, wie es kommen musste, denn der Neue kannte meinen Vater nicht. Natürlich bemerkte er das kollektive Abschreiben. Es hätte jeden treffen können und er hätte es auch so früher oder später entdeckt, doch der Volkszorn sollte sich auf Georg entladen, den einzigen Jungen der Klasse, der in der Beliebtheitsskala noch unterhalb meiner Person rangierte. Die kleine Brillenschlange in der ersten Reihe hatte offenbar mangels ausreichender Sehkraft besonders auffällig auf den Spicker gestarrt.

„Von dir hätte ich das nicht erwartet", sagte mein Vater, als er Georg den Zettel abnahm. Blitzschnell reagierte er auf die darauf eintretenden, hektischen Versuche meiner Mitschüler, die sich noch im Umlauf befindlichen Beweisstücke zu vernichten, doch es war vergebens. Insgesamt stellte er noch drei weitere Spicker sicher und kündigte an, sichtlich schockiert von der Perfidität seiner Klasse, allen für die Arbeit eine Sechs ins Notenheft zu schreiben.

„Aber Herr Plötz, gucken Sie doch wenigstens Mal, ob die Antworten richtig sind", meldete sich der Zauberer aus der letzten Reihe grinsend zu Wort. „Ich wette mit Ihnen, dass die stimmen".

Ein paar halb unterdrückte Lacher kamen auf. Ich merkte, wie mein Vater innerlich vor Wut tobte.

„Als ob das eine Rolle spielen würde! Woher willst du das wissen, hast du das etwa geschrieben?", fuhr er den Jungen an.

„Ich habe keine Spicker nötig. Ich kenne mich ganz gut mit der Französischen Revolution aus, Herr Plötz, auch wenn Sie mir das vielleicht nicht zutrauen." So mit meinem Vater zu reden, das hatte bislang noch nicht einmal der große Maraun gewagt.

„Das war nicht meine Frage", entgegnete er, doch seine Worte gingen unter, denn es klingelte und wir verließen den Raum so schnell es ging. Die Schule war aus.

Eigentlich hatte er uns mit den mutmaßlich von ihm stammenden Spickern und dem daraus resultierenden Ärger einen Bärendienst erwiesen. Dennoch war dem Jungen, der sich Merlin nannte, an nur einem Tag gelungen, das zu bekommen, was Maraun in den letzten Monaten so achtlos verspielt hatte: Anerkennung und Bewunderung der gesamten Klasse.

24

Marauns Stimmung war miserabel seit unserem ernüchternden Besuch auf dem Mittelaltermarkt, und die Ankunft des neuen Schülers trug nicht gerade dazu bei, ihn aufzuheitern. Ich versuchte ihn zu überreden, Merlin um Hilfe zu bitten.

„Falls irgendjemand von den Marktleuten etwas über Yvonne und das Anwesen weiß, dann wird er es am ehesten herausfinden. Schließlich ist er Zauberer", sagte ich, nur halb im Scherz, was Maraun offenbar noch mehr in Rage brachte.

„Zauberer? Er kann ein paar Tricks, mehr nicht! Du lässt dich genauso von diesem Angeber blenden wie alle anderen. Wenn er morgen wieder damit anfängt, dann bereite ich dem Zauber mal ein Ende", kündigte Maraun patzig an.

Tatsächlich gab es auch am nächsten Tag in unserer Klasse kein anderes Thema als die scheinbar übernatürlichen Fähigkeiten Merlins. Alle wollten wissen, wie er in so kurzer Zeit sämtliche Antworten herausgefunden und auf mehreren Spickern verbreiten konnte.

„Ich habe eben ein sehr gutes Gedächtnis. Wenn ihr wollt, beweise ich es euch in der großen Pause", sagte er.

Bis auf Maraun wollten das alle, doch dann ließ auch er sich die Vorstellung nicht entgehen. In der Cafeteria schoben wir zwei Tische zusammen und drängten uns dicht an dicht um Merlin.

„Ihr nennt mir jetzt reihum jeder drei beliebige Gegenstände oder Begriffe eurer Wahl und ich werde sie jeweils nur einmal kurz wiederholen. Das reicht mir, dank meines außergewöhnlichen Gedächtnisses, um sie mir einzuprägen. Am Ende werde ich dann alle", er hielt kurz inne und zählte die Anzahl der ihm zugewandten Gesichter, „alle sechsundsechzig Worte aufsagen, in genau der Reihenfolge, in der ich sie von euch genannt bekommen habe. Zum Beweis wird einer von euch alle Begriffe notieren. Natürlich so, dass ich sie nicht sehe, bitte", sagte er und schob ausgerechnet Jannik Diebel Stift und Papier zu. Dessen nicht zu übersehenden Versuche, bei dem Neuen gut anzukommen, wurden also tatsächlich belohnt.

Ungläubig und scheinbar gelangweilt sagte Maraun, der hinter mir am äußersten Rand des Tisches stand, als Letzter seine drei Wörter auf. Während andere eher bemüht waren, vermeintlich lustige Begriffe zu nennen, hatte sich Maraun extra drei komplizierte Fremdwörter zurechtgelegt.

„Gut. Ich hätte hier oben", Merlin deutete auf seinen Kopf, „zwar auch noch Platz für mindestens doppelt so viele Wörter dieser Art, aber damit wir mit der Zeit hinkommen, belassen wir es dabei. Jannik, ich sage jetzt die Wörter der Reihe nach auf und du kontrollierst, ob ich auch keines vergessen habe."

Am Anfang sagte Jannik noch nach jedem Wort „Okay" oder

„richtig", doch irgendwann nickte er nur noch. Wieder staunten alle. Wie konnte ein Mensch sich nur eine so lange, völlig zusammenhanglose Wortkette auf Anhieb merken?

„Damit könntest du im Fernsehen auftreten", sagte ein Mädchen bewundernd.

„Mag sein. Aber ich ziehe es vor, live auf der Bühne zu stehen und meinem Publikum in die Augen zu sehen. Im Fernsehen denkt doch jeder bei solchen Sachen, dass gemogelt und getrickst wird", bemerkte Merlin trocken.

Das war das Stichwort, auf das Maraun zu warten schien: „Ach ja, und du willst uns erzählen, dass du nicht mogelst und trickst? Dass du das wirklich alles auswendig gelernt hast? Dass ich nicht lache! Ich kenne deinen Trick", rief er plötzlich.

Einundzwanzig Köpfe drehten sich in unsere Richtung. Obwohl ich gar nichts gesagt hatte, wurde ich rot und befürchtete Schlimmes.

Doch Maraun war sich sicher, Merlin überführt zu haben. „Jannik Diebel, du machst dich ja wirklich gut als Möchtegern-Hilfszauberer. Aber glaubst du im Ernst, mir ist entgangen, wie du jedes einzelne Wort, bevor Merlin es gesagt hat, leise vorgelesen hast? Unser großer Illusionist mag zwar ein guter Lippenleser sein, aber ein Gedächtniskünstler ist er genauso wenig wie ein Zauberer!"

Noch ehe der aufrichtig verdattert dreinblickende Jannik seinen Unmut kundtun konnte, erhob sich Merlin schweigend, nahm das Papier und streckte es, ohne einen Blick darauf zu werfen, Maraun entgegen.

„Hier, nimm den Zettel, frag mich nach irgendeinem Begriff, dem vierten oder dem vierundvierzigsten, das ist mir genauso egal wie die Bewegung deiner Lippen dazu", sagte er.

Maraun war überrascht von der gelassenen Reaktion des Zauberers, hatte er doch fest daran geglaubt, ihn durchschaut zu haben. Zaghaft fragte er ihn nach dem siebenundzwanzigsteten Wort.

„Honigkuchenpferd", sagte Merlin, ohne auch nur eine Sekunde überlegen zu müssen. „Na, stimmt das oder stimmt das?", fragte er lässig.

Maraun blieb nichts anderes übrig, als zu nicken.

„Besser gepasst hätte allerdings Nummer elf", sagte Merlin. Irgendjemand riss Maraun den Zettel aus der Hand, dann schnappte sich Jannik Diebel das Papier und las den elften Begriff vor. „Blödmann. Und wie das passt!", rief er. Schallendes Gelächter brach aus. Noch nie hatten Maraun und ich das Ende einer Pause so sehr herbeigesehnt wie in diesem Moment.

Auch während des Unterrichts hagelte es bei jeder Gelegenheit Hohn und Spott in Marauns Richtung. Noch wenige Monate zuvor hätte sich das niemand getraut. Ich litt mit meinem großen Freund, denn wir saßen im selben Boot. Gleichzeitig war ich wütend auf ihn. Wieso musste er sich auch so weit aus dem Fenster lehnen? Offenbar besaß Merlin tatsächlich besondere Fähigkeiten. Nach wie vor war ich überzeugt davon, dass er uns sogar hätte helfen können und Maraun sich aus Sturheit und Stolz eine große Chance entgehen ließ, sein verlorenes Glück wiederzufinden.

Aus diesem Eindruck wurde am Tag nach dem Gedächtnistrick bei einer weiteren Pausenbegegnung mit Merlin bittere Gewissheit.

Maraun und ich hatten uns, wie so oft, in eine einsame Ecke des Schulhofs zurückgezogen, als der Schaustellerjunge an uns vorbeikam, begleitet von Jannik und Martin, die es offenbar tatsächlich geschafft hatten, ganz oben in der Gunst des Magiers zu stehen.

Jannik stellte sich vor uns und schien angestrengt darüber nachzudenken, welche Beleidigung er uns diesmal an den Kopf werfen sollte. Als ich schon hoffte, sein Repertoire an dummen Sprüchen sei endlich erschöpft, gab ihm Maraun doch noch eine Steilvorlage. „Hau ab, Jannik Diebel", rief er.

„Oh, verstehe, der große Maraun und sein kleiner Verehrer wollen also ihre Ruhe haben", ätzte Jannik.

Nicht weniger hämisch konterte Maraun, allerdings in Richtung Merlin: „Könntest du eigentlich auch das blaue Auge, das ich diesem Schwachkopf gleich verpassen werde, wieder wegzaubern?"

Maraun meinte das ganz und gar nicht scherzhaft und war kurz davor, auf Jannik loszugehen, doch durch sein ehrliches, herzhaftes Lachen entschärfte Merlin die Situation zum Glück ein wenig und lenkte die Aufmerksamkeit auf sich.

„Du bist gut. Wir suchen auf dem Markt immer mal wieder Komödianten und Clowns, bewirb dich doch mal. Meinen Onkel Gabor kennst du ja schon. Was wolltest du eigentlich von ihm?"

Wären da nicht der freche Jannik Diebel und sein debil grinsender Kumpan Martin gewesen, so hätte dies der Moment sein können, zumindest den Versuch zu unternehmen, das Kriegsbeil zu begraben und das Wissen des jungen Zauberkünstlers für unsere Zwecke anzuzapfen. Doch Maraun war, angesichts der feindseligen Stimmung, noch immer angriffslustig.

„Als ob dir dein Onkel das nicht eh schon längst erzählt hätte. Oder hat der Gedächtniskünstler da etwa eine Gedächtnislücke?", sagte er verächtlich.

„Na gut, wenn du nicht vernünftig mit mir reden willst, dann kann ich dir auch nicht helfen", erwiderte der Zauberer.

Jannik hatte zwar mit Sicherheit keine Ahnung, um was es im Gespräch zwischen Maraun und Merlin ging, musste aber trotzdem, wie es seiner Art entsprach, noch einen draufsetzen: „Dem ist sowieso nicht mehr zu helfen", sagte er, bereits im Gehen, denn der Zauberer hatte die Unterhaltung für beendet erklärt und seine beiden Begleiter folgten ihm auf dem Fuß.

„Ich brauch jetzt eine Zigarette", sagte Maraun und durchkramte seine Taschen, während er sich vergewisserte, dass kein Lehrer in Sichtweite stand. Als er in seiner Hose nichts fand, fiel sein Blick auf meine Jackentasche, in der er offenbar verdächtige Umrisse erkannt hatte.

„Seit wann rauchst du denn? Und könntest du mich nicht vielleicht einfach fragen, bevor du meine Kippen klaust?", fuhr er mich an, als er zu meiner großen Verwunderung eine halbvolle Schachtel aus meiner Jacke herauszog.

Ich wollte gerade mit meiner Verteidigung beginnen, als Maraun einen Zettel aus der Zigarettenschachtel holte, versehen mit einer Botschaft, die unverkennbar dieselbe Handschrift wie die

Spicker am Tag zuvor trug.

„Wenn du nicht so nach Rauch gestunken hättest, hätte sie dich geküsst", las er langsam vor.

Jetzt hatte der Zauberer sein Ziel erreicht: Zum ersten Mal konnte auch Maraun seine Verblüffung nicht zurückhalten. Entgeistert sahen wir uns an.

Wie war es ihm gelungen, die Schachtel unbemerkt zu stehlen und mir unterzuschieben? Vor allem aber: Was hatte es mit der Botschaft auf sich? Wusste er von Yvonne? Wusste er sogar von dem kurzen Moment, in dem Maraun ihr so nah gekommen war? Gab es überhaupt etwas, das Merlin nicht wusste?

25

Maraun ging Merlin in den nächsten Tagen konsequent aus dem Weg. Ich war enttäuscht, dass er es nicht schaffte, über seinen Schatten zu springen und ihn einfach auf Yvonne anzusprechen. Das triumphierende Grinsen Merlins, jedes Mal wenn er Maraun zufällig begegnete, lud allerdings auch wenig dazu ein.

Stattdessen hatte er sich einen neuen Plan ausgedacht. Am Freitagabend wollte Maraun mit mir ein weiteres Mal auf den Mittelaltermarkt. Ich dachte zunächst, wir würden dort lediglich unsere vergeblichen Recherchen vom letzten Besuch fortsetzen, doch er schien noch etwas anderes im Schilde zu führen, das er mir allerdings nicht verriet.

Ich fand mich mit dieser Ungewissheit ab, froh darüber, dass wir überhaupt noch einmal das Fest besuchen würden. Auch wenn ich mich wunderte, dass er ausgerechnet zum Auftritt des von ihm wenig geschätzten Zauberers auf den Markt wollte, höchstwahrscheinlich zeitgleich mit den meisten unserer Mitschüler. Vielleicht brannte er insgeheim genauso wie alle anderen darauf, weitere Kunststücke vorgeführt zu bekommen, überlegte ich mir.

Endlich war der Freitag gekommen. An seinem letzten Schultag warb unser Gast noch einmal bei der gesamten Klasse für seine Vorführung am Abend. Von Jannik und Martin verabschiedete er sich sogar mit Handschlag. Mein Vater schien erleichtert, dass der zwar äußerst begabte, aber nicht minder freche Gastschüler das Gymnasium verließ.

„Ich hoffe, es kehrt nächste Woche hier wieder etwas Ruhe ein", rief er uns zum Abschied am Ende einer für seine Verhältnisse ungewohnt chaotisch verlaufenen letzten Stunde nach. Seine Abneigung gegenüber Merlin war eines der wenigen Dinge, die mein Vater mit seinem Pflegesohn teilte. „Endlich muss ich diesen Aufschneider nicht mehr ertragen", sagte Maraun, als wir uns auf den Heimweg machten.

Im Vorbeigehen, schon vor dem Schultor, provozierte Merlin ihn noch ein letztes Mal an diesem Tag. Mit dem wie üblich verschmitzten Lächeln auf den Lippen sagte er in unsere Richtung: „Maraun, du siehst die wichtigen Dinge noch nicht einmal dann, wenn sie direkt vor deiner Nase stattfinden."

Ohne eine Antwort abzuwarten, ging er weiter. „Heute Abend wird sich zeigen, was ich alles sehen kann", murmelte Maraun mit zusammengebissenen Zähnen vor sich hin.

Ich vermutete bereits, Marauns Plan könnte darin bestehen, Merlin bei seinem Auftritt erneut als Betrüger überführen zu wollen und sah eine weitere Blamage auf uns zukommen, doch er winkte ab. „Sein Hokuspokus interessiert mich nicht im Geringsten."

Zum Glück erlaubte mein Vater den abendlichen Besuch auf dem Fest, rang uns jedoch das Versprechen ab, spätestens um neun Uhr wieder zu Hause zu sein, was für einen Freitagabend lächerlich früh war. Immerhin gab uns meine Mutter noch ein ordentliches Taschengeld mit auf den Weg.

Wieder nahmen wir die Räder. Ich wollte in der Nähe des Haupteinganges einen Platz zum Anschließen suchen, doch Maraun bestand darauf, sie etwas weiter weg in einem Waldstück neben dem Festplatz unabgeschlossen zu verstecken.

„Wer weiß, vielleicht müssen wir nachher schnell und unbemerkt fliehen", sagte er, noch immer ohne mir zu verraten, was er vorhatte. Mir wurde etwas bange, aber ich ließ mir nichts anmerken. Zu oft schon hatte er mich für einen Angsthasen halten müssen.

Es war noch nicht ganz 18 Uhr, als wir das zum Marktgelände umfunktionierte Feld betraten. Anders als bei unserem ersten Besuch, war alles hell erleuchtet, bunt und laut. Dennoch strahlte der Markt eine große Gemütlichkeit aus. Die Menschen schlenderten gemächlich von Stand zu Stand oder saßen, mit hochprozentig gefüllten Tonbechern und deftigen Fleischspießen in der Hand, auf Holzbänken um die verschiedenen Feuerstellen auf dem Gelände.

Der Geruch von frisch ausgelegten Sägespänen war dem Duft von Räucherstäbchen, Grillfleisch und heißem Honigwein gewichen. Die Menschen an den Ständen in ihren mittelalterlichen Kostümen erinnerten mich erneut an Marauns Schilderungen vom seltsamen Fest, das er besucht hatte. Ich stellte mir vor, dass dem Gastgeber Arthur dieser Mittelaltermarkt sicherlich gefallen hätte.

Je näher wir der Bühne kamen, umso voller wurde es. Naturgemäß war der Markt am Wochenende, insbesondere zu den Aufführungen und Konzerten, am besten besucht. Die als Sitzgelegenheiten dienenden Heuballen und Holzbänke vor der Bühne waren schon nahezu alle besetzt. Ein großes Schild kündigte den Auftritt des Magier-Duos Gabor und Merlin um 18 Uhr an.

Inmitten der Menschenmenge, auf der anderen Seite der Bühne, entdeckte ich sie plötzlich: das wunderschöne Mädchen mit dem langen, blondgelockten Haar.

Obwohl ich sie noch nie gesehen hatte, war ich mir sicher, dass sie es sein musste. Nun ergab alles einen Sinn, schoss es mir durch den Kopf, die Sprüche Merlins, seine Notiz. Yvonne war hier auf dem Mittelaltermarkt!

Ich drehte mich zu Maraun um, der in eine andere Richtung blickte und sie daher noch nicht gesehen hatte, und stupste ihn an: „Da ist sie!", rief ich aufgeregt.

„Wer?", entgegnete er, und als ich mit dem Finger auf sie zeigen wollte, hatte sich bereits eine ganze Menschentraube ins Sichtfeld geschoben.

Noch immer unwissend folgte mir Maraun, als ich mir hektisch einen Weg durch das Publikum bahnte. Yvonne war jedoch wie vom Erdboden verschluckt. Erst nachdem wir einmal über den gesamten Markt gelaufen waren, entdeckte ich sie wieder. Sie stand mit dem Rücken zu uns an einer Messerwurf-Bude. Maraun hatte sie nun auch gesehen. Ich erkannte ein nervöses Flackern in seinen Augen.

„Das ist sie, oder?", fragte ich ihn. Ohne mir zu antworten, ging er auf das Mädchen zu und tippte ihr von hinten auf die Schulter. Obwohl ich einige Meter entfernt von den beiden stand, bildete ich mir ein, dem geheimnisvollen Glück, das Maraun erfahren hatte, so nah wie nie zuvor zu sein.

26

Die junge Frau, die sogar Maraun einen Moment lang für Yvonne gehalten hatte, drehte sich um. Trotz der Entfernung, aus der ich die Szene beobachtet hatte, war mir sein entsetzter Gesichtsausdruck nicht entgangen.

„'Tschuldigung", murmelte er noch, doch es war bereits zu spät.

„Was willst du?", rief sie mit piepsiger Stimme und ein junger, muskulöser Mann, der uns zuvor gar nicht aufgefallen, aber offenbar die Begleitung der unbekannten Schönen war, fuhr Maraun an: „Fass meine Freundin noch einmal an und du bist tot!" Dazu fuchtelte er bedrohlich mit dem Messer umher, das eigentlich für die Zielscheibe aus Holz bestimmt war, uns aber umso schneller Reißaus nehmen ließ.

Maraun schien es peinlich zu sein, dass er seine Angebetete verwechselt hatte. Schweigend liefen wir zur Bühne zurück. Im Publikum erkannten wir etliche Schulkameraden und hielten uns daher lieber im Hintergrund.

Ebenfalls im Rücken des Publikums entdeckte ich Merlin. Er musste uns auch schon gesehen haben, machte jedoch keine Anstalten, uns anzusprechen. Konzentriert wanderte sein Blick über die Zuschauer, als wolle er sich, noch bevor er die Bühne betrat, ein Bild davon machen, mit wem er es zu tun hatte.

Als der Vorhang aufging, kam zunächst eine hübsche Brünette in einem Rüschenkleid zum Vorschein. „Meine Damen, meine Herren, herzlich Willkommen! Bevor der große Gabor Ganasz sie mit seinen weltbekannten Illusionen verzaubern wird, darf ich Ihnen seine neueste Entdeckung präsentieren: den wohl talentiertesten Nachwuchszauberer dieses Landes. Ich verrate Ihnen: Sein Name hält, was er verspricht. Begrüßen Sie mit einem tosenden Applaus den magischen Merlin!"

Kurz darauf betrat, unter dem frenetischen Klatschen vor allem unserer Klassenkameraden, Gabors Neffe die Bühne. Sein Kostüm war von derselben skurrilen Machart wie die Klamotten, die er bereits in der Schule trug. Wahrscheinlich war unsere Schule auch nichts anderes als eine Bühne für ihn, ein weiteres Gastspiel in seinem so viel spannenderen, bewegten Leben.

„Danke, Maite. Du siehst wieder wunderschön aus heute Abend", sagte Merlin und zauberte wie aus dem Nichts eine Blume, die er ihr überreichte.

„Sie aber auch, verehrtes Publikum, besonders die Damen", flötete er und lächelte dabei ausgerechnet unsere Klassenkameradin Laura in der ersten Reihe an, die man mit ihrem Kurzhaarschnitt und dem weiten Pullover aus der Ferne auch für einen Jungen hätte halten können. Sie lächelte zurück.

„Ich werde mich an dieses Publikum erinnern", richtete er sich nun wieder an alle. „Und das ist keine Floskel. Nehmen Sie mich beim Wort. Denn ich verfüge über ein fotografisches Gedächtnis."

Von seiner Assistentin Maite ließ er sich die Augen mit einem Tuch verbinden. Ein dicklicher Scherzbold im Publikum, den ich nicht kannte, ließ sich zu einem Zwischenruf hinreißen: „Der Bursche sieht doch immer noch was!"

Merlin, bereits mit verbundenen Augen, reagierte prompt. „Gut, dann leihen Sie mir doch bitte die graue Jacke, die Sie um die Hüfte gebunden haben und legen Sie mir die auch noch um. Wenn ich diese Zeltplane im Gesicht habe, sehe ich bestimmt nichts mehr." Es gab allgemeines Gelächter, einige klatschten sogar.

Als sicher gestellt war, dass Merlin wirklich nichts mehr sehen konnte, bat die Assistentin eine Freiwillige auf die Bühne und wickelte ihr eine bunt bestickte, große Decke um, so dass bis auf den Kopf der gesamte Körper einschließlich des Schuhwerks verdeckt war. Erst dann nahm sie Merlins Augenbinden ab.

„Sie sind die Dame mit den beigen Stiefeln, der dunklen Hose, dem braunen Gürtel, der braunen Jacke und darunter der grünen, geblümten Bluse", sagte er.

Obwohl ich das Mädchen, anders als der Zauberer, noch bis vor wenigen Sekunden unverhüllt gesehen hatte, wusste ich bereits nicht mehr, welche Farbe ihre Bluse hatte oder dass sie einen Gürtel trug. Aber natürlich hatte Merlin recht, wie sich zeigte, als die Assistentin sie von ihrer Verhüllung befreite. Auch für die Zuschauerin schüttelte Merlin eine Blume aus dem Ärmel.

Die meisten im Publikum klatschten und staunten, doch der Skeptiker meldete sich erneut zu Wort. „Das ist doch abgesprochen", rief er.

Merlins Augen waren bereits wieder verbunden. „Dann kommen Sie doch bitte einmal selbst auf die Bühne", forderte ihn der Zauberer auf.

„Na, die Farbe meiner Jacke wirst du dir wahrscheinlich gemerkt haben", feixte der Dicke, während er sich auf den Weg nach vorne machte.

„In der Tat. Und die Ihrer Strümpfe auch. Weiße Tennissocken mit einem blauen und einem roten Streifen am Bund, nicht wahr?"

Ehe der Mann sich dagegen wehren konnte, hatte ihm Maite bereits die Hose ein wenig hochgezogen. „Für die Leute ganz hinten, die das nicht sehen können, mögen Sie uns noch einmal sagen, ob Merlin recht hatte?", fragte sie.

„Das gibt's doch nicht", murmelte der Dicke kleinlaut. Das Publikum johlte und applaudierte lautstark.

Um auch den letzten Skeptiker von seinen außergewöhnlichen Gedächtnisfähigkeiten zu überzeugen, identifizierte Merlin mit verbundenen Augen noch die gesamte Garderobe weiterer drei wahllos ausgewählter Zuschauer bis ins letzte Detail. Sogar eine schwer sichtbare Tätowierung und Schmuck konnte er präzise beschreiben.

Die Menge tobte, als Merlin mit einer angedeuteten Verbeugung die erste Nummer für beendet erklärte. Danach holte die Assistentin den großen Gabor auf die Bühne. Auch wenn er mit Anzug und Fliege ganz anders aussah, erkannten wir ihn sofort: Merlins Onkel war der Mann, der uns am Ende unseres ersten Besuches auf dem Markt so unfreundlich hatte abblitzen lassen. „Ich wusste es", sagte Maraun leise.

Zu meinem großen Bedauern war die Show für uns nun beendet, noch bevor der erste gemeinsame Zaubertrick des Meisters und seines Lehrlings gezeigt wurde. Maraun drängte mich zum Aufbruch. „Ich weiß jetzt, was ich wissen muss. Nun geht die Arbeit los. Den Hokuspokus habe ich mir schließlich schon oft genug in der Schule ansehen müssen", sagte er.

Während sich die meisten Besucher in der Mitte des Marktes vor der Bühne und an den Ständen ringsherum aufhielten, liefen Maraun und ich dorthin, wo wir schon bei unserem vorherigen Besuch waren: zu den Wagen der Schausteller. Jetzt, wo an den Ständen und auf der Bühne Hochbetrieb herrschte, hielt sich dort, anders als bei unseren ersten Recherchen, keine Menschenseele auf. Als wir an den Wagen gelangten, aus dem Gabor gekommen war und vor dem wir mit ihm gesprochen hatten, dämmerte mir, was mein großer Freund vorhatte.

„Du willst doch nicht etwa da rein?", fragte ich.

„Warum nicht?", sagte Maraun, als wäre es das Normalste der Welt.

„Das ist Einbruch!", rief ich und es klang mit Sicherheit wieder furchtbar kindisch.

„Ich will doch nichts stehlen, ich will mich nur ein bisschen umsehen. Bestimmt haben die beiden ein Adressbuch oder sonst etwas, das uns weiterhilft. Yvonne und Arthur kennen sie ja in jedem Fall, so viel ist sicher."

Maraun verdonnerte mich dazu, Schmiere zu stehen. Alles in mir sträubte sich dagegen, zum Komplizen seiner kriminellen Aktion zu werden, doch ich hatte auch nicht die Kraft, ihn davon abzuhalten. Die Tür des Holzwagens war, wie nicht anders zu erwarten, abgeschlossen. Maraun machte sich an dem kleinen Vorhängeschloss mit irgendeinem der zahlreichen Instrumente an seinem Taschenmesser zu schaffen. Wenige Augenblicke später hatte er es aufbekommen und huschte in den Wagen.

Quälend lange Minuten hielt sich Maraun darin auf. In ständiger Angst, jemand könnte unvermittelt auftauchen, lauerte ich vor der Tür.

Dann passierte es tatsächlich: Ich sah, wie jemand, vermutlich einer der Schausteller, aus Richtung der Bühne auf die Wagen zukam. Statt einfach ruhig stehen zu bleiben und damit nicht unnötig Aufmerksamkeit auf mich zu lenken, geriet ich sofort in Panik. Ich klopfte an die Tür des Wagens. „Da kommt jemand!", rief ich unüberhörbar.

Sekunden später stürmte Maraun hinaus. Ohne uns umzudrehen, rannten wir so schnell wir konnten in Richtung des Waldes, weg vom Festplatz. Niemand war uns gefolgt. Dennoch blieb für Erleichterung keine Zeit, denn im Wald wartete bereits die nächste böse Überraschung auf uns: Unsere Räder waren weg!

Jemand hatte offenbar das Versteck entdeckt und sie gestohlen. Ich fühlte mich miserabel. War das die Strafe für den Einbruch? In meinem Inneren hörte ich die Stimme meines Vaters: „Gott sieht alles". Wie sehr ich diesen Spruch doch hasste.

27

Im Halbdunkeln liefen wir die Landstraße entlang, mit hängenden Schultern zurück in Richtung Großburgdorf. Etwa eine Stunde Fußmarsch lag vor uns.

„Immerhin werden wir pünktlich zu Hause sein. Und das Geld von deiner Mutter haben wir auch noch, das wäre dann schon einmal die erste Rate für neue Räder", scherzte Maraun und ich bewunderte ihn für seinen Galgenhumor.

Ich war unentschlossen, wovor ich mehr Angst haben sollte: vor der Reaktion meines Vaters auf die abhanden gekommenen Fahrräder oder vor einem möglichen Auffliegen unserer Einbruchsaktion. Darüber vergaß ich vollkommen, Maraun zu fragen, ob er bei der Wagendurchsuchung überhaupt etwas Brauchbares gefunden hatte.

Erst als ich sah, wie er mit seinem Feuerzeug ein Foto erleuchtete, fiel mir wieder ein, weshalb wir uns eigentlich in dieses Schlamassel begeben hatten. „Hast du denn nun eine Adresse oder einen anderen Hinweis auf das Anwesen entdecken können?", fragte ich.

„Nein. Das ist alles, was ich gefunden habe. Es gab zwei Betten, und über einem der beiden hing das Foto. Vermutlich wohnt Merlin auch in diesem Wagen", sagte er und reichte mir das Bild.

Im Licht der Flamme erkannte ich Merlin, Arm in Arm mit einem bezaubernden, blonden Mädchen, bei dem es sich diesmal wirklich um Yvonne handelte. Die beiden sahen auf dem Foto nicht in die Kamera, sondern sich gegenseitig in die Augen, lachten einander an und wirkten dabei überaus harmonisch, fast ein wenig verliebt.

Das war auch Maraun nicht entgangen. Erst dachte ich, er würde die Seite, die Merlin zeigt, ganz aus dem Foto herausreißen, doch dann knickte er es lediglich in der Mitte um, so dass nur noch Yvonne und Merlins Arm über ihrer Schulter zu sehen waren.

Kurz bevor wir zu Hause ankamen, versuchte ich mich mit Maraun auf eine Sprachregelung gegenüber meinen Eltern zu verständigen. „Mein Vater bringt uns um, wenn er erfährt, dass wir die Räder noch nicht einmal abgeschlossen haben. Das dürfen wir auf keinen Fall erwähnen", sagte ich. Doch Maraun interessierte das Thema kaum, er war zu beschäftigt, sich das Foto immer und immer wieder anzusehen.

„Ich habe keine Angst vor deinem Vater. Und du solltest es auch nicht haben", sagte er. „Wenn du endlich aufhörst, so viel Respekt vor ihm zu haben, dann hat er auch nicht mehr diese Macht über dich." Wieder einmal wurde mir klar, dass ich niemals so werden würde wie Maraun.

Nachdem mein Vater uns wie erwartet mit Vorwürfen bombardiert hatte, ging er zum Glück rasch dazu über, seinen Groll über den Markt und alle, die mit ihm zu tun hatten, zu äußern. „Das ist ja nicht das erste Mal, dass Dinge während der Marktzeit gestohlen werden. Was bringt diese Veranstaltung bloß für ein Völkchen hierher. Schrecklich!", echauffierte er sich.

„Das hat ja nun wirklich nichts mit dem Mittelalterfest zu tun, so etwas kann doch überall passieren. In der Stadt wurde mir auch schon x-mal mein Rad geklaut. Da kann man nichts machen", traute sich Maraun, ihm Paroli zu bieten.

„Wir sind hier aber nicht in der Stadt, junger Mann. Gleich morgen früh werdet ihr mich zur Polizei begleiten, um den Diebstahl anzuzeigen. Die sollen sich auf dem Markt ruhig einmal umsehen. Es würde mich nicht wundern, wenn man dort so einiges fände. Nebenan bei Dreifkes ist gestern eine ganze Bierzeltgarnitur aus dem Schuppen verschwunden!"

In der Nacht konnte ich lange nicht einschlafen. Ich malte mir aus, wie man uns am Morgen auf der Wache gleich dabehalten würde, weil Merlins Onkel den Einbruch angezeigt und der Zeuge uns erkannt und der Polizei beschrieben hätte. Ich war es nicht gewohnt, gegen das Gesetz zu verstoßen. Schon das Mitwissen um Marauns heimliches Rauchen war in meinen Augen damals ein riskantes Unterfangen. Aber so etwas wie Beihilfe zum Einbruch sprengte meine kriminelle Vorstellungskraft.

Seltsamerweise war ich trotz allem nicht sauer auf Maraun. Im Gegenteil, meine Bewunderung stieg sogar wieder. Zuvor hatte ich bereits gedacht, er würde sich mit der Niederlage gegenüber Merlin abfinden. Auch wenn sein Vorgehen alles andere als löblich war, so hatte er sich zumindest nicht seinem Schicksal ergeben und war die Sache auf seine Art angegangen.

Als wir am Tag darauf die Polizeistation wider Erwarten als freie Männer verließen, fühlte ich mich fast so, als seien wir zwei gewiefte Verbrecher, denen nichts und niemand etwas anhaben konnte. Dabei waren wir nur zwei dumme Jungen, die sich die Räder hatten klauen lassen.

Langsam begann auch Maraun zu begreifen, welche Chance er sich hatte entgehen lassen. „Ich muss noch einmal auf den Markt und mit Merlin reden", sagte er.

Ich versuchte, ihm klar zu machen, dass es zu spät dazu war, dass man uns dort wohl kaum mit offenen Armen empfangen würde. Schließlich konnte sich Merlin denken, wer in seinen Wagen eingebrochen war und das Foto gestohlen hatte. Doch Maraun war so verzweifelt, dass er sogar bereit war, sich zu entschuldigen und das Bild zurückzueben.

„Und was machst du, wenn du herausfindest, dass Merlin und Yvonne ein Paar sind?" Die Frage schien Maraun, trotz des verdächtigen Fotos, ernsthaft zu überraschen, denn er zögerte lange mit der Antwort.

„Das kann ich mir nicht vorstellen. Und wenn, dann will ich es von Yvonne selbst hören. Es würde nichts daran ändern, dass ich sie liebe." Ich bekam eine Gänsehaut.

Auch wenn mir vor einer Konfrontation mit Merlin graute, bot ich Maraun an, ihn erneut auf den Markt zu begleiten. „Nein, das muss ich von Mann zu Mann regeln", sagte er.

Ich schlug für ihn nach, dass der Bus in Richtung der Kreisstadt zum letzten Mal an diesem Samstag um kurz nach eins ab Großburgdorf fuhr. Beim Mittagessen kündigte Maraun daher beiläufig an, dass er danach noch einmal weg wollte. Mein Vater hakte nach, und nach einigem Hin und Her nannte Maraun schließlich sein Ziel.

„Das kommt überhaupt nicht in Frage. Das Fest ist gestorben für euch beide". Auch das vorgeschobene Argument, Maraun wolle sich nur nach den gestohlenen Rädern umsehen, ließ er nicht gelten. „Das überlassen wir mal schön der Polizei." Damit wir nicht auf weitere dumme Gedanken kämen, ordnete er für das gesamte restliche Wochenende Hausarrest an.

Ich wusste sofort, dass Maraun sich nicht daran zu halten gedachte, denn er leistete erst gar keine Widerrede. Vermutlich würde er warten, bis mein Vater, wie immer am Wochenende, sich nach Dessert und Kaffee zum Mittagsschlaf hinlegte und meine Mutter sich zum Fernsehen ins Arbeitszimmer zurückziehen würde.

Und genau so kam es. Nachdem wir meiner Mutter beim Abwasch geholfen hatten und auch sie sich nach oben verabschiedete, wollte Maraun los. Der Bus war längst abgefahren, so dass er erneut den Fußmarsch auf sich nehmen musste.

Auch wenn ich ungern allein zurückblieb, war ich ausnahmsweise froh, dass Maraun ohne mich losging. Nicht nur, weil es schon den ganzen Tag regnete und der Gang auf den Markt alles andere als gemütlich sein würde. Auf das, was Maraun wegen des Verstoßes gegen den Hausarrest nach seiner Rückkehr von meinem Vater zu hören bekommen würde, konnte ich gut verzichten.

Da der Regen nachgelassen hatte und meine Eltern außer Sichtweite waren, traute ich mich immerhin, Maraun noch bis zur Vorgartentür zu begleiten. Während wir uns verabschiedeten, hörten wir plötzlich ein auffälliges Rascheln hinter der großen Hecke, die unser Grundstück von dem der Nachbarn trennte.

„Wir werden beobachtet", sagte Maraun leise. Wortlos folgte ich ihm in die Richtung, aus der die verdächtigen Geräusche gekommen waren.

Dann sah ich es auch: Hinter der Hecke versteckte sich jemand! Es waren gleich zwei, man erkannte ihre Umrisse deutlich.

Als sie merkten, dass wir sie entdeckt hatten, flohen sie über das Nachbargrundstück in Richtung der Straße. „Die schnappen wir uns!", rief Maraun und rannte los. Die Hecke war zu dicht, um ohne Weiteres hindurch zu schlüpfen, so dass wir den Umweg über unser Grundstück nehmen mussten.

Als wir auf der Straße ankamen, erkannten wir sie sofort: Es waren Jannik Diebel und sein Kumpane Martin. Sie schwangen sich auf zwei Fahrräder, die sie vor dem Nachbarhaus abgestellt hatten.

Erst einige Sekunden später begriffen wir, dass es nicht ihre, sondern unsere Räder waren, auf denen sie davonfuhren.

28

Bereits zum zweiten Mal innerhalb von zwei Tagen verstieß ich gegen Gesetze, nun gegen die meines Vaters. Doch der Hausarrest erschien mir zweitrangig angesichts der Tatsache, dass es ein viel schlimmeres Verbrechen rückgängig zu machen galt: den Diebstahl unserer Fahrräder. Ohne zu zögern folgte ich Maraun und wir rannten Jannik und Martin hinterher.

Statt ihren Geschwindigkeitsvorteil auszunutzen und uns abzuschütteln, machten die beiden sich einen Spaß daraus, immer wieder stehen zu bleiben, sich umzudrehen und sich mit kindischen Grimassen über uns lustig zu machen. Kurz bevor wir sie dann eingeholt hatten, traten sie wieder kräftig in die Pedale und erarbeiteten sich erneut einen Vorsprung.

Das Spiel wiederholte sich einige Male und ich geriet völlig außer Puste, da meine Kondition nicht die beste war. Auch Maraun begann, vermutlich seinem ungesunden Laster geschuldet, schon bald mächtig zu schnaufen, obwohl Sport das einzige Schulfach war, in dem er bessere Noten hatte als ich.

Trotzdem ging die Verfolgungsjagd weiter, denn auch der stämmige Martin schien nicht der Fitteste zu sein. Wir waren bereits die Schulstraße bis zur Hauptstraße hinunter gerannt, als die beiden Fahrraddiebe in eine Nebenstraße einbogen.

Großburgdorf war alles andere als gebirgig, doch ausrechnet diese Straße führte auf einen kleinen Hügel. Während Jannik der Aufstieg keine Probleme bereitete und wir ihn schon fast aus den Augen verloren hatten, quälte sich Martin mitsamt meinem Rad deutlich langsamer bergauf, so dass Maraun ihm wieder dicht auf den Fersen war.

Auf der kleinen Anhöhe befand sich Großburgdorfs einzige Sozialbausiedlung. Inmitten all der Einfamilienhäuser wirkten die vier schmucklosen Plattenbauten wie ein Fremdkörper. Mein Vater engagierte sich im Gemeinderat seit langer Zeit für einen Abriss oder zumindest eine grundlegende Renovierung der „Hochhäuser", wie die Großburgdorfer die gerade einmal fünfgeschossigen Gebäude nannten.

Hierhin hatte ich mich seit Jahren nicht mehr verirrt, denn einige der berüchtigtsten und gefürchtetsten Jugendlichen lebten in diesem Viertel. Jannik gehörte zwar nicht dazu, er wohnte über der Kneipe seiner Mutter am Platz bei der Kirche und Martin auf dem Hof seiner Eltern außerhalb, doch ich konnte mir gut vorstellen, dass sie Freunde unter den Siedlungsbewohnern hatten – den „Ghettokindern", wie wir sie auf dem Gymnasium nannten, in einer Mischung aus Spott, Furcht und heimlicher Bewunderung.

Dann geschah es doch: Wir hatten sie verloren. Martin fuhr hinter eines der Häuser und als wir kurz danach um die Kurve kamen, war er schon nicht mehr zu sehen.

„Sie sind bestimmt in einem der Hauseingänge verschwunden", sagte Maraun noch immer ganz außer Atem. „Wir müssen irgendwie in die Fahrradkeller gelangen, ich wette, dort werden wir unsere Räder finden."

Ich fürchtete schon, erneut Komplize bei einer Einbruchsaktion werden zu müssen, als mir etwas auffiel. „Sie sind noch weitergefahren! Siehst du die Spuren auf dem Rasen?", sagte ich und zeigte auf den nur spärlich mit Gras überwachsenen und vom Regen aufgeweichten Grünstreifen zwischen den beiden Häusern, auf dem sich deutlich Reifenabdrücke abzeichneten.

Wir folgten der Spur, die tatsächlich nicht zu einem der Hauseingänge, sondern wieder auf die Straße führte. Auf dem nassen Asphalt waren die erdigen Abdrücke jedoch nur noch auf dem ersten Meter zu erkennen.

Zumindest wussten wir so aber die Richtung, in die sie gefahren sein mussten: Sie waren dem Verlauf der Straße offenbar weder nach links noch nach rechts gefolgt, sondern hatten sie nur gequert. Die andere Straßenseite war unbebaut und grenzte direkt an einen Acker. Wie erwartet, konnten wir dort die Spur wieder aufnehmen. Sie führte über das matschige Feld querfeldein, hinaus aus Großburgdorf.

Nachdem wir ein paar Minuten lang über den Acker gelaufen waren, hatten wir einen Feldweg erreicht. Auf den Betonplatten, aus denen der Weg bestand, waren die Abdrücke der Räder nicht mehr zu erkennen.

„Sie sind bestimmt nach rechts gefahren. Ich glaube, der Weg führt zum Bauernhof von Martin", sagte ich. Früher begleitete ich ab und zu meine Mutter zum Einkauf im Hofladen. Doch seit der große Supermarkt im Gewerbegebiet am Ortsrand aufgemacht hatte, erledigten wir unsere Besorgungen fast nur noch dort.

„Die beiden knüpfe ich mir vor. Und unsere Räder holen wir uns wieder", sagte Maraun zuversichtlich, während wir in Richtung des Bauernhofes liefen.

Auf dem Weg kamen wir an einer alten Scheune vorbei. Das Tor stand offen, und als wir daran vorbei gingen, hörten wir ein verdächtiges Geräusch aus dem Inneren. „Hast du das auch gehört? Das war eine Fahrradklingel", rief Maraun.

„Lass uns da lieber nicht reingehen", erwiderte ich noch, doch Maraun war schon im Heuspeicher verschwunden. Zaghaft folgte ich ihm.

Kaum hatte auch ich die fensterlose Scheune betreten, fiel das Tor hinter uns ins Schloss. Es war stockdunkel. Wir glaubten, dass wir ihnen auf der Spur waren, doch tatsächlich hatten sie uns in die Falle gelockt!

29

Wir hatten keine Zeit, uns an die Finsternis zu gewöhnen. Wie aus dem Nichts kamen sie auf uns zugesprungen. Aus dem Geschrei, das sie dabei von sich gaben, schloss ich, dass es mindestens fünf oder gar sechs Leute sein mussten.

Sie warfen uns mit aller Wucht zu Boden. Ich war so überrumpelt, dass ich erst gar nicht versuchte, mich zu wehren. Maraun hingegen schlug um sich, doch sie überwältigten auch ihn nach kurzer Zeit. Ich wurde von Zweien an den Armen festgehalten und zu Boden gedrückt. Der Rest der Meute war mit Maraun beschäftigt.

Dann ging das Tor wieder auf – und niemand geringeres als Merlin betrat die Scheune.

„Da seid ihr ja endlich. Ich dachte schon, ihr würdet gar nicht mehr kommen. Dabei gibt es doch nichts Schöneres, als an regnerischen Tagen im Heu zu toben und…"

„Wo sind unsere Fahrräder?", fiel ihm Maraun ins Wort.

„Ich mag es gar nicht, wenn man mich unterbricht. Und noch weniger mag ich es, wenn man in meinen Sachen wühlt", setzte Merlin in ruhigem, aber entschlossenem Ton seine Ansprache fort. „Machen wir es kurz: Ihr habt etwas, das mir gehört und ich habe etwas, das euch gehört. Ich will nichts als einen Tausch, denn anders als ihr spiele ich fair."

„Ich weiß nicht, wovon du redest", entgegnete Maraun, doch es klang wenig überzeugend.

Jetzt, nachdem wieder Licht in die Scheune drang, erkannte ich, wen Merlin alles gegen uns in Stellung gebracht hatte: Fünf

Leute aus der Klasse waren da, sogar ein Mädchen, wenn auch die burschikose Laura. Zu meiner Schmach war sie es, die mich überwältigt hatte und gefangen hielt, gemeinsam mit Arne, einem Jungen, der etwa so groß wie ich war. Maraun wurde hingegen vom stärkeren Jannik, dem stämmigen Martin und dem rothaarigen Tom, einem weiteren Klassenkamerad, in die Mangel genommen.

„Durchsucht sie, beide!", wies Merlin seine Helfer an. Ich leistete keinen Widerstand. Sie nahmen mir den Hausschlüssel, eine Schachtel Kaugummi und vor allem aber die fotokopierte Karte ab, auf der alle unsere bisherigen Hinweise zum geheimnisvollen Anwesen verzeichnet waren und die ich immer bei mir trug.

Nach einem erneuten, kurzen Gerangel gelang es Jannik, Maraun neben seinem Taschenmesser, Feuerzeug, Zigaretten und etwas Kleingeld das Foto von Yvonne und Merlin abzunehmen.

Bevor er es dem Zauberer überreichte, sah er es sich an. „Ist das deine Freundin? Echt hübsch!", versuchte er sich bei seinem Anführer einzuschleimen.

„Nein, das ist nicht meine Freundin. Aber Hoffnungen würde ich mir an deiner Stelle trotzdem nicht machen, Jannik. Es sei denn, du willst es dir mit Maraun bis in alle Ewigkeit verscherzen, denn das ist nämlich seine Angebetete. Für sie wird er sogar zum Einbrecher!"

Alle bis auf Maraun und Jannik lachten und unfreiwillig huschte auch mir, trotz unserer misslichen Lage, ein Lächeln übers Gesicht.

Merlin war an Schlagfertigkeit einfach nicht zu überbieten. Auch wenn er für unsere unsanfte Festnahme verantwortlich war, fürchtete ich nicht ihn, sondern ausschließlich seine brutalen Handlanger. Widerwillig gaben sie uns, auf Merlins Anweisungen hin, den Inhalt unserer Hosentaschen zurück. Nur das Foto behielt er – und leider auch meine Karte.

„Ich habe, was ich wollte. Lasst sie frei und gebt ihnen ihre Räder, wenn sie artig sind", ordnete der Zauberer an.

Während die anderen gehorchten und endlich von uns abließen, schien Jannik genug vom Kommandoton seines neuen Freundes zu haben. Womöglich war er auch verärgert über Merlins spöttische Bemerkung kurz zuvor.

„Ich glaube, ich habe es mir anders überlegt. Das neue Rad gefällt mir, ich behalte es. Was meinst du, Martin?", sagte er. Martin nickte, wenn auch etwas zögerlich. Die beiden hielten Maraun noch immer fest.

„Ich halte davon aber nichts. Das war nicht unsere Abmachung, Jungs. Ich bin Illusionist, kein Dieb", ermahnte sie Merlin.

„Ach was, ihr seid doch alle Zigeuner und Langfinger, ihr Schausteller", versuchte Jannik, den Zauberer zu provozieren.

Maraun tat, was gute Krieger tun müssen: Er machte sich die Uneinigkeit seiner Feinde zu Nutze. Da Jannik durch die hitzige Diskussion mit Merlin offenbar abgelenkt war, gelang es ihm, sich aus seinem Griff zu befreien und auch Martin abzuschütteln.

Wie verrückt begann er, auf die beiden loszugehen, und ehe ich mich versah, war eine wilde Prügelei ausgebrochen, noch heftiger als der Überfall zuvor. Wieder schrien alle durcheinander. Auch ich bekam, noch immer ohne selbst auszuteilen, einen Schlag von irgendwoher ab.

Zum Glück ließen sie bald von mir ab, konzentrierten sich dafür allerdings auf den armen Maraun, der nach seiner Attacke auf Jannik und Martin von allen Seiten Schläge einstecken musste. Insbesondere Jannik drosch auf ihn ein, bis es so heftig wurde, dass sogar der bislang als einziger nicht am Kampf teilnehmende Merlin einschritt.

„Aufhören! Genug! Ihr bringt ihn noch um, wollt ihr das?", schrie er, sichtlich in Panik geraten. Auch ich hatte das Gefühl, etwas unternehmen zu müssen und half Merlin dabei, seine längst außer Kontrolle geratenen Gefolgsleute von Maraun loszueisen, der mittlerweile reg- und wehrlos auf dem Boden lag.

Endlich ließen sie von ihm ab. Nur Jannik war in seinem Gewaltrausch noch immer nicht zu bremsen und schlug weiter auf den bereits außer Gefecht gesetzten Maraun ein.

Normalerweise wäre eine Prügelei zwischen den beiden eine Begegnung auf Augenhöhe, aber da Maraun zuvor schon vom Mob nahezu gelyncht wurde, war es ein ungleicher, unfairer Kampf.

Irgendjemand rief: „Mist, er blutet!" und aus dem Augenwinkel sah ich, wie Janniks Komplizen, auch der ansonsten so unterwürfige Martin, sich mit einem Mal schlagartig aus dem Staub machten. Offenbar wurde ihnen die Angelegenheit langsam zu heikel.

Mit vollem Körpereinsatz warf sich Merlin schützend vor den reglos auf dem Heuboden liegenden Maraun. „Jannik, bist du verrückt geworden? Er hat doch bekommen, was er verdient, lass ihn in Ruhe und hau ab!", rief er verzweifelt.

Doch Jannik war nicht zu bändigen. Nun sprang sein Zorn auf den Zauberer über. „Von dir lasse ich mir gar nichts mehr sagen! Du bist ab morgen eh nicht mehr da und dann bin ich hier endlich wieder der Chef. Und wenn ich das verdammte Fahrrad behalten will, dann behalte ich es, kapiert?"

Merlin schüttelte den Kopf. „Jannik Diebel, du bist so ein Idiot. Wieso habe ich mich nur darauf eingelassen, mit dir..."

Den Satz konnte er nicht beenden, denn Janniks Faust traf ihn mitten ins Gesicht. Er hatte offensichtlich immer noch nicht genug, und nachdem Maraun k.o. auf dem Boden lag, war Merlin an der Reihe. Auf den Faustschlag ins Gesicht folgte ein weiterer, noch schmerzhafter in den Unterleib. Merlin mochte zwar ein guter Zauberer sein, ein guter Kämpfer war er nicht, denn seinen Schlägen und Tritten wich Jannik mühelos aus oder wehrte sie ab.

Wie versteinert sah ich den beiden zu und dachte angestrengt darüber nach, wie ich mich am besten verhalten sollte. Merlin zur Hilfe eilen und damit ebenfalls zur Zielscheibe vom wild gewordenen Jannik zu werden erschien mir wenig aussichtsreich, also entschloss ich mich, zunächst nach meinem verletzten Freund zu sehen.

Doch noch ehe ich mich zu ihm auf den Boden begeben konnte, war Maraun schon wieder dabei, sich aufzurichten. Er sah furchtbar aus, sein Gesicht war blutüberströmt von gleich mehreren Platzwunden, und er konnte sich kaum auf den Beinen halten.

Jannik war so damit beschäftigt, auf seinen ehemaligen Kommandeur einzuprügeln, dass er gar nicht merkte, wie Maraun sich ihm von hinten näherte. Mit Merlin trieb Jannik nun dasselbe Spiel wie zuvor mit Maraun: Obwohl er schon auf dem Boden lag, trat er weiter wie besessen auf ihn ein. Doch Maraun war, trotz seiner Blessuren, im Begriff, dem Treiben ein Ende zu setzen.

Gekonnt überrumpelte der große Maraun seinen Widersacher und nahm ihn mit dem rechten Arm in den Schwitzkasten, während er mit dem linken seine Hände umfasste und festhielt.

„Nun hör mal gut zu, Jannik. Wie du siehst, ist niemand von deinen Freunden mehr da. Wir sind zu dritt und du bist ganz allein. Wenn du nicht willst, dass es richtig schmerzhaft wird, dann hörst du jetzt auf mit diesem Theater."

Merlin raffte sich langsam wieder auf und auch ich hatte mich geistesgegenwärtig vor Jannik in Stellung gebracht, um zumindest unserer zahlenmäßigen Überlegenheit Ausdruck zu verleihen.

Vergeblich versuchte Jannik, sich aus Marauns festem Griff zu befreien. Mit den Füßen trat er in unsere Richtung. Als erstes ging Merlin in die Knie und griff sich Janniks rechtes Bein, ich tat es ihm gleich und schnappte mir sein linkes. Nun hatten wir ihn vollständig unter Kontrolle.

„Na gut, ich hau ab, aber dazu müsst ihr mich schon loslassen", keuchte er, noch immer im Schwitzkasten. Wir lösten uns vorsichtig von seinen Beinen und Maraun schubste ihn mit aller Kraft in Richtung des Scheunentors.

Doch was tat Jannik? Statt das Weite zu suchen, drehte er sich nochmals um und lief mit geballten Fäusten auf Maraun zu. Der allerdings reagierte blitzschnell und zog einen gefährlichen Joker aus der Hosentasche: sein Taschenmesser.

„Zwing mich nicht, dir weh zu tun", sagte er und streckte Jannik die Klinge entgegen. Zum Glück blieb er stehen. Nicht auszudenken, was passiert wäre, wenn er Maraun auch nur ein paar Zentimeter näher gekommen wäre.

„Das wirst du bereuen", rief Jannik noch, bevor er endlich verschwand.

Wir atmeten auf. „Danke, Maraun. Ohne dich wären wir wohl nicht mit ihm fertig geworden", sagte Merlin.

„Danke, dass du mich verteidigt hast, obwohl ich bei dir eingebrochen bin", entgegnete Maraun, so geläutert und reumütig wie ich ihn nie zuvor erlebt hatte.

„Ist schon okay. Frieden?" Wir schüttelten uns unsere wunden Hände wie Waffenbrüder nach einer gewonnenen Schlacht. Es fühlte sich tatsächlich so an, als habe die Vernunft am Ende doch noch gegen all die Rivalität und Gewalt gesiegt.

30

Merlin schaute auf seine Armbanduhr und erschrak, als er sah, wie spät es war. „Ich muss schnell wieder zurück zum Markt, mein Onkel wartet schon auf mich. Kommt mich doch morgen Nachmittag besuchen. Dann reden wir über alles", sagte er. „Mal sehen", war alles, was Maraun ihm antwortete.

Hinter der Scheune standen unsere Räder, bis auf ein paar Schlammspuren nahezu unversehrt. Mir fiel ein Stein vom Herzen. Maraun wusch sich das Gesicht mit Wasser aus einer Regentonne, doch er sah auch danach noch furchteinflößend aus. „Tut aber nicht mehr weh", versicherte er und humpelte zu seinem Rad.

Mein Vater begegnete uns bereits im Garten. Dass wir unsere Räder zurückerobert hatten, schien ihn kaum zu interessieren, denn er begann sofort auf uns einzureden, weil wir uns unerlaubt aus dem Staub gemacht hatten. Erst nachdem zum Hausarrest noch Fernsehverbot hinzugekommen war, erkundigte er sich nach den Fahrraddieben und vor allem danach, wer Maraun so übel zugerichtet hatte.

Wir sahen uns kurz an und ohne ein Wort miteinander zu wechseln war uns klar, dass wir ihm nicht die ganze Geschichte erzählen würden. „Es war zu dunkel in der Scheune, wir haben niemanden erkannt", log Maraun.

Auch wenn Jannik eigentlich einen Denkzettel verdient hätte, wäre ein Verpetzen beim Direktor aus vielerlei Gründen nicht der richtige Weg gewesen. Ich dachte, es könnte die Stimmung noch weiter anheizen und den Konflikt zwischen Maraun und Jannik eskalieren lassen, während Maraun sicherlich der Meinung war, dass das Einschalten eines Erwachsenen ein Eingeständnis von Schwäche wäre und er sich daher selbst revanchieren müsste.

Am nächsten Morgen bestanden meine Eltern darauf, dass wir

sie zum Gottesdienst begleiteten, vor dem wir uns sonst meistens drücken konnten. „Nach dem, was gestern passiert ist, wird es euch nicht schaden, mal wieder etwas von Nächstenliebe und Respekt zu hören", begründete mein Vater die Entscheidung.

„Aber wir haben doch Hausarrest", entgegnete Maraun, doch trotz der bestechenden Logik dieses Arguments ließ sich mein Vater nicht erweichen.

In der Kirche trafen wir Tom, den einzigen unserer Mitschüler, der regelmäßig mit seinen Eltern den Gottesdienst besuchte. Als er uns sah, blickte er zu Boden, als schäme er sich für das, was gestern geschehen war.

Dem Pastor hörte ich gar nicht zu. Meine Gedanken kreisten nur um den Nachmittag. Auch wenn wir noch nichts abgesprochen hatten und Maraun gegenüber Merlin tags zuvor eher verhalten reagiert hatte, war ich mir sicher, dass er die Einladung annehmen würde, um endlich den entscheidenden Hinweis auf das geheimnisvolle Anwesen und die schöne Yvonne zu bekommen. Ich wünschte mir ebenfalls, echten Frieden, vielleicht sogar Freundschaft mit dem Zauberer zu schließen, bevor es zu spät war. Schließlich bewunderte ich ihn, trotz aller Querelen zwischen ihm und uns, von Anfang an.

Andererseits standen wir noch immer unter Hausarrest und ein weiterer Verstoß dagegen würde fatale Konsequenzen für uns mit sich bringen, hatten wir die Geduld meines Vaters nach dem ersten Zwischenfall doch schon beinahe überstrapaziert.

Nach dem Mittagessen verabschiedete sich mein Vater, wie an den Wochenenden üblich, zum Mittagsschlaf. „Gnade euch Gott, wenn ihr mir wieder ausbüchsen solltet", drohte er. Meiner Mutter, die sich tagsüber nie schlafen legte, trug er auf, uns im Auge zu behalten.

Wir gingen in den Keller und bastelten an der Modelleisenbahn. Auch wenn Maraun nicht sonderlich geschickt darin war, hatte er immerhin doch mit der Zeit Gefallen daran gefunden und unterstützte mich hin und wieder dabei.

Als meine Mutter in der Küche fertig war, sah sie tatsächlich nach uns. „Ich würde jetzt gerne auch hochgehen und in Ruhe etwas lesen. Versprecht ihr mir, dass ihr euch heute an eure Strafe halten werdet?", fragte sie.

Ich nickte zögerlich. Maraun tat so als hätte er nichts gehört und versuchte weiterhin konzentriert, Bäume mit Sekundenkleber in die Landschaft zu pflanzen.

„Jonas, kann ich mich auch auf dich verlassen?", versuchte meine Mutter sich zu vergewissern.

„Ja", murmelte er.

Kaum war meine Mutter die Treppen hinauf verschwunden, stellte Maraun die Arbeit ein. „Endlich ist die Luft rein. Jetzt können wir los!"

Ich war hin- und hergerissen. Zum einen wollte ich dasselbe wie er, zum anderen fürchtete ich nicht nur meinen Vater, sondern hatte auch meiner Mutter ein Versprechen gegeben. „Ich kann das nicht", sagte ich schließlich leise.

„Du willst nicht, das ist etwas anderes", fuhr mich Maraun an.

„Nein, ich kann nicht. Es geht nicht", entgegnete ich, den Tränen nahe.

„Dann muss ich eben ohne dich gehen", sagte er trotzig. „Ich befürchte, ich werde mich auch allein auf den Weg zu Yvonne machen müssen. Du bringst es ja doch nicht fertig. Am besten gehe ich noch heute los, falls mir Merlin den Weg beschreibt."

„Es sind nicht deine Eltern. Deswegen verhältst du dich so. Wenn es deine Eltern wären, würdest du mich verstehen", sagte ich schluchzend, nur um irgendetwas zu sagen, das mich nicht als der Angsthase und kleine Junge dastehen ließ, der ich vermutlich war.

„Ich halte mich nur an Strafen, die ich als gerecht empfinde. Egal, wer sie ausgesprochen hat", erwiderte Maraun.

Auch wenn es aus heutiger Sicht übertrieben klingen mag, so hatte ich damals die wohl schwerste Entscheidung meines bisherigen Lebens zu treffen. Und sie fiel gegen meine Eltern aus, obwohl ich wusste, dass sie nur mein Bestes wollten. Doch ich liebte nicht nur sie. Ich liebte auch Maraun.

Während ich mir, trotz allen Ärgers, den ich mir damit einhandelte, der Liebe meiner Eltern auch nach dem erneuten Abhauen sicher sein durfte, stand zu befürchten, dass ich meinen großen Freund verlieren könnte, wenn ich ihn nicht begleitete.

Maraun nickte mir anerkennend zu. „Sie werden uns schon nicht umbringen", sagte er, als habe er meine Gedanken gelesen. Wir schlichen uns still und heimlich aus dem Haus und traten den Fußmarsch in Richtung Mittelaltermarkt an.

Am letzten Tag des Festes waren, trotz eines frischen Windes und gelegentlicher Schauer, noch einmal viele Besucher gekommen und bevölkerten die Stände und Buden. Von der Bühne donnerte die martialisch-melodische Musik einer achtköpfigen Band, die Schlagzeug, Bass, Geige und Gitarre mit den fremdartigen Klängen zahlreicher weiterer Instrumente kombinierte, unter anderem einer Art Drehleier. An einem Getränkeausschank sahen wir Merlins Onkel Gabor hinter der Theke stehen. „Der große Magier braucht also noch einen Zweitjob", spottete Maraun.

Wir klopften an Merlins Wagen. Er schien nicht überrascht zu sein, uns zu sehen und bat uns, hereinzukommen. Die Einrichtung war spartanisch, umfasste aber alles, was man zum Leben brauchte: Neben einem Stockbett, einer kleinen Bank, einem Tisch und zwei Schränken gab es sogar eine kompakte Küchenzeile mit Herd, Waschbecken und Kühlschrank.

Merlins Bett musste das untere sein, denn darüber hing, neben dem Foto eines Mädchens, das ich nicht kannte, das Bild, das ihn und Yvonne zeigte. Es machte einen mitgenommenen Eindruck, in der Mitte war der Knick, den Maraun ihm zugefügt hatte, deutlich sichtbar. Mein Freund hatte das Foto auch sofort entdeckt und als ich sah, wie er es betrachtete, war mir klar, dass ihm der vorübergehende Diebstahl des Bildes genau so leid tat wie mir.

Wir nahmen auf der Bank Platz, Merlin setzte sich auf sein Bett. „Wollt ihr was trinken?", fragte er. Wir nickten und er goss uns Cola in zwei verschieden große Gläser. Eine ganze Weile lang schwiegen alle, bis Maraun, ohne Merlin dabei in die Augen zu sehen, sagte: „Tut mir leid, das mit dem Foto."

„Schon okay. Dafür hatte ich ja eure Räder. Beziehungsweise der bescheuerte Jannik. Er hat sie im Wald gefunden", sagte Merlin. „Hätte ich mich bloß nicht auf ihn eingelassen. Aber ich konnte ja nicht wissen, dass er so austickt. Tut's noch weh?", erkundigte er sich.

„Nö. Halb so wild. Nur ein paar blaue Flecken." Wieder herrschte betretenes Schweigen. Maraun schaffte es noch immer nicht, über seinen Schatten zu springen und Merlin endlich um Hilfe zu bitten. Daher fasste ich mir ein Herz.

„Kennst du Yvonne gut?", fragte ich.

„Ich kenne sie, seitdem ich auf der Welt bin. Wir sind schließlich Geschwister", antwortete Merlin. „Der abwesende Gastgeber auf dem Fest, das war ich."

Und während wir ihn ungläubig und mit offenen Mündern anstarrten, kehrte das verschmitzte Lächeln, das nach dem blutigen Ende der Schlacht in der Scheue vorübergehend erloschen war, zurück in das Gesicht des Zauberers.

31

Maraun fand als erster die Sprache wieder. „Du willst Arthur sein? Das ist unmöglich!", rief er. „Arthur lebt nämlich gar nicht mehr. Er hat sich umgebracht, aus Kummer, weil ihn seine Freundin verlassen hat."

Nun war Merlin derjenige, der einen überraschten, beinahe entsetzten Gesichtsausdruck machte und nach den richtigen Worten suchte. „Woher weißt du…? Ich dachte, es wäre niemand mehr da gewesen…", stammelte er.

Er brauchte einen Augenblick, um wieder Fassung zu erlangen. „Ja, ich habe versucht mich umzubringen, aber ich habe es nicht fertiggebracht, ich habe danebengeschossen", sagte er schließlich. „Aber Arthur lebt tatsächlich nicht mehr. Arthur hielt sich für weise, für unfehlbar. Was für ein Irrglaube. Er hatte alles und besaß doch nichts. Jetzt bin ich Merlin. Kein Ritter mehr, kein Wissender, sondern nur ein einfacher Reisender, ein Illusionist, der einer Illusion hinterherjagt. Ein Kind, das denkt, es habe übersinnliche Fähigkeiten und einfach nicht erwachsen werden will…"

„Was soll das?", unterbrach Maraun Merlins immer melancholischer werdenden Monolog. „Wer bist du wirklich? Merlin? Arthur?"

„Na gut. Ich werde euch meine Geschichte erzählen", sagte er. „Wie ihr wisst, heiße ich eigentlich Christian, doch bereits vor vielen Jahren gab ich mir den Künstlernamen Arthur. Wenn wir nicht gerade mit einem unserer Schaustellerbetriebe unterwegs waren, lebte ich mit meiner Schwester und unserem Vater auf dem Anwesen unserer Familie, das du ja bereits kennst, Maraun. Doch nachdem der Mensch, den ich über alles liebe, mich verlassen hat, habe ich all das zurückgelassen und unter meinem jetzigen Namen ein neues Leben begonnen. Mit meinem Onkel Gabor reise ich durch das Land, auf der Suche nach ihr."

„Nach wem?", fragte ich, noch immer verwirrt durch die skurrile Geschichte, die der Magier mit den vielen Namen uns erzählte.

„Nach Jennifer, meiner großen Liebe. Ich muss sie wiederfinden. Ich bin genauso ein Besessener wie dein Freund", antwortete er mir. „Anders als der große Maraun hat der große Merlin bislang allerdings noch niemanden gefunden, der ihm auch nur ansatzweise bei dieser Suche helfen kann."

„Heißt das, du hilfst mir?", fragte Maraun nun endlich.

Ohne etwas zu sagen, öffnete der Junge, den wir als Merlin kennen gelernt hatten, die Schranktür, holte meine Landkarte hervor und gab sie Maraun.

„Ich habe unser Anwesen so genau es geht eingezeichnet. Dort wirst du sie finden. Ich hoffe es zumindest, denn leider haben wir in letzter Zeit auch kaum noch Kontakt. Mein Vater hat es mir zwar schweren Herzens erlaubt, aber meine Schwester war dagegen, dass ich sie verlasse und mit Onkel Gabor umherziehe. Sie versteht mich einfach nicht."

„Was hat sie dir von mir erzählt?", erkundigte sich Maraun weiter. Obwohl es wenig sensibel von ihm war, gar nicht auf Merlins tragische Geschichte einzugehen, war ich froh, dass er schließlich doch noch all diese Fragen stellte, die sich schon seit Tagen so sehr aufdrängten.

„Nicht viel. Nur, dass du dich auf meine Feier eingeschlichen hast und am Ende vom Koch nach Großburgdorf mitgenommen wurdest. Und dass sie es ein bisschen bereut, dich nicht geküsst zu haben, obwohl du nach Tabak gestunken hast", sagte er und grinste erneut schelmisch. „Ich war trotzdem ganz schön überrascht, als ich herausfand, wer du bist und dass wir hier in dieselbe Klasse gingen."

Den letzten Satz schien Maraun schon überhört zu haben, war doch die viel entscheidendere Botschaft die, dass Yvonne ganz offenbar auch etwas für ihn empfunden hatte.

„Ich wusste es", murmelte er. Selten zuvor hatte ich ihn so strahlen sehen. Er war völlig euphorisch. „Wie kann ich mich nur jemals bei dir dafür revanchieren?", sagte er, den zerknitterten Plan in den Händen haltend wie die Eintrittskarte ins Paradies.

„Du kannst mir sagen, ob du dieses Mädchen schon einmal gesehen hast." Merlin zeigte auf das andere Foto, das über seiner Matratze hing. „Sie kommt nämlich ursprünglich auch aus der Stadt, genau wie du."

„Das ist Jennifer, oder? Nein, ich kenne sie nicht. Aber ich verspreche dir, sollte sie mir jemals begegnen, werde ich dir sofort Bescheid sagen, Ehrenwort", sagte Maraun.

Zu meinem Erstaunen schien sich Merlin über Marauns freundliche, aber wenig hilfreiche Worte aufrichtig zu freuen.

„Danke. Ich weiß das zu schätzen. Telefonisch bin ich naturgemäß schwer zu erreichen, aber ich werde dir die Adresse des Zweitdomizils meiner Familie in der Stadt aufschreiben, dort lasse ich alle Post hinschicken und hole sie von Zeit zu Zeit ab."

Er kramte einen Zettel hervor, notierte eine Anschrift in der Großstadt und eine Telefonnummer mit einer mir unbekannten Vorwahl. „Unter dieser Nummer erreichst du Yvonne. Vielleicht solltest du sie vorher anrufen, bevor du unserem Anwesen erneut einen unangekündigten Besuch abstattest", sagte er und reichte Maraun das Papier.

Während mein großer Freund den Eindruck machte, als könne er es gar nicht abwarten, sich von Merlin zu verabschieden, um sich sofort auf dem Weg zu seiner Angebeteten zu machen, fielen mir noch so viele Dinge ein, die ich den Zauberer gern gefragt hätte. Zum Beispiel, warum genau er das Fest ausgerichtet und weshalb ihn Jennifer nun eigentlich verlassen hatte. Doch alles, was ich mich traute, war ihn nach der Bedeutung seiner seltsamen Spitznamen zu fragen. „Merlin kann ich mir ja noch erklären, so heißen Zauberer in alten Sagen schließlich immer. Aber Arthur?"

„Arthur oder Artus ist natürlich auch eine Sagengestalt, sogar die deutlich berühmtere. Aber deshalb habe ich den Namen nicht gewählt. Es ist eine Hommage an eines meiner großen Vorbilder, den britischen Okkultisten Arthur Edward Waite. Er hat die Tarot-Karten geschaffen, deren Deutung meine Mutter mir schon als kleiner Junge beibrachte. Das war mein bis heute prägendster Kontakt mit dem Übersinnlichen und zugleich meine erste große Gedächtnisleistung", erklärte er.

Mein Interesse schien ihm nicht zu missfallen, vielleicht sogar zu schmeicheln, also fuhr ich fort. „Kannst du mit diesen Karten etwa die Zukunft vorhersehen?", fragte ich.

„Nun, ein Kartenleger ist nicht unbedingt ein Wahrsager. Ich habe die Karten eher genutzt, weil sie mir viel über mich selbst und andere Menschen verraten. Manchmal natürlich auch über Ereignisse, die in der Zukunft liegen. Und leider oft auch über Dinge, die ich gar nicht wissen wollte", sagte er geheimnisvoll.

Nun war er wieder da, der alte, magisch überlegene Merlin, und während Maraun mit Sicherheit innerlich bereits mit den Augen rollte, war ich abermals fasziniert und dem Zauber seiner Worte erlegen.

„Könntest du Maraun und mir die Karten legen, Merlin?", bat ich ihn aufgeregt.

Ohne sich zu vergewissern, ob das überhaupt in unser beider Sinne war und als schien er nur auf die Frage gewartet zu haben, sagte der Zauberer und Kartenleger: „Eigentlich habe ich damit abgeschlossen, aber für euch will ich gerne eine Ausnahme machen."

32

Wieder kramte Merlin im Schrank und holte eine hölzerne Schachtel hervor, verziert mit einem goldenen Pentagramm. Darin befand sich ein Stapel mit Karten, die er zu mischen begann. „Was möchtest du denn wissen? Je konkreter die Frage, umso konkreter die Antwort."

Tatsächlich gab es eine Frage, die mir keine Ruhe ließ und auf die ich gerne eine Antwort gewusst hätte. „Was werden meine Eltern mit uns anstellen, wenn wir wieder zurück sind? Eigentlich haben wir nämlich Hausarrest und versprochen, uns daran zu halten", erklärte ich.

„Ich würde dir raten, die Karten nicht nach dem zu fragen, was deine Eltern tun werden, sondern eher danach, wie du am besten damit umgehst. Die Antworten auf Wie- oder Warum-Fragen sind deutlich hilfreicher als die auf Fragen nach dem Was oder Wann", fabulierte er.

Ich willigte ein und er breitete mit einem gekonnten Handgriff die Karten im einem Fächer vor mir aus, noch immer verdeckt.

Er bat mich, sieben Karten langsam der Reihe nach zu ziehen. „Am besten die, bei denen es kribbelt", sagte er, doch die Rückseiten der Karten sahen alle gleich aus und vor Aufregung kribbelte es ohnehin überall, also wählte ich wahllos sieben Stück.

Er deckte sie auf und gruppierte sie in drei Zweierpärchen nebeneinander auf dem Tisch. Die siebte Karte legte er in die Mitte. „Das ist die wichtigste, die bewahren wir uns für den Schluss auf", sagte er. Ausgerechnet diese Karte war als einzige hauptsächlich in Schwarz gehalten und bereite mir etwas Angst.

„Beginnen wir hier oben. Die ersten beiden Karten stehen ganz offensichtlich für deinen Vater." Tatsächlich waren auf beiden Karten Männer zu erkennen, in rotem Gewand und mit Krone. „Dein Vater ist unbestritten ein Mensch, der größten Wert auf Disziplin legt. Er ist aber auch verlässlich und handelt stets rational, wie der Herrscher auf dieser Karte. Sein Verhalten in der Angelegenheit, zu der du mich befragst, verrät uns die Karte auf der rechten Seite: Er wird Gerechtigkeit walten lassen. Es mag sein, dass er euch bestraft, aber er wird dabei fair bleiben und mit Augenmaß vorgehen. Der Rat der Karte ist daher, sein Urteil zu akzeptieren."

Ohne einen Kommentar meinerseits abzuwarten, fuhr er mit der Deutung des zweiten Kartenpaars fort. „Hier geht es unverkennbar um die Rolle deiner Mutter. Sie ist die Königin der Kelche, eine gute Fee, einfühlsam, hilfsbereit, geduldig aber auch etwas introvertiert und geheimnisvoll. Und sie wird, wie das engelsgleiche Wesen auf der zweiten Karte, Mäßigkeit walten lassen. Das bedeutet, sie wird einer maßvollen Bestrafung zustimmen, aber dir auch verzeihen, denn wie du sehnt sie sich nach Harmonie."

Ich war perplex. Tatsächlich teilten meine Mutter und ich ein großes Bedürfnis nach Harmonie, tatsächlich hatte sie mir noch jede Dummheit verziehen, während mein Vater nichts zu vergessen schien. Die Deutung seiner Eigenschaften war Merlin zwar ebenso gelungen, doch das hatte mich weniger überrascht, nicht zuletzt, weil jeder, der einmal an unserer Schule war, meinen Vater so erlebt hatte – als den strengen, aber stets um Gerechtigkeit bemühten Herrscher.

Während ich die Gültigkeit der Aussagen des Kartenlegers und die Wahrheit, die aus seinen Karten sprach, zu diesem Zeitpunkt längst mit der gleichen staunenden Selbstverständlichkeit hinnahm, mit der ich mich zuvor auch schon auf Merlins Zaubereien und Kunststücke eingelassen hatte, rang Maraun noch immer mit sich, wie viel Glauben er all diesen Dingen schenken sollte.

„Was hättest du denn jetzt gesagt, wenn Frederik zufällig diese Karten", er zeigte auf die ersten beiden Paare, „in nur leicht vertauschter Reihenfolge gezogen hätte? Dass sein Vater eine gute Fee und die Mutter der Herrscher ist?", unterbrach er Merlins Ausführungen.

„Die Frage stellt sich nicht. Es ist nämlich kein Zufall, dass Frederik genau diese Karten in genau dieser Reihenfolge gezogen hat. Es ist Schicksal. Überhaupt ist Tarot nichts anderes als das Spiel mit dem Schicksal." Maraun schwieg, das Argument schien ihm einzuleuchten.

„Ich glaube ohnehin nicht an Zufälle. Ich glaube aber auch, dass wir unserem Schicksal nicht ausgeliefert sind, sondern dass wir immer die Möglichkeit haben, es selbst in die Hand zu nehmen. Die letzten drei Karten werden uns Aufschluss darüber geben, wie das in diesem Fall funktionieren könnte", fuhr Merlin mit seiner Deutung fort.

„Diese beiden Karten", er zeigte auf das letzte Kartenpaar,

„symbolisieren dich als Fragenden. Du bist der Bursche mit den sieben Schwertern, der sich davongeschlichen hat wie ein Dieb. Du weißt, dass du etwas getan hast, das nicht gut war. Du hast aber auch das Zeug dazu, dich nun wie der Bube der Schwerter zu verhalten und nicht jede Kritik und alle Vorwürfe, die ohne Zweifel auf dich einprasseln werden, einfach so hinzunehmen. Du musst dich dem Kampf stellen. Die einzige Waffe, die du hast, ist dein Verstand. Am Ende wird die Vernunft siegen. Du hast dich nicht an eine Abmachung gehalten, aber war diese Abmachung überhaupt fair? Es gibt Dinge, die du klären musst…"

„Das hätte ich dir zwar auch ohne Karten sagen können, aber er hat recht, Frederik. Du darfst dir von deinen Eltern nicht mehr alles gefallen lassen", unterbrach Maraun den Zauberer erneut.

Mehr als über das was er sagte, freute ich mich darüber, dass er nun die oberflächliche Ebene des Skeptikers verlassen und sich auf den Inhalt von Merlins Worten eingelassen hatte.

„Du brauchst davor keine Angst zu haben, genauso wenig wie vor der letzten Karte. Sie fasst die Botschaft noch einmal zusammen, deswegen ist sie auch die wichtigste, das Überthema sozusagen. Der brennende Turm, in den der Blitz eingeschlagen hat und aus dem nur der Sprung ins Ungewisse bleibt, ist ein Sinnbild für das Ende deiner behüteten Kindheit. Frederik, du bist der Jüngste von uns Dreien. Wir haben das schon hinter uns, aber dir steht es noch bevor. Deine alte Welt gerät ins Wanken. Du bist ein höflicher dreizehnjähriger Junge, der sich davor fürchtet, die Nabelschnur zu durchtrennen. Aber nun ist die Zeit gekommen und ich bin mir sicher, dass du es schaffen wirst."

Ein leichter Schauder legte sich über meinen Rücken. Mehr als ein geflüstertes „Danke" brachte ich nicht über die Lippen. Dass der Junge, der mich noch nicht einmal eine Woche lang kannte, mithilfe ein paar scheinbar wahllos gezogener Karten so tief in meine Seele blicken konnte, war geradezu unheimlich.

33

Nun war der große Maraun an der Reihe. Merlin blickte ihn abwartend und einladend an, doch er schwieg.

„Ich weiß, was dich am meisten interessiert. Und ich weiß auch, dass du davor zurückschreckst, es mich zu fragen", versuchte sich Merlin im Gedankenlesen. „Ich mache dir einen Vorschlag: Es gibt eine Legemethode, bei der nicht alle Karten sofort auf den Tisch kommen, sondern eine nach der anderen gezogen wird, bis zu zweiundzwanzig Stück. Wir können jederzeit aufhören, wenn du genug gehört hast. Das Spiel nennt sich ‚Der Weg des Helden' und es offenbart die Grundlinien unseres ganzen Lebens, beginnend mit der Vergangenheit über die Gegenwart bis in die Zukunft. Das heißt, du wirst schon gleich am Anfang die Gelegenheit haben, zu überprüfen, ob das was ich dir sage, auch wirklich stimmt. Einverstanden?"

Maraun nickte. „Gut. Ich werde die Karten jetzt mischen und du versuchst, dich dabei zu entspannen und an nichts Bestimmtes zu denken. Wenn du etwas fühlst, dann sagst du Stopp." Er mischte den Stapel so schnell und gekonnt wie ein Croupier im Spielkasino. Nachdem Maraun „Stopp" gesagt hatte, hörte er blitzartig auf und stellte die verdeckten Karten in einem Stapel vor uns auf den Tisch. Er bat Maraun, die erste abzunehmen und umzudrehen.

Zum Vorschein kam ein etwas eitel wirkender Jüngling nebst einem Hündchen. Merlin lachte laut auf. „Der Narr! Das ist so typisch", sagte er, noch immer grinsend.

„Was ist daran bitte typisch?", fragte Maraun leicht beleidigt.

„Er steht für Naivität, für Neugierde. Es gibt aber auch kaum eine passendere Karte für die Kindheit. Ich nehme an, du warst in deinen frühen Jahren etwas zu sorglos, vielleicht sogar töricht und hast mehr als nur eine Dummheit begangen. Ein braves, angepasstes Kind warst du mit Sicherheit nicht", sagte Merlin. Maraun erwiderte nichts und zog mit trotziger Miene die nächste Karte.

Ich erschrak, als ich sah, welche es war: der Turm. „Dass du den Sprung, den Frederik jetzt wagen musst, bereits hinter dir hast, war mir klar. Aber dass es schon so früh war, überrascht mich doch. Es muss etwas in deiner Kindheit geschehen sein, das alles für immer verändert hat. Vielleicht ist es der Umzug nach Großburgdorf gewesen, womöglich aber auch etwas viel Früheres, das überhaupt erst dazu geführt hat, dass du hierhergekommen bist."

Zu gern hätte ich mehr darüber erfahren, denn Maraun hatte so gut wie nie über seine Vergangenheit und seine leiblichen Eltern mit mir gesprochen. Auch jetzt schwieg er und zog wortlos die nächste Karte, fast ein wenig ungeduldig, als könne er es gar nicht erwarten, endlich an der Stelle anzukommen, die er so sehr herbeisehne.

Auf der dritten Karte war hinter fröhlich winkenden und von vier blumengeschmückten Stäben gerahmten Menschen eine Art Festung oder Schloss zu erkennen. Sofort musste ich an das geheimnisvolle Anwesen des Zauberers und seiner Schwester denken.

„Ich glaube, damit lässt sich das beschreiben, was du auf meiner Feier empfunden haben musst. Ich kann es gut verstehen, dieser Ort strahlt all diese Dinge aus. Zumindest tat er das einmal für mich, bevor ich zum Getriebenen wurde", sagte Merlin, und sein offenes, wissendes Lächeln war einem nachdenklichen Gesichtsausdruck gewichen.

„Ah! Der Ritter der Kelche", rief Merlin, nun wieder breit grinsend, nachdem Maraun die nächste Karte noch immer kommentarlos gezogen hatte. „Ein Romantiker, ein absoluter Träumer. Mit leichtem Hang zur Oberflächlichkeit und einer Vorliebe für rosarote Brillen. Es scheint dich wirklich ganz schön erwischt zu haben."

Obwohl alles was er sagte zutraf und Maraun ja auch keinen Hehl aus seiner Verrücktheit nach Yvonne machte, merkte ich, wie sein Gesicht rot anlief.

„Und was ist mit ihr, was fühlt sie?", traute er sich nun doch, seine wohl drängendste Frage zu stellen. Wie immer, wenn er nervös war, bewegten sich seine Pupillen schnell hin und her.

„Das weiß ich nicht, Maraun. Ich kann nur zu demjenigen etwas sagen, der vor mir sitzt, dessen Wünsche, Ängste und Sehnsüchte sich in den Karten spiegeln. Das hier ist dein Lebensweg, nicht der meiner Schwester. Aber ganz offensichtlich haben sich eure Wege an dieser Stelle noch nicht gekreuzt. Der Ritter steht nur für eine Stimmung, nicht für ein handfestes Ereignis oder eine Begegnung."

Als wolle er damit genau diese endlich hervorzaubern, griff Maraun entschlossen nach der nächsten Karte, die einen alten Mann zeigte.

„Ich denke, wir nähern uns langsam der Gegenwart. Auch wenn du in Frederik einen wirklich treuen Freund hast, scheinst du dich innerlich sehr zurückgezogen zu haben. Der Eremit deutet auf Einkehr und Einsamkeit hin. Du bist ein ruhiger Einzelgänger geworden, genau das Gegenteil von dem Draufgänger, der du einmal warst."

Maraun schien diese Aussage nicht zu gefallen, denn noch ehe Merlin mit seinem Vortrag fertig war, hatte er bereits die nächste Karte gezogen, die mit „Der Wagen" beschriftet war.

„Bei aller Einsamkeit hast du trotzdem deinen Mut nicht verloren, deine Entschlossenheit. Die Zeichen stehen auf Aufbruch, genau wie sie es bei mir vor einiger Zeit auch standen. Diese Karte warnt aber auch zugleich davor, nicht zu ehrgeizig zu sein, denn der Grat zwischen Mut und Selbstüberschätzung ist schmal."

Ich war erstaunt, wie still und genügsam sich Maraun all die guten Ratschläge anhörte und Karte um Karte vom Stapel nahm. War es nur die Neugierde, die ihn antrieb, oder erkannte er sein Leben in den Deutungen des Kartenlegers tatsächlich wieder?

Die nächste Karte zeigte einen Mann, der dem Betrachter den Rücken zukehrte. „Die Acht der Kelche steht ebenfalls für Aufbruch. Wahrscheinlich geht es dabei aber um ein ganz anderes Ereignis als das, worauf eben der Wagen hindeutete. Ich denke, wir sind nun in der nahen Zukunft angelangt, in der es einen weniger mutigen, sondern viel mehr traurigen Abschied geben dürfte. Um Wege, die sich schweren Herzens trennen…"

„Wie können sich unsere Wege denn trennen, wenn du doch gerade gesagt hast, dass sie sich nicht einmal gekreuzt haben?", unterbrach Maraun den Zauberer.

„Ich habe ja nicht behauptet, dass es sich bei diesem Abschied um einen Abschied von Yvonne handelt", entgegnete Merlin.

Als könne er die Angst spüren, die seine Worte in mir hervorriefen, ergänzte er: „Und es muss auch kein Abschied von Frederik sein. Es kann auch der gemeinsame und vielleicht dennoch schmerzhafte Aufbruch aus Großburgdorf sein, den diese Karte symbolisiert."

Ich beruhigte mich wieder, auch wenn ich im Nachhinein das Gefühl hatte, dass Merlin den letzten Satz ausschließlich zu diesem Zweck gesagt hatte.

Noch immer sichtlich unzufrieden mit seinen Karten zog Maraun eine weitere, die noch beängstigender als der Abschied auf der vorherigen Karte aussah. „Nach dem Aufbruch beginnt für dich, so leid es mir tut, eine beschwerliche Reise, eine Phase der Entbehrlichkeit und vielleicht auch der Erbärmlichkeit. Die Fünf der Münzen steht für eine dunkle Zeit, die aber auch wieder vorüber geht. Du wirst aus dieser Durststrecke jedoch deine Lehren ziehen und gestärkt hervorgehen", versuchte Merlin seinen wenig ermunternden Vorhersagungen noch eine einigermaßen versöhnliche Wendung zu geben.

Die darauf folgende Karte machte dagegen zum Glück endlich einen äußerst freundlichen Eindruck. Merlin schien entzückt zu sein, als er sie sah.

„Ein Ass, und auch noch das der Kelche! Das Ass steht immer für eine große Chance, für Glück, das zum Greifen nahe ist. Und die Kelche symbolisieren das Wasser, das Element der Zwischenmenschlichkeit, der geistlichen Welt und der tiefen, echten Empfindungen…"

Merlin redete für Marauns Geschmack zu lang drumherum, so dass er ihn abermals unterbrach. „Heißt das nun, Yvonne und ich werden zusammenkommen?", fragte er und seine Stimme überschlug sich dabei beinahe vor Aufregung.

„Das ist gut möglich. In jedem Fall wirst du die Chance haben, Erfüllung in der Liebe zu finden. Mit wem das sein wird und was du daraus machst, liegt an dir. Wie ich eingangs sagte: Jeder ist seines Glückes Schmied. Und dein Schicksal scheint es trotz all der beschwerlichen Dinge, die dir bevorstehen, gut mit dir zu meinen."

Einen Moment lang hielt der große Maraun inne, lehnte sich

zufrieden und mit gläsernem, verträumten Blick zurück, so selbstvergessen als wäre niemand anderes mit ihm in dem kleinen Bauwagen. Aber dann zog er noch eine Karte. Mit dem Umdrehen ließ er sich Zeit und machte dabei einen feierlichen Gesichtsausdruck, als erwarte er, nichts als Herzen und rote Rosen oder gar das Konterfei seiner Angebeteten aufzudecken.

Doch zum Vorschein kam die düsterste Gestalt, der krasseste Gegensatz den man sich hätte vorstellen können: der Teufel.

34

Merlin blickte uns mit einem Gesicht an, als habe er in eine Zitrone gebissen. Er wollte gerade den Mund aufmachen, doch Maraun kam ihm zuvor. „Stopp! Ich habe genug gehört", rief er.

„Aber…", begann der Kartenleger zögerlich, doch er wurde sofort wieder unterbrochen.

„Bitte sag mir nichts mehr. Ich will es gar nicht wissen. Hätte ich doch bloß diese Karte nicht mehr gezogen."

Zu meinem Erstaunen begann Merlin zu lachen. „Es ist schon auffällig, wie ähnlich wir uns sind, Maraun." Er holte einen Notizblock aus dem Schrank und blätterte eine Seite auf. „Das kam dabei heraus, als ich dasselbe Spiel mit mir selbst gespielt habe. Ich habe es auch nicht geschafft, alle 22 Karten aufzudecken und nach der zehnten aufgehört, genau wie du. Und auch sonst hatten wir einige Parallelen."

Tatsächlich waren auf der Liste in seinem Block, den er vor uns auf den Tisch gelegt hatte, zahlreiche Namen von Karten verzeichnet, die auch Maraun zuvor aufgedeckt hatte, zum Beispiel der Narr, der Turm, der Ritter der Kelche, der Wagen und der Eremit. Die letzte Karte war jedoch, allein von ihrem Namen her, noch beängstigender als der Teufel, den Maraun gezogen hatte. Am Ende der Liste stand in Merlins krakliger Schrift: „Der Tod".

„Heißt das etwa, du wirst bald sterben?", fragte ich aufgeregt.

„Nein, das heißt es nicht. Auch wenn die Karten in diesem Spiel chronologisch angeordnet sind, geben sie niemals Auskunft über einen genauen Zeitpunkt. Außerdem: Egal wie kurz oder lang ein Leben ist, man kann es bei dieser Legemethode immer anhand von 22 Karten beschreiben. Kommt der Tod nicht an letzter Stelle, so steht er für das natürliche Ende einer Lebensphase, für eine Trennung, ein Loslassen von etwas. Aber er kann auch die Chance für einen Neuanfang bedeuten. Überhaupt wäre es zu einfach, die Karten in gute und böse zu unterteilen. Jedes der 78 Motive beim Tarot kann, je nach Frage und System, Positives und Negatives bedeuten. Das gilt natürlich auch für den Teufel."

Maraun machte dennoch sofort klar, dass er keine weiteren Erläuterungen zu seinen Karten mehr hören wollte. Ich beschloss, das Thema zu wechseln und stellte Merlin noch eine ganz andere Frage, die mich beschäftigte: „Weshalb notierst du dir eigentlich bereits gezogene Karten, ich dachte, du hast ein fotografisches Gedächtnis und kannst dir alles merken?"

„Ich wünschte, es wäre so. Anderseits wünschte ich auch, ich könnte manche Sachen lieber vergessen", antwortete der Zauberer.

„Das schnelle Auswendiglernen von Begriffen oder das Einprägen von Kleidungsstücken ist natürlich nur ein Trick. Jeder, der etwas Ausdauer und Geduld hat, kann es lernen. Genau wie die Zauberkunststücke. Sie erfordern Geschicklichkeit, Erfindergeist und schauspielerisches Talent. Selbst das Legen von Tarotkarten ist eher Handwerk als Hokuspokus und mehr Psychologie als Magie. Ich habe mir das alles hart erarbeitet, nichts davon sind angeborene Begabungen." Ich war überrascht, wie ernüchternd ehrlich er uns das offenbarte.

„Kannst du uns den Trick mit dem Auswendiglernen verraten?", fragte ich.

„Eigentlich ist das ja ein Betriebsgeheimnis. Aber da ich nicht denke, dass ihr mir demnächst damit Konkurrenz machen werdet, will ich mal nicht so sein." Nun war auch Maraun wieder bei der Sache. So gleichgültig wie er sich gegenüber den Kunststücken des Zauberers bislang gegeben hatte, schien er doch nicht zu sein, denn auch er lauschte Merlin sichtlich konzentriert, als er uns seine Methode verriet.

„Unser Gehirn erinnert sich deutlich besser an Bilder als an Worte oder Zahlen. Das heißt, wenn man sich Abstraktes merken möchte, muss man es sich konkret vorstellen. Daneben hilft es, wenn man neue Informationen, die man sich einprägen möchte, mit bereits in der Erinnerung vorhandenen verknüpft."

„Klingt kompliziert", sagte Maraun.

„Ist es aber nicht, ihr werdet sehen. Ich nenne dir jetzt fünfzehn wahllose Gegenstände und danach versuchst du sie, der Reihe nach aufzuzählen, in Ordnung?", schlug der Zauberer Maraun vor.

„Ich weiß jetzt schon, dass ich mir bestimmt nicht alle merken kann, schon gar nicht in der richtigen Reihenfolge", entgegnete Maraun.

„Darum machen wir es ja, damit ihr den Unterschied seht. Nachdem ich euch den Trick beigebracht habe, werdet ihr die fünfzehn Begriffe locker schaffen – und mit etwas Übung irgendwann auch fünfzig, hundert oder noch mehr!"

Aber auch ohne den Trick zu kennen, gelang es Maraun, sich zu konzentrieren. Er brauchte zwar lange, schaffte es aber, bis auf zwei Begriffe alle korrekt aufzusagen und kam nur ein einziges Mal in der Reihenfolge durcheinander.

„Nicht schlecht", sagte Merlin anerkennend. „Aber das geht noch besser. Dazu müsst ihr euch eine Route im Kopf zurechtlegen, durch einen Ort, den ihr gut kennt. Wie viele Zimmer hat euer Haus?"

Ich überlegte eine Weile. „Es müssten zehn sein, einschließlich der Räume in Dachboden und Keller", sagte ich.

„Wenn man Garage, Gartenhaus, Speisekammer, Flur, Diele und Veranda mitzählt, sind es aber noch deutlich mehr", ergänzte Maraun.

„Zehn Zimmer reichen für den Anfang. Das Einzige, was ihr euch jetzt merken müsst, ist die Reihenfolge der Räume, am besten in Form eines Rundgangs." Wieder durchlief ich in Gedanken unser Haus. Ich ahnte, worauf Merlin hinaus wollte, denn schon jetzt sah ich die Einrichtung in allen Details vor dem geistigen Auge. Hinter jeder Tür, dich ich gedanklich öffnete, traten Erinnerungen an eine ganze Kindheit hervor.

Als Maraun und ich uns unabhängig voneinander eine Route

für unseren Hausspaziergang eingeprägt hatten, erklärte Merlin den ebenso naheliegenden wie genialen Gedächtnistrick.

„Ich werde euch jetzt nicht fünfzehn, sondern gleich zwanzig Gegenstände langsam hintereinander nennen. Dabei legt ihr gedanklich immer je zwei davon in einem Zimmer ab. Ihr müsst euch das bildlich vorstellen, an einem ganz konkreten Platz. Mal angenommen, die ersten beiden Begriff wären ‚Pferd' und ‚Flammenwerfer' und euer Rundgang würde im Wohnzimmer beginnen, dann stellt ihr euch ein Pferd auf dem Sofa und einen flammenwerfenden Fernseher vor. Je absurder die Bilder, umso eher bleiben sie im Gedächtnis hängen."

Abwechselnd fragte Merlin uns die Begriffe ab. Es funktionierte tatsächlich. Nur einen hatte ich vergessen: den Füllfederhalter im Schlafzimmer meiner Eltern. Dafür hatte Maraun ihn auf der Gästetoilette wiedergefunden. Gemeinsam erinnerten wir so alle zwanzig Begriffe in korrekter Reihenfolge.

„Respekt! Ihr macht das wirklich gut. Jannik Diebel wollte auch immer, dass ich ihm etwas beibringe, aber er hat selbst die einfachsten Dinge nicht verstanden."

Wir lachten alle drei. Es fühlte sich gut an.

Ich weiß nicht mehr, wie lange wir so in dem kleinen Bauwagen zusammen saßen, es war aber lang genug, um aus Rivalen fast so etwas wie Freunde werden zu lassen.

An seinem letzten Tag schloss das Mittelalterfest bereits deutlich früher als an den Tagen zuvor, da am Sonntag mit Einbruch der Dunkelheit der ansonsten über das ganze Wochenende anhaltende Besucherstrom beinahe schlagartig verebbte.

Als der Abschied nahte, weil Merlin versprochen hatte, seinem Onkel bei dem Abbau des Getränkestands zu helfen, geschah etwas, das ich trotz aller Annäherungen zwischen den einstigen Streithähnen kaum für möglich gehalten hatte: Merlin nahm das zerknitterte Bild, das ihn und Yvonne zeigte, von der Wand ab und reichte es Maraun. „Ich habe noch andere Fotos von ihr. Behalte du es ruhig."

„Das kann ich nicht annehmen", sagte Maraun, erkennbar perplex. „Und ich brauche es auch nicht mehr. Ich werde ihr schon bald wieder persönlich in die Augen sehen und kein zweites Mal davonlaufen. Aber mir fällt etwas anderes ein, das ich gerne hätte. Besitzt du noch ein anderes Foto von Jennifer? Ich kenne einige Leute in der Stadt, die ich bei meinem nächsten Besuch mal nach ihr fragen könnte."

Erneut zeigte sich Merlin sichtlich gerührt von der Hilfsbereitschaft des Jungen, der ihn noch vor Kurzem bestohlen hatte.

„Das ist wirklich nett von dir. Aber ich habe leider nur dieses eine Bild und das kann ich unmöglich hergeben. Außerdem ist sie schon lange nicht mehr in der Stadt. Sie ist verschwunden, abgehauen, niemand von ihren alten Freunden weiß, wo sie sich herumtreibt. Ich habe schon mit allen gesprochen", sagte Merlin und die Verzweiflung in seiner Stimme war unüberhörbar. „Ich befürchte, sie nimmt wieder Drogen. Ich muss sie finden, bevor es zu spät ist."

„Ich wünschte, ich könnte dir irgendwie helfen, so wie du mir geholfen hast", sagte Maraun und es klang ungewohnt, ihn solche Dinge zu sagen hören.

Weniger überraschend, aber dennoch nicht minder berührend war die Reaktion Merlins auf die netten Worte seines einstigen Feindes. Statt die ausgestreckte Hand zu schütteln, umarmte er ihn freundschaftlich.

Nachdem auch ich auf dieselbe Art verabschiedet wurde, verließen wir den Wagen, der für Maraun das Vorzimmer in sein verlorenes Land gewesen war.

35

Es kam so, wie der Kartenleger es prophezeit hatte. Mein Vater brachte uns entgegen meiner festen Erwartung nicht um, er schlug uns nicht einmal. Auch wenn ich fürchtete, er könnte es zum ersten Mal überhaupt tun – so sehr wie ich ihn zur Weißglut brachte. Denn ich wagte es tatsächlich: Ich sagte ihm, dass wir uns nicht an den Hausarrest gehalten hätten, weil wir ihn als ungerechtfertigt ansähen. Doch er blieb seinen Grundsätzen treu. So streng er auch sein mochte, er hatte mich nie verprügelt, noch nicht einmal eine Ohrfeige hatte ich kassiert.

Er sagte nur: „Lass es nicht auf einen Machtkampf mit mir ankommen, mein Sohn, den kannst du nicht gewinnen." Ich fühlte mich beinahe todesmutig, als ich antwortete: „Das werden wir ja sehen."

Ohne Maraun an meiner Seite und vielleicht auch ohne die Ermutigungen Merlins hätte ich das niemals gewagt. Mein Vater sah mich zwar vernichtend an, aber schwieg. Ich konnte mich nicht daran erinnern, in einem Streit jemals zuvor das letzte Wort gehabt zu haben.

Auch wenn die Strafen meines Vaters – Fernsehverbot für eine gefühlte Ewigkeit, empfindliche Taschengeldkürzungen und strikte Gottesdienstpflicht – drakonisch waren, machte mir die Reaktion meiner Mutter deutlich mehr zu schaffen.

Als wir, schon im Dunkeln, von unserem letzten Besuch auf dem Mittelaltermarkt zurückkehrten, sah ich, dass sie geweint hatte. Sie hatte sich nach unserem heimlichen Aufbruch am Nachmittag Sorgen um mich, um uns gemacht.

Ich hatte mit den schlimmsten Vorwürfen gerechnet, weil ich sie belogen und mein Wort nicht gehalten hatte. Doch als sie mich sah, nahm sie mich einfach in den Arm. Fast wäre es mir lieber gewesen, sie hätte mich stattdessen beschimpft.

„Mach das nie wieder", sagte sie. Wohl wissend, dass unser größtes Abenteuer noch bevorstand, antwortete ich nichts und fühlte mich miserabel deswegen.

Als sie uns schließlich ohne Abendbrot ins Bett schickten, war ich mir sicher, dass Maraun nicht schlafen, sondern an seinem Plan arbeiten und unsere Reise vorbereiten würde, jetzt wo er die Adresse des Anwesens kannte. Zum ersten Mal hatte ich Zweifel, ob ich ihn wirklich begleiten wollte. Der Grund dafür war noch nicht einmal mehr die Angst vor weiteren Bestrafungen, sondern vielmehr das schlechte Gewissen, insbesondere meiner Mutter gegenüber.

Am nächsten Morgen, auf unserem kurzen Schulweg, regnete es erneut und von einem sofortigen Aufbruch war zum Glück keine Rede mehr. Viel mehr beschäftigte uns die Frage, wie der am Wochenende noch so wildgewordene Jannik sich verhalten würde.

Zu unser beider Erstaunen blieb er jedoch ruhig, ging uns aus dem Weg. Und auch die anderen begegneten uns, nun wo Merlin wieder weg war und Jannik sich nicht mehr an seiner Seite profilieren konnte, so respektvoll und wohlgesinnt wie lange nicht mehr, während Jannik größtenteils ignoriert wurde. Nur Martin hielt auch nach dessen Prügeleskapaden zu seinem Freund.

In der Pause sammelte Maraun sogar endlich wieder einmal Beliebtheitspunkte, als er die Klasse in der Cafeteria um sich scharte und den am Vorabend erlernten Gedächtnistrick unseres neuen Freundes ein zweites Mal auflegte.

„Nun habe ich Merlin wirklich durschaut", log er. Er musste die Methode, die Merlin uns verraten hatte, ohne mich in der Nacht noch geübt haben, so perfekt wie er alle in kürzester Zeit auswendig gelernten Begriffe aufsagen konnte.

Das Staunen unserer Mitschüler war zwar nicht mehr ganz so groß wie bei der Uraufführung des Stückes, aber immerhin war Marauns Ehre wieder hergestellt – und Jannik zusätzlich gedemütigt. Dem Handlanger des Magiers war schließlich verwehrt geblieben, was Merlins ehemaligem Erzrivale nun scheinbar gelang: das Erbe des Zauberers anzutreten und seine Tricks zu durchschauen.

Nach der Schule besprachen wir unser weiteres Vorgehen. Ich konnte Maraun davon überzeugen, mit dem Aufbruch noch wenigstens bis zu den Osterferien zu warten, die am Ende jener Woche beginnen würde. Außerdem überredete ich ihn, Merlins Tipp zu beherzigen und Yvonne unseren Besuch zumindest vorher telefonisch anzukündigen.

In einem günstigen Moment, als meine Eltern außer Hörweite waren, schlich er sich zum Telefon in der Diele. Ich blieb auf meinem Zimmer. Nach kurzer Zeit schon kam er wieder nach oben.

„Es ist niemand rangegangen", sagte er. Einige Stunden später und auch am Tag darauf versuchte er es erneut, beide Male erfolglos. Ich war mir nicht sicher, ob wirklich nie jemand abgenommen hatte, oder ob Maraun nur so tat und sich einfach nicht getraut hatte, anzurufen.

Der Frühling ließ weiter auf sich warten, von Karfreitag bis einschließlich Ostersonntag war es noch immer regnerisch und kühl. Wir verbrachten die freie Zeit damit, die Route genauestens zu planen. Einen Großteil der stillgelegten Strecke würden wir, wie ich den Fahrplänen in meinem dicken Kursbuch entnahm, mit diversen Überlandbussen der Bahn zurücklegen können.

Auch wenn das Gebiet der Seenplatte gar nicht so weit entfernt von Großburgdorf war, benötigte man allein für die Fahrt wegen der zahlreichen Umstiege schon einen halben Tag. Dazu kam noch der Fußmarsch vom Ort mit der am nächsten gelegenen Haltestelle bis zum abgelegenen Anwesen, der mit Sicherheit auch noch einmal einige Zeit in Anspruch nehmen würde.

Erfolgreich kämpfte ich gegen meine Zweifel und das schlechte Gewissen, angestachelt gleichermaßen von Merlins Prophezeiungen, als auch von Marauns Ungeduld und bestärkt von seiner Anerkennung für meine Planungen der gemeinsamen Fahrt. „Ohne dich und deine Karten und Bücher hätten wir das niemals herausgefunden", lobte er die von mir akribisch zusammengestellte Busverbindung.

Man merkte ihm an, wie erleichtert er war, dass er die Rückkehr zu seiner geliebten Yvonne nun antreten konnte, ohne den mühsamen Weg als Fußgänger über nicht mehr benutzte Gleise und durch irrgartenartige Wälder nehmen zu müssen.

Am Ostersonntag freuten wir uns, nach dem Gottesdienst, über üppig mit Leckereien gefüllte Osterkörbe, die wir wegen des anhaltend schlechten Wetters im Haus suchen mussten.

Die Wogen hatten sich gerade wieder geglättet, auch mein Vater schien uns verziehen zu haben, als wir beschlossen, dass der Zeitpunkt für einen erneuten Ausbruch gekommen war. Der Wetterbericht für den Ostermontag sagte endlich höhere Temperaturen und vor allem ein Ende des Regens voraus.

In der Nacht schlichen wir uns in die Speisekammer und füllten unsere Rucksäcke nicht nur mit Schokoladeneiern, sondern auch mit reichlich herzhaftem Proviant und großen Wasserflaschen.

Ich stellte meinen Wecker auf fünf Uhr früh und legte ihn unter das Kopfkissen, obwohl ich mir sicher war, dass ich vor Aufregung ohnehin kein Auge zutun würde. Bevor ich mich an diesem

Abend zu Bett legte, entschloss ich mich, einen Brief an meine Eltern zu hinterlassen, der in etwa so lautete:

„Liebe Mama, lieber Papa. Jonas und ich sind auf einem Ausflug und werden einige Tage nicht nach Hause kommen. Wann wir zurückkehren, wissen wir noch nicht (bis zum Ende der Ferien sind wir aber wieder da). Wir haben euch nicht um Erlaubnis gefragt, weil ihr es sowieso nicht erlauben würdet. Aber wir sind alt genug und keine Kinder mehr! Macht euch also bitte keine Sorgen. Euer Frederik."

Oder um es in den Worten des Magiers zu sagen: Ich war dabei, die Nabelschnur zu durchtrennen. Mit seinen Karten und meinem Glauben daran hatte er nicht in die Zukunft gesehen. Er hatte die Zukunft entschieden.

III. Die Suche

36

In der Dämmerung schlichen wir uns davon, um den ersten Zug um kurz nach sechs in die Kreisstadt zu erwischen, von wo aus wir unsere Reise in einem nahezu leeren Bus fortsetzten. Wir sprachen kaum. Ich hätte meine Gefühle ohnehin nicht in Worte fassen können. Endlich erlebte ich das, wovon mich zuvor Marauns Erzählungen nur hatten träumen lassen: Freiheit.

Mit einmal war er da, der Frühling. Als wir gegen Mittag als einzige Fahrgäste ausstiegen, an einem verlorenen Haltestellenschild an der Landstraße, konnte man ihn sehen. Der viele Regen der vergangenen Woche hatte die Vegetation schlagartig sprießen lassen. Buchstäblich über Nacht war die Natur erwacht. Überall auf den Feldern und an den Wegrändern, an denen wir in den nächsten Stunden entlangliefen, grünte und blühte es, die Vögel sangen.

Es war warm, zum ersten Mal in diesem Jahr, so dass wir uns in den Schatten einer Eiche setzten, um unsere erste Rast zu machen. In meiner Grundschulzeit hatte ich meine Eltern oft auf Wanderungen begleitet. Dennoch kam es mir so vor, als geschehe all das zum ersten Mal. Als wäre ich zum ersten Mal Zeuge des Erwachens der Natur.

Vielleicht hatte ich in den Jahren zuvor zu viele Stunden mit meinen Büchern oder im Keller mit der Modelleisenbahn zugebracht. Vielleicht war der harte Winter einfach nur zu lang gewesen. Vielleicht lag es aber auch daran, dass diese Wanderung kein Elternspaziergang, kein sonntäglicher Rundweg in bekanntem Terrain war, sondern der Beginn einer langen Reise mit ungewissem Ausgang, an der Seite eines Menschen, der mein Leben verändert hatte. Jedenfalls schmeckte ein belegtes Brot noch nie so gut wie unter der Eiche an diesem ersten richtigen Frühlingstag.

Bevor wir weiterliefen, holte ich die fotokopierte Karte hervor, auf der Merlin uns das Anwesen seiner Familie eingetragen hatte und warf noch einen Blick auf den entsprechenden Ausschnitt im Reiseatlas meines Vaters, den ich, neben diversen Fahrplanbüchern, ebenfalls mitschleppte.

„Wir müssen auf diesem Weg weiter, durch ein Waldgebiet. Dann laufen wir direkt auf den See zu, an dem das Grundstück liegt", sagte ich. Mit den Fingern maß ich die Entfernung. „Das sind noch etwa zwanzig Kilometer. Zu Fuß geht man im Schnitt etwa fünf Stundenkilometer, das heißt, in vier Stunden sind wir da." Es machte mich stolz, dass ich es war, der Maraun zu seinem Ziel führen sollte. Dass er einmal mir folgte und nicht umgekehrt.

Der Wald war dichter und unübersichtlicher als ich dachte. Immer wieder zweigten Wege ab, die nicht auf meiner Karte verzeichnet waren. Ich sagte Maraun nichts davon und wir liefen unbeirrt weiter. Dann machte unser Weg plötzlich eine scharfe Rechtskurve, obwohl wir laut Karte eigentlich immer nur geradeaus hätten gehen müssen. Das wusste auch Maraun.

„Ist das richtig, dass wir hier um die Kurve gehen? Hast du nicht gesagt, es geht immer in eine Richtung?", fragte er.

„Der Maßstab der Karte ist bestimmt nur zu klein, um jede Kurve abzubilden. Wir werden vermutlich gleich wieder die Richtung wechseln." Das schien Maraun fürs Erste zu überzeugen. Er folgte mir frohen Mutes und pfiff gut gelaunt eine Melodie, die ich nicht kannte.

Er vertraute mir, obwohl ich sein Vertrauen gar nicht verdiente. Nach kurzer Zeit gelangten wir an eine Kreuzung. Diesmal war es nicht einfach ein abgehender Weg, sondern eine echte Gabelung. Auch sie war nicht auf der Karte verzeichnet. Spontan entschloss ich mich für den linken Weg und ließ mir meine Verunsicherung nicht anmerken. Maraun folgte mir erneut blind.

Erst nach einigen Minuten blickte er auf einmal in den Himmel. „Wir laufen nach Osten, dabei müssen wir doch immer Richtung Norden. Die Sonne steht um diese Zeit zwar ziemlich hoch, aber dennoch, das hier muss Osten sein!", sagte er und zeigte in unsere Laufrichtung.

Ich hatte keine Ahnung, in welche Himmelsrichtung wir liefen, geschweige denn, wie man sich an der Sonne orientierte und schämte mich. Hätte ich doch bloß auch noch den Kompass meines Vaters mitgenommen. Was war ich doch für ein schlechter

Wanderführer!

Ich wollte die Niederlage gegenüber Maraun nicht eingestehen und kaschierte daher weiter meine Ahnungslosigkeit. „Das muss aber der richtige Weg sein."

Er sagte nichts und wir gingen weiter. Was blieb uns auch anderes übrig. Wir liefen immer tiefer in den immer dichter werdenden Wald hinein, bis auch dieser Weg wieder in einer Kreuzung mündete. „Wir gehen links", ordnete Maraun an. Jetzt war ich wieder derjenige, der ihm folgte.

An den Bäumen waren Markierungen angebracht, mal Buchstaben, mal Zahlen, mal nur verschiedenfarbige Quadrate und Kreise, doch wir konnten nichts mit ihnen anfangen. Es waren vermutlich ausgeschilderte Wanderwege, auch wenn wir – trotz des herrlichen Wetters – seit dem Verlassen des Busses noch keiner Menschenseele begegnet waren.

„Vielleicht hättest du lieber ein paar Wanderkarten besorgt, das würde uns jetzt mehr helfen als die dicken Fahrpläne, die du mitschleppst." Er hatte recht. Ich sagte nichts und ärgerte mich stillschweigend über mich selbst. Auch weil der Rucksack mit jedem Meter schwerer wurde, nicht zuletzt wegen des dicken Kursbuches.

Nach etwa einem halben Dutzend weiteren Kreuzungen, Gabelungen und abgehenden Wegen mussten wir uns eingestehen, dass wir keine Ahnung hatten, wo wir waren und wohin wir liefen. Erschöpft setzten wir uns auf einen mit Moos überwachsenen, umgefallen Baumstamm.

„Lass uns mal kurz Pause machen und dann entscheiden wir, wie es weitergeht", sagte Maraun und biss in ein gefülltes Schokoladenei. Ich holte ein weiteres Mal die schon ganz zerknitterte Karte hervor und glich sie mit der in meinem Atlas ab.

Als ich meinen Fehler entdeckte, lief ich rot an. Maraun bemerkte es sofort.

„Was ist los?", fragte er.

„Ich weiß jetzt, was ich falsch gemacht habe", gestand ich. „Wir hätten gar nicht in den Wald hinein gemusst, unser Weg führt eigentlich am Wald vorbei."

Maraun lehnte sich jetzt auch über den Atlas. „Wieso, wenn das unsere Route ist, dann verläuft sie doch direkt durch den Wald, oder?", sagte er und fuhr mit dem Finger über eine im Atlas grün eingezeichnete Fläche.

„Das Grüne ist nicht der Wald. Es bedeutet nur, dass das hier alles ein Naturschutzgebiet ist. Der Wald ist das Gestreifte", erklärte ich und zeigte auf eine riesige Fläche östlich des grün markierten Terrains. Der Wald, in dem wir uns nun befanden, war schätzungsweise zehn Mal so groß wie das Naturschutzgebiet, das wir eigentlich hätten durchqueren müssen.

Plötzlich lachte Maraun. „Merlin wäre das nicht passiert", sagte er.

„Warum?", fragte ich erstaunt.

„Der kann, anders als wir, wenigstens Karten lesen."

Jetzt musste auch ich schmunzeln. Ich war froh, dass Maraun ganz offenbar nicht böse auf mich war, dass er mir keine Vorwürfe machte. Wir mochten uns verlaufen haben. Solange wir einander hatten, waren wir jedoch nicht verloren.

37

„Lass uns umkehren. Es hat keinen Zweck, hier weiter umherzuirren. Der Fehler war, überhaupt in den Wald zu laufen. Wenn wir wieder dorthin gelangen, wo wir ihn betreten haben, sind wir zurück auf dem richtigen Weg", sagte Maraun.

„Aber wie wollen wir zurückfinden, so oft wie wir die Richtung gewechselt haben?", entgegnete ich.

Maraun beachtete meinen Einwand gar nicht und lief einfach los. Ich folgte ihm. Kreuzung um Kreuzung ging er voraus. Nicht ein einziges Mal zögerte er oder fragte mich um Rat. Wie so oft wunderte ich mich, woher er diese Gewissheit nahm. Wenn ich doch nur so entschlossen, so über jeden Zweifel erhaben wäre wie er, dachte ich mir.

Auch wenn ich noch nicht recht daran glaubte, dass er uns wirklich zu unserem Ausgangspunkt zurückführen würde, war ich froh und beruhigt, dass der große Maraun wieder die Rolle inne hatte, die ihm naturgemäß zuzustehen schien – die des Anführers.

Mit einem Mal kam mir die Landschaft bekannt vor, der Wald wurde lichter. „Hier waren wir schon, hier geht es raus!", rief ich freudig.

„Ich weiß", entgegnete Maraun trocken. „Alles nach Plan."

„Wie hast du das gemacht? Woher wusstest du, wie wir hierhin zurückfinden?", fragte ich ihn.

„Das verdanken wir nicht mir, das verdanken wir Merlin." Ich verstand noch immer nicht, was er meinte und hob die Augenbrauen.

„Na, er hat uns doch schließlich den Gedächtnistrick beigebracht. Da ich mir schon dachte, dass du keine Ahnung hast, wohin wir laufen, habe ich mir auf dem Hinweg mit Merlins Methode jede Kreuzung eingeprägt. Es ist fast noch einfacher, sich beim gedanklichen Hausrundgang nur die Richtungen statt komplizierter Begriffe zu merken." Ich war verblüfft. Der große Maraun hatte Merlins Kunststück nicht nur imitiert, er hatte es sogar perfektioniert.

Wir verließen den Wald und schon bald entdeckten wir an einer Gabelung den richtigen Weg, zweifelsfrei angekündigt durch ein Schild mit einer Eule, das die Aufschrift „Naturschutzgebiet" trug. Es war mittlerweile später Nachmittag, der unnötige Schlenker durch das Forstgebiet hatte uns viel Zeit gekostet und wir würden wohl erst bei Einbruch der Dunkelheit das Anwesen erreichen.

Meine Füße schmerzten schon jetzt und ich hoffte inständig, dass man uns dort nicht abweisen und ein bequemes Bett zur Verfügung stellen würde, auch wenn mir im Gegensatz zu Maraun der Gedanke daran, mich bei der schönen Yvonne und ihrem eleganten Vater selbst einzuladen eigentlich eher unangenehm war.

Im Naturschutzgebiet lagen rechts und links des gut ausgebauten Weges keine Felder und auch keine Wälder mehr, sondern ein morastiges Dickicht aus undurchsichtigen, halbhohen Pflanzen, die ich in der Gegend um Großburgdorf noch nie gesehen hatte, darunter viele blühende Gräser, die meine Nase und meine Augen zum Kribbeln brachten.

Das Wasser hatten wir längst ausgetrunken, doch die schwere

Glasflasche schleppte ich noch immer mit. Als wir gegen Mittag das letzte Mal an einer Bank mit Papierkorb vorbeikamen, hatte ich mich nicht dazu durchringen können, die Pfandflasche einfach wegzuwerfen. Nun hätte ich sie am liebsten in die Landschaft geschleudert und das Kursbuch gleich dazu, nur um endlich etwas Ballast loszuwerden.

Obwohl ich mich nicht beklagte, schien Maraun bemerkt zu haben, wie sehr ich unter meinem schweren Gepäck litt. Kommentarlos öffnete er meinen Rucksack, nahm das dicke Kursbuch hinaus und stopfte es in seinen.

„Das musst du nicht, es geht schon", sagte ich noch, aber er ging einfach weiter. So war er immer. Er brauchte keine großen Worte, um mir zu zeigen, dass er mein Freund war.

Nur einmal begegneten wir auf unserer Wanderung an diesem Tag anderen Menschen, dafür gleich einer ganzen Horde. Es waren, bis auf zwei jugendliche Anführer, allesamt Kinder, nicht älter als zehn Jahre. Sie trugen Pfadfinderuniformen und keine altertümlichen Kostüme, und dennoch musste ich sofort an Marauns Schilderungen vom Fest und den vielen Kindern dort denken.

Ihm ging es offenbar nicht anders, denn er sah sich ihre Gesichter ganz genau an, als hoffte er, seine kleine Elfenfreundin Lara wiederzusehen. Natürlich war sie nicht dabei, genauso wenig wie ein anderes der Kinder von damals. Sie waren alle mit Sicherheit weit weg von diesem Ort, landein, landaus unterwegs mit den Fahrgeschäften und Verkaufsständen ihrer Familien.

Die Sonne stand sehr tief, als wir uns dem See näherten. Nun konnte es nicht mehr weit sein. Nur noch wenige Kilometer trennten uns vom Ziel und doch wünschte ich mir, wir wären schon angekommen, so erschöpft wie ich war. Gleichzeitig hoffte ich aber auch, wir würden nie ankommen. Wie gerne hätte ich jetzt eine Pause gemacht, mich mit meinem großen Kamerad an das Ufer des noch größeren Sees gesetzt und eine Ewigkeit lang nur in das im Licht der untergehenden Sonne rot gefärbte Wasser geblickt.

Doch wir setzten unseren Marsch fort. Maraun hatte keine Augen für den Abendhimmel über dem See, der nun rechts neben unserem Weg lag. Er sah nur geradeaus, blickte wie in einen Tunnel.

Wir entfernten uns etwas vom Ufer und als ich sah, dass wir wieder dabei waren, in ein Waldgebiet zu laufen, befürchtete ich schon, wir hätten abermals den falschen Weg erwischt. Doch Maraun hatte es längst gesehen, mit seinem Tunnelblick, das Licht, auf das wir zugingen. „Das ist die erste Laterne an der Einfahrt. Wir sind gleich da", sagte er. Da erkannte ich es auch.

Als wir vor dem geöffneten Stahltor standen, durch das Maraun vor Monaten sein Paradies betreten hatte, stellten wir fest, dass das Licht in der Laterne gar nicht brannte. Die letzten Strahlen der mittlerweile fast versunkenen Sonne hatten es durch das Dickicht des Waldes geschafft und sich im Glas gespiegelt, als haben sie uns den richtigen Weg weisen wollen.

Anders als bei Marauns erstem Besuch war der Weg hinter dem Tor nicht mehr akkurat gekehrt. Auch den beleuchteten Baum konnten wir in der Dämmerung nicht finden, sicherlich war die Lichterkette nach Weihnachten wieder entfernt worden.

Im Halbdunkeln gingen wir den durchgehend unbeleuchteten Laternenweg entlang, bis wir an das Gebäude gelangten, das Maraun einst als vorübergehende Ruhestätte gedient hatte. Es sah noch viel verwahrloster und heruntergekommener aus als ich es mir vorgestellt hatte.

Schließlich gelangten wir zum zweiten, noch größeren Tor und der Steinmauer. Maraun schwieg noch immer und es war zu dunkel, um seinen Gesichtsausdruck richtig zu lesen. Ich hätte in diesem Moment zu gern gewusst, ob er aufgeregt war oder was er dachte, so kurz vor seinem Ziel, doch wie so oft schwieg auch ich.

Um zu wissen, was Maraun wenige Sekunden später empfand, brauchte ich ihm nicht ins Gesicht zu blicken. Es bedurfte auch keiner Sprache, um sein ungläubiges, tiefes Entsetzen zu spüren, als er sah, was sich uns hinter dem zweiten Tor bot. Oder, besser gesagt, als er sah, was sich uns hinter dem zweiten Tor nicht bot.

Das Anwesen, das prächtige Schlösschen – es war verschwunden. Dort, wo es hätte stehen müssen, türmten sich nur noch riesige Haufen Schutt.

Maraun sank zu Boden und an seinem Schluchzen konnte ich hören, dass auch sein Herz in diesem Augenblick zu einem Trümmerhaufen zerfallen war.

38

Es vergingen Minuten, bis ich mich dazu durchringen konnte, etwas zu sagen. Maraun kniete noch immer auf dem Boden, das Schluchzen war einem fassungslosen Schweigen gewichen.

„Wir finden sie trotzdem", sagte ich leise und legte zaghaft meine Hand auf seine Schulter. „Wir finden sie, das verspreche ich dir", sagte ich erneut, diesmal im Bemühen, entschlossener zu klingen.

Was dann geschah, traf mich völlig unvorbereitet und dennoch mitten ins Herz. Der große Maraun zog mich zu sich auf den Boden, und als ich neben ihm kniete, umschling er mit seinen langen, starken Armen meinen schmächtigen Oberkörper und legte seinen schweren Kopf auf meine Schulter.

Als ich seine Umarmung erwiderte, drückte er sich noch fester an mich. Wir waren uns so nah, dass ich sogar den salzigen Geruch seiner mittlerweile stumm vergossenen Tränen riechen konnte. Für eine gefühlte Ewigkeit kauerten wir so, eng umschlungen, vor den Trümmern Marauns großer Liebe.

Wir sprachen danach nie wieder über diese Situation. Maraun war es wohl peinlich, dass er sich seinen Gefühlen dermaßen hingegeben hatte. Und ich fühlte mich schlecht, weil ich diesen Moment so sehr genossen hatte, ausgerechnet in einer Stunde von großer Trauer für meinen Freund. Denn hätten wir Yvonne angetroffen, wäre nicht mir Marauns Umarmung zuteilgekommen – sondern ihr.

Da es inzwischen dunkel geworden war, erübrigten sich weitere Erkundungen und wir beschlossen, zurück zum noch erhaltenen Nebengebäude zu laufen. Es sah zwar ebenfalls alles andere als bewohnt aus, aber womöglich würden wir dort Unterschlupf finden.

Tatsächlich war die Tür, wie schon bei Marauns erstem Besuch, nicht verschlossen. Wir tasteten uns durch die Finsternis des

Raumes, doch schon am Hall, den unsere Schritte verursachten, stellten wir fest, dass das Gebäude leer war. Die zahlreichen Sofas und Matratzen waren weg, das große Eisenbett, in dem Maraun einst geschlafen hatte, auch. Es blieb uns also nichts anderes übrig, als auf dem kalten Boden unser Nachtlager aufzuschlagen.

Unser Proviant war aufgebraucht, also musste das Abendessen ausfallen. Wie naiv wir doch waren, gingen wir schließlich beide bis vor wenigen Augenblicken fest davon aus, wir würden an diesem Abend fürstlich als Gäste an der großen Schlosstafel speisen oder zumindest etwas von den Vorräten in der Kellerküche abbekommen, wie einst Maraun unter dem wohlwollenden Blick des korpulenten Kochs Albert. Doch den Ort, den wir so sehr herbeigesehnt, so lange gesucht und so mühsam ausfindig gemacht hatten – diesen Ort gab es nicht mehr.

Hätte ich mir nicht von Maraun wieder und wieder seine Geschichte bis ins letzte Detail schildern lassen, hätte mir nicht Merlin alias Arthur seine Version der Geschehnisse erzählt – mir wären in diesem Moment wohl ernsthafte Zweifel gekommen, ob es den Ort, an dem das rauschende Fest stattfand und das wunderschöne Mädchen zum ersten Mal auftauchte, außerhalb von Marauns und inzwischen auch meiner Fantasie überhaupt jemals gegeben hatte. Nichts von der trostlosen, verlassenen Behausung, in der wir nun Asyl gefunden hatten, erinnerte noch daran.

Hungrig und aufgewühlt kauerten wir uns aneinander. Es war die unbequemste Nacht, die ich jemals durchlebt hatte. Ich dachte zum ersten Mal seit Stunden wieder an zu Hause, an mein bequemes Bett aber auch an meine sich zu Tode sorgenden Eltern. Dass ich überhaupt einschlief, lag vermutlich nur an den vielen Kilometern Fußmarsch, die uns in den Knochen steckten.

Als ich am nächsten Morgen aufwachte, war der Platz neben mir leer. Nur Marauns Rucksack lag noch da. Langsam und unter Schmerzen richtete ich mich auf. Jeder einzelne Knochen tat weh, ich war vollkommen verspannt. Ich wollte gerade damit beginnen, nach Maraun Ausschau zu halten, als er durch die Haustür kam.

„Sie haben alles platt gemacht", sagte er. „Kein Stein steht mehr auf dem anderen, das ganze Schloss wurde abgerissen. Sogar der Keller ist weg, zugeschüttet. Warum bloß?"

Da ich mir das alles genauso wenig wie er erklären konnte, antwortete ich mit einer viel drängenderen Frage. „Sind dahinten die Toiletten?", sagte ich und zeigte auf die Tür am anderen Ende des Zimmers, neben dem großen Kachelofen. Maraun nickte.

Als ich den Raum betrat, musste ich feststellen, dass auch er leer war. Abgeklemmte Rohre und Armaturen waren alles, was noch darauf hindeutete, dass hier einmal ein Badezimmer und ganz früher sogar eine Küche gewesen sein musste. In einer Ecke entdeckte ich ein zerknülltes, dreckiges Unterhemd. Es gehörte Maraun, er hatte es damals zurückgelassen.

„Was sollen wir damit?", sagte er nur, als ich es ihm zeigte. Ich steckte es dennoch ein. Schließlich war es das einzige sichtbare Relikt eines Abenteuers, das auf einmal so weit weg, so vergangen und vergessen schien.

Nachdem auch ich mir die staubigen Überreste des Anwesens bei Tageslicht angeschaut hatte, spazierten wir durch den ungepflegten, etwas verwilderten und dennoch beeindruckend schönen Park zum See. In meiner Fantasie hatte ich mir alles noch viel größer und prächtiger vorgestellt als es in Wirklichkeit war. Selbst die entlang der Geröllhaufen noch erkennbaren Umrisse des Gutshauses erschienen mir klein, ja fast unbedeutend im Verhältnis zum opulenten Ausmaß der Eindrücke und Erinnerungen, die ich mit Marauns Märchenschloss verband.

Ihm schien es ähnlich zu ergehen, denn auch er hatte es eilig gehabt, die Trümmer hinter sich zu lassen. Offenbar wollte auch er nicht, dass die Bilder dieses zerstörten Paradieses sich in seinem Kopf festsetzten und alle schönen Erinnerungen überlagerten.

Wir setzten uns auf eine Holzbank am Anleger und im Licht der milden Frühlingssonne holte ich meine Karten hervor. „Nicht allzu weit von hier müsste ein kleines Dorf sein. Lass uns dort versuchen, etwas zu essen zu bekommen", schlug ich vor.

„Und dann? Was machen wir dann?", fragte Maraun, als wäre der Hunger allein noch nicht Antrieb genug, sich von diesem traumhaften, aber traurigen Ort zu entfernen.

„Dann sehen wir weiter", sagte ich.

Als wir das Dorf erreichten, mussten wir feststellen, dass es nur aus wenigen Häusern bestand und es keinen Laden und kein Lokal gab, in dem wir etwas zu essen hätten erstehen können. Es gab noch nicht einmal eine Kirche.

Wir stellten uns bereits auf einen längeren Marsch in den nächstgrößeren Ort ein, als wir eine ältere Frau sahen, die im Garten ihres bescheidenen Rotklinkerhauses Holz von einem großen Haufen in eine Schubkarre lud. Sie trug eine Schürze um ihren Rock und die grauen Haare zu einem Knoten auf dem Kopf zusammengebunden, der wie ein Hut aussah. Als sie uns erkannte, hob sie den Kopf.

„Ihr beiden, kommt mal her! Mögt ihr einer alten Dame einen kleinen Gefallen tun? Ich könnte zwei starke Burschen, die mir helfen, gut gebrauchen", sagte sie und zeigte auf die Schubkarre.

Sie schien sich gar nicht zu wundern über uns, zwei wildfremde Jungen am frühen Morgen in einem winzigen Dorf, in dem mit Sicherheit jeder jeden kannte.

„Der Huber wird aber auch immer fauler. Früher hat er mir das Holz immer bis ins Haus gebracht", sagte sie, während Maraun und ich die Schubkarre füllten. „Er meint, jetzt wo die Lammés nicht mehr da sind, bin ich die Einzige im Umkreis von fünfzig Kilometern, die noch mit Holz heizt und ich soll froh sein, dass er meinetwegen überhaupt noch hier raus fährt. Unverschämt, nicht wahr?", sagte sie und fuhr mit ihrem Redeschwall fort, ohne eine Antwort abzuwarten.

„Aber ich kann doch nicht warten, bis Jörn hier mal wieder auftaucht, so selten wie er sich in letzter Zeit bei mir blicken lässt. Bis dahin ist das Holz längst verschimmelt wie die Balken im Waldschloss."

Maraun wurde hellhörig. „Hat man es deshalb abgerissen, nur weil die Balken verschimmelt waren?", fragte er und fuhr die bis zum Rand mit herrlich duftendem Brennholz gefüllte Schubkarre in Richtung des kleinen, rotgeziegelten Hauses der alten Frau.

„Man hat das Waldschloss abgerissen, weil der Schwamm bis unter das Dach reichte und der alte Lammé sich die Sanierung, die ein Vermögen gekostet hätte, nicht leisten kann. Pleite ist er! Er hat es so verkommen lassen, dass es in diesem Zustand niemand mehr kaufen wollte. Vor zwei Wochen haben sie es abgerissen und nur das Grundstück verhökert. Das schöne alte Gebäude, steht seit über hundert Jahren da und nun haben es diese Franzosen dem Erdboden gleich gemacht. Und das Denkmalschutzamt hat nichts unternommen. Ein Unding, nicht wahr?", sagte sie.

Dass Merlin den seltsamen Nachnamen Lammé trug, wussten wir noch aus der Schule. Darüber, dass er womöglich Franzose war, hatten wir erstaunlicherweise noch nie gesprochen, dabei legte die Schreibweise des Namens dies nahe.

„Das Holz kommt in die Stube, den Flur geradeaus und dann links, gleich neben den Ofen, bitte!", rief sie. Ich hatte jetzt nichts mehr zu tun, denn Maraun fuhr die Karre, dennoch folgte ich den beiden in das Haus, in dem es nach Küchendämpfen und kalter Asche roch.

Unbeirrt fuhr die Frau fort. „Als ich klein war, hat mich meine Mutter oft mitgenommen, um sie bei der Hausarbeit im Schloss zu unterstützen. Es war harte Arbeit, aber die Herrschaften haben es uns nie an etwas fehlen lassen, immer pünktlich den Lohn gezahlt. Der Gutsherr hatte wenigstens noch Anstand, nicht wie diese Zugereisten. Gott habe ihn selig."

Maraun und ich stapelten das Holz ordentlich neben dem Kaminofen, auf dessen Sims eine Reihe reichlich verstaubter Porzellanfiguren standen. Noch bevor wir damit fertig waren und uns womöglich gewagt hätten, sie selbst danach zu fragen, kam uns die alte Dame zuvor.

„Bleibt ihr zum Mittagessen? Ich habe Suppe eingekocht, es ist für mich alleine sowieso viel zu viel. Aber so zwei junge Burschen haben doch sicherlich einen guten Hunger, nicht wahr?"

Nun wurden wir also doch noch bewirtet und gastfreundlich in der Fremde empfangen, wenn auch nicht von der schönen Yvonne, sondern von einer alten, redseligen Dame. Die, wie sich herausstellen sollte, uns jedoch einige wichtige Dinge zu berichten wusste.

Der Eintopf, den uns die alte Dame auftischte, war fettig und schmeckte etwas zu salzig, doch wir verschlangen ihn trotzdem gierig und nahmen uns sogar noch einen Nachschlag. Schließlich war es unsere erste warme Mahlzeit seit beinahe zwei Tagen.

Unsere Gastgeberin interessierte sich zum Glück noch immer nicht im Geringsten dafür, wer da an ihrem Küchentisch saß, sondern schien ganz offenbar froh, dass ihr überhaupt einmal jemand Gesellschaft leistete. So musste Maraun sich, anders als bei seinem ersten Besuch in der Gegend, auch keine Ausreden und Geschichten bezüglich unserer Herkunft aus dem Ärmel schütteln und traute sich, die betagte Dame immer direkter über Yvonne und ihre Familie auszufragen.

„Wissen sie, wo sie jetzt hin ist, diese Familie Lammé?", fragte er.

„Was weiß ich. Vielleicht zurück nach Frankreich, von dort kommen sie ja wohl. Oder in die Stadt. Ich habe nichts mehr von ihnen gehört und um ehrlich zu sein, ich vermisse sie auch nicht. Es ist viel ruhiger geworden, seit sie nicht mehr da sind. Wenn sie ihre Feiern abhielten, und sie feierten oft, dann hat man das Gegröle mitten in der Nacht sogar hier in meinem Garten gehört, wenn der Wind ungünstig stand. Und dann die ganzen Autos, riesige Laster zum Teil, die hier alle durch die Dorfstraße gefahren sind. Furchtbar, nicht wahr?"

Wir sahen auch diesmal davon ab, auf ihre rhetorische Frage zu antworten. Stattdessen fuhr Maraun mit seinen Erkundigungen fort. „Kannten sie Yvonne, die Tochter der Familie, und ihren Bruder?"

Die Frau schüttelte den Kopf. „Ich habe das Mädchen ein paar Mal gesehen, etwa wenn sie mit ihrem Pferd ausritt. Aber sie hatten mit niemandem im Dorf Umgang. Sie sind ja noch nicht einmal zur Schule gegangen! Angeblich schickte sie der Alte auf ein Internat. Trotzdem sah man sie ständig, wie sie sich auf dem Hof vom alten König herumtrieben, zumindest als sie noch kleiner waren. Es wundert mich bis heute, dass der gute Mann sich das gefallen ließ, aber offenbar waren ihm die Gören ans Herz gewachsen. Vielleicht aus Mitleid."

Wieder witterte Maraun eine Spur und hakte nach. „Was für ein Hof und was für ein König?", fragte er.

„Ein Bauernhof, zwei Kilometer außerhalb, an der Straße Richtung Schönensee. Auch eine Schande, dass der große Hof leer steht, seit Bauer König das Zeitliche gesegnet hat. Aber so geht es schon seit Jahren in dieser Gegend, bald gibt es hier nur noch Seen, Wälder, verwaiste Äcker und alte Frauen. Traurig, nicht wahr?"

„Ja, das ist wirklich traurig", sagte Maraun, und sein deprimierter Gesichtsausdruck war noch nicht einmal gespielt, hatte er sich doch erhofft, von der alten Dame nicht nur Bruchstücke zur Vorgeschichte seiner Angebeteten serviert zu bekommen, sondern vor allem einen brauchbaren Hinweis auf den neuen Wohnort der Familie oder zumindest auf jemanden, der ihn wissen könnte.

Da Maraun keine Fragen mehr zu haben schien, stellte ich noch eine. „Gibt es eine Bushaltestelle in der Nähe?"

Wieder schüttelte sie mit dem Kopf. „Der nächste Bahnhof ist in Schönensee."

Wir verabschiedeten und bedankten uns höflich. Draußen sah ich sofort im Kursbuch nach. Ein Bahnhof im etwa drei Kilometer entfernten Ort Schönensee war nicht verzeichnet, wahrscheinlich war er, wie so viele Stationen und Strecken, in den letzten Jahren stillgelegt und die alte Dame hatte davon nur noch nichts mitbekommen. Auch wenn sie über die Vorgänge auf dem ehemaligen Schloss noch einigermaßen gut unterrichtet schien, machte sie nicht den Eindruck, als habe sie ihr Dorf in den letzten Jahren besonders häufig verlassen.

Eine Bushaltestelle in Schönensee schien es jedoch immerhin zu geben. Ich suchte heraus, ob sich von dort irgendeine Verbindung nach Großburgdorf ergab, die uns den weiten Fußmarsch zu jener Haltestelle ersparen würde, an der wir am Tag zuvor angekommen waren.

„Es ist deutlich umständlicher. Wir müssen mindestens zweimal umsteigen, allein um in die Stadt zu kommen, und von dort dann weiter nach Großburgdorf über die Kreisstadt", sagte ich, nachdem ich eine ganze Weile lang die Verläufe diverser Linien studiert hatte. „Ob wir das heute überhaupt noch alles schaffen, weiß ich nicht, da hier leider nicht alle Busfahrpläne verzeichnet sind."

„Das trifft sich doch gut. Ich wollte ohnehin noch einmal in die Stadt, bevor wir wieder nach Hause fahren", sagte Maraun zu meiner Überraschung. „Falls wir es heute nicht bis nach Großburgdorf schaffen, werden wir dort schon einen Platz zum Schlafen finden, ich kenne ja noch ein paar Leute."

Ich war noch immer verdutzt. „Meinst du nicht, wir sollten besser wieder nach Hause fahren und deine Freunde in der Stadt ein anderes Mal besuchen? Meine Eltern…"

„Es geht nicht um deine Eltern oder um meine Freunde", unterbrach er mich. „Es geht darum", sagte er und holte ein Stück Papier aus der Hosentasche. Es war der Zettel, auf dem Merlin die Telefonnummer Yvonnes und eine Anschrift des Zweitdomizils der Familie in der Stadt notiert hatte.

„Diese Adresse ist meine einzige Chance, ich muss da hin. Wenn es gut läuft, treffen wir dort jemanden aus der Familie. Wenn nicht, kann ich Merlin immerhin eine Nachricht hinterlassen, damit er sich bei uns meldet und uns verrät, wo Yvonne jetzt steckt."

Maraun hatte recht. Es war unsere einzige Chance. Und obwohl ich wusste, dass die Konsequenzen unseres unerlaubten Ausflugs dadurch noch drastischer werden würden, war die Vorstellung durchaus verlockend, einen weiteren abenteuerlichen Tag in Freiheit als Ausreißer an der Seite meines großen Freundes zu verbringen.

40

Die Nebenstraße nach Schönensee war rechts und links von Bäumen gesäumt und bildete eine wunderschöne Allee. Nur selten mussten wir einem Auto ausweichen.

Schon kurz hinter dem Ort sahen wir den ehemaligen Hof, auf dem der alten Frau zufolge einst die Geschwister gespielt hatten. Der Bauer musste gut im Geschäft gewesen sein – vor langer Zeit zumindest einmal. Neben einem dreistöckigen, prächtigen, reetgedeckten Fachwerkbau bestand das Anwesen aus einer Vielzahl großer Stallungen und Hallen. Alle Fenster und Türen waren mit Brettern verriegelt.

Kurz überlegten wir, ob wir uns auf dem Bauernhof nach Spuren umsehen sollten, aber da er nicht gerade einen einladenden Eindruck machte und wir so schnell wie möglich einen Bus in Schönensee bekommen wollten, verzichteten wir darauf.

Schönensee wirkte, selbst im Vergleich zu Großburgdorf, äußerst verschlafen. Der Ort war zwar deutlich größer als das Dorf, in dem die alte Frau wohnte, aber etliche Häuser waren unsaniert oder gar gänzlich unbewohnt. Immerhin gab es einen kleinen Supermarkt, in dem wir uns mit Proviant eindeckten.

Dem Fahrplan an der Haltestelle gegenüber der Kirche entnahmen wir, dass wir noch über eine Stunde Zeit hatten, bis der nächste Bus kam. Maraun wollte sich schon auf die Bank in dem einfachen Wartehäuschen setzen, doch ich hatte etwas anderes vor.

„Ich möchte mir mal den alten Bahnhof ansehen", sagte ich.

„Warum? Du hast doch gesagt, von hier fahren keine Züge mehr?", entgegnete er.

„Trotzdem."

Erkennbar desinteressiert folgte er mir an den Ortsrand, wo wir tatsächlich den ehemaligen Bahnhof entdeckten. Anders als in der Gegend um Großburgdorf war das Empfangsgebäude nicht als Wohnhaus umfunktioniert worden, sondern stand leer. Die Fenster waren eingeschlagen, die Wände mit Graffiti beschmiert. Das Gebäude machte einen beschämenden Eindruck.

Wir gingen zum Bahnsteig und ich stellte fest, dass auch die Gleise noch vorhanden waren. Sogar Signalanlagen und Schilder gab es noch, verrostet zwar, aber man hatte sie nicht abmontiert. An der Wand hing noch ein halb abgerissener Fahrplan. Die Bahnhofsuhr war stehen geblieben, um genau fünf nach halb sechs eines unbestimmten Tages.

Ich hatte schon viel über stillgelegte Bahnstrecken gelesen, besaß mehrere Bücher und Bildbänder zu diesem Thema, doch es war das erste Mal, dass ich eine solche Station tatsächlich besichtigen konnte.

Der morbide Charme dieses verlassenen Ortes war auf der einen Seite faszinierend und übte eine ungeheure Anziehungskraft auf mich aus, auf der anderen Seite machte mich all das auch sehr traurig. So sehr, dass mir Tränen die Wangen herunterliefen und ich nichts dagegen tun konnte.

Maraun sah mich entgeistert an. Nun hatte auch er mich auf unserer Reise weinen sehen. Während ihn die Trümmer der Erinnerung an seine verflossene Liebe dazu gebracht hatten, weinte ich lediglich einem stillgelegten Bahnhof hinterher. Ich kam mir unglaublich kindisch vor.

Auf der mühseligen, mit mehrfachem Umsteigen verbundenen Rückfahrt nickte ich wiederholt ein. Jedes Mal, wenn ich meine Augen öffnete, wurde die Gegend urbaner, verfallene Häuser und verlassene Dörfer wichen zunehmend Gewerbegebieten und Neubausiedlungen. Ich freute mich auf die Stadt, auch wenn ich es schade fand, dass unsere Landpartie schon wieder vorbei war und obwohl ich keine Ahnung hatte, was uns dort erwarten würde.

Am frühen Abend waren wir da, die Fahrt verlief doch schneller als zunächst angenommen. Wir erreichten den Hauptbahnhof noch mitten im Berufsverkehr. Die Menschenmassen, der Lärm, die Hektik, überall Leuchtreklamen – es war der größtmögliche Kontrast zu dem Ort, den wir vor einigen Stunden verlassen hatten. Noch nie zuvor war ich hier ohne erwachsene Begleitung angekommen.

An einem öffentlichen Stadtplan machten wir die Straße ausfindig, die uns Merlin aufgeschrieben hatte. „Das ist keine fünf Minuten von hier", sagte Maraun. Das nervöse Flackern in seinen Augen war wieder da. Auch ich war aufgeregt. Gut möglich, dass wir nun doch noch fanden, wonach wir suchten.

Die Gegend um den Bahnhof bestand aus stattlichen Altbauten, war aber trotzdem nicht gerade nobel. Spielhallen, Nachtclubs und finstere Kneipen reihten sich aneinander, leicht bekleidete Frauen warben an einigen Straßenecken ganz offen für ihre Dienste und Männer in zerlumpten Kleidern bettelten Passanten an.

Es dauerte dann doch etwas länger als fünf Minuten, bis wir das Haus gefunden hatten, da sich der Zugang in einem Hinterhof versteckte und wir das nicht beleuchtete Hausnummernschild im Abendlicht zunächst übersahen.

Der begrünte Hof machte im Vergleich zur Umgebung einen gepflegten Eindruck. Er war so geräumig, dass sogar ein paar Bäume darin Platz fanden. Vor dem Hintereingang eines Restaurants standen, neben großen Müllcontainern, zwei junge Männer mit weißem Kittel und rauchten. Sie beachteten uns nicht.

Das Haus daneben war das, was wir suchten. Auf dem Klingelschild lasen wir den Namen Lammé. Ohne zu zögern, läutete Maraun. Wir warteten, doch niemand öffnete. Er klingelte erneut, wieder passierte nichts.

„Sie sind nicht zu Hause. Lass uns hier warten, bis sie kommen", sage er und zeigte auf eine Bank, die neben den Bäumen stand.

„Aber wir wissen doch gar nicht, ob sie überhaupt noch hier wohnen", sagte ich, schon ahnend, dass Maraun das nicht abhalten würde.

Also saßen wir im spärlich beleuchteten Hinterhof an einem milden Aprilabend im Bahnhofsviertel der großen Stadt und warteten darauf, dass etwas passierte. Nach etwa einer Viertelstunde kam eine hübsche, dunkelhaarige Frau mittleren Alters vorbei.

„Na, zu wem wollt ihr denn?", rief sie uns im Vorbeigehen freundlich zu.

„Wir suchen Yvonne Lammé", ergriff ich ausnahmsweise einmal die Initiative. „Wissen sie, ob sie hier wohnt?"

„Lammé, das sagt mir was. Ach ja, der Name steht doch an der Wohnung im ersten Stock links! Die ist aber definitiv nicht vermietet zurzeit. Da war letzte Woche erst eine große Wohnungsbesichtigung. Hab da vorher aber auch nie ein Mädchen gesehen, nur ganz selten mal einen jungen Mann, um ehrlich zu sein. Tut mir leid", sagte sie.

Es war wie verhext. Wieder waren wir zu spät. Die Familie schien sich in Luft aufgelöst und all ihre Lager abgebrochen zu haben, ausgerechnet jetzt, da wir endlich auf ihrer Spur waren.

Maraun wollte es nicht wahrhaben. „Sie irrt sich bestimmt, hat nur die Wohnungen durcheinander bekommen", redete er sich ein.

Wenigstens konnte ich ihn davon überzeugen, dass es keinen Sinn hatte, die ganze Nacht vor dem Hauseingang im Hinterhof auszuharren. Stattdessen hinterließ er eine Nachricht für Yvonne und ihren Bruder. Auf die Rückseite unserer Fahrkarte kritzelte er mit einem Kugelschreiber, den ich glücklicherweise eingesteckt hatte, unsere Großburgdorfer Telefonnummer.

Wir klingelten wahllos bei einigen Bewohnern des vierstöckigen Altbauhauses und hatten Glück, irgendjemand drückte den Summer. Auf dem Briefkasten im Treppenhaus stand ebenfalls noch der Name der Familie, also warf Maraun seinen Zettel hinein. Danach lief er in den ersten Stock und klingelte an der linken Tür, natürlich öffnete auch jetzt niemand. Regungslos starrte er auf das Namensschild, das auch hier noch nicht entfernt worden war.

„Mehr können wir nicht tun", sagte ich. „Lass uns gehen, bevor uns noch jemand für Einbrecher hält."

Wieder im Hinterhof, war erneut der Zeitpunkt gekommen, mein dickes Kursbuch hervorzuholen, das uns nun schon so oft treue Dienste erwiesen hatte. Nun galt es wirklich, die Rückfahrt zu planen. Wir hatten kein Ass mehr im Ärmel und keinen Plan B. „Wenn wir die S-Bahn um 20:31 Uhr nehmen, dann haben wir an der Endstation noch Anschluss an den letzten Zug nach Großburgdorf."

Vor den Fahrkartenautomaten im Bahnhofsgebäude kratzten wir unser letztes Geld zusammen, um uns noch zwei Tickets nach Hause kaufen zu können, doch es reichte nicht ganz. „Hast du nicht doch noch irgendwo etwas Kleingeld?", fragte mich Maraun, dem nach all den Strapazen diesmal offenbar auch nicht der Sinn nach Schwarzfahren stand.

Ich nahm meinen Rucksack ab und durchwühlte ihn, in der Hoffnung, noch ein paar Münzen zu finden. Doch stattdessen machte ich eine andere, traurige Entdeckung: Unterhalb von Marauns altem Unterhemd, dem dicken Kursbuch und den Karten sah ich ein arg in Mitleidenschaft gezogenes Stück Papier, das dort eigentlich gar nicht hingehörte. Es war der Zettel mit der Botschaft, die ich meinen Eltern hatte hinterlassen wollen!

Jetzt fiel es mir wieder ein: Ich hatte ihn in der Nacht vor unserem Aufbruch in den Rucksack gesteckt, damit ihn meine Eltern nicht zufällig vorher entdeckten. Am nächsten Morgen wollte ich ihn in die Diele legen, doch hatte es in der Aufregung vergessen. Nun machten sie sich sicherlich noch viel mehr Sorgen, befürchteten womöglich sogar, wir seinen entführt worden oder für immer abgehauen.

Ich dachte darüber nach, wie misslich unsere Lage war und was uns zu Hause erwartete. Sollten wir nun schwarz fahren und riskieren, auch noch erwischt zu werden? Sollten wir die Bahn verpassen und versuchen, Marauns Freunde zu finden, um uns von ihnen Geld für die Rückfahrt zu borgen und dadurch noch einen weiteren Tag verschwunden bleiben?

Wir hatten gar keine Zeit, über diese Optionen zu reden, denn wie immer, wenn man denkt, es könnte gar nicht mehr schlimmer kommen, passierte es doch.

„Das müssen sie sein, kein Zweifel!", hörte ich jemanden neben uns sagen. Wir drehten uns um und sahen zwei uniformierten Sicherheitsleuten ins Gesicht. Ehe wir uns versahen, hatte jeder von ihnen einen von uns am Arm gepackt.

„Lassen Sie mich los, wir haben nichts getan!", schrie Maraun empört.

„Ihr habt wohl länger kein Fernsehen mehr gesehen und keine Zeitung gelesen, was Jungs?", sagte der Mann. „Eure Reise ist jetzt vorbei. Wir übergeben euch der Polizei, dann könnt ihr denen erklären, warum ihr euch hier herumtreibt, während eure Eltern sich zu Tode sorgen und ganze Hundertschaften nach euch suchen."

Mir wurde heiß und kalt auf einmal und der Hauptbahnhof um mich herum begann sich zu drehen. Was nach unserer Festnahme geschah – die Übergabe an die Beamten, das Verhör durch die Polizei – erinnere ich nur noch verschwommen.

Während Maraun das Ganze erstaunlich locker nahm, sich in der Rolle des von der Polizei gejagten, aber gescheiterten Ausreißers vielleicht sogar irgendwie bedeutend oder mutig fühlte, war es für mich ein einziger Albtraum, eine große Demütigung.

Maraun hingegen schien das alles egal zu sein. Als sie uns in den Streifenwagen nach Hause setzten, sagte er nur trocken: „Jetzt kommen wir ja doch noch ohne Fahrkarte nach Großburgdorf." Ich konnte nicht darüber lachen.

41

Es kam, wie es kommen musste. Sie gaben Maraun die Schuld an unserem Verschwinden. Sie glaubten, er habe einen schlechten Einfluss auf mich. Sie dachten darüber nach, ihn wegzugeben. Nichts davon hatten sie uns gegenüber geäußert, doch ich wusste es, es bestand gar kein Zweifel daran.

Die Erleichterung, die sie nach unserer Rückkehr verspürten, wich schnell der Angst, wir könnten erneut abhauen. Im Nachhinein betrachtet sind ihre Ängste und ihre Enttäuschung vielleicht sogar verständlich. Unerklärlich und verletzend war, dass sie nicht mit mir darüber redeten. Maraun musste mehrmals alleine zum Rapport bei meinem Vater antreten.

Er sagte mir, er habe ihm den Grund für unsere Reise nicht verraten und rang mir das Versprechen ab, unser Geheimnis ebenfalls zu bewahren. Ich erzählte ihnen kein Wort von Yvonne, betonte jedoch stets, dass ich freiwillig mitgekommen war und Maraun mich nicht dazu überreden musste, doch sie schienen mir nicht zu glauben. Sie trauten mir so viel Mut offenbar einfach nicht zu.

Meine Eltern sprachen mit uns nicht über ihre Pläne, sondern verschleierten sie stattdessen hinter Vorwürfen, Moralappellen und verschärfter Überwachung. Sie waren ratlos, aber sie gaben es nicht zu.

Mit absurden Bestrafungen gängelte mich vor allem mein Vater. So nahm er mir, unter meinem großen Protest, sämtliche Fahrpläne und mein dickes Kursbuch ab. „Damit du erst gar nicht wieder anfängst, irgendwelche Reisepläne auszuhecken."

Maraun schienen sowohl diese Strafen, als auch die zunehmende Entfremdung zwischen ihm und meinen Eltern egal zu sein.

Insgeheim bewunderte ich ihn noch immer dafür. Vielleicht war die Gleichgültigkeit nur gespielt, vielleicht war es eine pubertäre Trotzreaktion. Ich wusste es nicht. Ich wünschte mir nur, ich könnte den Dingen auch etwas gelassener begegnen. Zum Teil gelang es mir auch, insbesondere meinen Eltern gegenüber, denn zunehmend wurde auch ich immun gegen ihre Vorwürfe und Zurechtweisungen.

Der große Maraun und unsere Freundschaft waren mir hingegen nach wie vor nicht gleichgültig. Ich ließ meine Eltern bei jeder Gelegenheit spüren, dass Maraun und ich geschlossen zusammenstanden und nahm ihn in Schutz, wo ich nur konnte.

Wenige Wochen zuvor hatte ich mich bei Streitigkeiten zwischen meinen Eltern und ihrem Pflegekind in meinem ständigen Bestreben nach Harmonie stets aus Feigheit in die Neutralität geflüchtet, nun solidarisierte ich mich bei jeder Kleinigkeit mit ihm.

Eines Abends – unsere Reise lag schon beinahe zwei Wochen zurück – belauschte ich meine Eltern wieder einmal heimlich, da dies mein einziges Mittel geworden war, um zu erfahren, was sie wirklich vorhatten. Sie stritten sich. Meine Mutter schien dagegen, Maraun wegzugeben.

„Natürlich sehe ich, welchen Einfluss er auf Frederik hat. Aber die beiden sind unzertrennlich geworden. Er hängt so sehr an Jonas", sagte sie.

„Es geht hier nicht nur um unseren Sohn. Es geht auch darum, dass wir die Verantwortung für ein fremdes Kind übernommen haben, und wie es aussieht, können wir dieser Verantwortung nicht gerecht werden. Was willst du denn tun, wenn er wieder abhaut? Wie in aller Welt willst du das dem Jugendamt erklären, geschweige denn seiner Mutter?", entgegnete mein Vater aufgebracht.

Mein Vater fühlte sich überfordert und auch das war neu für mich, hatte er mir doch immer das Gefühl vermittelt, alles unter Kontrolle zu haben und mit jeder Herausforderung fertig zu werden.

„Jonas braucht, nach allem was er erlebt hat, professionelle Betreuung. Wir sind Eltern, Pädagogen, aber keine Psychologen. Das können wir nicht leisten", sagte er.

Nach einem längeren, betretenen Schweigen sprach meine Mutter schließlich die beiden Worte aus, die Marauns Schicksal besiegeln sollten und es mir unmöglich machten, länger schweigend an der Tür zu lauschen: „Na gut."

Ich war außer mir vor Wut und Verzweiflung. Meine schlimmsten Befürchtungen hatten sich bestätigt. Ich riss die Wohnzimmertür auf und schrie: „Nein! Das dürft ihr nicht tun! Ich hasse euch!"

Meine Mutter brach in Tränen aus, mein Vater fand als erstes die Sprache wieder. „Was erlaubst du dir eigentlich, belauschst uns heimlich an der Tür? Geh sofort auf dein Zimmer, sonst…"

„Schatz, es hat keinen Zweck, wir müssen es ihm jetzt erklären", unterbrach ihn meine Mutter. „Er hat ein Recht, es zu erfahren."

Ich hatte nicht wenig Lust, einfach davonzurennen, doch irgendetwas hielt mich davon ab, vielleicht die vage Hoffnung, die eben getroffene Entscheidung doch noch rückgängig machen zu können.

Mein Vater lenkte ein und bat mich, Platz zu nehmen. Mit verschränkten Armen und Wuttränen im Gesicht setzte ich mich aufs Sofa. „Wir haben uns diese Entscheidung nicht leicht gemacht, aber sie ist nötig und unumkehrbar. Jonas' Verhalten hat dazu geführt, dass wir uns gezwungen sehen, so zu handeln."

„Wir sind beide abgehauen, nicht nur er, wollt ihr mich jetzt auch ins Heim stecken?", warf ich ein, so patzig und provozierend wie ich nur konnte. „Und übrigens: Das war meine Idee, die Sache mit dem Abhauen!", legte ich nach.

„Wir wissen beide, dass das nicht stimmt", erwiderte mein Vater. „Jonas selbst hat mir gegenüber zugegeben, dass alles von ihm ausging. Und dass er mir nicht versprechen kann, dass er es nicht wieder tun wird. Dabei hatte er es mir nach seinem ersten Verschwinden noch hoch und heilig geschworen und dann sein Wort nicht gehalten. Wir können ihm nicht mehr vertrauen."

Ich dachte verzweifelt darüber nach, welche Argumente ich meinem Vater an den Kopf werfen könnte, die über bloße Wut und Ablehnung hinausgingen, doch ich war einfach nicht schlagfertig genug, also setzte er seinen Monolog fort.

„Wir haben immer wieder das Gespräch mit Jonas gesucht, aber er hat sich vollkommen uneinsichtig gezeigt. Noch nicht einmal die Ankündigung, dass wir mit dem Jugendamt über eine Fremdunterbringung reden würden, hat ihm die Augen geöffnet. Er beharrt darauf, dass es sein gutes Recht ist, abzuhauen. Er denkt, er kann tun und lassen was er möchte und alle Welt habe sich nach ihm zu richten. Dabei merkt er gar nicht, wie er deine Mutter und mich, wie er aber auch dich mit ins Unglück reißt."

„Mich hat er bestimmt nicht unglücklich gemacht", sagte ich, die Vorlage dankbar annehmend. Nun mischte sich meine Mutter ein.

„Frederik, ich finde es toll, wie du dich für deinen großen Freund einsetzt. Aber du bist noch ein Kind, du bist zu klein, um zu wissen, was gut für dich ist und was nicht. Merkst du denn nicht, wie du dich verändert hast in letzter Zeit? Wie er dich manipuliert hat für seine Zwecke? Ohne ihn wärst du doch niemals einfach verschwunden. Warum auch, es fehlt dir doch an nichts bei uns. Jonas hingegen fehlt es an Allem, aber das, was ihm fehlt, das können wir ihm nicht geben, das kannst auch du nicht. Wir haben es aufrichtig versucht, das musst du uns glauben. Aber es hat nicht funktioniert, und das lag nicht an uns. Da hat dein Vater leider recht."

Die Worte meiner Mutter trafen mich tief. Ich verdrängte den schmerzhaften, langsam aufkommenden Gedanken daran, dass ein Teil dessen, was sie sagte, vielleicht sogar stimmen könnte.

„Gar nichts habt ihr versucht! Wieso habt ihr ihn denn dann überhaupt hierher geholt, wenn ihr ihm keine Chance gebt? Außerdem wären wir doch zurückgekommen. Wir sind nur abgehauen, weil ihr uns nichts erlaubt und uns wie kleine Kinder behandelt!", rief ich aufgeregt.

„Und ganz genau das seid ihr auch, unreife Kinder! Würdet ihr auch nur einen Funken Reife und Verantwortungsgefühl besitzen, dann hättet ihr uns das nicht angetan, tagelang zu verschwinden, während die Polizei landesweit nach euch sucht und wir mit dem

Schlimmsten rechnen mussten!", schrie mich mein Vater an.

Wie viele quälende Male ich mir diesen Vorwurf nun schon hatte anhören müssen. Ich wäre wohl aufgestanden und gegangen, hätte meine Mutter nicht erneut das Wort ergriffen.

„Jonas ist ein Pflegekind, wir haben ihn nicht adoptiert. Dieser Unterschied war auch dir von Anfang an klar, wir haben immer gesagt, wir nehmen ihn bei uns auf, solange es nötig und vertretbar ist. Leider hat er nun zum wiederholten Male deutlich gemacht, dass er keinen Wert auf unsere Fürsorge legt und dass er nicht in der Lage ist, sich an unsere Regeln zu halten."

Dann erklärten sie mir noch, dass das Jugendamt derselben Ansicht sei und dass es sich bei der Einrichtung, die man für Maraun herausgesucht hatte, auch gar nicht um ein Heim handele, sondern um eine Art betreute Wohngruppe für Ausreißer-Jugendliche.

Nachdem auch diese Auskünfte mich logischerweise nicht zufriedenstellten, konfrontierten sie mich schließlich mit einer Aussage, die entweder eine dreiste Lüge oder der größtmögliche Verrat meines Freundes war: „Jonas hat im Übrigen auch schon angedeutet, dass er damit einverstanden wäre."

Nun hielt ich es nicht länger aus. Ich stand auf und rannte nach oben. Meine Eltern folgten mir nicht. Ohne anzuklopfen, stürmte ich in Marauns Zimmer.

Ich wollte ihn aufwecken und sofort zur Rede stellen, ich wollte von ihm hören, dass das nicht stimmte. Dass er genauso entschlossen war wie ich, für seinen Verbleib in Großburgdorf zu kämpfen, nun wo die Karten auf dem Tisch lagen.

42

Das Licht auf seinem Nachttisch brannte noch. „Was ist passiert?", sagte er sofort, als er mich sah. Hastig erklärte ich ihm, was ich soeben erfahren hatte. „Wusstest du davon? Und willst du wirklich nichts dagegen unternehmen?", fragte ich.

„Was soll ich denn unternehmen? Ich werde deinen Eltern nicht länger zur Last fallen", sagte er nur.

Seine passive Reaktion ließ mich sprachlos zurück, war sie

doch noch schlimmer als die Entscheidung meiner Eltern. Ausgerechnet der große Maraun, der nichts und niemanden fürchtete und sich mit jedem anlegte, der sich ihm in den Weg stellte, fand sich offenbar ganz einfach damit ab, dass man ihn von seinem treusten Gefährten und einzigen Freund trennen wollte.

Nun musste ich sogar damit rechnen, dass er dem Rausschmiss meiner Eltern zuvorkommen und erneut abhauen würde. Wieder verbrachte ich schlaflose Nächte, auf jedes Geräusch aus seinem Zimmer lauernd, in der Angst, er würde einfach verschwinden ohne mir etwas zu sagen, ohne mich mitzunehmen, ohne sich zumindest zu verabschieden – so wie ich es damals, nach seinem Abenteuer, befürchtet hatte.

Auch meine Eltern schienen zu ahnen, dass Maraun nichts mehr in Großburgdorf hielt. Die Stimmung war vergiftet. An den Tagen nach der nächtlichen Konfrontation wurde kaum ein Wort mehr als nötig geredet. Nur einmal noch sprachen meine Eltern mit ihm unter vier Augen.

„Sie machen kurzen Prozess", erklärte er mir danach. „Aber es ist wohl besser so." Ich konnte noch immer nicht fassen, dass er so einfach kapitulierte und war wütend und enttäuscht von ihm.

Tatsächlich ging alles unglaublich schnell. Die Entscheidung meiner Eltern war gefallen. Vier Tage nach unserer abendlichen Auseinandersetzung riefen sie uns ins Wohnzimmer.

Noch einmal legten sie ihre Gründe da und versteckten sich dabei vor allem hinter dem Rat des Jugendamtes. Man habe ihnen von dort nahegelegt, es sei das Beste für Maraun, einige Zeit in einer betreuten Einrichtung in der Stadt mit anderen Jugendlichen zu verbringen – bis es seiner Mutter wieder besser ginge, was jedoch nach wie vor nicht absehbar war. Nach reifen Überlegungen hätten sie diesem Vorschlag schweren Herzens zugestimmt.

Mit anderen Worten: Sie steckten ihr Pflegekind ins Heim. Sie schoben ihn ab, wie sie es mit den Schülern auf unserem Gymnasium taten, deren Noten und Betragen nicht mehr den Anforderungen genügten.

Obwohl ich wusste, dass dieser Moment kommen würde, schrie und tobte ich wie ein wütendes Kind, dem man sein liebstes

Spielzeug genommen hat. Es dauerte Minuten, bis ich mich beruhigte. Ich schämte mich gegenüber Maraun für meinen kindischen, egoistischen Gefühlsausbruch. Schließlich war er es, der gehen musste, und nicht ich. Er musste mit einem weiteren Bruch in seinem Leben zurechtkommen, während auf mich weiterhin nichts anderes als eine behütete Kindheit in intakten Vorstadtverhältnissen wartete.

Doch alle Tränen und Schreie, Appelle und Vorwürfe waren vergebens. Am zweiten Mai jenes Jahres, zwei Tage nachdem sie es uns eröffnet hatten und noch nicht einmal ein halbes Jahr, nachdem er zu uns gekommen war, verließ mich der große Maraun. Niemals werde ich dieses Datum vergessen, nicht nur, weil es der Vorabend meines vierzehnten Geburtstags war.

Am Nachmittag schickte das Jugendamt einen Mann um die dreißig mit Halbglatze, Lederjacke und silbernem Ohrring, der sich uns nur als Wolfgang vorstellte und für die Einrichtung tätig war, die Maraun aufnehmen sollte. Er zog sich mit ihm auf sein Zimmer zurück. Nach weniger als einer halben Stunde kam er mit Maraun und gepackten Koffern wieder ins Wohnzimmer.

„Ihr könnt euch jederzeit schreiben. Und spätestens in den Sommerferien, wenn Jonas sich bei uns eingewöhnt hat, kannst du ihn gerne auch mal besuchen", sagte er zu mir. Ich wich ruckartig zurück, als mir Wolfgang dazu auch noch aufmunternd auf die Schulter klopfen wollte.

Meine Eltern und Marauns Betreuer ließen uns kurz alleine, damit wir uns verabschieden konnten. Ich kämpfte mit den Tränen und auch Maraun schien Mühe zu haben, seinen gleichgültigen Ausdruck, der sich in den letzten Tagen nahezu in sein Gesicht eingebrannt hatte, aufrecht zu erhalten. Er war es, von dem die Umarmung ausging, doch anders als wenige Wochen zuvor war ich derjenige, dessen Tränen auf seine Schulter flossen.

„Morgen in vier Jahren bist du frei", sagte er, als er sich wieder löste und mir ein eher schlecht als recht in buntem Geschenkpapier verpacktes, schweres Paket überreichte, das er aus seinem Rucksack holte.

„Aber erst am Geburtstag aufmachen", rief er mir noch zu,

doch kaum hatte Maraun den Raum verlassen, riss ich das Papier auf, in der seltsamen Überzeugung, darin ein Teil von ihm vorzufinden, vielleicht den Schlüssel dazu, ihn doch noch bei mir behalten zu dürfen.

Was ich stattdessen vorfand, trieb mir erneut die Tränen in die Augen, jedoch vor Rührung. Es war eine nagelneue, noch eingeschweißte Gesamtausgabe des Kursbuches der Bahn. Er musste es extra meinetwegen in der Buchhandlung besorgt haben. Ich nahm mir fest vor, ihm auch etwas zu schicken. Nur wenige Wochen nach meinem Geburtstag würde er sechzehn werden, und man hatte uns auch dieser gemeinsamen Feier beraubt.

Eine ganze Weile lang umklammerte ich das dicke Fahrplanbuch, hielt es eng umschlungen an meinen Oberkörper wie ein Kuscheltier. Dann hörte ich Motorengeräusche und rannte auf die Straße, doch ich sah nur noch die Rücklichter des klapprigen Kombis, in dem der Sozialarbeiter, der große Maraun und mit ihnen meine Kindheit für immer davonfuhren.

43

Meine größte Befürchtung trat nicht ein. Nachdem Maraun mich verlassen hatte, war ich fest davon ausgegangen, alles würde wieder wie früher werden. Ich sah mich ohne ihn schutzlos meinen Mitschülern und meiner eigenen Einsamkeit ausgeliefert. Doch zu meinem Erstaunen kam es anders.

Schon in den Tagen nach den Osterferien – den letzten, die Maraun am Großburgdorfer Gymnasium verbrachte - begegnete man uns in der Schule überraschend freundschaftlich. Ich hatte mit Spott und Hohn gerechnet, doch tatsächlich schlug uns fast so etwas wie Anerkennung und Respekt entgegen. Unsere zweifelhafte Prominenz und die Bilder von uns in der Zeitung und im Fernsehen schienen viele Mitschüler beeindruckt zu haben.

„Hätte ich dir gar nicht zugetraut, dass du den Mumm für so was hast. Nicht schlecht!", sprach ein Mädchen mir gegenüber die Gedanken vieler meiner Klassenkameraden aus. Ich spürte, wie mir vor Verlegenheit das Blut ins Gesicht schoss und ich rot anlief.

Nachdem bekannt wurde, dass Maraun uns verlassen musste und er auch freimütig die Gründe dafür nannte, war die Empörung groß. Einige trauten sich sogar, meinen Vater darauf anzusprechen und ihren Unmut kund zu tun.

„Warum geben Sie Maraun nicht noch eine Chance? Wir wollen, dass er hierbleibt!", sagte die burschikose Laura. Bis auf Jannik Diebel schienen alle der Meinung zu sein, dass die Entscheidung unfair war.

Natürlich verbat sich mein Vater jede Diskussion zu diesem Thema. „Das ist eine private Angelegenheit und hat euch nicht zu interessieren. Oder möchtet ihr, dass ich eure häuslichen Probleme, von denen mir eure Eltern immer mal wieder in Einzelgesprächen berichten, hier vor der ganzen Klasse ausbreite?", sagte er.

Nach allem was passiert war, wäre es wohl zu viel des Guten gewesen, von unseren Mitschülern zu erwarten, dass sie nach dieser Ansage weiter gegen den Klassenlehrer und Direktor rebellierten und für Marauns Verbleib in Großburgdorf ernsthaft auf die Barrikaden gingen. Aber dass sie ihn überhaupt vermissen würden, stellte für meinen Freund sicherlich eine gewisse Genugtuung und Bestätigung da.

An seinem letzten Schultag verabschiedete er sich per Handschlag von allen. Er reichte auch Jannik die Hand, doch im letzten Moment zog dieser zurück und lachte blöd. Niemand, noch nicht einmal sein folgsamer Freund Martin, schloss sich ihm an, stattdessen erntete er böse Blicke von allen Seiten. Es war ein versöhnlicher Abschied für den großen Maraun.

Kurz nachdem er weg war, stand eine größere Klassenarbeit in Geschichte bei meinem Vater an. Wie so oft vor solchen Terminen wurde ich gefragt, ob ich nicht irgendwie vorab an die Prüfungsfragen kommen könnte. Normalerweise verneinte ich jedes Mal - mit der Begründung, ich wüsste nicht, wo er sie aufbewahre.

Doch das stimmte nicht. Ich wusste es sehr wohl. Er erstellte die Arbeiten zu Hause am Computer und speicherte sie auf einer Diskette, die er in einer abschließbaren Schublade des Sekretärs in seinem Arbeitszimmer aufbewahrte.

Den Schlüssel trug er immer bei sich, außer wenn er schlief.

Nachts lag der Inhalt seiner Hosentasche, zu dem auch der Schlüsselbund gehörte, stets auf dem Nachttisch. Oft genug hatte ich ihn dort liegen sehen, in meiner Kindheit, als ich am Wochenende morgens noch unter die Decke meiner Eltern gekrochen war.

Merlin hatte es verstanden, meinem Vater eins auszuwischen, Maraun ohnehin. Nun war auch ich an der Reihe. Ich redete mir ein, ich hätte allen Grund dazu. Auch wenn meine Eltern mich an meinem Geburtstag über die Maßen üppig beschenkten und mein wortkarges und störrisches Verhalten in den Tagen nach Marauns Aufbruch ungewöhnlich verständnisvoll duldeten, wohl ihrem schlechten Gewissen geschuldet, waren meine Wut und meine Enttäuschung über ihre Entscheidung noch immer groß. Und welche Strafe sollte ich überhaupt noch fürchten? Schließlich hatten sie mir bereits die schlimmste aller denkbaren Bestrafungen zukommen lassen - indem sie mir das Kostbarste, was ich besaß, wegnahmen.

Außerdem musste es ja gar nicht unbedingt auffliegen. Ich nahm all meinen Mut zusammen, dachte an alles, was ich vom großen Maraun gelernt hatte, stellte mir den Wecker auf zwei Uhr morgens und schlich mich mitten in der Nacht an das Bett meiner Eltern. Die Tür war wie immer nur angelehnt, so dass ich geräuschlos den Raum betreten konnte. Aus dem Schnarchen meines Vaters schloss ich, dass er schlief. Auch meine Mutter atmete langsam und gleichmäßig.

In Zeitlupe näherte ich mich dem Nachttisch meines Vaters, immer in der Angst, über irgendetwas zu stolpern, da wegen der heruntergelassenen Rollläden das Zimmer in absolute Finsternis getaucht war. Mein Herz schlug so schnell und laut, dass ich befürchtete, allein davon könnte ich meine Eltern aufwecken.

Behutsam tastete ich den Nachttisch ab. Doch es war unvermeidlich: Als ich den Schlüsselbund anhob, klimperte er, auch wenn ich ihn sofort in ein weiches, den Schall aufnehmendes Kissen legte, das ich extra dafür mitgebracht hatte. Mein Herz schlug noch schneller und ich wagte es nicht mehr, Luft zu holen, so dass mir schwindelig wurde.

Ich hatte Glück: Der Schlaf meines Vaters war tief, das kurze Rascheln des Schlüsselbundes ging in seinem lauten, anhaltenden Schnarchen unter. Ich verließ den Raum etwas schneller als ich ihn betreten hatte.

Mit einer Taschenlampe ausgestattet, betrat ich das Arbeitszimmer meines Vaters und kam mir dabei wie ein skrupelloser Einbrecher vor. Alles lief wie geplant: Ich schloss das Fach auf, legte die Diskette in den Computer, startete den PC, öffnete die Datei und notierte mir die Klausurfragen auf einem Blatt Papier. Meine Hände zitterten so sehr, dass ich große Mühe hatte, lesbar zu schreiben.

Ein weiteres Mal musste ich nun in die Höhle des Löwen. Obwohl beim ersten Mal alles geklappt hatte, war ich noch aufgeregter als zuvor. Wieder entstand für einen winzigen Moment das unvermeidliche Geräusch, als ich den Schlüsselbund zurück auf den Nachttisch legte – und wieder schnarchte mein Vater einfach weiter.

Mir fiel ein Stein vom Herzen. Nun war zumindest der Schlüssel wieder an seinem Platz, so dass ich nicht mehr in flagranti bei einem schlimmen Vergehen erwischt werden konnte.

Doch ich hatte die Rechnung ohne meine Mutter gemacht.

Plötzlich hörte ich ihre Stimme hinter mir. „Frederik?", flüsterte sie.

Wie versteinert blieb ich stehen. Sie war wach, womöglich hatte sie alles mitbekommen, auch das Klimpern des Schlüsselbundes, schoss es mir durch den Kopf. Aber warum ließ sie mich dann erst jetzt hochgehen?

„Bist du es, Frederik?", flüsterte sie erneut. Wegrennen oder leugnen wäre zwecklos gewesen, also drehte ich mich um und antwortete.

„Ja, Mama, ich bin es."

„Was machst du hier?", sagte sie, noch immer flüsternd, um meinen Vater nicht aufzuwecken. Ich überlegte krampfhaft, was ich sagen sollte, doch mir fiel keine schlüssige Ausrede ein, weshalb ich mitten in der Nacht am Bett meiner Eltern stand.

Während ich weiterhin nur schweigend dastand, richtete sie

sich auf, noch immer, ohne Licht anzumachen und lief mir entgegen. Sie legte den Arm um mich und deutete an, ich solle sie nach draußen begleiten. Ich betete, dass sie die Sache mit dem Schlüssel nicht mitbekommen hatte.

Auf dem Flur angekommen, lehnte sie die Tür an und machte Licht. Noch immer ohne etwas zu sagen, sahen wir uns ins Gesicht. Zunächst dachte ich, es wäre nur der Schlaf in ihren Augen, doch dann erkannte ich deutlich, dass sie geweint haben musste. Noch immer wortlos umarmte sie mich. Es war das erste Mal, seit wir vor Wochen von der Polizei nach Hause gebracht wurden.

„Es ist auch für uns nicht einfach. Ich hoffe, du kannst uns irgendwann verstehen", sagte sie schließlich. Da wusste ich, dass sie es nicht bemerkt hatte. Fast wäre es mir lieber gewesen, sie hätte mich erwischt, so sehr schmerzte in diesem Moment mein schlechtes Gewissen.

44

Nach der nächtlichen Begegnung mit meiner Mutter kamen mir Zweifel, ob ich es wirklich tun sollte. Mit Sicherheit würde es auffliegen, wenn die ganze Klasse alle Fragen vorher kannte. Anderseits wollte ich nun auch die Lorbeeren ernten für den Mut, den ich aufgebracht hatte.

Also griff ich zu einer List: Ich verriet meinen Klassenkameraden nur rund zwei Drittel der Fragen. „Tut mir leid, aber der Test war noch nicht ganz fertig. Er schreibt ihn wahrscheinlich erst am selben Tag in seinem Büro in der Schule zu Ende, das macht er oft", log ich. Sie schöpften keinen Verdacht und ich erntete das so sehr erhoffte, anerkennende Schulterklopfen. Wieder hatte ich etwas getan, das sie mir nicht zugetraut hatten.

„Insgesamt bin ich sehr zufrieden mit eurer Leistung. Zu bemängeln ist lediglich, dass kaum jemand von euch in der Lage war, die Belle Époque richtig einzuordnen", sagte mein Vater, der offenbar trotz dieser Auffälligkeit und des überdurchschnittlich guten Abschneidens der meisten Schüler keinen Betrug witterte. Wir grinsten uns vorsichtig, aber wissend an. Es war ein wunderbares Gefühl.

Am Ende jenes Schultags fing mich der rothaarige Tom ab. „Wenn du Lust hast, komm doch heute Nachmittag zum Bahnhofsplatz." Die Bänke vor dem Kiosk waren nach der Schule ein beliebter Treffpunkt für viele Jugendliche. Ich hatte diesen Ort stets gemieden. Schon wenn man nur vorbeiging, musste man sich dumme Sprüche anhören.

Es mag lächerlich klingen, doch jedes Abenteuer an der Seite Marauns und selbst mein nächtlicher Alleingang ins Schlafzimmer meiner Eltern hatten mich weniger Überwindung gekostet, als Toms Einladung zu folgen. Ich vermutete sogar eine Falle. Vielleicht steckte Jannik Diebel dahinter und wollte mich dort vor der versammelten Dorfjugend peinigen, sozusagen als späte Rache für alle Demütigungen, für die er meinen großen Freund verantwortlich machte.

Doch ich überwand auch diese Angst und erschien am frühen Nachmittag auf dem Platz vor dem Bahnhof. Lässig saß Tom auf der Lehne einer der Bänke, neben ihm Arne und Laura, ebenfalls aus meiner Klasse, sowie ein älteres Mädchen und ein Junge, die ich nur vom Sehen auf dem Schulhof kannte.

„Hey, er ist tatsächlich gekommen. Darf ich euch Plötzchen vorstellen? Er ist der Sohn vom Direktor, der unterrichtet euch doch auch!", sagte er in Richtung der beiden Älteren.

Ich hasste es, wenn man mich ‚Plötzchen' nannte, ließ mir aber nichts anmerken. Was würde nun folgen? Würde er weitere Witze auf meine Kosten machen, um bei den beiden gut anzukommen? Ich bekam ein flaues Gefühl in der Magengegend und bereute bereits meine Entscheidung.

„Seid nett zu ihm, er hat nämlich den direkten Draht zu Papi, wenn ihr versteht, was ich meine", fuhr Tom fort und erzählte den beiden, was ich getan hatte.

„Nicht schlecht", sagte das Mädchen, das sich als Sarah vorstellte. Das flaue Gefühl wich einem angenehmen Kribbeln.

Eigentlich konnte es mir gar nicht recht sein, dass nun über unsere Klasse hinaus immer mehr Leute Bescheid wussten. Dennoch genoss ich meinen neuen Ruhm und verschwendete kaum einen Gedanken an die Risiken.

Ich ließ mich sogar dazu hinreißen, den beiden Älteren zu versprechen, bei Gelegenheit auch etwas zu ihrer nächsten Arbeit herauszubekommen. Notfalls könnte ich mich immer noch damit herausreden, dass er die Themen erst in der Schule auswählte und ich deswegen nichts herausgefunden hätte.

Es ist gut möglich, dass Tom mich nur eingeladen hatte, um Sarah zu beeindrucken und dass Sarah nur nett zu mir war, weil sie sich erhoffte, dass ich auch ihr mittels Betrug zu einer guten Note verhelfen konnte. Aber das war mir egal.

Langsam wurde mir klar, dass die Schule nur derjenige ohne schlimmere Blessuren überstand, der in der Lage war, zugunsten der Gruppe etwas Eigenes aufzugeben. Auch wenn das in meinem Fall bedeutete, dass ich meine Integrität eintauschen musste, nur um im Gegenzug etwas Anerkennung zu erhalten.

Nach einer Weile stießen Jannik Diebel und Martin hinzu. Wieder war meine gerade erst mühsam gewonnene Sicherheit weg und ich wäre am liebsten sofort nach Hause gegangen. Doch erstaunlicherweise machten Jannik und sein Begleiter gar keine Anstalten, sich über meine Anwesenheit aufzuregen.

Sie taten einfach so, als wäre es das Normalste der Welt, mich hier zu sehen. Ich war erstaunt, denn ich wusste, wie tief die Abneigung der beiden mir und Maraun gegenüber war. Befürchteten sie tatsächlich, sich unbeliebt bei den anderen zu machen, wenn sie über mich herfielen, nun wo man mich einigermaßen akzeptierte?

Jannik hatte eine kleine Flasche klaren Schnaps dabei und reichte sie herum. Ich hatte noch nie in meinem Leben auch nur einen Schluck Hochprozentiges getrunken, schon den Geruch von Alkohol empfand ich als widerlich. Als ich an der Reihe war, konnte er sich einen Spruch nun doch nicht mehr verkneifen. „Das ist nichts für Kinder, Frederik", äffte er.

Ich dachte an den ekelhaften homöopathischen Gesundheitstrunk, den mir meine Mutter früher öfter verabreicht hatte und daran, dass man den Geschmack am wenigsten wahrnahm, wenn man es schnell hinunterschüttete, also nahm ich die Flasche und trank sie in einem Zug aus. Es war nicht mehr viel drin, vielleicht drei oder vier Schluck, aber dennoch hatte ich wohl mehr als alle anderen davon getrunken, denn sie starrten mich regelrecht an.

Ich spürte einen stechenden Schmerz in der Brust und hatte das Gefühl, meine Kehle würde in Flammen aufgehen, doch ich lächelte und tat so, als würde ich das nicht zum ersten Mal machen, als habe es mir nichts ausgemacht.

Die Anderen bekamen sich vor Lachen gar nicht mehr ein, als wenig später der Alkohol seine ganze Wirkung entfaltete. Alles drehte sich und ich hatte Mühe, mich gerade und aufrecht zu halten. Zum ersten Mal in meinem Leben war ich betrunken – und das von nur ein paar Schlucken.

Der Rausch an sich war es nicht, der mich glücklich machte. Es war die Tatsache, dass ich sie damit zu anerkennendem Lachen bringen konnte. Die Rolle eines Clowns war noch immer weit weniger erbärmlich als die des Klassenstrebers.

An diesem Nachmittag fühlte ich mich, als hätte ich eine Aufnahmeprüfung bestanden, dabei hatte ich nur meine Würde verloren.

Immer öfter schlich ich mich fortan nachmittags aus dem Haus und traf mich mit Tom und seinen Leuten am Bahnhofsvorplatz. Es gab nämlich noch etwas, das ich den anderen bieten konnte, im Tausch dafür, dass sie mich in ihren Kreis aufnahmen: die Geschichte des großen Maraun und der Abenteuer, die ich mit ihm durchleben durfte.

Wieder und wieder fragten sie mich über ihn aus. Sie brannten darauf, zu erfahren, weshalb wir ausgerissen waren. Am Anfang ließen sie sich noch mit geheimniskrämerischen Andeutungen und aufwändig ausgeschmückten Nebensächlichkeiten zufrieden stellen, doch irgendwann verlangten sie mehr und ich wurde schwach. Ich plauderte große Teile von Marauns Geheimnis aus – ein Verrat, der mir später noch mehr leidtun würde als der Betrug an meinem Vater.

45

In meinem ganzen Leben habe ich genau drei Briefe vom großen Maraun bekommen. Ich weiß nicht, wie oft ich sie schon gelesen habe. Noch immer hole ich sie von Zeit zu Zeit hervor und jedes Mal überkommt mich dabei dieselbe große Traurigkeit wie damals, als ich sie von ihm erhielt.

Der erste Brief erreichte mich zwei Tage nach seiner Abreise aus Großburgdorf.

Lieber Frederik,

sie lassen uns nur drei Stunden am Tag raus. Gestern bin ich gleich in den Hinterhof. Am Klingelschild steht noch immer ihr Name, doch es hat niemand aufgemacht. Die Jalousien an den Fenstern der Wohnung waren heruntergelassen.

Als ich ging, kam mir ein Mädchen oder eine junge Frau entgegen, ich weiß es nicht genau. Heute war ich wieder da und bin ihr nochmal begegnet. Obwohl es regnete, saß sie auf der Bank im Hof, auf der wir damals auch gewartet haben. Ich habe mich neben sie auf die nasse Bank gesetzt, aber niemand hat etwas gesagt.

Wenn es Neuigkeiten gibt, melde ich mich bei dir.

Dein Jonas

Mehr schrieb er nicht. Über den Ort, an dem nun lebte, verlor er kein Wort. Auch dann nicht, als ich ihn in meiner Antwort danach fragte.

Obwohl er sich noch nicht wieder gemeldet hatte, wollte ich ihm Anfang Juni, zu seinem Sechzehnten, etwas schicken. Doch ich wusste nicht, was ich ihm schenken sollte. Ich hatte ohnehin kaum Geld, da meine Eltern mir nach unserem Abhauen monatelang das Taschengeld gestrichen hatten.

Nach langem Überlegen fiel mir doch noch etwas ein. Die Idee kam mir, als ich durch Zufall in der Schublade des Schreibtischs in Marauns altem Zimmer, das nun wieder als Gästezimmer diente, noch eines der gefüllten Schokoladeneier fand, die wir zu Ostern bekommen und größtenteils auf unserer Reise zum geheimnisvollen Anwesen verzehrt hatten. Ich fragte mich, ob er es nur vergessen oder absichtlich dort hatte liegen lassen.

Ohne eine Antwort darauf gefunden zu haben, beschloss ich, das Schoko-Ei in einen alten Schuhkarton zu legen und mich auf die Suche nach weiteren Erinnerungen zu machen, mit denen ich ihn füllen könnte. Heimlich stieg ich aufs Garagendach und fand tatsächlich noch einen der nicht gezündeten Böller, die dort seit Ewigkeiten vor sich hin moderten. Aus meinem Schrank legte ich das Unterhemd dazu, das Maraun auf dem Anwesen der Lammés zurückgelassen hatte.

Im Keller entfernte ich einen der Bäume aus der Modelleisenbahnanlage. Maraun hatte ihn mehr schlecht als recht angeklebt, bei einem der wenigen Male, als er mich beim Tüfteln unterstützte. Der Baum fiel ständig um und ich hatte Maraun schon mehrfach damit aufgezogen.

Ich durchsuchte meine Schulhefte und fand eine lange Liste mit Begriffen. Es waren die Worte, die sich die Klasse ausgedacht und Maraun auswendig gelernt hatte, als es ihm so bravourös gelang, Merlins Gedächtnistrick aufzuführen.

Schließlich kaufte ich von meinem letzten Geld in einem unbeobachteten Moment am Automaten eine Schachtel der Zigaretten von Marauns Lieblingsmarke. Ich legte noch ein Foto von uns in den Karton, schrieb eine Karte mit Glückwünschen und brachte alles zusammen zur Post.

Aufgeregt ging ich danach jeden Morgen zum Briefkasten, in der festen Erwartung, bald von ihm zu lesen. Mit jedem Tag, an dem kein Brief von ihm kam, wuchs die Enttäuschung.

Schließlich, kurz vor den Sommerferien, schrieb ich Maraun erneut. Das Geburtstagsgeschenk erwähnte ich nicht. Stattdessen bat ich ihn, sich bald bei mir zu melden, damit wir ein Treffen in den bevorstehenden Ferien vereinbaren konnten.

Doch auch darauf antwortete er nicht. Ich suchte die Telefonnummer der Einrichtung heraus, in der Maraun wohnte, doch egal wann ich anrief – zu sprechen war er für mich nie.

„Es geht ihm nicht so gut. Hab etwas Geduld mit ihm, dann wird er sich von selbst bei dir melden", sagte mir Wolfgang, sein Betreuer. Doch es kam kein Anruf und kein Brief. Ich war gekränkt und ratlos.

Erst im Herbst, als ich schon nicht mehr damit rechnete, kam das zweite Schreiben vom großen Maraun.

Lieber Frederik,
danke für dein Paket zu meinem Geburtstag. Es tut mir leid, dass ich mich

nicht eher gemeldet habe.
Ich gehe noch immer jeden Tag in den Hinterhof. Aus purer Verrücktheit, obwohl es hoffnungslos ist.
Ich starre auf die Jalousien und stelle mir vor, dass ich plötzlich ihr Gesicht hinter dem Fenster sehe, obwohl ich gar nicht mehr genau weiß, wie sie aussieht. Trotzdem werde ich sie nie vergessen können.
Ich hoffe, du denkst noch an mich und wirst mir irgendwann verzeihen.
Dein Jonas

Den ganzen Sommer über hatte ich versucht, ihn zu vergessen. Nun machte ein einziger Brief von ihm diese Bemühungen zunichte. Der Glaube an ein Wiedersehen, an eine Versöhnung oder zumindest daran, Antworten zu bekommen, war wieder da. Ich schrieb ihm all meine drängenden Fragen zu den Dingen, die er in seinen wenigen Zeilen nur angedeutet oder gar nicht erwähnt hatte.

Doch meine Hoffnungen wurden erneut enttäuscht. Die Zeit verging, es wurde Winter und ich schaute schon gar nicht mehr täglich in den Briefkasten, da kam er, der letzte Brief des großen Maraun, der mich noch trauriger und ratloser als die beiden vorherigen zurückließ.

Lieber Frederik,
es ist alles verloren. Ich bin in großer Not, doch niemand kann mir helfen.
Ich sitze immer noch jeden Tag auf der Bank. Jeder kennt mich dort. Sie halten mich für verrückt. Ich befürchte, sie haben recht. Selbst wenn Yvonne dort auftauchen sollte, hätte ich ihr nichts mehr zu sagen.
Unser Abenteuer ist zu Ende. Dieser Winter ist das kalte Grab meiner Träume. Wahrscheinlich gibt uns erst der Tod den Schlüssel zur Fortsetzung dieser gescheiterten Reise.
Frederik, beim letzten Mal hatte ich dich gebeten, an mich zu denken. Jetzt wäre es besser, wenn du mich vergisst. Es wäre besser, alles zu vergessen.
J.M.

46

Es war ein Samstag Anfang Dezember, als mich Marauns dritter Brief erreichte. Noch am selben Tag tat ich endlich das, was ich schon nach seinen beiden vorangegangenen Schreiben tun wollte, mich aber nicht getraut hatte: Ich fuhr heimlich und unangekündigt in die Stadt.

Ich musste ihn sehen, hatte das Gefühl, dass er meine Hilfe brauchte, dass sein ganzes Schreiben ein einziger Hilferuf war und er vielleicht genau das Gegenteil dessen meinte, was er schrieb. Womöglich waren es andere, die wollten, dass ich ihn vergaß – und nicht er. Vielleicht zensierten sie sogar seine Briefe und er hatte mir deshalb meine Fragen nicht beantwortet und nie etwas geschrieben über den Ort, an dem er jetzt war.

Unter einem Vorwand verließ ich das Haus. Aus der Brieftasche meines Vaters hatte ich Geld für die Fahrkarte gestohlen. Als ich im Zug saß, quälte mich wie so oft mein schlechtes Gewissen – nur diesmal noch nicht einmal gegenüber meinen Eltern, sondern gegenüber meinem Freund. Ich fragte mich, wieso ich nicht schon viel früher einfach losgefahren war.

In den Monaten nach seinem Aufbruch hatte ich sein Geheimnis verraten, mich mit seinen Feinden eingelassen. Wie sollte ich ihm das erklären?

Ich dachte über den Sommer ohne ihn nach und wie mich meine neuen Freunde zum ersten Mal mit an den Baggersee genommen hatten, an einem heißen Sommertag.

Sogar Jannik Diebel war dabei gewesen. Aus der Kneipe seiner Mutter hatte er eine große Flasche Bier gestohlen und reichte sie herum. Für mich blieb nur noch ein kleiner Schluck, fast mehr Schaum als Flüssigkeit. Es war erst das zweite Mal in meinem Leben, nach meiner bestandenen Vodka-Feuertaufe, dass ich Alkohol trank. Das Bier schmeckte warm und machte mich nur noch durstiger, und trotzdem war es das Beste, was ich jemals getrunken hatte. Noch heute, wenn ich irgendwo auch nur das Wort Bier höre, denke ich immer an diesen ersten Schluck.

Wir saßen am Ufer des kleinen Baggersees im Nachbardorf, gleich hinter dem löchrigen Zaun und dem Schild „Betreten und Baden strengstens verboten" und musterten die Mädchen in ihren Bikinis, wie sie Tennis mit einem Softball am lehmigen Ufer spielten. Die Jungs machten vulgäre Witze. Ich lachte mit und es war noch nicht einmal mehr gespielt.

Jannik steckte sich eine Zigarette an und reichte sie mir. Ich nahm einen tiefen Zug und verkniff mir mühsam das Husten.

Warum war er plötzlich so nett zu mir? Ich glaube, insgeheim bewunderte er den großen Maraun genauso sehr wie ich es tat und war damals eifersüchtig gewesen, dass nicht er, sondern ich sein Freund geworden war.

Nun gab es keinen Grund für Neid mehr. Die Dinge waren wieder so, wie sie immer waren: Jannik war der Anführer. Neu war nur, dass ich mich in die Schar seiner Jünger einreihen durfte.

Ich beschloss, Maraun nichts von alledem zu erzählen. Genauso wie ich in meinen unbeantworteten Briefen an ihn auch nichts davon geschrieben hatte, wie sehr sich das Verhältnis zu meinen Eltern geändert hatte, seit er nicht mehr da war. Und um wie viel schlechter meine Schulnoten geworden waren. Meine Probleme waren lächerlich im Vergleich zu dem, was er erlebt hatte, dachte ich mir. Ich hoffte, dass er mir endlich von ihnen erzählen würde, mir sein Herz ausschütten und alle Fragen beantworten würde.

Am Hauptbahnhof stieg ich in einen Bus, der mich in den Stadtteil bringen sollte, in dem sich Marauns Unterbringung befand. Ich war erstaunt, als ich sah, dass es sich um ein gehobenes Wohnviertel mit gepflegten Einfamilienhäusern, teils sogar gediegenen Villen handelte. Damit hatte ich nicht gerechnet.

Zum ersten Mal kamen mir Zweifel, ob ich das Richtige tat. Vielleicht wollte er mich wirklich nicht mehr sehen und hatte hier ein neues, besseres Zuhause gefunden? Die Angst davor, von ihm abgewiesen zu werden, war es schließlich, die mich davor abgehalten hatte, nicht schon viel früher einen Versuch zu unternehmen, ihn wiederzutreffen. Nun war sie wieder da.

Die Jugendunterbringung war von den anderen Häusern in der Straße nur durch ein Schild am Gartenzaun zu unterscheiden. Es war mit einem stilisierten Kreuz verziert, der einzige Hinweis darauf, dass sich die Einrichtung in kirchlicher Trägerschaft befand. Ansonsten war es, zumindest auf den ersten Blick, ein ganz normales Wohnhaus. Erst bei genauerem Hinsehen entdeckte ich, dass unter dem Dach eine Überwachungskamera hing. Außerdem war der Gartenzaun höher als bei den Nachbarhäusern und am oberen Rand gesäumt von einem dünnen, einzelnen Streifen Stacheldraht.

Mit zitternder Hand klingelte ich. Nach kurzer Zeit kam ein Mann durch die Vordertür des Hauses an das Tor auf mich zu. Ich erkannte ihn sofort: Es war Wolfgang, Marauns Betreuer. Auch er schien noch genau zu wissen, wer ich war.

Durch die Gitterstäbe der Tür und ohne Anstalten zu machen, diese zu öffnen, redete er auf mich ein. „Du kannst hier nicht einfach so vorbeikommen. Wissen deine Eltern überhaupt, dass du hier bist?"

„Ich möchte Jonas Maraun sehen und zwar sofort!", sagte ich laut und war selbst erstaunt, wie entschlossen das klang.

„Das geht nicht", erwiderte er.

„Warum nicht? Ist das hier etwa ein Gefängnis? Was machen Sie hier mit ihm?", rief ich, noch lauter als zuvor. Ich war völlig außer mir. „Wenn Sie ihn nicht sofort herholen, rufe ich die Polizei!"

Zu meiner Überraschung stieß der Pädagoge daraufhin ein lautes, gequältes Lachen aus. „Die Polizei? Nur zu! Was glaubst du, wie oft wir die holen müssen, nur weil dein Freund mal wieder nicht nach Hause kommt? Hör mal gut zu: Entweder du verschwindest jetzt sofort und kommst nie wieder, oder ich lasse dich mit der Polizei nach Hause bringen. Jonas hat schon genug Blödsinn im Kopf, er braucht nicht auch noch einen Freund, der ihm die Fahrpläne fürs Ausbüchsen raussucht. Verstanden?"

Ich war völlig verwirrt. Woher wusste er davon, dass ich für die Planung unseres gemeinsamen Abenteuers verantwortlich war? Hatte ihm Maraun das etwa verraten? Dann wäre ich wenigstens nicht der einzige, der sein Wort gebrochen und einen Teil unseres Geheimnisses preisgegeben hätte.

Doch anders als Maraun, der auch dann noch, als jede Hoffnung längst gestorben war, Nachmittag für Nachmittag in einem Hinterhof die Spur zu seinem verlorenen Glück suchte, war ich nicht mutig, vielleicht auch nicht verrückt genug, diesen anscheinend aussichtslosen Kampf weiterzukämpfen. Ich gab mich geschlagen und machte mich auf den Nachhauseweg.

Auch wenn ich an diesem Dezemberwochenende nicht für mehrere Tage, sondern nur ein paar Stunden verschwunden war, glichen die betroffenen Blicke und erbitterten Vorwürfe meiner Eltern bei meiner Ankunft in Großburgdorf denen nach der Rückkehr von Marauns und meinem gemeinsamen Abenteuer. Der Unterschied war lediglich, dass mir das, was ich getan hatte, nicht mehr leid tat. Nicht mehr sie, sondern nur noch ich selbst tat mir leid.

47

Die gescheiterte Fahrt in die Stadt war für lange Zeit der letzte Versuch, den ich unternahm, um Maraun wiederzusehen. Wie ich es letztlich immer getan hatte, befolgte ich abermals das, was er von mir verlangt hatte: Ich versuchte, ihn zu vergessen.

Je mehr Zeit verging, umso unwirklicher erschien mir das, was Maraun und ich gemeinsam erlebt hatten. Manchmal träumte ich noch von ihm. Und wenn mich dann der Wecker aus dem Schlaf riss, im kurzen Moment, der zwischen dem Aufwachen und dem Aufstehen liegt, beschlich mich für einen Augenblick lang das Gefühl, dass vielleicht die ganze Geschichte nur ein Traum war. Dass es meinen großen Kameraden in Wirklichkeit nie gegeben hatte.

Die Nachmittage verbrachte ich jetzt fast immer draußen, auch im Winter. Es konnte noch so kalt sein, auf dem Platz am Bahnhof lungerten immer ein paar von uns herum. Unvernünftig wie wir waren, trugen wir, im Bestreben besonders lässig zu wirken, selbst bei Minusgraden die Jacken offen.

Dabei sprachen wir über Autos, Fußball, Frauen und andere Dinge, die mich nicht interessierten oder mit denen ich mich nicht auskannte. Doch auch ohne nähere Kenntnisse in nur einem dieser Gebiete aufweisen zu können, gelang es mir meistens, mich an den nie besonders anspruchsvollen und stets nach dem gleichen Muster ablaufenden Gesprächen zu beteiligen.

Ich war selbst erstaunt über meiner Anpassungsfähigkeit. Sogar meine bislang immer überdurchschnittlichen Noten glich ich denen der anderen an. Noch immer tat ich dabei aber gerade genug, um nicht wiederholen oder das Gymnasium verlassen zu müssen.

Als es Frühling wurde, gingen wir wieder zum Baggersee, feierten dort an den Wochenenden am Lagerfeuer bis in den späten Abend hinein. So auch an einem Samstag kurz vor meinem Geburtstag. Ich war nun schon fast fünfzehn, doch noch immer bestanden meine Eltern auf die alberne Regel, dass ich spätestens um neun Uhr zu Hause sein musste.

Natürlich hielt ich mich nicht daran. Gegen halb zwölf kam ich zurück und hatte die begründete Hoffnung, sie würden bereits schlafen, da im Haus kein Licht mehr brannte. Als ich mich nach oben schlich, hörte ich jedoch plötzlich den Ruf meines Vaters.

„Frederik, komm her. Wir müssen reden", drang seine feste Stimme aus Richtung des Esszimmers zu mir. In diesem Moment wollte ich alles, nur nicht mit meinem Vater reden. Was hatte er mir, was hatten wir uns denn noch zu sagen?

Ohnehin versuchte ich mehr und mehr, mir gegenüber meinen Eltern das Schweigen des großen Maraun anzueignen. Vermutlich wäre es in diesem Sinne das Geschickteste gewesen, gar nicht hinzuhören, einfach auf mein Zimmer zu gehen, die Tür hinter mir abzuschließen, wie ich es in letzter Zeit oft tat - und die Sache auszusitzen.

Doch wenn mein Vater in diesem Ton zu mir sprach, hinderte mich – trotz allem, was ich mich nun schon getraut hatte – noch immer etwas daran, mich ihm widersetzen zu können. Ich machte Licht an und setzte mich, so gleichgültig wie möglich dreinblickend, an den großen Esstisch, in dem mein Vater im Dunkeln auf mich gewartet hatte.

„So geht es nicht weiter, mein Sohn." Ich fragte mich, welche seiner Predigten jetzt wohl folgen würde. Vermutlich würde die Sache zum wiederholten Male auf ein paar Wochen Hausarrest hinauslaufen, dachte ich mir. Doch es kam ganz anders. „Weißt du, was heute für ein Datum ist?", fragte er mich. Ich zuckte mit den Achseln, dabei wusste ich es nur zu gut. Es war der Vorabend des Jahrestags von Marauns Abschied aus Großburgdorf.

„Ein Jahr ist jetzt vergangen und noch immer verurteilst du uns für unsere Entscheidung. Glaub mir, ich habe dafür sogar bis zu einem gewissen Grad Verständnis. Du bist eben einfach noch immer nicht reif genug, um einzusehen, dass wir so handeln mussten. Das Schlimmste ist noch nicht einmal, dass du dich an keine unserer Regeln hältst. Das Schlimmste ist, dass es dir nicht einmal mehr leid tut. Dass du glaubst, wir hätten dein Leben zerstört, dabei bist du gerade drauf und dran, das selbst zu tun."

Eine stille Träne lief meinem Vater die Wange hinunter. Zum ersten Mal in meinem Leben sah ich ihn weinen. Ich blickte ihn entsetzt an. Warum sagte er das? Seine Worte überforderten mich. Er setzte den Monolog unbeirrt fort.

„Du strengst dich in der Schule nicht mehr an. Du umgibst dich mit den falschen Leuten. Du zeigst keinen Respekt mehr vor deiner Familie. Glaubst du, wir merken das nicht? Was ist nur aus dir geworden, mein Sohn?"

Diesmal schwieg ich nicht aus Trotz, sondern weil ich wirklich keine Antwort auf seine Frage wusste. Jetzt kämpfte ich gegen die Tränen. Mein Vater hatte schon wieder aufgehört zu weinen.

„Ich setze dir hiermit ein Ultimatum. Eine letzte Frist, dich zu bessern und dein destruktives Verhalten zu überdenken. Wenn du diese Chance versäumst, wird es ernsthafte Konsequenzen für dich haben, das verspreche ich dir."

„Was für Konsequenzen?", brach ich schließlich doch mein Schweigen.

„Ich habe mit meinem Bruder über dich gesprochen." Mehr musste mein Vater nicht sagen, damit ich wusste, was er vorhatte. Mein Onkel war ebenfalls Lehrer. Ich mochte ihn nicht besonders. Er unterrichtete an einem Internat.

„Ihr wollt mich also auch loswerden. Bitte! Mich hält hier eh nichts mehr", sagte ich und stand auf. Mein Vater rief mir noch nach, ich solle zurückkommen, er sei noch nicht fertig.

„Ich gehe dann schon mal Koffer packen!", schrie ich aus dem Treppenhaus, ohne Rücksicht auf meine bereits schlafende Mutter zu nehmen, und war stolz auf meine souveräne Spontanität und überrascht darüber, wie wenig mich die Andeutungen meines Vaters schockierten.

Vielleicht, dachte ich mir damals, wäre es wirklich das Beste, zu gehen. Auch wenn ich meine Mutter und an manchen Tagen wohl selbst meinen Vater vermissen würde und obwohl ich beim Aufbau eines Freundeskreises wie dem, den ich mir gerade mühsam erarbeitet hatte, wieder von null beginnen müsste.

Aber dafür, so rechnete ich mir aus, wäre ich dem großen Maraun wieder ein Stück näher gekommen. Nicht geografisch – mein Onkel wohnte in einer ganz anderen Stadt – sondern emotional.

Verstoßen von den eigenen Eltern, aber dafür auf der Spur der Freiheit, die der große Maraun bereits kannte. So malte ich mir an diesem Abend im Bett meine Zukunft aus und kam trotzdem nicht umher, die eine oder andere Träne zu verdrücken.

Es war eine geradezu absurde Situation, ein Coup, der mir gelungen war und ein Eigentor für meinen Vater. Er hatte mir eine solche Reaktion offenbar nicht im Entferntesten zugetraut.

In den Tagen und Wochen nach unserem nächtlichen Gespräch versuchten sowohl mein Vater, als auch meine Mutter immer wieder, mich von dem Gedanken abzubringen, ab dem nächsten Schuljahr das Internat besuchen zu wollen.

„Dein Vater hat es nicht so gemeint. Das Internat sollte wirklich nur das letzte aller Mittel sein. Wir wollen beide, dass du uns als Familie noch eine Chance gibst. Trotz allem Kummer, den du in letzter Zeit bereitest, kann ich mir das Leben hier ohne dich einfach nicht vorstellen", sagte meine Mutter. Es fiel mir, gerade in solchen Momenten, nicht leicht, doch ich blieb eisern bei meiner Einstellung.

Sie schlugen vor, dass ich zunächst einmal über die Sommerferien meinen Onkel und seine Familie besuchen und mir danach das Internat ansehen sollte, um erst dann eine Entscheidung zu treffen. Sie hofften wohl, dass ich schon in den Ferien vor lauter Heimweh einknicken würde. Obwohl mein Onkel im Vergleich zu meinem Vater sogar weniger streng war, hatte ich keine große Lust, die Ferienzeit bei ihm und damit auch mit meinem langweiligen Cousin zu verbringen, doch schließlich stimmte ich zu.

Mein Onkel wohnte, samt seiner Frau sowie einem gemeinsamen, damals siebzehnjährigen Sohn, in Altenheimbach, einem Ort etwa fünfzig Kilometer entfernt von Großburgdorf und – vielleicht der wahre Grund, weshalb ich schließlich einwilligte – in unmittelbarer Nähe zu der Seengegend, in der sich das ehemalige Anwesen der Familie Lammé befand.

Aus einem unerklärlichen Grund hatte ich das Gefühl, diesem Ort einen weiteren Besuch abstatten zu müssen. Auch wenn Maraun in seinem letzten Brief genau das geschrieben hatte, wollte ich noch immer nicht einsehen, dass unser Abenteuer wirklich vorbei war. Vielleicht konnte ich ja doch eine Spur zu Yvonne finden und alles zu einem guten Ende bringen.

48

Am Bahnhof von Altenheimbach holte mich mein Cousin David ab. Ich hatte ihn seit über einem Jahr nicht mehr gesehen und war erstaunt, wie verändert er mittlerweile aussah. Er war fast so groß wie Maraun geworden, jedoch anders als dieser weiterhin von schmächtiger Statur. Sein Gesicht war inzwischen befreit von den unzähligen Pickeln, die es noch bei unserem letzten Treffen übersät hatten, dafür hatte er sich eine Art Oberlippenbart wachsen lassen, wenn man den dünnen Flaum überhaupt so nennen konnte. Seine halblangen, dunkelblonden Haare wirkten zottelig und ungepflegt. Er trug noch immer, genau wie seine Eltern, eine Brille.

Altenheimbach war etwas größer als Großburgdorf, auch wenn es durch die noch ländlichere Lage nicht den Eindruck machte. Meine Verwandten wohnten in der Nähe des Bahnhofs, aber dennoch war David mit seinem Mofa gekommen. Auch das war neu.

„Hier, setz den auf", sagte er und reichte mir einen zweiten Helm. Zögerlich stieg ich auf den Roller. Jannik Diebel hatte auch einen, doch er ließ nur Martin mitfahren – ohne Helm. Mich hatte er nie gefragt, ich ihn aber auch nicht.

Das Modell meines Cousins fuhr leiser und nicht so schnell wie das von Jannik, offenbar war es genauso unfrisiert wie sein Besitzer. Ich machte mir eigentlich gar nichts aus Mofas, als leidenschaftlicher Schienenfreund pflegte ich eine Abneigung zu jeglichem motorisierten Individualverkehr. Doch als ich an diesem Tag zum ersten Mal auf einem solchen knatternden Zweirad durch die verträumten Straßen von Altenheimbach fuhr und mir der Fahrtwind trotz Vordermann ins Gesicht blies, musste ich mir eingestehen, dass es gar kein so schlechtes Gefühl war.

Das Haus meiner Verwandten lag am Ende einer Nebenstraße. Ich erschrak, als ich sah, wie klein es war. Als ich zwei Jahre zuvor das letzte Mal ein paar Tage in Altenheimbach verbrachte, kam es mir noch viel größer vor. Es hatte gar kein richtiges Obergeschoss, sondern nur einen Dachboden, in dem sich Davids Zimmer befand und wo auch ich schlafen sollte.

Am Esstisch der Wohnküche erwarteten uns bereits mein Onkel, der den seltsamen Namen Urs trug, und seine Frau, Tante Sieglinde. Sie drückte mich zur Begrüßung so fest an sich, dass es beinahe weh tat. Onkel Urs gab mir einen festen Händedruck, klopfte mir auf die Schulter und sagte das, was so ziemlich alle Verwandten der Welt zu einem sagen, wenn man noch jung ist und sie einen länger nicht gesehen haben: „Groß bist du geworden!"

Ich wünschte, er hätte recht gehabt, denn ich fühlte mich noch immer zu klein, nicht nur für mein Alter, sondern auch für das wahre Leben.

Tante Sieglinde redete mit Abstand am meisten beim Essen. Irgendwann kam die Sprache auf den Garten, der im Verhältnis zum Haus riesig war. „Ich muss nach dem Essen gleich noch einmal in die Stadt, aber David wird dich sicherlich einmal herumführen. Es blüht so viel zurzeit, traumhaft!", sagte sie.

Als wir noch klein waren, hatten David und ich dort oft Verstecken gespielt. Es gab so viele gute Verstecke, dass ich gegen meinen älteren Cousin nie eine Chance hatte und immer irgendwann entnervt aufgab, weil ich ihn einfach nicht fand.

„Die ersten Beeren dürften auch schon reif sein, hinten an der Mauer. Ihr könnt gern welche pflücken. Wenn ihr überhaupt noch dorthin kommt, so zugewuchert wie der Weg mittlerweile ist. Wann kümmerst du dich endlich darum, Schatz?"

„Sigi, du weißt doch ganz genau, dass das Gift für mich ist, Unkraut jäten." Seit ich denken konnte, klagte mein Onkel Urs über Rückenprobleme. Er war älter als mein Vater und auch deutlich molliger. „Vielleicht können unsere beiden Jungs sich im Garten ein bisschen nützlich machen. Oder hast du auch zwei linke Hände wie unser Großer, Frederik?", fragte er mich.

„Ich habe keine zwei linken Hände, mir fehlt bloß der grüne Daumen. Handwerklich bin ich sehr begabt", rechtfertigte sich David, noch bevor ich etwas antworten konnte.

Tatsächlich schraubte er zwar nicht an seinem Moped, wohl aber ständig an seinem Computer herum. Er verbrachte seit frühster Kindheit jede freie Minute vor dem Bildschirm. Allerdings leider noch nicht einmal mit Spielen, sondern indem er das Gerät auseinander- und wieder zusammenbaute und irgendwelche komplizierten Dinge programmierte, von denen ich nichts verstand.

Gelangweilt führte mich David nach dem Mittagessen durch den Garten. „Der bloße Horror, diese grüne Hölle. Ich weiß gar nicht, was die Alten daran finden. Macht nur Arbeit. Ich zieh später mal in ein Hochhaus. Und da kommt mir dann nicht mal eine Zimmerpflanze rein", sagte er.

Ich konnte nur schwer nachvollziehen, weshalb er diesen wunderbaren Ort so geringschätzte. Hatte ihn das viele Hocken vor dem Computer so gemacht, wie mein Vater mal gemutmaßt hatte? Oder war es vielleicht einfach nur so, dass man alle schönen Dinge irgendwann nicht mehr sah, wenn man sie einmal besaß?

Ich jedenfalls konnte gar nicht genug bekommen von diesem Garten, der so anders war als unserer, so unordentlich, so wild und bunt. Es gab kaum langweilige Rasenflächen und keine akkuraten Beete wie bei uns. Dafür jede Menge exotische Blumen, Bäume und Sträucher, die scheinbar zufällig überall aus der Erde ragten, tatsächlich aber das Produkt jahrelanger Arbeit meiner pflanzenversessenen Tante waren.

Nun, wo auch sie älter wurde, wuchs ihr der botanische Privatgarten buchstäblich über den Kopf. Doch die zunehmende Verwilderung störte mich nicht, im Gegenteil. Der Teich war fast nicht mehr zu finden, zwischen all dem Schilf und Bambus, das ringsherum in die Höhe schoss, und umso größer war die Freude, als ich ihn doch noch entdeckte. Sogar die Seerosen waren noch da und beglückten mich mit ihren Blüten.

David hatte sich längst wieder nach drinnen verabschiedet, während ich weitere Entdeckungen machte, vorsichtig an Brennnesseln vorbei in Richtung der Mauer, an der die süßesten Früchte des Gartens wuchsen. Die Brombeeren waren leider noch nicht reif, aber die Johannisbeeren hatten in diesem Sommer schon fast ihre volle Süße entwickelt.

Köstlich schmeckten auch die wilden Erdbeeren, die ich neben einem bemoosten Stein entdeckte. Die winzigen Früchte sahen aus wie Miniaturen ihrer bekannteren Artgenossen, schmeckten aber deutlich aromatischer als alles, was ich jemals aus dem Supermarkt an Erdbeeren gegessen hatte.

In einer zugewachsenen, durch hohe Sträucher gut vor fremden Blicken geschützten Ecke entdeckte ich die Gartendusche wieder, mit der ich mich bei früheren Besuchen an heißen Sommertagen so gerne erfrischt hatte. Ein paar Meter daneben begann der Rosengarten, an dem ich nicht vorbeigehen konnte, ohne meine Nase ganz dicht an jede Blüte zu halten und ihre betörenden Düfte tief einzuatmen.

Unter dem großen Apfelbaum in der Mitte des Gartens setzte ich mich auf einen der dort stehenden Stühle und betrachtete die Blüten und die unzähligen verschiedenen Grüntöne um mich herum. Dass eine einzige Farbe so viele unterschiedliche Ausprägungen haben konnte, faszinierte mich.

Alles, was an mein Ohr drang, waren das Zwitschern der Vögel und das Summen der Bienen und anderer Insekten. Auch das war ein Unterschied zu unserem Garten in Großburgdorf, wo man, außer bei sehr günstigen Windverhältnissen, zusätzlich fast immer das Hintergrundgeräusch der Autobahn vernahm.

Obwohl es bereits Juli war, duftete es wie an einem Frühlingstag. Ich kam mir so ungebildet vor, weil ich von den allermeisten Blumen und Pflanzen, die mich an diesem Ort umgaben, noch nicht einmal den Namen kannte, geschweige denn, den herrlichen Geruch richtig zuordnen konnte.

Plötzlich musste ich an Maraun denken und daran, wie gerne ich ihm diesen Ort gezeigt hätte. Ich war mich sicher, dass ihm der Garten genauso gut gefallen würde wie mir. Ein Romantiker wie er musste diesen Platz einfach lieben.

Wenn irgendwo auf dieser Erde eine Tür zum Glück wäre, dann könnte man sie getrost in diesem Garten vermuten, dachte ich mir – und hatte dennoch keine Vorstellung davon, wie nah ich dem Schlüssel dazu in diesem Moment bereits war.

49

Ich wollte es nicht, doch ich musste es tun, um meinen Plan verwirklichen zu können. Auch wenn Onkel Urs und Tante Sieglinde nicht so streng wie meine Eltern waren, würden sie mich alleine – nach allem, was vorgefallen war – wohl kaum losziehen lassen. Ich war auf David angewiesen, also verriet ich ihm das Geheimnis des großen Maraun.

Als ich ihm gleich am ersten Abend vor dem Schlafengehen von Marauns Abenteuer, von Yvonne und unserer vergeblichen Suche nach ihr erzählte, hatte ich gehofft, ihn wenigstens ein bisschen damit zu beeindrucken, aber ebenso gut hätte ich von einem umfallenden Sack Reis in China berichten können. Er fand es, anders als meine Mitschüler, nicht einmal verrückt, was wir getan hatten. Es interessierte ihn einfach nicht.

„Warum erzählst du mir das? Ich mache mir nichts aus solchen Geschichten", sagte er, wobei er sich bemühte, das letzte Wort ganz besonders abfällig auszusprechen.

Es schien aussichtslos, meinen durch und durch gefühlsresistenten Cousin für das Vorhaben zu begeistern, mich auf meinem zweiten Besuch des ehemaligen Anwesens zu begleiten. Ich überlegte, wie ich ihn trotzdem dazu bringen könnte, mir zu helfen – und erinnerte mich an eine Unterhaltung, die David mit seinem Vater beim Abendbrot geführt hatte. Erneut war es um den Garten gegangen.

„Wenn du uns diese Ferien im Garten unterstützt, dann werden wir dich nächstes Jahr auch bei deinem Führerschein unterstützen", hatte Onkel Urs gesagt. David sparte bereits sehnsüchtig darauf. Er konnte es kaum abwarten, das Mofa gegen ein Auto auszutauschen und Altenheimbach den Rücken zu kehren. Obwohl er auch auf das Internat ging, an dem sein Vater arbeitete, gehörte er – auf ausdrücklichen Wunsch der Eltern – zu den Internatsschülern, die zu Hause wohnten.

Ich wusste, wie sehr David davor graute, sich im Garten die Finger schmutzig und den Rücken krumm machen zu müssen. Also bot ich ihm ein Tauschgeschäft an.

„Du überlässt mir die Drecksarbeit im Garten. Deinen Eltern sagen wir, dass wir alles zusammen gemacht haben. Dafür fährst du mich demnächst mit deinem Mofa an den Schönensee", schlug ich vor.

„Das merken die doch, wenn nur einer von uns arbeitet", entgegnete er, doch seinem Gesichtsausdruck sah ich an, dass er sich mit der Idee anfreunden würde.

„Quatsch, das merkt niemand, so viel wie da zu tun ist. Außerdem habe ich Motivation genug für zwei und Erfahrung in Gartenarbeit", log ich. Auch wenn ich diesen Garten liebte, drückte ich mich zu Hause stets genauso wie David vor Rasenmäher, Heckenschere und Co.

Zum Glück ließ sich David auf mein Angebot ein. In den kommenden Tagen ackerte ich stundenlang, der Rücken schmerzte vom vielen Unkrautzupfen. Mein Herz blutete, als ich einen großen Teil des dichten Schilfwaldes entfernen musste und der zugewachsene Teich, den ich so gerne als verstecken Rückzugsort bewahrt hätte, wieder zum Vorschein kam.

„Toll macht ihr das!", lobte Tante Sieglinde jedes Mal anerkennend, wenn sie uns etwas zu trinken vorbeibrachte. Kaum war sie wieder weg, setzte sich mein Cousin erneut in den Schatten des Apfelbaums und las seine Computerzeitschriften, während ich weiter in der Sonne schwitzte und schuftete.

Abends sank ich erschöpft ins Bett und schaffte es, nur noch wenige Seiten zu lesen, bis mich der Schlaf überwältigte, während David an seinem Computer bis spät in die Nacht zu Gange war.

Jeden Tag fragte ich ihn, wann wir endlich losfahren würden, doch er vertröstete mich immer wieder aufs Neue. Nach fast einer Woche war meine Geduld am Ende. Ich hatte das Licht schon ausgemacht, doch ich konnte nicht einschlafen, war wütend und enttäuscht, dass mein fauler Cousin sich allem Anschein nach nicht an unsere Abmachung zu halten gedachte.

Plötzlich stand David auf und ging auf das Hochbett zu, auf dessen unterer Matratze ich lag. Langsam näherte er sich mir. Instinktiv machte ich die Augen zu und tat so, als würde ich schlafen. Ich spürte, wie er sich so geräuschlos wie möglich entfernte. Als ich die Augen wieder öffnete, sah ich, wie er aus seinem Kleiderschrank etwas hervorkramte. Es war eine Diskette. Er steckte sie in das Laufwerk.

Von meinem Bett aus hatte ich freie Sicht auf seinen nicht mehr als zwei Meter entfernt stehenden Bildschirm. Normalerweise waren dort vor allem undefinierbare Zahlen- und Buchstabenreihen oder lange Texte zu erkennen, die ich nicht genau zuordnen konnte – doch was ich nun sah, war mehr als eindeutig.

Es handelte sich um Bilder, die derart unanständig waren, dass sie meine bisherige Vorstellungskraft um Längen sprengten. Gegen das, was mein biederer Cousin sich da gerade ansah, waren die Zeitschriften mit den halbnackten, vollbusigen Frauen, die unsere Klassenhäuptlinge Jannik und Martin manchmal heimlich mitbrachten, geradezu harmlos.

Als hätte David meine vor ungläubigem Entsetzten und lüsterner Neugierde triefenden Blicke gespürt, drehte er sich um. Er wollte sich offenbar erneut vergewissern, dass es keine Zeugen für sein Tun gab, doch ich schaffte es vor lauter Aufregung nicht mehr, mich glaubhaft schlafend zu stellen.

„Du hast nichts gesehen, Kleiner. Verstanden?", sagte er und verstaute die pikante Diskette eiligst wieder.

Ich hasste es, wenn er mich Kleiner nannte. Geistesgegenwärtig witterte ich meine Chance: „Ich habe nichts gesehen und verrate niemandem ein Wort, wenn wir morgen an den Schönensee fahren."

„Meinetwegen", stimmte er grummelnd zu.

„Dann kannst du von mir aus jetzt die Diskette ruhig wieder einlegen", sagte ich - und kam mir dabei selten perfide, ja fast schon pervers vor.

Als wir fertig waren, erfüllte eine unsichtbare Schamwolke das stickige Dachgeschoss. Ich ahnte, dass das, was wir getan hatten, wie so vieles, was ich in letzter Zeit tat, nicht gut war. Dennoch war ich zufrieden. Nicht nur, weil mein Plan doch noch aufzugehen schien, sondern auch, weil ich dem Erwachsensein wieder ein Stück näher gekommen war und mein Cousin und ich endlich auch etwas hatten, was uns verband, auch wenn es sich dabei um ein dunkles und wenig rühmliches Geheimnis handelte.

50

Ein peinliches Schweigen setzte ein. Mein Cousin war es, der als erstes wieder die Sprache fand – und, so tuend als sei überhaupt nichts passiert, mir zum zweiten Mal an diesem Abend etwas zeigte, das ich noch nie zuvor gesehen hatte.

„Bevor wir da hinfahren, werde ich mal nachsehen, was das Netz über diese Familie Lammé weiß", sagte er.

Ich hatte zwar schon von der Möglichkeit gehört, mit Computern auf ein weltweites Netzwerk namens Internet zuzugreifen, aber um ehrlich zu sein keine genaue Vorstellung davon, was das bedeutete. Ich wusste nur, dass mein Vater strikt dagegen war und uns so etwas nicht ins Haus kommen würde. Für ihn war der PC nicht mehr als eine bessere Schreibmaschine.

David schloss ein schwarzes Gerät in der Größe einer Butterbrotdose an seinen PC an. Er drückte mir ein langes Kabel in die Hand und beauftragte mich, damit die Treppe hinunter in den Flur zu gehen.

„Du musst das Telefon ausstöpseln und das hier hineinstecken", sagte er. „Und sei leise, die Alten sollen nichts mitbekommen. Sie werden es ohnehin früh genug an der Telefonrechnung merken, dass ich mal wieder gesurft habe, da brauchen wir nicht jetzt schon Probleme."

Ich hatte keine Ahnung, wovon er sprach, doch ich tat, was er mir aufgetragen hatte. Als ich wieder oben war, machte die Butterbrotdose seltsame, mal krächzende, mal pfeifende Geräusche.

„Ist das Teil kaputt?", fragte ich.

Mein Cousin lachte mich aus. „Nein, das ist ein Modem und es wählt sich gerade ein. Du warst wohl noch nie online?"

Um mich nicht noch mehr zu blamieren, stelle ich keine weiteren Fragen und sah zu, wie David sich durch eine lange Liste neuer Nachrichten klickte. „Du hast aber ganz schön viele E-Mails bekommen", sagte ich, stolz darauf, dass ich auch einmal einen dieser Internet-Begriffe kannte.

„Das sind keine E-Mails, das sind die Newsgroups, in denen ich aktiv bin. In den meisten geht es um technische Dinge, aber im Prinzip kannst du dich zu jedem beliebigen Thema austauschen und bekommst alles, was das Herz begehrt", sagte er augenzwinkernd.

„Auch zum Thema Eisenbahn?", fragte ich interessiert.

„Sicherlich gibt es da auch ein paar Schienen-Spinner wie dich, aber dafür haben wir jetzt keine Zeit, jedes Kilobit kostet nämlich bares Geld. Ich werde jetzt mal eine Metasuche starten."

Einige Klicks später schien er tatsächlich fündig geworden zu sein. Er hatte sich in das elektronische Archiv einer Regionalzeitung aus der Gegend begeben. Die Trefferliste zeigte zwei Artikel an, in denen das gesuchte Schlagwort vorkam.

Aus einem der beiden Texte ging hervor, was Maraun und ich zum Großteil schon von der alten Frau erfahren hatten: Das Anwesen der Lammés wurde zwangsversteigert und schließlich vom neuen Eigentümer aufgrund des maroden Zustands abgerissen. Nun plante man auf dem großzügigen Grundstück in direkter Seelage die Errichtung einer modernen Hotelanalge.

Interessanter war jedoch ein anderer Artikel. Er war nur ein paar Tage vor unserem Aufkreuzen am Ort des Geschehens erschienen, nur kurz nachdem Merlin Großburgdorf wieder verlassen hatte. Und er trug die wenig hoffnungsvoll stimmende Überschrift „Schaustellerfamilie aus Schönensee vor dem Aus".

Nun erfuhr ich endlich den Grund, der den Senior dazu gebracht hatte, das stolze Familienanwesen aufzugeben: Es war ein tragischer Unfall auf einem seiner Fahrgeschäfte, der sieben Menschen, überwiegend Kindern, das Leben gekostet hatte. Ihn persönlich traf keine Schuld, das Unglück wurde jedoch durch eine grobe Unachtsamkeit eines seiner Mitarbeiter verursacht und als Inhaber haftete er mit allem was er besaß, da er nur unzureichend versichert gewesen war.

Er musste Insolvenz anmelden, es liefen mehrere Verfahren gegen ihn. Die geforderten Entschädigungssummen gingen in die Millionen. Es drohte ihm sogar eine Gefängnisstrafe, da sie ihm Betrug vorwarfen.

Auch wenn die schlimmste Nachricht objektiv betrachtet sicherlich die des dramatischen Unfalls war, trafen mich die letzten Zeilen des Textes noch viel mehr: „Der 71-Jährige, der zudem gesundheitlich angeschlagen sein soll, hat sich dem Zugriff der Justiz entzogen. Sein derzeitiger Aufenthaltsort ist unbekannt. Auch seine beiden jüngsten Kinder, 16 und 17 Jahre alt und neben ihrem Vater die einzigen Familienmitglieder, die das ehemalige Gutshaus bis zuletzt bewohnten, sind in Schönensee seither nicht mehr gesichtet worden."

Ein zweites Mal an diesem Abend ging ich ins Bett und konnte wieder nicht einschlafen. Ich dachte darüber nach, wie aussichtslos das Unterfangen sein würde, auf dem ehemaligen Anwesen noch eine Spur zu finden, wenn es noch nicht einmal der Horde an Anwälten, Unfallopferangehörigen und Gläubigern gelungen war, die – dem Artikel nach – ebenfalls hinter den Lammés her waren.

Gleichzeitig aber keimte in mir so etwas wie Hoffnung. Mein Cousin hatte, indem er mir das Internet zeigte, die Tür in eine mir unbekannte, verheißungsvolle Welt aufgestoßen. Ich dachte darüber nach, wie erfüllend es sein könnte, mich mit Gleichgesinnten zu vernetzen und meiner Leidenschaft für Züge im Original und im Modell nicht mehr allein nachgehen zu müssen.

Auch wenn wir bislang nichts als ein paar Zeitungsartikel gefunden hatten, stellte ich mir sogar vor, dass mir das Internet irgendwann, wenn ich nur lang genug suchte, auch helfen könnte, Yvonne zu finden, damit unser Abenteuer doch noch weiterging und der große Maraun endlich zurückkehrte.

Doch bis das Netz so weit war, dass man fast jede Person mit wenigen Klicks wiederfinden konnte, sollten noch viele Jahre vergehen und so blieb mir, nach den virtuellen Gedankenspielen in der Nacht, am nächsten Morgen nichts anderes übrig, als erneut auf unseren Aufbruch zu hoffen.

Zum Glück hielt sich mein Cousin endlich an sein Wort. Noch beim Frühstück teilten wir seinen Eltern mit, dass wir einen gemeinsamen Ausflug machen wollten.

Nun drohte uns jedoch das Wetter einen Strich durch die Rechnung zu machen. Nach tagelanger Hitze entlud sich ein heftiges Sommergewitter direkt über Altenheimbach, es wurde binnen kürzester Zeit um etliche Grad kälter, ein starker Wind kam auf und es regnete schubweise wie aus Kübeln.

Ich bat David, noch einmal mit mir ins Internet zu gehen, doch er lehnte ab. „Das geht höchstens mal wieder nachts. Da ist es billiger. Sonst drehen mir die Alten wieder die Leitung ab."

Also saßen wir in der Veranda herum und taten das, was man mit meinem Cousin am besten konnte: sich langweilen. Da ich nichts Spannendes mehr zu lesen hatte, beobachtete ich den Gewitterhimmel. Es hatte etwas ungemein Beruhigendes, wenn es draußen blitzte und donnerte und die Welt unterzugehen schien, während man drinnen im Warmen und Trockenen saß.

Auch David hatte offenbar nichts mehr zu lesen, denn er holte sein Handy hervor und spielte daran herum. Er war der erste Mensch, den ich näher kannte und der ein solches Gerät besaß.

„Darf ich mir das mal ansehen?", hatte ich ihn gefragt, als ich das Telefon einige Tage zuvor auf seinem Zimmer entdeckt hatte.

„Vergiss es! Das hat ein Vermögen gekostet und davon verstehst du nichts", wimmelte er mich sofort ab.

„Als ob dich jemand anrufen würde", erwiderte ich. Tatsächlich hatte ich es seitdem ich in Altenheimbach war noch nicht einmal klingeln hören, so dass ich bereits den Verdacht hegte, es wäre defekt oder gar eine Attrappe.

Am Nachmittag verzogen sich die dunklen Wolken schließlich doch noch, die Sonne kam hervor, es wurde wieder warm und in kürzester Zeit trocknete die Erde, als ob nichts gewesen wäre. Nur die Luft war angenehmer als zuvor und nicht mehr so drückend. Vielleicht kam es mir aber auch nur so vor, weil der Fahrtwind so herrlich erfrischend war, als wir endlich in Richtung der Seenplatte aufbrachen.

Die Fahrt mit dem Mofa dauerte länger als vermutet, so dass

wir erst am frühen Abend den Ort Schönensee erreichten. Ich hatte gehofft, wir würden noch einen Zwischenstopp am ehemaligen Bahnhof einlegen können, doch da wir vor Einbruch der Dunkelheit zurück sein wollten, blieb dafür keine Zeit.

Stattdessen musste ich mich damit begnügen, die stillgelegten Schienen von der Landstraße aus mit den Augen entlangzufahren. Manchmal, wenn die Bahnstrecke für einen längeren Abschnitt direkt neben uns verlief, stellte ich mir vor, ich würde nicht auf einem Roller, sondern auf einer Draisine sitzen und das wiederbelebte Gleis anstelle des Asphalts unter mir vorbeirauschen sehen. Es war eine kindliche, alberne Phantasie, aber sie erfüllte mich mit großer Zufriedenheit.

Über die Allee, vorbei am verlassenen Hof und dem Weiler, in dem die alte Frau Maraun und mich einst bewirtet hatte, gelangten wir auf den Weg, der zum ehemaligen Anwesen der Lammés führte. Die Sonne stand bereits recht tief, als wir feststellen mussten, dass das Grundstück weiträumig mit einem hohen Bauzaun abgesperrt war.

„Hilf mir bitte, drüber zu klettern. Alleine schaffe ich es nicht", bat ich meinen Cousin.

„Vergiss es, Kleiner. Kannst du nicht lesen? Da steht ‚Betreten der Baustelle verboten'", entgegnete David.

Ich war fassungslos, was er für ein Feigling war. „Das, was du an deinem Computer machst, ist genauso verboten", versuchte ich, mein einziges Druckmittel erneut auszuspielen.

„Und deshalb soll ich da jetzt einbrechen und mir noch mehr Probleme einhandeln?"

„Du musst ja auch nicht mitkommen, du hilfst mir einfach rüber und wartest dann auf mich" sagte ich, zusehends verzweifelt.

„Wir müssen uns sicherlich schon genug anhören, weil wir erst mitten in der Nacht zu Hause sein werden. Du wolltest hierhin und ich habe dich hierhin gefahren. Das war's. Hier gibt es nichts zu sehen, oder glaubst du, eure Traumfrau versteckt sich irgendwo da im Wald und wartet sehnsüchtig darauf, dass du sie entdeckst?"

Im Nachhinein musste ich mir eingestehen, dass er vermutlich recht hatte, aber in diesem Moment war ich einfach nur unfassbar wütend auf meinen dämlichen Cousin. Wäre doch jetzt bloß Maraun bei mir, ihm würde es mit Sicherheit nicht in den Sinn kommen, einfach aufzugeben, sich von einem lächerlichen Zaun und einem noch lächerlicheren Schild ausbremsen zu lassen.

Da ich aber auch nicht so mutig und tollkühn war wie mein großer Freund, verwarf ich den kurzzeitig aufflammenden Gedanken, David einfach stehen zu lassen und allein mein Glück zu versuchen – um mich stattdessen auf sein Mofa zu schwingen und, mit einer weiteren Niederlage im Gepäck, die Rückreise nach Altenheimbach anzutreten.

Einige Minuten später, wir waren noch nicht einmal wieder im Ort Schönensee, machte der Motor plötzlich seltsame Geräusche, wurde immer leiser und blieb schließlich ganz stehen.

„Ist der Sprit etwa alle?", fragte ich.

„Unmöglich, die Tankanzeige ist noch weit im grünen Bereich", sagte David. Er stieg ab und machte sich unbeholfen an seinem Gefährt zu schaffen.

Es dauerte gefühlte Stunden, bis er herausfand, dass der Tank doch leer und die entsprechende Anzeige kaputt sein musste. Ich konnte es nicht fassen. Mein Cousin beherrschte acht verschiedene Programmiersprachen und konnte sich in fremde Netzwerke einhacken, aber er war nicht in der Lage, den Benzinverbrauch seines Rollers einzuschätzen sowie eine defekte Tankanzeige zu erkennen.

Vielleicht war aber auch einfach diese Gegend schuld, auf der ein Fluch zu lasten schien. Ich erinnerte mich daran, dass mein erster Besuch nicht weniger ernüchternd verlief und stellte mich bereits auf eine ähnlich unbequeme Nacht in der Fremde mit ebenso unschönen Folgen wie damals ein.

Wie weitreichend die Konsequenzen unseres Fauxpas tatsächlich sein würde, das vermochte ich mir in diesem Moment noch nicht einmal ansatzweise vorzustellen.

IV. Das verlorene Land

51

Bis zur nächsten Tankstelle in Schönensee waren es noch mindestens zweieinhalb Kilometer. Schlecht gelaunt schob David sein Mofa.

„Du bist an allem schuld. Das gibt wieder Theater zu Hause, schließlich bin ich der Ältere und für dich verantwortlich. Deinetwegen streichen sie mir am Ende noch den Führerscheinzuschuss!", schimpfte er.

„Schon vergessen, dass du den ohne meine Schufterei im Garten gar nicht bekommen hättest? Außerdem ist es ja wohl nicht meine Schuld, wenn du zu blöd bist, deinen Roller richtig zu betanken. Vielleicht solltest du besser gar keinen Führerschein machen, wenn es daran schon scheitert", giftete ich zurück.

Wahrscheinlich wäre unser Streit noch weiter eskaliert, wenn mein einfältiger Cousin in diesem Moment nicht eine neue Idee gehabt hätte. „Da vorn ist ein Hof. Die Bauern haben doch immer Benzin, wir kaufen ihnen einfach etwas ab. Dann schaffen wir es vielleicht doch noch einigermaßen rechtzeitig nach Hause."

Es schien ihm gar nicht aufzufallen, dass der einst stolze Hof, auf den wir zuliefen, verlassen war, wie ich schon von unserem ersten Besuch in der Gegend wusste. Was man aber auch an den mit Brettern zugenagelten Fenstern deutlich erkennen konnte.

„Du vergeudest nur unsere Zeit, oder glaubst du wirklich, hier wohnt noch jemand?", sagte ich.

„Und wieso steht dann da ein Pferd?"

Nun sah ich es auch. Vor einer der Stallungen stand ein großes Pferd. Ich traute meinen Augen kaum. Wortlos folgte ich meinem Cousin, der zielstrebig auf den völlig verriegelten Haupteingang des großen Bauernhauses zuging. Er klopfte mehrfach und wir warteten eine Weile, doch natürlich öffnete niemand. Als wir wieder in Richtung der Ställe sahen, war das Pferd nicht mehr da.

„Vielleicht ist es entlaufen und streunt umher", sagte ich.

„Ich glaube eher, jemand hat es gerade eben in den Stall gebracht. Siehst du nicht, dass dort unter dem Tor ein kleiner Lichtspalt ist?", entgegnete er, während er bereits auf das Nebengebäude zumarschierte.

Die Sonne war gerade untergegangen und ich hatte das Licht ebenfalls deutlich erkannt, jedoch gehofft, mein Cousin würde es nicht entdecken, denn mich beschlich ein äußerst mulmiges Gefühl. Dennoch folgte ich ihm erneut. David schien der immer unheimlicher werdende Bauernhof offenbar tatsächlich noch geheuer zu sein. War er etwa doch gar nicht so feige, wie ich dachte? Oder nur zu töricht, um zu erkennen, dass man uns hier wohl kaum helfen würde und die Menschen, die an diesem einsamen, verlassenen Ort Pferde versteckten, vielleicht keine guten Absichten hatten?

Auch diesmal öffnete niemand auf sein Klopfen. „Lass uns gehen, das hat doch keinen Zweck", sagte ich.

„Du beschimpfst mich, weil ich dir nicht beim Einbrechen helfe, und jetzt traust du dich noch nicht einmal, hier um Hilfe zu bitten? Lächerlich! Ich gehe jetzt hier rein, irgendwas sagt mir, dass wir hier fündig werden."

„Das wäre dann übrigens auch Einbruch", erwiderte ich.

„Unsinn. Die Stalltür ist nämlich gar nicht abgeschlossen und das hier ist ein Notfall."

Ehe ich mich versah, hatte er das Tor einen Spaltbreit aufgeschoben, durch den wir in einen kahlen, fensterlosen und nur spärlich durch eine von der Decke hängende Glühbirne beleuchteten Stall und dem Gaul direkt in die Augen sahen. „Hallo, ist da wer?", rief David in den Raum hinein.

Es kam keine Antwort, doch David ließ sich nicht beirren und trat einfach ein. „Hört mich jemand? Mein Mofa ist liegengeblieben und ich würde Ihnen gern etwas Benzin abkaufen, falls Sie welches haben. Hallo?"

Ich beobachtete die Szene noch immer aus sicherer Entfernung durch den Spalt vor dem Tor, als aus einer dunklen Ecke des Stalls plötzlich eine Gestalt gerade soweit hervortrat, dass man ihre Umrisse erkannte, jedoch nur grob. Vor lauter Angst wagte ich es ohnehin kaum, hinzusehen.

Auf einmal und wie aus heiterem Himmel entfuhr meinem

Cousin ein lautes Lachen. Ich befürchtete schon, er sei verrückt geworden, als er auch noch rief: „Das gibt es doch nicht!"

Dann jedoch zweifelte ich an meinem Verstand. „Was machst du denn hier?", antwortete die Gestalt aus dem Halbdunkeln – mit hoher Stimme! Entgegen meiner festen Erwartung musste es sich bei der Person, die sich vor uns im Stall versteckt hatte, um eine Frau halten.

52

Schlagartig war meine Furcht in Neugierde umgeschlagen. Wem gehörte diese Stimme und wieso kannten David und sie sich? Endlich traute ich mich, den Stall zu betreten.

„Ich wusste doch gleich, dass ich den Namen Yvonne Lammé irgendwo schon mal gehört habe", sagte David. „Darf ich vorstellen: Yvonne, das ist Frederik. Frederik, das ist Yvonne, die Frau, nach der du suchst – ehemalige Schülerin aus meiner Parallelklasse im Internat! Die Welt ist klein, nicht wahr?"

Während sich mein Cousin über den nahezu absurden Zufall seiner skurrilen Entdeckung köstlich zu amüsieren schien, stand mir der Schock ins Gesicht geschrieben. Jetzt fiel mir plötzlich wieder ein, was die alte Frau gesagt hatte: dass der Senior seine Kinder auf ein Internat schickte! Wieso war ich nicht eher darauf gekommen, in diese Richtung zu forschen? Und wieso erinnerte sich David jetzt erst daran, dass er ihren Namen kannte?

All diese Gedanken spukten in meinem Kopf herum, während ich wie versteinert das Mädchen anblickte, das uns ebenfalls perplex, ja beinahe ängstlich ansah. Sie war es, es bestand kein Zweifel. Die langen, blonden Haare waren noch genauso lockig wie auf dem Foto, das Maraun Merlin kurzzeitig entwendet hatte, das unverwechselbar grazile Gesicht selbst im schlecht beleuchteten Stall klar zu erkennen.

Ich weiß nicht, ob es nur die Überraschung war oder vielmehr auch ihre Schönheit, die mich so sehr lähmte, dass ich noch immer kein Wort herausbrachte. In diesem Augenblick wusste ich, dass Maraun recht hatte: Yvonne war das bezauberndste Wesen, das es auf dieser Welt geben konnte.

„Was wollt ihr von mir? Wie habt ihr mich gefunden?", sagte sie.

„Purer Zufall. Das Mofa, die Tankanzeige ist kaputt, da dachten wir, hier… Wie gesagt, könntest du uns jetzt vielleicht mit etwas Benzin aushelfen? Wir haben es nämlich leider eilig und sind schon spät dran."

Ich schämte mich für meinen emotional unterkühlten Cousin, der sich erdreistete, das völlig verunsicherte Mädchen erneut mit seiner plumpen Bitte zu überrumpeln. Es gab so viel zu erklären und bevor dies nicht getan war, würde mir nicht im Traum einfallen, diesen unerreichbar geglaubten Ort wieder zu verlassen.

„Wir haben kein Benzin. Wir haben gar nichts. Wer auch immer euch schickt, geht wieder und lasst uns einfach in Ruhe! Bitte!", flehte uns das wunderschöne Mädchen nahezu an.

Ich versuchte, mich zusammenzureißen und die Sprache wiederzufinden. „Du brauchst keine Angst zu haben! Was er gesagt hat, stimmt, wir sind wirklich nur durch Zufall hier gelandet. Wir werden nicht verraten, dass du hier bist, versprochen", sagte ich – und warf einen Blick mit der Wirkung eines Schienbeintritts in Richtung meines Cousins, der ihn tatsächlich verstanden hatte und sich mir anschloss: „Klar, kein Ding, versprochen!"

„Wieso hat dein Freund dann gerade gesagt, dass du mich suchst?", fragte Yvonne, noch immer voller Misstrauen.

„Das ist nicht mein Freund, das ist mein Cousin", beeilte ich mich klarzustellen. „Mein Freund ist der große Maraun, Jonas Maraun. Seinetwegen habe ich dich gesucht."

Ich meinte, ein kurzes Aufblitzen in ihren großen Augen zu erkennen, in dem Moment, in dem ich seinen Namen aussprach. Sie hatte ihn auch nicht vergessen. Wieder wünschte ich mir, er wäre jetzt hier. Ich fühlte mich wie ein Schatzsucher, der nach langem Graben endlich auf Gold gestoßen war und wollte nichts sehnlicher, als meinem großen Freund voller Stolz von dem Fund zu berichten.

„Wenn das wirklich stimmt, was du sagst, warum ist er dann nicht selbst hier?", hakte sie nach.

„Er war schon hier ganz in der Nähe, auf eurem alten Anwesen und im Dorf, doch er hat dich nicht gefunden", antwortete ich ihr.

„Sag ihm, dass es zu spät ist. Zu viele Menschen haben mich schon verlassen. Mein Vater ist der Einzige, der mir geblieben ist. Und nun, wenn ihr unser Versteck verraten solltet, müssen wir womöglich schon wieder fliehen!"

Ich war zutiefst getroffen von der Traurigkeit und Verzweiflung, die aus ihren Worten sprach und dass unser Handeln dazu beigetragen hatte.

„Ihr müsst nicht fliehen! Wir werden wirklich niemandem etwas verraten. Noch nicht einmal Jonas Maraun, wenn du es nicht möchtest", sagte ich, wohl wissend, wie viel ich mir selbst mit diesem Versprechen abverlangte.

„Es tut mir so leid, was passiert ist. Wir kennen eure Geschichte nur aus der Zeitung. Mit den Leuten, die euch suchen, haben wir nichts zu tun", fuhr ich fort.

„Aber dein Vater ist doch Lehrer am Internat, oder? Und die stehen bestimmt im Kontakt mit dem Jugendamt. Weiß er, dass ihr mich sucht?", fragte Yvonne.

„Mein alter Herr, der zerstreute Professor? Nein, er weiß überhaupt nichts! Der ist doch noch vergesslicher als ich, du kennst ihn doch. Wie soll er sich noch an dich erinnern, wenn er sich noch nicht einmal die Namen seiner jetzigen Schüler merken kann? Ehrlich, von Tante Uschi geht keine Gefahr aus", sagte David.

Der Spitzname meines Onkels an der Schule war einfach zu gut. Unweigerlich musste ich lachen, und auch Yvonne huschte ein Lächeln über die Lippen, was sie gleich noch schöner machte.

„Dein Bruder hat dir doch sicherlich schon von mir und Maraun erzählt. Wir waren Klassenkameraden während seiner Zeit in Großburgdorf." Ich hoffte, dass es mir mit dieser Information endlich gelingen würde, die Distanz zwischen Yvonne und uns, ihrem unerwünschten Besuch, etwas zu verringern und Vertrauen zu schaffen.

„Ihr kennt meinen Bruder? Wisst ihr, wo Arthur ist?", fragte sie erstaunt.

„Maraun und ich haben ihn letztes Jahr kennen gelernt, als er mit eurem Onkel Gabor auf dem Mittelaltermarkt in unserem Ort gastierte", erklärte ich, verwundert darüber, dass Yvonne davon gar nichts zu wissen schien. Und ihn noch immer bei seinem doch angeblich abgelegten Namen nannte.

„Das war bereits, nachdem wir das letzte Mal telefoniert hatten, also kurz bevor wir fliehen mussten. Habt ihr danach noch etwas von ihm gehört?" Wieder erkannte ich für Sekunden ein hoffungsvolles Schimmern in ihren ansonsten tieftraurigen Augen.

„Nein, leider nicht. Seitdem hattet ihr keinen Kontakt mehr?" Ich konnte nicht glauben, dass der so begabte und großherzige Zauberer seine Familie in ihrer schwersten Zeit derart im Stich gelassen hatte.

„Nein. Wir hatten versucht, ihn zu überreden, zurückzukehren, doch dieser Dickkopf…" Sie beendete den Satz nicht. „Na gut, ich muss das ohnehin alles mit meinem Vater besprechen. Wenn ihr noch bleiben wollt, kommt doch mit, dann stelle ich euch ihm vor und wir können uns im Sitzen weiterunterhalten."

„Also eigentlich…", begann David, doch ich unterbrach ihn sofort.

„Wir kommen mit!"

Zum Glück schwieg er. Es sah wohl auch ein, dass wir ohnehin Ärger bekommen würden und es auf eine halbe Stunde mehr oder weniger nun auch nicht mehr ankam.

53

Bevor wir gingen, streichelte Yvonne noch einmal den Gaul, der während unserer Unterhaltung seelenruhig neben uns gestanden hatte. Wir folgten ihr aus dem Stall hinaus ins Freie, bis zu einem Hintereingang des Haupthauses. Aus der Hosentasche ihrer Reiterhose holte sie den Schlüssel.

In Inneren des Gebäudes roch es feucht und modrig. Wir liefen durch den kahlen Flur in ein großes Zimmer, das – wie der Stall – nur durch eine einzige Glühbirne beleuchtet wurde. Der Raum war spärlich möbliert: ein alter Holztisch, darum ein paar einfache Klappstühle. In der Ecke standen ein Gasherd, ein verrosteter Kühlschrank und ein Spültisch. Ein schlichtes Holzregal daneben beherbergte diverse Lebensmittelvorräte, überwiegend Konserven.

Das Traurigste war jedoch gar nicht die spartanische Einrichtung, sondern die Tatsache, dass wegen der zugenagelten Fenster kein Tageslicht sowie kaum frische Luft in den Raum gelangen konnten und er daher wie ein Gefängnisverlies wirkte – was er vermutlich für seine beiden Bewohner auch war.

„Setzt euch. Ich hole meinen Vater." Sie blieb eine ganze Weile fort, offenbar erzählte sie ihm zunächst unsere Geschichte und beriet mit ihm das weitere Vorgehen.

Als Yvonne wiederkam, hatte sie an der Hand einen alten Mann, der gebückten und langsamen Ganges auf uns zukam und uns freundlich begrüßte. Er trug einen ausgewaschenen, zu großen Anzug, sein Hemd war nicht gebügelt, seine grauen Haare und der lange Bart wirkten ungepflegt. Kaum mehr etwas erinnerte an den vornehmen Herren, als den mir Maraun den Senior nach seinem ersten Abenteuer beschrieben hatte.

„Meine Liebe, magst du unseren Gästen etwas zu trinken anbieten?", sagte er höflich. Während Yvonne uns zwei Gläser mit Leitungswasser füllte, fragte mich ihr Vater nach seinem Sohn. „Und du kennst also Arthur? Falls er sich überhaupt noch so nennt."

„Er hat sich uns als Merlin vorgestellt", sagte ich.

„Was wisst ihr noch über ihn? Hat er euch denn damals vielleicht auch verraten, was er vorhat?"

Ich zögerte mit der Antwort und überlegte, ob es wohl im Sinne des Zauberers war, wenn ich seinem Vater Auskunft über ihn erteilte. Doch andererseits hatte ich großes Mitleid mit dem alten Mann und wusste ihm wahrscheinlich ohnehin nichts Neues zu berichten, also offenbarte ich detailliert, was der Junge mit den vielen Namen uns bei unserer letzten, magischen Begegnung im Bauwagen verraten hatte. „Wahrscheinlich zieht er also noch immer durch die Lande auf der Suche nach seiner Jennifer", schloss ich meine Schilderungen.

„Ich hoffe es. Ich hoffe so sehr, dass er noch irgendwo da

draußen ist", sagte der Senior. „Denn bei seinem Onkel Gabor ist er schon lange nicht mehr. Die beiden gerieten aneinander und daraufhin hat er allein sein Glück versucht. Das ist das Letzte, was ich von ihm weiß."

„Onkel Gabor ist einer der Wenigen in der Familie, der unser Versteck kennt. Erst kürzlich war er hier und hat uns ein paar Dinge gebracht. Er hält zu uns, anders als Arthur", warf Yvonne ein.

„Glaub mir, meine Liebe, er würde uns beistehen, wenn er könnte und wenn er nur wüsste, wo wir sind und was passiert ist", widersprach der Senior seiner Tochter. „Ich habe solche Angst, dass ihm etwas zugestoßen sein könnte, so ganz alleine."

Es herrschte betretenes Schweigen, bis Yvonne uns unvermittelt eine Frage stellte. „Warum glauben so viele Menschen, dass sie ihr Glück nur in der Ferne finden? Dass man sich auf Abenteuer einlassen muss, um das Leben zu genießen? Und dass die unerreichbaren Träume die einzigen sind, für die es sich lohnt, zu kämpfen?"

Dabei sah sie mich an und gleichzeitig durch mich hindurch, so dass ich nicht wusste, ob sie wirklich eine Antwort erwartete. Erneut sagte niemand etwas. Noch immer mit gläsernem Blick fuhr das wunderschöne Mädchen fort. „Wenn ich euch einen Rat geben darf: Bleibt dort, wo man euch liebt und ihr geliebt werdet. Sucht die Dinge nicht, sondern lasst sie auf euch zukommen."

Ich hätte sie so gerne in den Arm genommen, doch ich wusste, dass das nicht nur unpassend, sondern vor allem mehr Trost für mich als für sie wäre.

„Wenn ich irgendetwas für euch tun kann, dann sagt es mir", versuchte ich meinem Mitleid Ausdruck zu verleihen.

„Ich wüsste da etwas", sagte der Senior, zum ersten Mal an diesem Abend mit einem angedeuteten Lächeln im Gesicht. „Ihr könntet meiner Tochter mal euren Freund, diesen Jonas, vorstellen, von dem sie mir schon seit Ewigkeiten vorschwärmt."

Yvonne lief rot an und warf ihrem Vater einen vorwurfsvollen Blick zu. „Papa, ich bitte dich! Wenn du so weitermachst, brauchen wir nur noch ein Schild auf dem Hof anzubringen oder können uns gleich den Behörden stellen! Hier kommt so schnell niemand mehr her, das ist viel zu gefährlich. Und für euch", sie drehte sich zu uns um, „wird es wohl auch langsam Zeit, bevor es noch vollständig dunkel wird. Ich schlage vor, einer von euch reitet mit mir auf dem Schleichweg über die Felder bis in den Ort zur Tankstelle, kauft einen Kanister Benzin, und dann kommen wir damit wieder hierhin zurück."

Wir einigten uns darauf, dass David den Treibstoff besorgen würde, auch wenn ich Yvonne gerne begleitet hätte. Nicht nur, weil jede Sekunde in der Nähe einer so wunderschönen Frau das Leben lebenswerter machte, sondern auch, weil es mir so erspart geblieben wäre, die Zwischenzeit auf dem Hof mit dem alten Mann zu verbringen.

Ich mochte ihn zwar, aber ich wusste nicht, was ich mit ihm reden sollte. Ich hätte ihm gerne Mut zugesprochen, aber was hatte ein unerfahrener Junge, der in seinem Leben noch nichts wirklich Bedeutendes erlebt hatte, einem so schwer getroffenen Mann, der das Leben mit all seinen Höhen und Tiefen kannte, schon zu sagen?

Auch der Senior fand kein Gesprächsthema. Er stellte mir höflich ein paar unverbindliche Fragen und ich erzählte ihm ein wenig mehr davon, wie Maraun und ich uns kennengelernt hatten und warum er damals auf der Feier seines Sohnes gelandet war, doch das Gespräch verlief schleppend. Man spürte, wie sehr sich das einst stolze Familienoberhaupt genierte – für die Verhältnisse, in denen er lebte und für die Tatsache, dass er für seine Tochter eine Belastung war.

In bewundernswerter Ehrlichkeit sagte er, gegen Ende unserer Unterhaltung und in einem Nebensatz: „Um mich ist es nicht schade, aber sie hat etwas Besseres verdient als mich."

Ich überlegte ernsthaft, ob er dabei erneut den großen Maraun im Sinn gehabt haben könnte. Anschließend ertappte ich mich dabei, wie ich darüber nachdachte, ob der große Maraun überhaupt etwas Besseres war.

54

Ich hatte mir so oft ausgemalt, wie es wohl wäre, Yvonne zu finden, doch nun war alles ganz anders als in meiner Fantasie. Es stimmte zwar, was ich im ersten Moment dachte: Ich hatte einen kostbaren Schatz gefunden. Doch er lag versunken am tiefen Meeresboden und auch wenn ich es mir noch so sehr wünschte, würde ich ihn nicht bergen können. Zumindest nicht ohne fremde Hilfe.

Als Yvonne mit David aus dem Ort zurückkam, verabschiedeten wir uns vom Senior. Yvonne begleitete uns noch ins Freie bis zum Mofa. Es war mittlerweile dunkel geworden, doch meinem Cousin gelang es zum Glück im Licht des beinahe vollen Mondes, den Tank zu befüllen und seinen Roller wieder zum Laufen zu bringen.

„Habt ihr vielleicht ein Telefon? Ich hab mein Handy leider zu Hause vergessen. Dann könnte ich nämlich wenigstens mal kurz daheim Bescheid sagen, dass wir jetzt losfahren", fragte David. Natürlich hatten die beiden an ihrem Zufluchtsort keinen Anschluss. „Wir hatten auch ein Handy, aber das ist wegen unbezahlter Telefonrechnungen längst vom Betreiber gesperrt worden", erklärte Yvonne.

Die ganze Zeit überlegte ich, wie ich das Thema nochmals auf den großen Maraun lenken könnte, da Yvonne keine Anstalten machte, mich erneut auf ihn anzusprechen. Ich hätte sie einfach ganz direkt fragen sollen, doch ich wollte unbedingt vermeiden, dass sie mir das Versprechen abrang, ihm nichts von ihr zu erzählen, also schwieg ich.

Bevor wir aufbrachen, reichte mir Yvonne die Hand und wir tauschten einen Blick aus, der viel mehr aussagte als alles, was wir jemals hätten besprechen können. Ich war mir nun sicher, dass es ein geheimes Einvernehmen zwischen uns gab. Die gleichen Augen, in denen vor wenigen Stunden nur Angst und Verunsicherung zu erkennen waren, hatten mir ein Versprechen gegeben, das ich erwidern wollte.

„Ich verspreche dir, dass deine Träume nicht unerreichbar sind", flüsterte ich ihr zu, so dass nur sie und nicht mein Cousin es hören konnte.

Nur mit einem sanften Lächeln, das der Mond auf ihr blasses Gesicht gezeichnet hatte, ließ sie mich gehen, in der stillen Gewissheit, dass ich sie wiedersehen würde.

Im Ort machten wir Halt an einer Telefonzelle, von der aus David seine Eltern anrief, damit sie nicht noch auf die Idee kamen, uns bei der Polizei als vermisst zu melden.

Als wir mitten in der Nacht in Altenheimbach ankamen, schliefen sie schon. Ich hatte fest mit einer ordentlichen Standpauke zur Begrüßung gerechnet und war erleichtert. Zwar mussten wir uns am nächsten Morgen ein paar Vorwürfe gefallen lassen, die aber zum Glück – und ganz anders als bei meinem Vater – ohne ernsthafte Konsequenzen blieben.

Das machte mir Hoffnungen, ebenfalls mit einem blauen Auge davonzukommen, sollte ich verbotenerweise versuchen, Maraun in der Stadt zu besuchen. Ich musste ihm von den Neuigkeiten berichten und konnte an kaum etwas anderes mehr denken.

Mein Cousin war mir dabei keine große Hilfe. „Ein hübsches Mädel suchen, meinetwegen, aber deinen Maraun musst du schon ohne mich finden, der interessiert mich weniger", sagte er nur.

Wenigstens würde er mir nun nicht mehr den ganzen Tag auf die Nerven gehen, da er ab der zweiten Ferienwoche vormittags einem Aushilfsjob im Elektrofachgeschäft von Onkel Theo nachging, dem Bruder von Tante Sieglinde.

Ich hatte mir am Bahnhof, neben ein paar Comics und Zeitschriften, auch Fahrpläne besorgt und war fest entschlossen, bald aufzubrechen, um Maraun zu finden und ihm Yvonnes Versteck zu verraten, als ausgerechnet mein Cousin mich mit einer besseren Idee davon abhielt – obwohl er sie eigentlich nur aus Eigennutz vorschlug.

„Schon gehört, die Alten fahren übers Wochenende mit dem Skatclub an die Küste! Sie haben uns erlaubt, hierzubleiben und ich würde gern eine Party ausrichten. Wollen wir nicht Yvonne einladen? Eine schöne Frau wie sie würde der Feier sicherlich gut tun. Und sie könnte ja bestimmt auch mal etwas Ablenkung gebrauchen."

„Du glaubst doch nicht wirklich, dass sie der Einladung folgen würde? Und selbst wenn, soll sie auf ihrem Pferd den ganzen Weg hierher reiten?", sagte ich.

„Ich kann sie mit dem Mofa abholen, sie übernachtet bei uns und am nächsten Tag fahre ich sie wieder raus auf ihren Hof."

„Träum weiter. Nie im Leben lässt sie sich darauf ein. Sie hat doch ganz andere Sorgen als zu feiern."

Doch mein Cousin hatte noch ein Ass im Ärmel. „Ich weiß, wie wir sie dazu bewegen, zu kommen. Wir laden deinen Freund ein, den großen Maraun", sagte er und grinste schelmisch.

Ich dachte nach und musste einsehen, dass der Plan gar nicht so schlecht war. Er hatte nur einen Haken: Anders als gewöhnliche Partygäste konnte man weder Maraun noch Yvonne einfach telefonisch oder per Postkarte einladen. Während Yvonne sich mehr oder minder freiwillig vom Rest der Welt abgeschnitten hatte, wären es in Marauns Fall wohl seine Heimerzieher, die ihn erneut wie Gefängniswärter gegen jeden meiner Briefe oder Anrufe abschirmen würden.

Es blieb mir also nichts anderes übrig, als beide mühsam persönlich aufzusuchen. Da Yvonne mit Bus und Bahn deutlich schwerer zu erreichen war als Maraun in der Stadt und mein Cousin ein größeres Interesse hatte, sie wiederzusehen, sagte er mir zumindest für den Weg zu ihr erneut seine Unterstützung zu.

Ich hatte jedoch das Gefühl, wir durften dort nicht einfach so erneut auftauchen, ohne etwas in den Händen als die vage Hoffnung auf das Wiedersehen mit einem vergessen geglaubten Menschen. Den beiden fehlte es an allem und ich wollte ihnen unbedingt helfen. Auch hier war ich, da chronisch knapp bei Kasse, auf die Hilfe meines Cousins angewiesen. Am nächsten Vormittag besuchte ich ihn deshalb an seinem Arbeitsplatz in der Altstadt.

Das Geschäft von Onkel Theo wirkte wie aus einer anderen Epoche. Er hatte sich darauf spezialisiert, Elektrogeräte vom Sperrmüll zu reparieren und weiterzuverkaufen. So kam es, dass man in seinem Sortiment Dinge fand, die anderenorts nur noch in Museen standen: Telefone mit Ohrmuschel, Schallplattenspieler aus der Stummfilmzeit oder Bügeleisen, die aussahen wie Mordwaffen. Kurzum: Die Geräte würden Yvonne und ihrem Vater nicht weiterhelfen, sie waren genauso veraltet wie der verrostete Kühlschrank, den wir in ihrem Unterschlupf gesehen hatten.

„Hast du eine Idee, was wir ihr mitbringen könnten?", fragte ich David, während er sich gerade an einem PC zu schaffen machte. Sein Onkel hatte ihn eingestellt, um das Geschäft mit moderner Technik voranzutreiben, doch das Gerät, mit dem sich mein Cousin gerade auseinandersetzte, wirkte ebenfalls wie aus ein Relikt aus den frühen Zeiten des Computers und würde, wenn überhaupt, nur noch einen anspruchs- und ahnungslosen Nutzer wie meinen Vater als Käufer finden.

„Blumen? Oder Pralinen? Was Frauen eben so mögen." Wieder staunte ich über meinen Cousin, dem einfach jegliches Einfühlungsvermögen fehlte.

„Ich dachte eher an etwas Praktisches, was das Leben an einem solchen Ort etwas einfacher macht", sagte ich.

David schien nun ernsthafter zu überlegen und kramte schließlich aus einer Schublade des alten Holzschreibtischs, an dem er arbeitete, einen winzigen Chip heraus. „So etwas, vielleicht?"

Ich glaubte, er würde mich aufziehen und wollte schon gehen, doch er meinte es offenbar tatsächlich ernst. „Das ist eine einwandfrei funktionierende Sim-Karte, ohne Vertragsbindung und noch aktiviert." Er genoss es sichtlich, dass ich mal wieder keine Ahnung hatte, wovon er sprach.

„Irgendein Idiot hat sie samt des kaputten Telefons einfach weggeworfen. Da ist sogar noch ein ordentliches Guthaben drauf, das reicht fürs Erste. Damit bringen wir das Handy von ihrem Vater wieder zum Laufen. Dann können wir sie zur nächsten Party einladen, ohne extra hinfahren zu müssen", sagte er triumphierend.

„Was kostet die?", fragte ich.

„Gar nichts. Onkel Theo hat genauso wenig Ahnung wie du und hat sie mir einfach geschenkt."

Ich musste zugeben, dass dies bereits die zweite richtig gute Idee meines ansonsten eher unbrauchbaren Cousins war. Mit einem funktionierenden Telefon wären die beiden tatsächlich etwas weniger abgeschnitten und für ihre Familie besser erreichbar. Manchmal war es doch gar nicht so schlecht, einen Technikexperten in der Verwandtschaft zu haben.

55

Am nächsten Tag nahm sich David frei und wir fuhren zum zweiten Mal gemeinsam nach Schönensee. Diesmal brachen wir gleich nach dem Frühstück auf und erreichten den Hof am Vormittag.

Erst nach langem Rufen und Klopfen an der Hintertür öffnete uns der Senior. „Yvonne ist leider nicht da", sagte er und bat uns dennoch hinein. Wir nahmen erneut am Esstisch in der dunklen Stube Platz, die jetzt, am helllichten Tag, noch trister wirkte. „Sie macht ein paar Besorgungen. Kann ich denn etwas für euch tun?"

David packte unser Geschenk aus, das der Senior im ersten Moment genauso wenig einordnen konnte wie ich am Tag zuvor. Mein Cousin erklärte ihm, wozu die kleine Karte diente, doch leider schien der alte Mann sich darüber gar nicht freuen zu können. „Das ist wirklich nett von euch, aber ich will das lieber nicht tun."

„Warum?", fragte David erstaunt.

„Zu viele Menschen kennen noch meine Nummer. Wenn sie wieder geht, würde das Telefon nicht still stehen", gab der Senior zu bedenken.

„Das glaube ich kaum", sagte David lachend. „Die Nummer eines Handys ist nicht im Telefon, sondern auf der Karte darin hinterlegt. Wenn Sie diesen Chip in ihr Gerät einlegen, dann haben Sie eine neue, andere Nummer." Das schien ihn zu überzeugen. Dankbar, ja sogar sichtlich gerührt nahm er unser Geschenk an. „Ich weiß das sehr zu schätzen. Ihr seid gute Jungen", sagte er.

Sofort nachdem er ihm das Handy mit der neuen Nummer eingerichtet hatte, erkundigte sich David wieder nach Yvonne. „Wann wird sie denn zurück sein?"

„Das kann noch ein wenig dauern. Wir können ja leider nicht einfach so einkaufen gehen, sondern sind auf Unterstützung angewiesen, damit man uns nicht entdeckt. Zum Glück gibt es nicht nur unter unser ständig verreisten Verwandtschaft, sondern auch hier in der Gegend Menschen, die es gut mit uns meinen. Zum

Beispiel mein langjähriger Hausarzt in Schönensee, der Yvonne meine Medikamente aushändigt, obwohl ich nicht einmal mehr versichert bin. Oder der Sohn von Bauer König, der betreibt jetzt einen Großhandel und versorgt uns oft mit Lebensmitteln", erklärte der Senior.

Es sah ganz danach aus, als müsste ich mich erneut eine Weile mit Yvonnes Vater unterhalten. David schien kein Interesse an dem alten, gesprächigen Mann zu haben, also stellte ich noch eine Frage.

„Bauer König gehörte dieser Hof, oder? Eine Frau aus dem Dorf hat uns von ihm erzählt."

„Ja, das war sein Hof. Leider ist er vor Jahren gestorben und sein einziger Sohn hat den Betrieb nicht übernommen. Er war ein toller Mensch. Besonders Yvonne und Arthur hat er geliebt. Nachdem ihre Mutter starb, war das hier wie ein zweites Zuhause für sie. Sie haben da drüben", er zeigte auf eines der verriegelten Fenster, als ob wir durch sie hindurch sehen könnten, „sogar eines der Nebengebäude, das schon damals kaum mehr genutzt wurde, ganz für sich allein bekommen. Ein riesiges Reich zum Spielen hat ihnen der Alte dort eingerichtet. Manchmal haben sie sogar dort übernachtet, im Heuspeicher."

„Verrückt. Sie hätten jede Nacht in einem Schloss übernachten können und haben sich stattdessen ins Heu zum Schlafen gelegt", beteiligte sich mein Cousin nun zum Glück doch einmal an der Unterhaltung.

„Nun ja, das Gutshaus ist kein richtiges Schloss gewesen. Es war noch nie wirklich in Schuss. Ich habe es schon damals sehr günstig erstanden, weil der adlige Vorbesitzer genauso verarmt war, wie ich es jetzt bin. Dennoch hatten wir tolle Jahre dort, damals, als meine Frau noch lebte und unsere Geschäfte florierten."

Es war nicht so, dass mich das, was er erzählte, nicht interessierte – im Gegenteil, es berührte mich sogar sehr. Aber ich traute mich einfach nicht, nachzuhaken und mich etwa nach der verstorbenen Mutter der beiden zu erkundigen, weil ich befürchtete, mit zu persönlichen Fragen den alten Mann noch trauriger zu machen, als er ohnehin schon wirkte, während er uns aus seinen Erinnerungen erzählte. Stattdessen überlegte ich krampfhaft, welche unverfängliche Frage ich noch stellen könnte.

„Haben Sie noch Verbindungen nach Frankreich?", erkundigte ich mich schließlich.

„Frankreich? Ach, du meinst wegen unseres Nachnamens", sagte er lachend. „Wir sind keine Franzosen. Wir sind von hier, aus dieser Gegend, schon immer. Den Akzent auf das é in Lammé hat irgendwann einer unserer Vorfahren ins Kirchenbuch eintragen lassen und dann hat sich diese Schreibweise eingebürgert. Vielleicht wollte er, dass die Menschen uns nicht mehr so ähnlich aussprechen wie ein junges Schaf. Vielleicht dachte er aber auch einfach, wir wären dann etwas Besseres, mit so einem exotisch aussehenden Namen."

Jetzt mussten auch David und ich schmunzeln.

„Früher störte es mich, dass man uns ständig für Ausländer hält. Aber mittlerweile hat es sogar Vorteile. Nicht wenige der Menschen, die hinter uns her sind, glauben fest an das Gerücht, wir hätten uns nach Frankreich abgesetzt. Ohne unseren Namen wäre niemand auf diese Idee gekommen."

„Weshalb sind Sie denn nicht wirklich etwas weiter weg, Sie haben doch überall Verwandtschaft?"

Unsere Unterhaltung glich immer mehr einem Frage- und Antwortspiel, aber den Senior schien es nicht zu stören. Offenbar genoss er es sogar, Gesellschaft und jemanden zum Reden zu haben. Wieder gab er bereitwillig Auskunft.

„Der Ruf und das Ansehen meiner Familie hat ohnehin schon sehr gelitten, durch das, was passiert ist. Ich möchte meinen Leuten nicht noch mehr Schwierigkeiten bereiten. Als Schausteller ist man vielen Vorurteilen ausgesetzt. Das des ach so verschworenen Familienzusammenhalts ist noch eines der nettesten. Während unsere Verwandte, egal wo sie auftauchen, ständig unter Beobachtung, ja beinahe unter Sippenhaft stehen, weil man uns in ihrer Nähe glaubt, vermutet uns hier in dieser Gegend nach der Zwangsversteigerung niemand mehr."

Nun traute ich mich endlich, eine etwas heiklere Frage zu stellen, die mir schon die ganze Zeit auf den Lippen lag: „Haben Sie schon einmal darüber nachgedacht, sich einfach zu stellen?"

„Nicht nur einmal. Ich war mehrfach kurz davor, doch Yvonne hat mich jedes Mal davon abgebracht. Denn es sind ja nicht nur die Gläubiger. Das wäre noch das geringste Problem. Ich besitze ohnehin nichts mehr, das man noch verpfänden könnte. Selbst vor dem Gefängnis habe ich mittlerweile keine Angst mehr. Das Schlimmste ist die Angst um meine beiden Großen, Yvonne und Arthur."

„Aber die beiden können doch nun wirklich nichts für das, was passiert ist", warf ich ein.

„Ich weiß, meine Kinder können nichts dafür. Aber ich bin schuld daran, dass andere Eltern keine Kinder mehr haben. Hätte ich meine Leute und meinen Laden besser im Griff gehabt, wären diese jungen Menschen noch am Leben. In den Augen einiger ihrer Eltern bin ich ein Mörder. Sie wollen sich an mir rächen, indem sie mir dasselbe antun, was ich ihnen angetan habe."

Seine Stimme überschlug sich, er begann zu zittern und ich befürchtete, dass er jedem Moment in Tränen ausbrechen würde. Er durchkramte bereits sein Jackett, doch er holte kein Taschentuch, sondern einen zusammengefalteten Zettel hervor und reichte ihn uns.

Der Text war, wie die Erpresserschreiben in Ganovenfilmen, aus Zeitungsschnipseln zusammengestellt. „Auge um Auge, Zahn um Zahn. Wir treffen uns am Grab deiner Kinder", stand darauf.

Mir lief ein eiskalter Schauder über den Rücken. Selbst mein Cousin machte einen betroffenen Eindruck.

„Sie müssen damit zur Polizei gehen!", sagte ich.

„Was würde das bringen? Du hast keine Vorstellung davon, zu welchen Dingen Menschen in der Lage sind, wenn man ihnen den wichtigsten Menschen genommen hat. Wer passt auf sie auf, wenn ich vor Gericht stehe oder irgendwann im Gefängnis bin? Das ist ja nicht die erste Botschaft dieser Art. Man war uns ganz dicht auf den Fersen. Sogar ein Privatdetektiv wurde beauftragt. Er hat uns verfolgt und ausgespäht. Er weiß, wie meine Kinder aussehen. Deshalb habe ich auch solche Angst um Arthur."

„Das ist wirklich schlimm", war alles, was ich hervorbrachte.

Plötzlich nahm der Senior den vor uns liegenden Zettel und verstaute ihn wieder in seiner Jackentasche.

„Ich hätte euch das nicht zeigen dürfen. Ich weiß nicht, was mit mir los ist. Bitte sagt Yvonne nichts davon, sie kennt das Schreiben nicht. Sie denkt vermutlich noch immer, dass sie dieses unwürdige Dasein nur auf sich nehmen muss, damit ich nicht ins Gefängnis komme. Aber besser, sie hält mich für einen Egoisten, als wenn sie in ständiger Furcht leben muss oder ihr wirklich etwas zustößt. Versprecht ihr mir, dass ihr niemandem davon erzählen werdet?"

Wir nickten still und bedrückt. Ich fühlte, dass es Zeit war, zu gehen. Wie nichtig erschien mir doch unser eigentliches Anliegen im Vergleich zu dem, was wir gerade Erschütterndes erfahren hatten: Yvonne war in Lebensgefahr und es gab nichts, was wir dagegen hätten tun können.

56

„Wir müssen langsam gehen", sagte ich. Mein Cousin sah mich vorwurfsvoll an. „Aber wir wollten doch noch Yvonne fragen…"

„Das ist jetzt nicht so wichtig", unterbrach ich ihn eilig. Die Situation war einfach denkbar unpassend. Außerdem würde der Senior, nach dem was er uns gerade erzählt hatte, ihr wohl kaum erlauben, sich auf eine Feier mit lauter Fremden in einen relativ weit entfernten Ort zu begeben.

„Soll ich ihr etwas von euch ausrichten?", fragte er höflich.

„Nein", kam ich meinem Cousin zuvor, „das ist nicht nötig, danke."

„Wobei, von mir könnten Sie ihr schon etwas ausrichten. Sagen Sie ihr einfach, sie möge sich mal telefonisch bei mir melden. Meine Handynummer habe ich auf der Sim-Karte eingespeichert."

Er ließ wirklich nichts unversucht, das musste man ihm lassen. Und offenbar schien sein Handy, das ich noch immer nicht berühren durfte, also doch funktionsfähig zu sein.

Der Senior bedankte sich erneut für unser Geschenk. „Es tut mir leid, dass ich euch mit meinen Problemen belastet habe, dabei wolltet ihr doch nur meine Tochter besuchen. Aber sie wird sich sicherlich bei euch melden", sagte er zum Abschied.

Er hatte nicht zu viel versprochen. Nur kurz nachdem wir wieder zu Hause waren, rief Yvonne an. Wie es seine Art war, kam David ohne langes Drumherumreden gleich zu seinem Anliegen.

„Hast du Lust, am Wochenende auf meine Party zu kommen? Dein alter Bekannter, der sagenumwobene Maraun, hat übrigens auch schon zugesagt", belog er sie.

Ich versuchte, ihm das Handy aus der Hand zu reißen, so wütend war ich über seine Dreistigkeit, doch er hinderte mich daran und hielt mir sogar gewaltsam den Mund zu, als ich lautstark protestieren wollte.

„Du kannst hier auch übernachten. Und ich fahre dich hin und wieder zurück", hörte ich ihn sagen. Kurz darauf war das Telefonat auch schon wieder beendet. „Alles klar, mach's gut!" Er legte auf.

„Sie bespricht es mit ihrem Vater und überlegt es sich, aber sie klang nicht uninteressiert", sagte er.

„Wieso lügst du sie an? Wir haben doch Maraun bis jetzt noch nicht einmal eingeladen und keine Ahnung, ob er kommt", fuhr ich ihn an.

„Warum sollten wir auch? Der Typ hat sie damals im Stich gelassen. Sie hat etwas Besseres verdient. Jemanden wie mich zum Beispiel. Wir erzählen ihr einfach, er hätte kurzfristig abgesagt."

„Gar nichts werde ich tun! Ich rufe sie jetzt sofort an und erzähle ihr die Wahrheit über dich", rief ich, aufs Neue überrascht und enttäuscht von der Widerwärtigkeit meines Cousins.

„Mach doch", sagte er hämisch. „Ich denke aber kaum, dass du sie im Telefonbuch finden wirst". Erst da fiel mir ein, dass er der einzige war, der die Nummer der Lammés kannte und auf seinem Handy gespeichert hatte. David konnte so unglaublich fies sein.

„Sie wird sowieso nicht kommen. Und wenn, dann erzähle ich ihr, was du für ein Lügner bist, dann will sie mit Sicherheit nichts mehr mit dir zu tun haben."

„Na gut, dann lade ihn doch ein, deinen Maraun. An ihm scheint dir ja ohnehin mehr gelegen zu sein als an ihr, dabei hat er dich genauso wie sie sitzenlassen."

Die Tränen schossen mir vor Wut in die Augen, ohne dass ich auch nur das Geringste dagegen tun konnte. Meinem Cousin war es gelungen, mich zum Weinen zu bringen, obwohl ich dafür mit meinen fünfzehn Jahren eigentlich langsam zu alt war. Er lachte mich nur aus und nannte mich eine Heulsuse.

Es gab keine Versöhnung und keine Aussprache und vermutlich tat er es nur, damit ich ihn, sollte sie wirklich kommen, bei Yvonne nicht schlecht dastehen ließ. Aber am Ende half er mir doch.

Er lieh mir das Geld für die Bahnfahrkarte in die Stadt und verschaffte mir am nächsten Tag ein Alibi: Seinen Eltern erzählten wir, ich würde ihn auf die Arbeit und danach zu einem Freund begleiten, doch er ging ohne mich, während ich mich allein auf den Weg zu Maraun machte.

Diesmal wollte ich nicht denselben Fehler wie bei meinem letzten Versuch im vergangenen Winter machen und schon an der Pforte scheitern. Da ich mich an die Überwachungskamera im Eingangsbereich erinnerte, beschloss ich, mich über den Nachbarsgarten an das Haus anzuschleichen. Ich nahm all meinen Mut zusammen und lief, am helllichten Tag, durch den Vorgarten des Hauses neben der Einrichtung, in der man Maraun untergebracht hatte.

Anders als an der Vorderseite gab es hier keinen Stacheldraht, aber eine Mauer, die so hoch war, dass ich nicht darüber klettern konnte. Ratlos sah ich mich im Garten um. Zum Glück war in der vornehmen Wohngegend zu dieser Zeit nicht viel los und weit und breit niemand in Sicht. Spontan beschloss ich, auf einen hohen Baum zu klettern, dessen Äste weit über die Mauer hinweg bis auf das benachbarte Heimgrundstück ragten.

Ich war noch immer schlank und für mein Alter zu klein, so dass ich die Hoffnung hatte, der Baum würde mich aushalten. Doch der Plan ging schief. Ich war gerade so weit oben, dass ich über die Mauer blicken konnte, da sah mich von dort aus eine Frau an. Anders als ich wirkte sie seltsamerweise überhaupt nicht überrascht, als sie mich sah.

„Wie wäre es, wenn du einfach klingelst, statt dir hier noch alle Knochen zu brechen?", rief sie mir zu.

Da mein Plan nun ohnehin hinfällig war und ich nichts mehr zu verlieren hatte, tat ich, was sie mir sagte. Tatsächlich öffnete sie mir. Sie bat mich, auf einer Bank im Vorgarten Platz zu nehmen.

„Ich habe dich schon eine Weile beobachtet. Vor Ausbrechern haben mich meine Kollegen schon gewarnt, aber dass ich es hier auch mit Einbrechern zu tun haben werde, davon hat man mir noch nichts erzählt", sagte sie lachend. „Ich bin übrigens Meike. Und wer bist du?"

Ich schüttelte ihre Hand, doch meinen Namen verriet ich lieber nicht. Ihr Kollege Wolfgang war zu Anfang genauso nett gewesen. Vor netten Erwachsenen musste man sich mindestens genauso in Acht nehmen wie vor den strengen. „Ich suche Jonas Maraun. Ich muss ihm etwas Wichtiges sagen."

„Der Name sagt mir leider nichts. Ich arbeite zwar erst seit kurzem hier, aber wie unsere Schützlinge heißen, weiß ich mittlerweile. Dein Freund ist wohl nicht mehr bei uns", sagte sie.

„Können Sie herausfinden, wo er jetzt ist?", fragte ich.

„Selbst wenn es irgendwo in den Akten steht, darf ich auf keinen Fall etwas davon herausgeben. Tut mir sehr leid!"

Auch wenn wir uns seit über einem Jahr nicht mehr gesehen hatten und sein letzter Brief monatelang zurücklag, beschlich mich erst jetzt und zum ersten Mal die schreckliche Ahnung, dass ich Maraun womöglich nie wieder sehen würde.

Yvonne hatte recht. Was war das nur für eine furchtbare Welt, in der Menschen, die einem so viel bedeuteten, immer wieder verschwanden?

57

Ich wollte mich nicht mit der Tatsache abfinden, dass ich diesen Ort nun bereits zum zweiten Mal als Verlierer zu verlassen hatte.

So demütigend es auch war, begann ich, die Pädagogin anzuflehen. „Ich bitte Sie, gucken Sie für mich nach, ich tue alles, was Sie wollen!"

„Nein, das geht wirklich nicht. Aber ich habe eine andere Idee.

Heute ist zwar eigentlich kein Besuchstag, doch ich mache eine Ausnahme für dich. Dann kannst du die anderen Bewohner nach deinem Freund fragen. Einige sind schon sehr lange hier und erinnern sich bestimmt an ihn."

Ich war dankbar und erleichtert, dass mir die Frau doch noch eine Chance gab. Dennoch war mir etwas mulmig beim Gedanken daran, gleich einer Horde Heimkinder gegenüber zu stehen. Gut möglich, dass sie mir nichts verraten würden, selbst wenn sie von Marauns neuem Aufenthaltsort wüssten. Wieso konnte Meike nicht einfach in den Unterlagen für mich nachsehen?

Sie nahm mich mit in das Haus und ich war erstaunt, wie hell und freundlich es eingerichtet war, hatte ich doch eher so etwas wie ein Gefängnis erwartet. „Wir essen gleich. Hast du auch Hunger?", fragte Meike. Ich zuckte mit den Achseln und rang mir schließlich doch noch ein Nicken ab. „Die anderen sind schon draußen und decken den Tisch im Garten."

Auf dem Rasen stand ein langer Tapeziertisch, ringsherum saßen etwa zehn Jugendliche, Mädchen wie Jungen. Als wir den Garten betraten, richteten sich alle Blicke auf mich.

„Das hier ist…", sie sah mich an, „wie heißt du noch gleich?". Ich wusste nicht, ob sie wirklich glaubte, meinen Namen vergessen zu haben oder ob es nur ein Trick war, um ihn doch noch zu erfahren. Widerwillig antwortete ich und sie begann ihre Ansprache noch einmal von Neuem.

„Das hier ist Frederik und er ist heute unser Gast beim Essen. Benehmt euch bitte anständig. Susi, Joschi, kommt ihr noch mal mit und helft uns in der Küche? Wir waren noch nicht fertig!"

Jetzt wandte sie sich wieder mir zu. „Ich lass dich jetzt mal kurz alleine. Sie beißen nicht, keine Angst. Nutze deine Chance, okay?", sagte sie zu mir, leise genug, dass die anderen nichts hören konnten.

Noch immer starrte man mich von allen Seiten an. Viele waren in meinem Alter oder sogar noch jünger, dennoch wirkte jeder Einzelne stärker und härter als ich es jemals sein würde, sogar die Mädchen. Ihre Gesichter waren wild, fast noch wilder als das des großen Maraun, und man sah ihnen an, dass es keine Kinder wie alle anderen waren.

Ein Junge mit Baseballkappe, er war einen Kopf kleiner als ich, blickte mich besonders argwöhnisch an. „Wollen wir unserem Gast nicht mal was zu trinken anbieten?", sagte er.

„Ja, gib dem Neuen mal seinen Begrüßungstrunk, Chris!", ermutigte ihn ein anderer, der ebenfalls noch nicht einmal im Stimmbruch war. Allgemeines Gelächter und Getuschel brach aus. Sie hielten mich für einen neuen Bewohner und was nun folgen sollte, war wohl eine Art Aufnahmeritual.

Ich traute meinen Augen kaum, als der Kleine mit der Mütze ein Glas vom bereits gedeckten Tisch nahm, sich umdrehte, uns den Rücken zukehrte und das Glas an den Schritt hielt. Allen Ernstes hörte man kurz darauf ein plätscherndes Geräusch.

Niemals zuvor hatte ich mich vor etwas so sehr geekelt wir vor dem halbvollen Glas, das er mir entgegenstreckte, während ein Großteil der anderen Kinder immer wieder „Trinken, Trinken!" rief und mich erwartungsvoll ansah.

„Chris, was habe ich dir gesagt?", ertönte plötzlich eine laute Stimme hinter mir, die alle anderen sofort zum Schweigen brachte. Ich drehte mich um und sah, dass es der Junge war, der Meike zuvor in die Küche begleitet hatte. Er und das Mädchen waren wieder da, mit Tabletts in der Hand. Von Meike fehlte nach wie vor jede Spur.

Der Junge, den die Pädagogin mit Joschi gerufen hatte, war ein südländischer Typ und wirkte älter und reifer als alle anderen, eigentlich fast schon zu alt für eine solche Einrichtung, in der ja wohl kaum noch jemand freiwillig nach Erreichen der Volljährigkeit blieb. Die anderen schienen großen Respekt vor ihm zu haben, denn noch immer herrschte Schweigen.

„Was habe ich dir gesagt, Chris?", fragte er erneut.

„Dass es keine Begrüßungsdrinks mehr gibt", sagte der Junge kleinlaut und wirkte mit einem Mal gar nicht mehr so frech.

„Richtig. Und du weißt vielleicht auch noch, was dir blüht, wenn du weiterhin diese Sauerei veranstaltest?"

Chris schüttelte mit dem Kopf. „Dann werde ich dich jetzt daran erinnern", sagte Joschi. Sekunden später hatte er dem Jungen das Glas aus der Hand gerissen und den gesamten Inhalt schwungvoll auf sein T-Shirt entleert.

Im allgemeinen Gelächter ging beinahe unter, dass Meike wiedergekommen war. „Was ist hier los?", rief sie.

„Nichts. Chris hat sich nur ein bisschen ungeschickt angestellt und sein Getränk verschüttet, nicht wahr?", sagte Joschi und warf dem Kleinen dabei einen eindringlichen Blick zu.

„Stimmt das, Christoph?", fragte Meike. Der Junge nickte und sah dabei beschämt auf den Boden. „Dann zieh dir bitte ein frisches T-Shirt an, du bist ja ganz nass."

Ich setzte mich auf den freien Platz neben Joschi, da ich mich dort in Sicherheit wähnte. Susi, die neben ihm saß, läutete mit einer kleinen Klingel, woraufhin alle Kinder ihre Plätze einnahmen. Es gab selbstgebackene Pizza vom Blech, die erstaunlich lecker schmeckte. Zumindest das Essen war nicht so, wie man es sich gemeinhin unter Heimverköstigung vorstellte.

Solange Meike am Tisch mit uns saß, traute sich niemand mehr, mich zu ärgern oder gar nur etwas zu fragen. Erst als sie, diesmal jedoch mit anderen Helfern, den Tisch abräumte und erneut in die Küche verschwand, sprach mich mein Sitznachbar an.

„Hör mal zu, Kleiner. Nur weil ich dir den Pisser vom Hals gehalten habe, heißt das übrigens nicht, dass ich dein Freund bin, kapiert? Freundschaft muss man sich hier erst verdienen."

Ehe ich endlich das Missverständnis aufklären und mein eigentliches Anliegen vortragen konnte, stand er auf. Das Mädchen, das neben ihm gesessen hatte, folgte ihm. Er nahm sie sogar an die Hand. Mir war bereits während des Essens aufgefallen, dass Joschi und sie immer wieder Blicke ausgetauscht hatten, die sehr vertraut wirkten.

Ich wusste mir nicht anders zu helfen und folgte Joschi ebenfalls. Sofort drehte er sich um: „Hast du mich nicht verstanden? Zisch ab, Kleiner!", fauchte er mit bedrohlicher Stimme.

Ich war noch immer nicht besonders mutig und normalerweise hätte ich eine derartige Ansage aus dem Mund eines so respekteinflößenden älteren Jungen sofort befolgt, doch irgendetwas sagte mir, dass er mir nicht wehtun würde. Jemand, der sich so für mich eingesetzt hatte und der wie er ein Mädchen liebte und zärtlich zu ihr war, würde mich nicht grundlos schlagen.

„Ich bin gar kein Neuer. Ich bin nur zu Besuch hier und bald wieder weg…"

„Das sagen sie alle", unterbrach er mich. „Aber wenn du die Biege machen willst, musst du es schon alleine hinkriegen. Ich helfe dir nicht dabei."

Für einen kurzen Moment begann ich selbst zu glauben, dass es möglich wäre, dass man mich nicht mehr gehen lassen würde und die nette Meike mich hereingelegt hatte, doch zum Glück merkte ich schnell, wie absurd dieser Gedanke war.

Ich gab es auf, das Missverständnis aufklären zu wollen und kam endlich zur Sache. Ich sah nun auch das Mädchen an, das bis jetzt noch gar nichts gesagt hatte an, da ich hoffte, sie würde sich noch eher als er erweichen lassen.

„Kennt ihr Jonas Maraun? Ich bin sein Freund."

„Du bist DER Frederik? Das glaube ich nicht", sagte Joschi, sichtbar überrascht.

„Du kennst ihn? Hat er dir von mir erzählt?"

„Er hat mir so einiges erzählt, ja. Auch von seinem mutigen Freund, der mit ihm durchgebrannt ist um seine große Liebe zu finden. Aber, entschuldige, so siehst du überhaupt nicht aus", sagte er.

„Ich bin es aber", entgegnete ich, beleidigt und zugleich stolz und glücklich über das, was Maraun von mir erzählt hatte. „Weißt du, wo er jetzt ist?"

„Seine Mutter hat ihn hier rausgeholt, den Glücklichen. Er hat die Schule geschmissen und schlägt sich jetzt als Hilfsarbeiter durch. Hab ihn letzte Woche erst auf dem Jahrmarkt getroffen, er jobbt an der Achterbahn."

Wieder wie aus dem Nichts tauchte Meike auf und gesellte sich zu uns. „Na, Frederik, hat dir jemand helfen können?"

Ich nickte und verabschiedete mich von Joschi und seiner Freundin. „Wenn du ihn siehst, grüß ihn von mir. Er ist ein anständiger Kerl", rief er mir noch nach.

Zufrieden und voller Zuversicht verließ ich die Einrichtung.

Ob der Junge, der gar nicht mein Freund hatte sein wollen, wohl wusste, welch riesigen Freundschaftsdienst er mir mit dieser Auskunft erwiesen hatte?

58

Ich war zuletzt als kleines Kind mit meinen Eltern auf dem großen Volksfest in der Stadt und hatte keine guten Erinnerungen daran. Es war mir viel zu voll und zu laut, alles flößte mir Furcht ein – vor allem die Geisterbahnen, auch wenn wir nur daran vorbeigingen. Sogar auf dem harmlosen Kinderkarussell, in das mich meine Eltern förmlich zwingen mussten, wurde mir hemmungslos übel, was wohl aber auch an den zu vielen Süßigkeiten lag, die ich zuvor in mich hineingestopft hatte.

Wann immer die anderen aus unserer Klasse danach dorthin fuhren, drückte ich mich davor, mitzukommen. Ich wollte mich nicht blamieren, da ich mich in die wilden Fahrgeschäfte, von denen sie schwärmten, wohl niemals hinein trauen würde.

Obwohl sich daran grundsätzlich nichts geändert hatte, erst recht nicht, seitdem ich vom tragischen Unglück im ehemaligen Betrieb des Seniors wusste, konnte ich nicht leugnen, dass der Rummel an diesem Sommernachmittag einen ganz besonderen Zauber auf mich ausübte. Es war kein Ort zum Fürchten mehr. Es war ein Ort, an dem Kinderträume wahr werden konnten. Einen letzten aus dieser Zeit hatte ich noch.

Es roch abwechselnd nach Zuckerwatte, gebrannten Mandeln und Würstchen vom Grill. Der Lärm lachender Kinder, schreiender Losverkäufer und noch lauter schreiender Menschen in den Fahrgeschäften mischte sich mit den basslastigen Klängen der Kassenschlager, die von den Schaustellern in Endlosschleife zur Beschallung ihrer Buden abgespielt wurden.

Mein Herz schlug im schnellen Takt dieser Geräuschkulisse, während ich zielstrebig auf die alles überragende Achterbahn zulief – in der frohen Gewissheit, der Überbringer einer guten Nachricht zu sein.

Ich sah Maraun schon von Weitem, bevor er mich erkannte. Er stand ein Stück hinter den Kassen der Achterbahn, dort wo die

Züge anhalten. Was genau seine Aufgabe war, erschloss sich mir nicht. Er stand einfach nur herum, lässig rauchte er dabei eine Zigarette. Sein Gesicht hatte sich nicht verändert, höchstens noch ein wenig kantiger war es geworden. Die Haare trug er noch immer kurzgeschoren. Er war nicht mehr viel gewachsen, aber er wirkte in dem engen T-Shirt, das er trug, noch muskulöser als ich ihn in Erinnerung hatte.

Ich lief noch ein bisschen näher an die abgezäunte Achterbahn heran und winkte ihm aufgeregt. Als er mich endlich erkannte, winkte er auch. Er lief zu seinem Kollegen, der am Eingang die Karten abriss und fragte ihn etwas. Der Mann nickte. Maraun kam auf mich zu, weniger schnell und freudig, als ich es erhofft hatte.

„Was machst du denn hier?", waren seine ersten Worte, bevor wir uns lang und herzlich umarmten. „Komm, lass uns eine Runde drehen und du erzählst mir, was dich zu mir führt. Ich hab mir eine Viertelstunde Pause genommen", sagte er.

Vor fast fünfzehn Monaten hatten wir uns zuletzt gesehen und nun blieben uns gerade einmal fünfzehn Minuten Zeit, um all das aufzuholen. Ich wusste nicht, wo ich anfangen sollte. Gerade erschien es mir noch so einfach: Ich würde bloß meine Nachricht überbringen müssen, und alles wäre wieder gut, wie früher. Aber jetzt gab es so viele Dinge, die ich ihn so dringend fragen wollte, allen voran, warum wir uns so lange nicht gesehen hatten, was in all dieser Zeit passiert war und ob unser Abenteuer und unsere Freundschaft ihm noch genauso viel bedeuteten wie mir.

„Wie geht es dir?", war die erste Frage, die ich über die Lippen brachte. „Nicht so gut, wenn ich ehrlich bin. Und dir?"

„Warum geht es dir nicht so gut?", hakte ich nach. Maraun stöhnte und zögerte mit der Antwort. Nun, wo er direkt neben mir stand, bemerkte ich doch noch eine wesentliche Veränderung an ihm: Das Feuer in seinen Augen war erloschen.

„Morgen ist der letzte Tag hier, dann bauen wir ab und es beginnt eine lange Reise für mich. Ich werde mit der Achterbahn von Volksfest zu Volksfest fahren, durch alle Regionen und sogar ins Ausland."

„Und was wird aus deiner Mutter?" Ich weiß nicht, warum ich

ausgerechnet in diesem Moment dieses heikle Thema ansprach, das erste Mal seitdem wir uns kannten.

„Was weißt du schon von meiner Mutter", sagte er. Ich weiß nichts, weil du mir nie etwas erzählt hast, hätte ich ihm am liebsten entgegnet, doch ich schwieg und Maraun fuhr fort, als müsse er sich vor mir für seine Entscheidung rechtfertigen.

„Ich muss das tun. Ich habe ein Versprechen einzulösen und so viel wiedergutzumachen."

Er sprach in Rätseln, doch ich hatte keine Zeit, sie zu ergründen. Ich spürte, dass ich mit dem, was ich ihm nun sagen würde, in der Lage war, all seine Pläne ineinander zusammenfallen zu lassen wie ein Kartenhaus. Diese Macht ängstigte mich ein wenig.

„Wie soll ein Mensch, der so wie ich bereits einen Fuß ins Paradies gesetzt hat, danach noch in der Lage sein, ein normales Leben weiterzuführen? Ich muss weg von hier. Die anderen, das sind die Hölle. Und ich bin ein Sünder geworden so wie sie alle. Es ist meine einzige Chance, um…"

„Das geht nicht", unterbrach ich ihn. Später bereute ich zutiefst, mir sein seltsames Geständnis nicht bis zum Ende angehört zu haben, aber in diesem Moment hielt ich es nicht mehr aus. „Du kannst jetzt nicht verreisen. Zumindest nicht mit den Jahrmarktleuten."

Fragend sah der große Maraun mich an. „Warum nicht?"

„Weil ich Yvonne wiedergefunden habe. Schon am Samstag hast du die Gelegenheit, sie zu sehen."

Maraun hielt plötzlich mitten auf dem Rummelplatz abrupt an. Auch ich blieb daraufhin stehen. Ein kleiner Junge mit einem irgendwo geschossenen Kuscheltier in der Hand, das größer war als er selbst, rempelte mich versehentlich an. Dabei fiel ihm der Liebesapfel, den er in der anderen Hand hielt, auf den Boden. Er begann zu weinen, seine Mutter zog ihn weiter.

Fast sah es so aus, als würde auch Maraun jeden Augenblick in Tränen ausbrechen. Ich konnte seine Reaktion nicht nachvollziehen, war ich doch fest davon ausgegangen, dass er sich über meine Nachricht freuen würde.

Endlich ging er weiter und fand die Sprache wieder. „Du weißt doch, was ich dir geschrieben habe, Frederik. Es ist vorbei. Unser Abenteuer gibt es nicht mehr. Ich kann sie nicht treffen."

Darauf war ich nicht vorbereitet. „Aber… Warum denn nicht? Sie möchte dich auch sehen. Sie ist genauso schön wie damals, ach, was sage ich, noch schöner! Und glaube mir, ich habe gespürt, dass sie noch immer etwas für dich empfindet und ihr Vater hat es mir auch verraten", sagte ich hastig und kam mir dabei vor wie einer der Losverkäufer, die pausenlos den Hauptgewinn anpriesen.

Meine Worte schienen dennoch nicht ohne Wirkung zu bleiben. Man sah Maraun an, dass er hin- und hergerissen war.

„Bei meinem Cousin in Altenheimbach steigt am Samstag eine Party und Yvonne ist auch eingeladen", sagte ich. „Wirst du kommen?"

Als hätte er meine Frage nicht gehört, ja als wäre überhaupt nichts passiert, lief Maraun mit einmal auf einen Stand zu. „Möchtest du ein Eis? Ich lade dich ein."

Ohne eine Antwort abzuwarten, wandte er sich an den bärtigen Verkäufer. „Hallo Didi! Gibst du uns eine Kugel Vanille und eine Kugel Joghurt-Kirsch in der Waffel? Das ist doch noch deine Lieblingssorte, Frederik?" Ich nickte.

Mit der Waffel in der Hand liefen wir weiter. „Danke, dass du gekommen bist, Frederik. Du bist ein echter Freund", sagte er. Das Eis in meinem Mund schmolz und schmeckte süßer denn je.

„Heißt das, du kommst?", fragte ich erneut, während wir bereits wieder auf seinen Arbeitsplatz zuliefen. Marauns Pause war in wenigen Minuten vorbei.

„Ich komme, wenn du dich traust, mit mir eine Runde zu fahren. Kostet dich auch nichts, außer Überwindung", sagte er und zeigte auf die Achterbahn. Wenn schon nicht die Leidenschaft, so war nun wenigstens das Lachen in sein Gesicht zurückgekehrt.

„Spinnst du? Ich bin doch nicht lebensmüde!", rief ich.

„Ach komm schon, das ist die sicherste Achterbahn der Welt, glaub mir! Außerdem, du wirst sehen, das macht einfach riesigen Spaß."

Ich weiß nicht über welche unerklärlichen Kräfte Maraun verfügte, die es ihm ermöglichten, dass ich genau das tat, was er von mir verlangte. Er machte mich willenlos. Obwohl sich alles in mir dagegen sträubte, ließ ich mich dazu überreden, die Bahn zu besteigen, setzte mich zitternd neben meinen großen Freund und ehe ich mich versah, fuhren wir los.

Zunächst ging es ganz langsam bergauf, doch schon dabei wurde mir übel und schwindelig. Mein Bauch und mein Kopf spielten verrückt. Ich durchlebte Todesängste, wobei der Tod ein erlösender Gedanke war, im Vergleich zu dem Gefühl, das sich in meinem Magen ausbreitete, kurz bevor es zum ersten Mal bergab ging.

Ich glaube, nie zuvor und nie danach hat ein Mensch je lauter geschrien als ich in diesem Moment. Nicht wir, sondern die Erde drehte sich, die Gesetze der Schwerkraft waren aufgehoben, so kam es mir zumindest vor. Nach dem dritten Looping musste ich die Augen schließen, um nicht verrückt zu werden.

Erst lange nachdem die Bahn zum Stehen kam und es genauso schnell wieder vorbei war, wie es begonnen hatte, fand ich heraus, dass es eigentlich Spaß gemacht hätte, wäre da nicht diese lähmende Angst gewesen.

Noch auf dem Nachhauseweg im Zug spürte ich das Kribbeln in meinem Bauch. Wenn man es sich genauer überlegte, dann war es gar keine Übelkeit, sondern das Gefühl, fliegen zu können und frei zu sein.

59

Auch am Samstag, dem Tag, an dem die Feier stattfinden sollte, wussten wir noch immer nicht mit Sicherheit, ob die wichtigsten Gäste überhaupt kommen würden. Zumindest Yvonne hatte zwar bei einem erneuten Telefonat mit David klar den Willen geäußert – doch aus meiner Sicht war es mehr als fraglich, ob ihr Vater dem auch zustimmen würde.

Während ich am späten Nachmittag letzte Vorbereitungen traf, setzte sich mein Cousin auf seinen Roller und fuhr nach Schönensee, in der festen Überzeugung, gemeinsam mit Yvonne zurückzukehren.

Ich schleppte gerade eine Kiste Bier aus dem Keller auf die Terrasse unterhalb der Veranda, wo wir den Grill aufgebaut hatten, da kamen bereits – fast eine halbe Stunde bevor es überhaupt losgehen sollte – die ersten Gäste.

Es war Davids bester Freund, Jens, in Begleitung eines Mädchens, das ich nicht kannte. Seine Eltern gehörten ebenfalls dem Skatclub von Onkel Urs und Tante Sieglinde an und wir waren uns schon einmal vor Jahren flüchtig begegnet. Das Mädchen war etwas jünger als ich, vielleicht dreizehn oder vierzehn.

„Das ist Tanja, meine kleine Schwester. Ich hoffe, sie nervt uns nicht. Ich hab sie mitgebracht, weil ich ein Auge auf sie haben soll, solange unsere Eltern verreist sind", erklärte Jens.

„Hör gar nicht auf ihn, er redet Blödsinn", sagte sie. „Ich brauche keinen Aufpasser. Er nimmt mich nur mit, weil er kein anderes Mädchen findet, das ihn begleitet und er sich alleine nicht auf Partys traut."

Jens widersprach ihr sofort, doch die Probleme der Geschwister interessierten mich nicht. Die einzig wichtige Frage war, ob es heute zu einem Wiedersehen mit meinem Bruder im Herzen und dem Mädchen seiner Träume geben würde.

Langsam trudelten immer mehr Gäste ein, bis schließlich fast zwanzig Jugendliche in Feierlaune den großen Garten bevölkerten. Dabei hatten wir noch nicht einmal zehn Leute eingeladen. Doch wenn jemand in dem kleinen Ort sturmfrei hatte und eine Party stieg, sprach sich das offenbar schnell herum. Dass der Gastgeber fehlte, schien niemanden zu stören, so lang genug Bier vorhanden war.

Die Gäste fanden sich in kleinen Gruppen zusammen und verstreuten sich in den verschiedenen Winkeln des Gartens. Da David noch immer nicht zurück war und ich ohnehin niemanden kannte, blieb ich allein auf der Terrasse und kümmerte mich um die Würstchen und um die Musikanlage, die wir mit einem Verlängerungskabel immerhin bis an das geöffnete Verandafenster bekommen hatten und somit zumindest einen Teil des Gartens damit beschallen konnten.

Es fing bereits an, dunkel zu werden, als David endlich wieder da war – in Begleitung von Yvonne! Mir fiel ein Stein vom Herzen. Also hatten sie es doch geschafft, den Senior zu überzeugen. Nun fehlte nur noch mein großer Freund.

Sie trug ein weißes, herrlich leichtes Sommerkleid aus Leinen und schwarzweiße Ballerinas. Vielleicht, dachte ich mir, waren es dieselben Schuhe, die sie auch damals auf dem Fest getragen hatte. Alles an ihr war perfekt.

David löste mich am Grill ab und übernahm die Begrüßung und Getränkeversorgung seiner Gäste, so dass ich die Gelegenheit bekam, Yvonne durch den Garten zu führen. Wir hatten im Apfelbaum in der Mitte eine Lichterkette aus verschiedenfarbigen Glühbirnen angebracht und an anderen Stellen Fackeln in den Boden gerammt, für die wir extra zum Baumarkt gefahren waren. Die Idee dazu kam von mir, da ich mich daran erinnerte, dass das Anwesen zu Arthurs Fest auf dieselbe Art beleuchtet wurde.

„Der Garten ist toll", sagte Yvonne und obwohl es nicht meiner war, fühlte ich mich, als habe sie mir ein Kompliment gemacht.

„Ja, das finde ich auch. Du solltest ihn bei Tageslicht sehen, wenn alles blüht."

Unter dem Apfelbaum war nur noch ein Stuhl frei. Ich bat Yvonne, Platz zu nehmen und setzte mich auf einen der großen, mit Moos überwachsenen Steine daneben. Der blecherne Sound aus der Stereoanlage war dem der spontanen Musikeinlage eines jungen Mannes gewichen, der zum Klang seiner Gitarre mit ein paar anderen Gästen singend um den Teich saß.

„Er wird bestimmt bald da sein", sagte ich, obwohl ich mir nicht einmal sicher sein konnte, ob er überhaupt kommen würde. Sie sah mich etwas verlegen an und ich beschloss, das Thema zu wechseln. „Wie geht es deinem Vater?"

„Nicht so gut. Er ist krank. Das Herz macht ihm zu schaffen, besonders wenn er sich aufregt. Und heute hat er sich furchtbar aufgeregt."

Ich ahnte, weshalb, doch ich durfte es mir nicht anmerken lassen, schließlich hatte ich dem Senior ein Versprechen gegeben. „Warum denn?"

„Wenn es nach ihm ginge, wäre ich gar nicht hier. Er macht sich ständig Sorgen um mich. Aber ein Mensch in meinem Alter muss doch auch einmal frei sein und feiern dürfen. Ich weiß gar nicht mehr, wie lange es her ist, dass ich zuletzt auf einer Party war."

„Immerhin warst du überhaupt schon mal auf Partys eingeladen, anders als ich", sagte ich, im Versuch, die Situation etwas aufzulockern.

„Wirklich, ist das deine erste Party?", fragte sie.

„Wenn man Kindergeburtstage und nächtliches Herumlungern mit Halbstarken am Baggersee nicht als Partys bezeichnen möchte, dann ja." Jetzt lachte auch sie. Wieder fühlte es sich an wie ein Kompliment.

Erst jetzt fiel mir auf, dass ich Yvonne noch gar nichts zu essen und zu trinken angeboten hatte. Sie bat mich, ihr eine Cola mitzubringen. „Ich bin gleich wieder da", sagte ich.

Mein Cousin hatte den Grill mittlerweile sich selbst überlassen und widmete sich seinen Gästen, so dass ich gerade noch eine Handvoll Würstchen vor dem Verkohlen retten konnte, bevor ich mich nach den Getränken umsah. Die zahlreichen Kisten, die wir mühsam mit dem Bollerwagen vom Getränkemarkt angekarrt hatten, waren bereits zum Großteil geleert. Doch von den Brausen schien, anders als vom Bier, noch genügend vorrätig zu sein.

Da kam plötzlich Jens' Schwester Tanja auf mich zu. „Hey, Barkeeper, hast du auch noch etwas für mich? Ein Bier vielleicht? Mein blöder Bruder und dein doofer Cousin wollen mir nichts geben."

„Bist du dafür nicht etwas zu jung?", fragte ich sie und bereute es sofort, da ich mich angehört haben musste wie mein eigener Vater.

„Ich bin fünfzehn." Ungläubig sah ich sie an. „Na gut, vierzehn. Und du?"

„Alt genug", sagte ich nur und reichte ihr eine der letzten Bierflaschen, in der Hoffnung, sie damit vom Hals zu bekommen, schließlich wartete Yvonne auf mich.

„Danke, Süßer." Das hatte noch nie ein Mädchen zu mir gesagt. Doch das erste echte Kompliment an diesem Abend ließ mich seltsam kalt.

Als ich endlich mit zwei Flaschen Cola in der Hand wieder in Richtung des Apfelbaums ging, war Yvonne nicht mehr da. Ich suchte sie überall, hinten an der Mauer bei den Beeren und Brennnesseln, im Rosengarten und am Teich. Dann durchkämmte ich sogar das Haus, sah selbst im Badezimmer nach, doch nirgendwo eine Spur von ihr.

Ich hatte schon das Licht im Flur ausgemacht und wollte gerade wieder nach draußen gehen, um die anderen nach ihr zu fragen, da sah ich sie, als ich im Vorbeigehen durch das Fenster auf die Straße blickte.

Ich weiß, ich hätte mich freuen sollen, doch ich fühlte mich, als würde ich auf der falschen Seite stehen. Ich rührte mich nicht vom Fleck und beobachtete Yvonne wie ein Voyeur aus dem Verborgenen, während sie im milchigen Licht der Laterne den großen Maraun leidenschaftlich küsste.

60

„Da wird man ja ganz neidisch!" Erschrocken drehte ich mich um. Es war Tanja. Sie hatte kein Licht angemacht und ich sie nicht kommen gehört, so konzentriert wie ich aus dem Fenster gesehen hatte.

In der Hand hielt sie eine kleine Likörflasche. Ich fragte mich, wer ihr die wohl gegeben hatte und vor allem aber, wie ich sie am elegantesten wieder loswerden könnte. Ich wollte etwas sagen wie: „Ich möchte bitte alleine sein", doch ich brachte es nicht fertig.

„Sie ist hübsch, nicht wahr? Findest du mich auch hübsch?"

Im wenigen Licht, das von der Straßenlaterne in den Flur drang, betrachte ich sie zum ersten Mal genauer und meinte zu erkennen, dass sie die oberen Knöpfe ihrer Bluse geöffnet hatte. Tanja war gut gebaut, etwas stämmig vielleicht, doch ich musste mir eingestehen, dass mich ihre Kurven nicht kalt ließen und sie obendrein ein niedliches Gesicht hatte – auch wenn sie, ebenso wie alle anderen Mädchen auf der Welt, niemals an die Schönheit von Yvonne oder die unerklärliche Anziehungskraft von Maraun heranreichen würde.

Wieder wusste ich nicht, was ich sagen sollte, also schwieg ich. Doch das hinderte sie nicht daran, noch näher an mich heranzukommen und meine Hand zu nehmen. Sie roch nach blumigen Parfüm und Pflaumenschnaps. Ich widersetzte mich nicht und ließ es geschehen.

Bis zu diesem Tag dachte ich immer, ich würde schon deshalb nie ein Mädchen küssen, weil ich gar nicht wusste, wie so etwas funktionierte und was man dabei tun musste. Doch es ging einfach so, ohne dass mir klar war, was ich da tat, und es fühlte sich gut an und falsch zugleich. Ich war so verwirrt, dass ich keinen klaren Gedanken mehr fassen konnte, aber worüber hätte man in einem solchen Moment auch nachdenken sollen?

Während unsere Zungen noch immer miteinander tanzten, führte sie meine Hand an ihre Brust. Durch die dünne Bluse hindurch ließ sie mich ihren Busen fühlen. Ich bekam eine Gänsehaut am ganzen Körper und nicht nur meine Haare stellten sich auf. Passierte das wirklich oder träumte ich? Ich wusste es nicht.

Was auch immer es war, genauso schnell wie ich hineingeriet, wurde ich auch wieder herausgerissen. Das Licht ging an und ein arg gekünsteltes Husten brachte uns schlagartig auseinander.

„Äh… Ich störe ja nur ungern, aber es ist wichtig. Habt ihr Yvonne gesehen? Ich kann sie nirgends finden."

Es war, wer sonst, mein unsäglicher Cousin David. Ich konnte mich nicht entschieden, ob ich vor Scham lieber selbst gestorben oder vor Wut ihn umgebracht hätte. Er besaß ein großes Talent, sich wie ein Elefant im Porzellanladen zu benehmen.

„Vielleicht will sie auch ungestört sein und ihre Ruhe vor dir haben", sagte ich, erstaunt über meine Schlagfertigkeit.

„Hör zu, ich will sie nicht anbaggern, es ist wirklich wichtig, also weißt du nun, wo sie ist oder nicht?"

Ich zeigte auf das Fenster zur Straße, doch dadurch, dass der Flur nun hell erleuchtet war, sah man nichts mehr außer unserem Spiegelbild. „Maraun ist gekommen. Eben stand sie noch da draußen und hat ihn…", ich zögerte kurz, „begrüßt."

Ohne etwas zu erwidern, lief David nach draußen. Ich folgte

ihm und ließ die verdattert dreinblickende Tanja einfach stehen. Was wollte mein Cousin Yvonne bloß so Wichtiges mitteilen?

Als wir auf der Straße ankamen, saß Yvonne alleine auf dem Bürgersteig. Angelehnt an den Gartenzaun kauerte sie auf dem Boden, mit Tränen in den Augen. Wieder beschlich mich der absurde Gedanke, dass sämtliche Küsse, die ich in den letzten Minuten gesehen oder erlebt hatte, gar nicht echt waren. Von Maraun fehlte jede Spur.

Natürlich überrumpelte mein Cousin das arme Mädchen sofort mit seiner Botschaft, statt sich nach ihrem Befinden zu erkundigen, doch im Nachhinein betrachtet und angesichts dessen, was er ihr mitzuteilen hatte, war das ausnahmsweise vielleicht sogar einmal verständlich.

„Endlich habe ich dich gefunden! Jemand vom Krankenhaus hat auf meinem Handy angerufen. Dein Vater wurde dort eingeliefert. Er hatte einen Herzinfarkt und es geht ihm gar nicht gut", sagte er aufgeregt.

Blitzschnell richtete sich Yvonne auf. „Ich muss zu ihm, sofort! Kannst du mich fahren?"

„Ähm... Ich würde ja gerne, das Problem ist nur, ich kann die Meute hier nicht alleine lassen, die sind mittlerweile alle besoffen und zerlegen mir das Haus, wenn ich nicht aufpasse. Meine Eltern bringen mich um."

Jetzt war er wieder ganz der Alte, mein Cousin. Als ob das in diesem Augenblick nicht völlig gleichgültig gewesen wäre. „Ich kann dir meinen Roller leihen. Oder soll ich besser ein Taxi rufen?"

„Gib mir den Schlüssel für dein Mofa und ich fahre sie", hörten wir plötzlich eine Stimme aus dem Halbdunkeln. Es war der große Maraun, der unbemerkt zurückgekommen und alles gehört haben musste.

Mein Cousin war ebenso überrascht wie wir alle, so dass er dem ihm völlig unbekannten Jungen tatsächlich den Schlüssel für seinen Roller anvertraute, obwohl ich daran zweifelte, dass Maraun wirklich bereits einen Führerschein dafür besaß. Er ließ sich von David den Weg ins nahe Kreiskrankenhaus erklären, in das man den Senior gebracht hatte. Kurz darauf fuhren er und Yvonne davon.

„Da hat der große Maraun ja gleich seinen ersten großen Auftritt hingelegt", ätzte mein Cousin. Es war klar, dass er ihn nicht mögen würde. „Dabei habe ich dem Alten das Leben gerettet und nicht er."

Fragend sah ich ihn an. „Ohne meine Sim-Karte hätte er nach seinem Infarkt den Notarzt wohl kaum anrufen können. Und wenn ich meine Nummer nicht eingespeichert hätte, wären Maraun und Yvonne jetzt nirgendwo hingefahren, weil sie gar nichts von seinem Schicksal wüssten", sagte er und vergaß dabei selbstverständlich zu erwähnen, dass es ein gemeinsames Geschenk von uns beiden war.

Auch wenn mich das ärgerte, erinnerte ich ihn nicht daran. Welche Rolle spielte das jetzt noch? Ich zog mich nach oben zurück, verschloss die Tür hinter mir und beobachtete die ausgelassen Feiernden im Garten durch die Dachluke, von der aus man einen guten Überblick hatte.

Alles lief so weiter, als wäre nichts gewesen. Es wurde gelacht, getrunken und gesungen, während im selben Moment der Senior im Krankenhaus um sein Leben rang und Maraun und Yvonne ihm ohne mich beistanden. Genau wie damals, dachte ich, als die Familie munter feierte, während Arthur bereits mit dem Gedanken spielte, sich das Leben zu nehmen.

Das war aber schon die einzige Parallele zwischen dem damaligen Fest und der heutigen Party, der trotz der unwirklichen Ereignisse genau jene Magie und Unbeschwertheit fehlten, die ich mir so sehr gewünscht hatte.

Alles, was mein alberner Cousin tat, war von Zeit zu Zeit die Gäste etwas zu beschwichtigen, damit ja kein Nachbar auf die Idee kam, die Polizei zu rufen.

In einer weniger gut beleuchteten, einsamen Ecke des Gartens entdeckte ich die Umrisse einer Person, die alleine auf einem Gartenstuhl saß. Es musste sich um Tanja handeln. Kurz überlegte ich, ob ich zu ihr runtergehen sollte, doch ich war zu feige.

Erst ein ganzes Stück nach Mitternacht, als tatsächlich der erste Nachbar mit der Polizei drohte, begann mein Cousin damit, die Gäste zum Gehen aufzufordern. Als der Letzte sich verabschiedet hatte, kam er ins Haus und rief mich. Sofort erkundigte ich mich, ob sich das Krankenhaus oder Yvonne erneut gemeldet hatten, doch er verneinte.

Da Onkel Urs und Tante Sieglinde bereits am nächsten Vormittag zurückkommen würden und David ausschlafen wollte, begannen wir noch in der Nacht damit, den Garten aufzuräumen, der wie ein Schlachtfeld aussah. Ich hätte heulen können, als ich sah, dass einige meiner Lieblingspflanzen arg beschädigt oder gar zertrampelt waren.

„Bis sie das merken, ist es schon wieder nachgewachsen. Du hast doch selbst gesagt, der Garten ist viel zu groß und meine Eltern haben keinen Überblick", versuchte David mich zu beruhigen, aber darum ging es mir gar nicht. So hatte ich mir meine erste Party einfach nicht vorgestellt.

Dann zog mich mein angetrunkener Cousin auch noch mit Tanja auf. „Die Lolita hat dir ja ganz schön den Kopf verdreht. Nicht schlecht, die Kleine. Und das in dem Alter!"

„Unsinn, sie hat mir nicht den Kopf verdreht. Und so klein ist sie nun auch wieder nicht", sagte ich. David lachte. „Sie ist zwölf. Aber tröste dich, du bist bestimmt nicht der Erste, der sich von ihrer Oberweite täuschen lässt."

Als wäre die ganze Sache nicht schon peinlich genug, hatte ich mich nun auch noch von einem frühreifen Kind verführen lassen. Ich schämte mich in Grund und Boden.

„Kein Wort darüber zu Yvonne, verstanden? Sonst erzähle ich ihr von deinen Vorlieben in Sachen Frauen", sagte ich, doch meine Drohung klang wenig überzeugend und David lachte nur.

„Meinst du im Ernst, wir sehen sie noch mal? Die braucht uns doch jetzt gar nicht mehr, wo sie ihren Traumprinzen wieder hat. Ich hoffe, der Kerl bringt mir wenigstens mein Mofa zurück."

„Natürlich wird er es dir zurückbringen. Er ist doch kein Dieb!", verteidigte ich meinen Freund.

„Wer weiß. Zumindest haut er ganz gerne mal ab. Wäre er doch eben auch schon wieder fast. Oder ist dir etwa entgangen, dass Yvonne da ganz alleine saß und schon weinte, bevor sie auch nur ahnen konnte, was mit ihrem Vater ist?"

David hatte recht, daran hatte ich wirklich nicht mehr gedacht, in all der Aufregung. Nur ein tragisches Unglück hatte den großen Maraun davon abgehalten, sein wiedergewonnenes Glück zu zerstören. Mein großer Freund gab mir schon immer Rätsel auf, doch so fremd war er mir noch nie. Wann würde ich endlich erfahren, was mit ihm los war?

61

Erst vor wenigen Tagen war Maraun wieder in mein Leben zurückgekehrt und seitdem passierte mehr als in den gesamten fünfzehn Monaten zuvor ohne ihn. Alles überschlug sich, die Ereignisse und meine Gedanken. Einige Dinge waren schrecklich, andere hatte ich mir sehnlichst gewünscht, doch nun ging es so schnell und ganz anders, als ich es mir erträumt hatte.

Noch in der Nacht verstarb Yvonnes Vater im Krankenhaus. Sein großes Herz blieb einfach stehen.

Wir erfuhren es am nächsten Morgen, als David sein Mofa unversehrt in der Garageneinfahrt entdeckte. Maraun musste es dort abgestellt haben, vermutlich während wir noch schliefen. Er hatte uns einen Zettel mit der erschütternden Nachricht hinterlassen. „Fahre mit Yvonne zu ihrem Onkel Gabor, er organisiert die Beerdigung. Melde mich wieder. J.M.", endete seine Botschaft.

Tagelang hörten wir nichts von ihm oder von Yvonne. Zur Beerdigung, so erfuhr ich später, hatte man uns nicht eingeladen, da sich die Lammés im kleinsten Familienkreis vom Senior verabschiedeten. Nur die engsten Verwandten aus der großen Familie waren dabei – jene, die ihn bis zuletzt unterstützt hatten. Sein verlorener Sohn gehörte nicht dazu, von ihm gab es noch immer kein Lebenszeichen. Noch nicht einmal Maraun begleitete Yvonne bei der Beisetzung ihres Vaters.

Ich hatte noch nie einen geliebten Menschen verloren – zumindest nicht durch einen Todesfall – und war auch noch nie auf einer Beerdigung gewesen. Einerseits war ich erleichtert, dass es zunächst dabei blieb. Andererseits hatte ich jedoch das Gefühl,

Yvonne dadurch im Stich zu lassen.

Ich konnte ihr Leiden nur erahnen. Der Verlust des Vaters war ja schon schlimm genug. Hinzu kam, dass er seinen Infarkt ausgerechnet dann hatte, als sie ihn für einen Abend allein ließ, um unserer Einladung zu folgen.

Meinem Cousin schienen die Ereignisse nicht so nah zu gehen. Vielleicht ließ er sich aber auch einfach nichts anmerken. Ich fragte ihn immer wieder aus über den Nachmittag, an dem er Yvonne abgeholt hatte, doch er bestand darauf, dass sie ihm nichts von der Meinungsverschiedenheit mit ihrem Vater und seinem Unwohlsein erzählt hatte.

„Ich habe es dir doch schon hundertmal gesagt: Der Alte ist mir nicht zu Gesicht gekommen. Sie hat mir aufgemacht und ist sofort mitgekommen. Anders als dir hat sie mir kein Wort von diesen Sachen erzählt. Glaubst du etwa, ich hätte sie entführt oder musste sie ihrem todkranken Vater gewaltsam entreißen?"

Weder auf der Fahrt noch auf der Feier hatte Yvonne mit ihm länger gesprochen oder sich sonderlich für ihn interessiert. Das schien meinem Cousin offenbar mehr zu schaffen machen als ihr tragisches Schicksal. „Diese ganze Geschichte hat mir die Party ruiniert", lamentierte er. Ich wäre ihm am liebsten an die Gurgel gegangen.

Zum Glück war er nicht immer so. Etwa eine Woche später zeigte er sich von seiner anderen Seite. Yvonne rief am Nachmittag an. Sie war mit ihrem Onkel Gabor und Maraun auf dem Rückweg von Schönensee in die Stadt und fragte, ob wir sie sehen wollten, da sie ohnehin durch Altenheimbach fuhren.

Kurzerhand lud sie mein Cousin zu uns ein. Onkel Urs war unterwegs und Tante Sieglinde hatte nichts dagegen. Wir deckten den Tisch im Garten unter dem Apfelbaum, meine Tante setzte Kaffee auf.

Die Stimmung war, wie nicht anders zu erwarten, gedrückt. Ich umarmte Yvonne zaghaft und sprach ihr mein Beileid aus, David folgte meinem Beispiel. Ich hatte geglaubt, dass sie in Tränen ausbrechen würde, doch sie tat es nicht. Sie wirkte gefasster als ich vermutet hatte. Ihre Augen waren noch etwas trauriger als sie ohnehin zuvor schon waren, aber sie machte keinen gebrochenen Eindruck.

Vielleicht war dieses filigrane Wesen gar nicht so schwach und schutzbedürftig, wie es auf den ersten Blick schien. Vielleicht war es aber auch der große Maraun, der an ihrer Seite stand, ihr Kraft und neuen Mut gab.

„Dieser Garten ist traumhaft. Erinnert er dich auch an den Park in eurem alten Anwesen?", sagte er. Ich wusste, dass es ihm hier gefallen würde. Yvonne hingegen schien weniger angetan von dem, was er sagte. „Ich möchte daran gar nicht mehr erinnert werden, Jonas."

Sie war die erste nicht erwachsene Person, die Maraun so nannte und es klang seltsam unpassend. Aber vielleicht waren sie ja beide, Yvonne und Maraun, mittlerweile erwachsen und ich hatte es einfach nicht bemerkt. Oder nicht wahrhaben wollen.

„Wie geht es eigentlich jetzt weiter?", traute ich mich endlich, die Frage zu stellen, die mich am meisten beschäftigte. Zu meiner Überraschung war es ausgerechnet der große Maraun, dem als erstes eine Antwort einfiel.

„Wir bringen jetzt erst einmal die Sachen aus dem Bauernhaus auf den Dachboden meiner Mutter in der Stadt, bis wir einen anderen Platz dafür gefunden haben", sagte er.

„Und dann wird Onkel Gabor uns mit seinen Leuten auf den nächsten Mittelaltermarkt mitnehmen, wo wir uns hoffentlich ein bisschen nützlich machen können", ergänzte Yvonne.

Es sah so aus, als hätte Maraun schließlich doch geschafft, was er sich so sehr wünschte, dass er dafür beinahe auf ein Wiedersehen mit Yvonne verzichtet hätte. Mit den Schaustellern würde er auf die weite Reise gehen, statt als Achterbahnaufpasser nun womöglich sogar als neuer Zauberlehrling, und gleichzeitig wusste er dabei die Frau, die er liebte, an seiner Seite.

Fast hätte dies das glückliche Ende unserer Geschichte sein können, wenn es sich denn überhaupt noch um unsere, und nicht allein um ihre Geschichte handelte. Und wenn nur die Umstände nicht so traurig gewesen wären. Und wenn es in Wirklichkeit nicht ganz anders gekommen wäre.

„Was ist mit der Schule? Ich meine, ihr habt doch beide noch keinen Abschluss und achtzehn seid ihr auch noch nicht, oder?", stellte mein Cousin die Gretchenfrage.

„Ich bin von der Schulpflicht befreit und meine Mutter ist mit allem einverstanden", beeilte sich Maraun klarzustellen.

Nun schaltete sich Gabor, den ich bislang nur in seinem mittelalterlichen Kostüm kannte und der jetzt, ohne die Zauberer-Verkleidung, deutlich zugänglicher wirkte, zum ersten Mal in die Unterhaltung ein.

„Ich finde auch, Yvonne sollte wieder zur Schule gehen. Und zwar dauerhaft auf dieselbe und nicht in jeder Stadt auf eine andere, das hat uns Schaustellerkindern schon immer mehr geschadet als genutzt. Nicht, dass ich sie nicht aufnehmen würde, aber mit der Familie in der Weltgeschichte umherreisen kann sie später noch lang genug. Erst einmal sollte man etwas Anständiges fürs Leben lernen, das habe ich ihrem Bruder auch immer gesagt. Doch der wollte ja nicht auf mich hören…"

„Ich glaube nicht, dass mich meine Schule nach der langen Zeit wieder aufnehmen würde. Außerdem habe ich von meinem Vater nichts als Schulden geerbt und die Familie ist größtenteils auch nicht auf Rosen gebettet. Ich musste sogar mein letztes Pferd, den treuen Belisar, verkaufen, um die Beerdigung zu finanzieren. Wie sollte ich also das happige Schulgeld für das Internat auftreiben?", sagte Yvonne.

„Also, wenn ich richtig informiert bin, gibt es bei uns die Regelung, dass bis zu zehn Prozent der Schülerschaft von den Gebühren befreit werden können, entweder aufgrund besonderer Leistungen oder bei sozialen Problemlagen in den Familien. Darüber entscheidet die Härtefallkommission, deren Vorsitzender rein zufällig mein Vater ist", trug David triumphierend vor. „Und ich glaube, ich muss dazu noch nicht einmal viele gute Worte einlegen: Härtefälle", er sah sowohl Yvonne als auch Maraun an, „seid ihr mit eurer Geschichte ja definitiv beide."

„Danke für den Vorschlag, doch mich nimmt mit Sicherheit keine Schule dieser Welt mehr auf", sagte Maraun in Richtung meines Cousins. „Aber du solltest es vielleicht versuchen", wandte er sich an seine Freundin.

„Ich werde nichts versuchen, das uns auseinanderbringen könnte. Entweder sie nehmen uns beide oder niemanden von uns", antwortete ihm Yvonne ohne zu zögern, so entschlossen wie ich sie zuvor noch nie gehört hatte.

Ich hätte dazu gerne gesagt, dass ich auch überlegte, mich auf dem Internat anzumelden, denn davon wussten Maraun und Yvonne noch gar nichts, aber ich tat es nicht, da ich das Gefühl nicht loswurde, dass mein Verbleib für die beiden in diesem Moment völlig irrelevant war.

Noch trauriger als zuvor verabschiedete ich mich von unseren Gästen. David versprach, mit seinem Vater zu reden. Yvonne war bereits in den alten VW-Bus ihres Onkels eingestiegen, als Maraun noch einen kurzen Augenblick stehen blieb und wir uns direkt in die Augen sahen. „Danke", sagte er. „Danke für alles." Ich schwieg, so wie er es früher getan hätte.

Ohne mich wären sie niemals zusammen davongefahren und doch fuhren sie jetzt ohne mich davon. Ich zog mich in den Garten zurück, suchte einen abgeschiedenen Platz und fand ihn hinter den Holunderbüschen beim Komposthaufen. Den Rest des Nachmittags verbrachte ich in meinem Versteck und weinte bitterlich über diese traurige Erkenntnis.

62

In den Stunden nach dem Besuch von Maraun, Yvonne und ihrem Onkel wurde mir klar, dass ich mich entscheiden musste: Entweder fand ich mich mit der Situation ab und gab mich meinem Schicksal hin. Oder ich kämpfte um unsere Freundschaft und dafür, dass man uns noch eine Chance gab, auch wenn sie noch so klein war.

Ich entschied mich für die zweite Option und zog alle Register. Meine beiden mächtigsten Waffen waren zum einen das schlechte Gewissen meiner Eltern und zum anderen mein immer noch in Yvonne verschossener Cousin. Beide stachelte ich dazu an, sich dafür einzusetzen, dass wir drei – Yvonne, Maraun und ich – einen Platz am Internat bekamen.

Am einfachsten ging es bei Yvonne. Anders als David gemutmaßt hatte, konnte sich Onkel Urs noch gut an die schöne und begabte Schülerin erinnern. Als wir ihm von ihrem Schicksal erzählten, erklärte er sofort, er werde ihren Fall „wohlwollend prüfen", wie er sich ausdrückte.

Ebenfalls leichter als ich dachte war es, meine Eltern davon zu überzeugen, dass ich in Altenheimbach bleiben und auf das Internat gehen wollte. „Wenn es das ist, was du wirklich willst, dann werden wir dir keine Steine in den Weg legen", sagte mein Vater. „Aber du musst uns versprechen, dass du an den Wochenenden und in den Ferien nach Hause kommst", formulierte meine Mutter ihre einzige Bedingung.

Von Tante Sieglinde erfuhr ich, dass mein Vater sich bei Onkel Urs nach meinem Betragen erkundigt hatte und dieser nur Gutes über meine Entwicklung während der Ferien zu berichten wusste. Unser nächtliches Zuspätkommen hatte er entweder schon wieder vergessen oder bewusst nicht erwähnt.

Weniger erfolgreich gestaltete sich die Sache mit Maraun. Meine Eltern waren vom Gedanken, den Ausreißerjungen und mich wieder unter einem Dach zu wissen, zunächst nicht begeistert. Doch dann mussten auch sie einsehen, dass die Obhut eines renommierten Internates immer noch die bessere Wahl wäre als ein Dasein ohne jeden Abschluss als Hilfsarbeiter auf Jahrmärkten.

„Wir sind ihm zwar nichts schuldig, denn er hatte genug Chancen und sie verstreichen lassen. Aber ich kann ja meinetwegen trotzdem mal mit dem Jugendamt telefonieren und mich erkundigen, was man dort von der Idee hält", versprach mir mein Vater.

Das Jugendamt hatte glücklicherweise nichts dagegen, zweifelte wohl aber genauso wie Maraun selbst, ob das Internat einen Jungen mit seiner Vorgeschichte aufnehmen würde. Diese Entscheidung konnten nur Onkel Urs und seine Kollegen fällen.

„Wenn du bei Yvonne Eindruck machen möchtest, dann überzeuge deinen Vater, Maraun auch aufzunehmen", stachelte ich David an. Er gab sich daraufhin wirklich alle Mühe, doch anders als bei Yvonne äußerte sich Onkel Urs nur sehr zurückhaltend und skeptisch.

„Ich denke, spätestens wenn er seine Akte sieht, hat sich die Sache leider erledigt", sagte David nach dem Gespräch mit seinem Vater.

„Du tust ja immer noch so, als wäre er ein Krimineller! Alles, was er getan hat, ist ein paar Mal davonzulaufen. Nun, wo er Yvonne gefunden hat, gibt es dafür aber überhaupt keinen Grund mehr!", redete ich auf meinen Cousin ein.

Wir erreichten Yvonne bei ihrem Onkel Gabor, der mittlerweile auch ein Mobiltelefon besaß und uns seine Nummer hinterlassen hatte. „Ich bin gerührt davon, wie viel Mühe ihr euch unseretwegen macht. Aber es ändert leider nichts daran, dass wir nur zusammen oder gar nicht auf das Internat gehen. Bevor das nicht gewährleistet ist, brauche ich gar keinen Antrag bei Herrn Plötz zu stellen", sagte sie.

Wir überzeugten sie, dennoch mit meinem Onkel zu sprechen. „Er erinnert sich tatsächlich an dich. Und das kann nicht nur daran liegen, dass du so hübsch bist, denn mit den Namen der hübschen Mädchen kommt er sonst genauso durcheinander wie mit allen anderen. Du musst echt eine ziemlich gute Schülerin gewesen sein. Und die wünscht sich schließlich jeder Lehrer zurück", sagte mein Cousin.

Da noch immer einige Sachen der Familie, die beim letzten Mal nicht mehr in den Wagen gepasst hatten, im alten Bauernhaus standen und Gabor deswegen ohnehin noch einmal in die Gegend musste, kam Yvonne sogar persönlich vorbei, um bei Onkel Urs vorzusprechen.

Bei dem Gespräch der beiden im winzigen Arbeitszimmer meines Onkels waren wir nicht dabei und sie verriet uns auch nicht, was sie besprochen hatten. Doch es waren sicherlich nicht nur ihre Intelligenz und ihre guten Schulleistungen, sondern auch ihr Charme und ihre Anmut, die Onkel Urs dazu brachten, sich auf ihre Bedingung einzulassen. Auch er konnte Yvonne einfach keinen Gefallen abschlagen. So kam es, dass er ihr versprach, nun auch Marauns Antrag ebenso wohlwollend zu prüfen.

Es blieb jedoch sein Geheimnis, wie er es daraufhin gegen Ende der Ferien schaffte, seine Kollegen in den Gremien davon zu überzeugen, einen Jungen wie Maraun, der so oft in seinem Leben davongelaufen und durch jedes Raster gefallen war, an ihrem Internat nicht nur aufzunehmen, sondern auch noch das Schulgeld für ihn zu übernehmen.

Mit der Gewissheit eines Menschen, der glaubt, ein Wunder zu erfahren, sah ich meinem ersten Schultag entgegen. Yvonne, Maraun und ich hatten uns telefonisch verabredet und wollten uns um elf Uhr morgens am letzten Ferientag vor den Toren des Internats verabredet. Traditionell, so hatte man uns erklärt, würden die Neuankömmlinge bereits am Vormittag begrüßt, während alle anderen erst am Vorabend des ersten Schultages anreisten.

Meine Eltern boten mir an, mich zu fahren. Doch ich bat sie, erst am späten Nachmittag zur offiziellen Empfang, einer kleinen Feierlichkeit zur Eröffnung des neuen Schuljahrs, zu kommen und mir dann meine Sachen aus Großburgdorf mitzubringen. Auch von David wollte ich mich nicht begleiten lassen. Dieser Moment, dieses Wiedersehen sollte mir allein gehören, es sollte mein Neubeginn und mein Triumph sein.

Da Davids einziges Fahrrad seit Wochen mit einem Platten unbrauchbar in der Garage stand und er mir, anders als dem großen Maraun, wohl kaum sein Mofa leihen würde, musste ich den Weg zum Internat zu Fuß zurücklegen. Die Schule befand sich ein Stück außerhalb von Altenheimbach im eingemeindeten Ort Metzendorf. Ich ging rechtzeitig am frühen Morgen los. Alles, was ich mitnahm, waren ein Rucksack und viel Zuversicht.

Während ich durch ein Waldstück lief, dachte ich darüber nach, wie sehr ich mich verändert hatte in den letzten Monaten. Noch vor kurzem konnte ich mir nicht vorstellen, jemals die Schule zu wechseln. Die Aussicht darauf, mich als Neuer behaupten zu müssen und einer eingeschworenen Gemeinschaft schutzlos ausgeliefert zu sein, hatte mich immer abgeschreckt. Jetzt blickte ich dem gelassen entgegen. Nicht nur, weil ich Maraun wieder an meiner Seite haben würde, sondern auch, weil ich mich nicht mehr so angreifbar fühlte.

Ich wirkte vielleicht noch immer jünger als andere in meinem Alter, aber ich hatte mittlerweile sämtliche Dinge erlebt, von denen alle immer sprachen. Ich wusste nun, wie es sich anfühlte, bei einer Arbeit zu betrügen, mich ohne Eltern durchzuschlagen und verrückte Dinge für ein Mädchen zu tun. Ich konnte sogar mit einem knutschen. Geraucht, getrunken und mich geprügelt hatte ich auch schon.

Ich ahnte noch nicht, dass diese Sachen harmlose Kindereien und lächerliche Jugendabenteuer waren, im Vergleich zu dem, was mich noch erwartete, ja mir bereits unmittelbar bevorstand.

Der Wald lichtete sich langsam und ich sah am Horizont bereits die Umrisse des großen Internatsgebäudes, als ich plötzlich ein Geräusch, das wie das Rascheln einer kleinen Glocke klang, hinter mir vernahm.

Ich drehte mich um, doch da war nichts Verdächtiges. Nach wenigen Schritten hörte ich das Geräusch erneut, diesmal noch näher. Wieder drehte ich mich um. Es musste sich um einen entlaufenen Hund oder eine Katze handeln, auch wenn ich nichts dergleichen sah.

Doch dann entdeckte ich einen Schatten hinter einem großen Baumstamm, der so groß war, dass er unmöglich einem Haustier gehören konnte. Ich hatte mit einem Tier gerechnet, doch es war ein Mensch, und er versteckte sich vor mir. Mein Herz schlug schneller. Wer verfolgte mich da?

Der alte Frederik wäre spätestens jetzt schreiend davongerannt, doch hatte ich mir nicht gerade selbst eingeredet, dass ich kein Angsthase mehr war?

Ich stellte mich meiner dennoch immer größer werdenden Furcht und rief laut, aber ohne panisch zu klingen: „Wer ist da? Wer verfolgt mich? Zeig dich, statt dich zu verstecken wie ein Feigling!"

Der Schatten bewegte sich tatsächlich. Unweigerlich schloss ich für einen kurzen Moment die Augen und überlegte, ob es nicht doch das Beste wäre, davonzulaufen, doch als ich sie wieder öffnete und sah, wer dort zum Vorschein kam, war ich ohnehin nicht mehr in der Lage, mich zu rühren.

Es war niemand geringeres als Merlin! Der verschollen geglaubte Zauberer lebte – und trug noch immer dieselbe skurrile

Umhängetasche mit den klimpernden Zierglöckchen, die ihn nun verraten hatte.

63

„Was machst du denn hier? Warum verfolgst du mich?", rief ich, mehr überrascht als ängstlich.

„Bist du alleine?", sagte Merlin leise und sah sich verunsichert um.

„Ja, das siehst du doch." Ich war noch immer völlig perplex.

„Gut. Ich möchte auf keinen Fall, dass meine Schwester mich so sieht. Sie darf nicht erfahren, dass du mich getroffen hast."

Erst da fiel mir auf, wie er sich verändert hatte. Obwohl er noch immer dieselbe ausgefallene Kleidung trug, sah er nicht mehr lässig, sondern verwahrlost aus. Die Löcher in seinen Jeans waren zu groß, als dass man sie noch als modisch hätte bezeichnen können. Seine zwei verschiedenfarbigen Socken blitzten durch ebenfalls porös gewordene Schuhe hindurch. Der dünnen Lederjacke fehlten etliche Knöpfe. Das T-Shirt, das er darunter trug, war schwarz – vor Schmutz.

Die schlimmste Veränderung betraf jedoch sein Gesicht. Es war stark eingefallen, die Augen sahen ungesund gerötet aus. Der Schalk in seinem Blick war einer diffusen Nervosität gewichen. Seine Pupillen waren weit geöffnet und bewegten sich rasch hin und her. Der Anblick war so unangenehm, dass ich es nicht vermochte, ihm längere Zeit in die Augen zu sehen.

„Wo warst du?", fragte ich.

„Ich war überall und nirgendwo. Das ist bedeutungslos. Hast du Geld dabei?"

Ich sah ihn fassungslos an. Wir hatten uns seit fast anderthalb Jahren nicht gesehen, und das Erste wonach er mich fragte war, ob ich ihm Geld geben könnte!

„Ich habe seit Tagen nichts Ordentliches mehr gegessen", versuchte er, seine dreiste Bitte im Nachhinein zu rechtfertigen.

Ich reichte ihm die Butterbrotdose, die mir meine Tante mitgegeben hatte. „Danke", sagte er und fiel sofort über das belegte Brötchen her. Noch mit vollem Mund fragte er mich wieder:

„Hast du nicht vielleicht doch noch ein bisschen Geld übrig? Du bekommst es auch zurück, versprochen!"

Ich gab ihm etwas Kleingeld, mehr hatte ich nicht dabei. Ich weiß auch nicht, warum ich es tat. Vielleicht, weil ich hoffte, er würde mir dann endlich erzählen, wo er gewesen war und mich doch noch zu Yvonne und Maraun begleiten.

„Ich bin gleich mit ihnen verabredet, komm doch am besten mit. Yvonne wird dir sicherlich verzeihen und kann dir viel besser helfen als ich", sagte ich.

„Yvonne kann mir nicht helfen. Es gibt nur eine Frau, die das kann. Die Frau, die ich liebe und die mich immer noch liebt, das spüre ich. Nur zusammen werden wir es schaffen. Nur sie versteht mich. Meine Fehler sind auch ihre. Dein Freund Maraun muss mich unterstützen. So wie ich ihm geholfen habe, Yvonne zu finden. Alleine schaffe ich es nicht mehr. Erinnere ihn an sein Versprechen. Sag ihm, ich warte hier im Wald auf ihn. Er soll seine Sachen packen, nur das Nötigste. Und Geld mitbringen, alles was er bekommen kann."

Merlin redete noch immer genauso voller Pathos wie bei unserer letzten Begegnung. Er war kein bisschen reifer geworden und nach wie vor das verrückte Kind, das einer verlorenen Jugendliebe hinterherrannte. Wie sehr er und Maraun sich doch ähnelten. Ich nahm mir vor, ihm von meiner Begegnung nichts zu erzählen, geschweige denn ihm Merlins Botschaft auszurichten. Ein zweites Mal würde mir niemand mehr meinen großen Freund nehmen!

Ich merkte, wie Wut in mir aufstieg. Was erlaubte sich dieser Junge eigentlich? Nach all der Zeit einfach so wieder aufzutauchen und alles kaputt machen zu wollen? Er hatte seine Schwester und seinen Vater in ihrer höchsten Not alleine gelassen. Ob er überhaupt wusste, dass der Senior tot war?

Als könne er meine Gedanken lesen – eine Fähigkeit, die ich dem Zauberer durchaus zutraute – fuhr er fort: „Verwandte haben mir alles erzählt. Auch, dass ihr jetzt alle drei auf das Internat gehen werdet. Nur von der Beerdigung habe ich zu spät erfahren, sonst wäre ich mit Sicherheit gekommen. Mein Vater bedeutete mir alles. Und ich liebe meine Schwester. Wenn wir Jennifer gefunden habe, werden wir zurückkehren und alles wird gut sein. Du hast recht, Yvonne wird mir vergeben, so wie sie auch Maraun vergeben wird. Du musst mir helfen, Frederik, bitte!"

Ich wusste, dass ich das nicht konnte, doch ich sagte es ihm nicht. Auch wenn es mir trotz aller Wut schwer fiel, ließ ich ihn einfach stehen. Ich setzte meinen Weg in Richtung des Internats fort, in der Hoffnung, er würde mir vielleicht doch noch folgen und seine Schwester ihn überzeugen, nicht mehr fort zu gehen und auch Maraun zu keinen Abenteuern mehr zu überreden.

„Ich muss jetzt los, die beiden warten schon auf mich", rief ich ihm zu, als ich mich bereits ein Stück entfernt hatte. Es kam keine Antwort. Unbeirrt lief ich weiter.

Einige Meter später drehte ich mich noch einmal kurz um. Merlin stand noch immer neben dem Baum, hinter dem er sich vor ein paar Minuten vor mir versteckt hatte, und sah mir regungslos hinterher. Ich konnte es aus dieser Entfernung nicht mehr genau erkennen, doch ich war mir sicher, dass er weinte.

Es war das letzte Mal in meinem Leben, dass ich den Jungen mit den vielen Namen sah.

64

Das Internat war ein imposantes Gebäude. Vor ein paar Tagen hatte mich Onkel Urs bereits einmal mitgenommen und ein wenig herumgeführt, doch jetzt, wo ich mich dem Hügel, auf dem es stand, gemächlich zu Fuß näherte und es zum ersten Mal aus der Distanz betrachtete, wirkte es noch mächtiger und prachtvoller.

Mein Onkel hatte mir erklärt, dass die Schule einst ein Schloss war, erbaut im 16. Jahrhundert auf den Resten einer mittelalterlichen Burg. Das Mauerwerk war verputzt und weiß gestrichen, hin und wieder verziert mit rotem und gelbem Sandstein. Die höchsten Punkte bildeten zwei spitze Turmhelme mit Schieferdächern an den Außenseiten des großen Herrenhauses im Zentrum der Anlage, die durch ihre Hügellage noch immer einer Festung glich.

Ringsherum standen weitere Nebengebäude neueren Datums. Bei der Einfahrt, dort wo einmal der Burggraben verlief, befand sich das einzige noch erhaltene mittelalterliche Relikt der ehemaligen Burg: ein steinerner Wehrturm.

Der prächtige Ausblick ließ mich die Gedanken an meine traurige Begegnung mit dem einstigen Zauberer verdrängen. Obwohl es nur eine Schule war und ich ein Schüler unter vielen, kam ich mir vor wie ein Schlossherr, wie ein König, der seine neue Residenz bezieht.

Neben dem Tor, am Fuße des Wehrturms, stand Yvonne – und nur Yvonne. Es muss mein entsetzter Blick gewesen sein, der sie dazu veranlasste, mich beruhigen zu wollen, noch bevor wir uns überhaupt begrüßten: „Mach dir keine Sorgen, er wird kommen. Er hat es mir versprochen", sagte sie, und als ob sein Versprechen allein als Sicherheit nicht ausreichen würde, fügte sie noch hinzu: „Schließlich hat er auch all unsere Sachen." Tatsächlich trug Yvonne nichts außer einer Handtasche bei sich.

„Es gab Probleme mit seiner Mutter. Er kann erst heute unsere Habseligkeiten bei ihr abholen und hat darauf bestanden, es allein zu tun, auch damit wenigstens ich unsere Verabredung einhalten kann. Onkel Gabor fährt ihn, sie müssten bald hier sein", erklärte sie weiter.

Dann umarmte sie mich doch noch zur Begrüßung. Ihr Haar duftete wunderbar. Leider trug sie nicht mehr so ein bezauberndes Kleid wie auf dem Fest, doch auch das modische Ensemble aus Jeanshose und -jacke stand ihr gut.

Es war viertel nach elf und die Begrüßung der Neuen durch den Rektor erst für zwölf Uhr geplant. Auf dem Parkplatz vor dem Tor herrschte dennoch bereits Hochbetrieb. Alle anderen Kinder waren, soweit ich das überblicken konnte, in Begleitung ihrer Eltern.

Ich fühlte mich ungemein erwachsen, denn offenbar waren wir die einzigen Neuankömmlinge, die allein anreisten. Fast hätte ich Yvonne darauf angesprochen, doch gerade noch rechtzeitig fiel mir ein, dass es besser war, es nicht zu tun. Schließlich hatte sie keine andere Wahl, als ohne ihre Eltern hier zu erschienen.

Ich hätte Yvonne gern über den großen Maraun ausgefragt, von dem ich noch immer so Vieles nicht wusste, das er ihr nun vielleicht erzählt hatte. Doch stattdessen begann sie das Gespräch mit einer scheinbar unverfänglichen Frage. „Bist du etwa zu Fuß gekommen, Frederik?"

Spätestens jetzt musste ich wieder an die Begegnung mit ihrem Bruder denken. Ich erzählte ihr nichts davon. Weil er mich darum gebeten hatte, aber auch, weil ich ihr keinen Kummer bereiten wollte.

„Ja. Es ist nicht so weit. Ein paar Kilometer bloß. Nichts im Vergleich zu den Strecken, die Maraun und ich letztes Jahr zu eurem Anwesen am Schönensee gelaufen sind."

Nun hatte ich zwar gekonnt das Thema gewechselt, aber Yvonne erneut an etwas erinnert, das sie verloren hatte, also beeilte ich mich, ihr ebenfalls eine Frage zu stellen. „Wie bist du eigentlich hergekommen? Hat dich jemand gefahren?"

„Nein, ich habe den Zug genommen und vom Bahnhof ein Taxi. Aber das macht mir nichts aus, es war eine schöne Fahrt. Ich liebe es, die Landschaft an mir vorbeirauschen zu lassen und dabei Musik zu hören." Sie zeigte auf die Kopfhörer eines Walkmans, die aus ihrer Handtasche heraushingen.

Ich besaß keinen tragbaren Kassettenspieler, doch ich konnte mir gut vorstellen, dass sie recht hatte. „Bahnfahren finde ich auch toll", sagte ich, begeistert davon, dass Yvonne und ich eine Gemeinsamkeit hatten.

„Ich weiß. Jonas hat mir von deiner Leidenschaft erzählt. Er hat mir noch etwas verraten, was dir gefällt", sagte sie und kramte erneut in ihrer Handtasche. „Eigentlich hätte ich damit ja gewartet, aber er wollte, dass du es gleich bekommst. Das ist von uns beiden, als Dankeschön für deine Mühe. Für David haben wir auch noch eine Kleinigkeit, aber du hast dir das größere Geschenk verdient, denn ohne dich wären wir nicht zusammengekommen."

Sie überreichte mir ein in Geschenkpapier eingewickeltes Päckchen und forderte mich auf, es sofort zu öffnen. Als ich sah, was sich darin verbarg, machte ich große Augen: Es war ein Gameboy! Fast jeder in meiner alten Klasse hatte mittlerweile eine solche tragbare Konsole, nur mir war sie immer verwehrt geblieben. Ich strahlte und Yvonne auch. Es schien ihr Freude zu machen, Menschen zu beschenken.

„So einen wollte ich wirklich schon immer haben. Danke! Aber ist das nicht viel zu teuer?", sagte ich, überwältigt von so viel Großzügigkeit, schließlich wusste ich um die Verhältnisse, in denen Yvonne lebte.

„Ach was! Das hast du dir wirklich verdient."

Normalerweise mied ich aus Scheu und Zurückhaltung allzu innigen Körperkontakt mit anderen Menschen, aber in diesem Moment verspürte ich große Lust, sie erneut zu umarmen. Doch da es von mir hätte ausgehen müssen und ich mich nicht traute, kam es nicht dazu.

Nachdem wir noch eine Weile über das Geschenk gesprochen hatten, fragte ich Yvonne endlich, wie es ihr geht. „Ich bin glücklich und gleichzeitig traurig, falls das überhaupt möglich ist", antwortete sie mit einem sanften Lächeln. „Jonas ist so ein besonderer Mensch. Ich spüre, wie sehr er Anteil nimmt an dem, was passiert ist. Er tut so viel für mich und dennoch habe ich manchmal das Gefühl, ich müsste ihn trösten und nicht umgekehrt."

Ich hatte noch immer keine Vorstellung davon, was es gewesen sein mochte, das Maraun so traurig stimmte, doch anders als Yvonne konnte ich ausschließen, dass der Grund dafür der Tod des Seniors war. Schon auf dem Jahrmarkt, als Yvonnes Vater noch lebte und Maraun nichts von ihrem tragischen Schicksal ahnen konnte, hatte ich erfahren müssen, dass ein Schatten auf der Seele meines großen Freundes lag. So mächtig und dunkel, dass noch nicht einmal seine große Liebe vermochte, ihn darüber hinwegzubringen.

„Vielleicht macht ihm auch die Sache mit seiner Mutter zu schaffen. Hast du sie mal kennen gelernt?", fragte ich.

„Nein. Ich glaube, er schämt sich für sie. Sie ist zwar schon seit Monaten nicht mehr in der Klinik, aber nimmt noch immer täglich starke Medikamente und verlässt ihre kleine Wohnung so gut wie nie. Jonas würde es nicht zugeben, aber ich denke, er ist froh, dass er nun wieder etwas Abstand zu ihr bekommt. Die beiden haben sich nicht mehr viel zu sagen, nach all den Jahren, die sie getrennt waren. Ich fürchte, das würde mir mit meinem Bruder genauso gehen, falls ich ihn jemals wiedertreffe."

Mich überkam mein schlechtes Gewissen, da ich ihr vorenthielt, wie nah sie ihrem Bruder in diesem Moment war, zumindest geografisch. Da von Maraun noch immer jede Spur fehlte, beschlich mich zudem die Angst, dass Merlin ihn bereits auf dem Weg abgefangen und für seinen verrückten Fluchtplan gewonnen haben könnte.

Doch dann, buchstäblich um fünf vor zwölf und als alle anderen bereits in Richtung des Hauptgebäudes aufgebrochen waren, kam er doch noch. Gabors klappriger Wagen hielt vor dem Tor und Maraun stieg aus. Der Schausteller lud einen Koffer, eine große Sporttasche und zwei Umzugskisten aus.

Maraun begrüßte Yvonne mit einer Umarmung und einem langem Kuss, als hätten sie sich Ewigkeiten nicht gesehen. Auch ich bekam eine Umarmung von ihm.

„Dann wollen wir mal, nicht dass es gleich am ersten Tag Ärger wegen Zuspätkommens gibt", sagte er gutgelaunt. Freundschaftlich legte er einen Arm auf meine, den anderen auf Yvonnes Schulter.

Wie drei treue Gefährten gingen wir so in Richtung unseres neuen, gemeinsamen Zuhauses. Gabor begleitete uns und trug die Kisten, während Yvonne den Koffer hinter sich herzog und Maraun sich die große Sporttasche umgehängt hatte.

Gemeinsam mit etwa zwei Dutzend weiterer Kinder, die meisten davon deutlich kleiner als ich, führte uns nach einer kurzen Ansprache des Rektors seine jüngere Stellvertreterin durch das Internat, das mit einer Vielzahl an modernen Technik- und Werkräumen weitaus besser ausgestattet war als das Gymnasium in Großburgdorf.

An manchen Stellen jedoch, dort wo noch alte Kronleuchter an der Decke und Ölgemälde an den Wänden hingen, glich es auch von innen einem alten Schloss. Auch wenn ich nie dagewesen war, erinnerte mich das Gebäude an das ehemalige Anwesen der Lammés.

Unter dem Dach des alten Herrenhauses waren die Schlafsäle von Maraun und mir untergebracht. Er sollte wieder in dieselbe Klasse wie ich gehen, auch wenn ihm einige Monate an Stoff fehlten. Yvonne hingegen kam in die Oberstufe und hatte daher auch das Privileg, ein komfortableres Einzelzimmer in einer kleinen Wohngruppe im Neubau zu beziehen.

Ich weiß nicht, ob die Idee auf dem Mist der Internatsleitung gewachsen war oder ob mein Vater im Hintergrund die Strippen gezogen hatte, jedenfalls wollte man Maraun und mir kein gemeinsames Zimmer geben. Aller Protest bei der netten, aber resoluten Vize-Rektorin war vergebens.

Am Nachmittag, nach der ersten und letzten Mahlzeit im kleinen Kreis der Neuen, lernte ich meinen Zimmergenossen kennen. Er hieß Louis, war so alt wie ich und seit der sechsten Klasse Internatsschüler in Metzendorf.

„Rauchst du etwa?", war die erste Frage, die er mir stellte, als wir zum ersten Mal alleine auf unserem Zweibettzimmer waren. Jetzt merkte ich, dass meine Kleidung tatsächlich etwas nach Rauch stank, was jedoch nur daran lag, dass ich kurz zuvor Maraun heimlich in eine einsame Ecke des Schulhofes zu seinem Laster begleitet hatte, ganz wie in alten Zeiten.

Es war ja nicht das Verkehrteste, dachte ich mir, wenn er von mir glaubte, ich hätte – auch noch als Neuer - den Mut, so etwas Verbotenes zu tun, also ließ ich ihn in dem Glauben und stellte stattdessen eine Gegenfrage. „Wäre das schlimm?"

„Ist deine Sache. Solange sie dich nicht erwischen. Aber ich halte nichts davon. Ich bin Leistungssportler, da verbietet sich sowas", sagte er.

Viel mehr erfuhr ich auch in der Zeit danach nicht von ihm. In jeder freien Minute trainierte er, alleine oder mit der ambitionierten Schulmannschaft. Mein zurückhaltender Zimmergenosse träumte, wie so viele Jungs, den großen Traum vom Profifußballer.

Im Nachhinein war ich erleichtert, dass er sich anders als ein Großteil meiner ehemaligen Klassenkameraden gar nicht davon beeindrucken ließ, dass ich etwas Illegales oder Erwachsenes getan hatte. Ich musste hier niemandem mehr etwas vorspielen. Was ich tat oder ließ, war Louis auf angenehme Weise egal, das hatte er mir von Anfang an zu verstehen gegeben.

Ich dachte bereits, dies wäre die womöglich wichtigste Erkenntnis an meinem ersten Tag im Internat, als ich am frühen Abend eines Besseren belehrt wurde.

Die offizielle Feier zur Schuljahreseröffnung stand unmittelbar bevor. Auf dem Weg von den Schlafräumen nach unten, wo mich meine Eltern bereits erwarteten, ging ich an Marauns Zimmer vorbei, um ihn abzuholen, doch dort war niemand.

Ich wollte es bereits wieder verlassen, da ich davon ausging, er wäre schon vorgegangen, als mir etwas Verdächtiges auffiel: Während die beiden Umzugskisten noch immer auf dem Boden standen, war Marauns große Sporttasche nicht mehr dort. Ich sah im Schrank, unter dem Bett und sogar im kleinen Badezimmer nach, doch nirgendwo fand ich Marauns einziges Gepäckstück.

Mein Herz begann vor Aufregung zu rasen, denn ich hatte sofort einen Verdacht. Die Worte von Merlin waren mir noch gut in Erinnerung. Ich versuchte, mich zu beruhigen, redete mir ein, er könnte seine Tasche auch bei Yvonne abgestellt haben und nahm mir vor, sofort zu ihr zu laufen, in der Hoffnung, ihn dort aufzufinden.

Doch wieder hielt mich eine Entdeckung davon ab: Im ansonsten völlig leeren Papierkorb neben der Tür fiel mir eine dunkle Karte ins Auge. Ich holte sie mit zitternder Hand hervor. Längst hatte ich sie wiedererkannt. Es war der Teufel.

65

Ich rannte das große Treppenhaus hinunter ins Foyer, das bereits gut gefüllt war. Meine Eltern entdeckten mich sofort und winkten, doch ich tat so, als hätte ich sie gar nicht gesehen.

Auf einer Bank im Hof saß Yvonne, den Blick gesenkt und mit einem Taschentuch in der Hand. Spätestens da wurde mir klar, dass er schon weg war.

Ich rannte so schnell ich konnte durch das Tor, am Turm vorbei den Feldweg in Richtung des Waldes, der tief stehenden Abendsonne entgegen. Als ich den Waldrand erreichte, musste ich Halt machen, da ich völlig außer Atem war und mich schmerzhafte Seitenstiche lähmten.

Ich hätte ihre Namen rufen sollen, doch ich brachte nur einen lauten, gequälten Schrei hervor, auf den niemand außer ein paar aufgeregt davonfliegender Vögel reagierte.

Was hätte ich darum gegeben, das Klingeln von Merlins Tasche irgendwo hinter einem Baum zu hören, doch es blieb alles still. Sie waren längst weg und ich hatte es nicht verhindern können.

Niedergeschlagen lief ich zurück zum Schulgebäude. Während drinnen die Feier bereits in vollem Gange war, saß Yvonne noch immer leise weinend auf der Bank. Ich setzte mich zu ihr, doch sie beachtete mich gar nicht.

Dann fasste ich mir ein Herz, rückte ein Stück näher und umarmte sie. Erst saß sie nur regungslos da, doch dann erwiderte sie zum Glück meine Umarmung.

„Es tut mir so leid, Yvonne", flüsterte ich. Obwohl es der große Maraun war, der uns durch sein erneutes Abhauen in diese furchtbare Situation gebracht hatte, überkam mich in diesem Moment ein seltsames Schuldgefühl ihm gegenüber. Schließlich umarmte ich die Frau, die er liebte, und obwohl ich noch immer wütend und verzweifelt war, tat es gut, ihre Nähe zu spüren.

„Er hat nach dir gesucht, wollte sich von dir auch verabschieden, aber dann hatte er keine Zeit mehr und ist einfach los. Was ist nur in ihn gefahren? Heute Vormittag war ich mir noch so sicher wie nie zuvor, dass er hierbleiben würde, und jetzt ist er weg."

Ich kannte die Antwort und war nicht mehr länger in der Lage, die Wahrheit zurückzuhalten. Yvonne wirkte zu meinem Erstaunen nicht einmal sonderlich überrascht, als ich ihr von meiner Begegnung mit Merlin erzählte. „Ich habe es irgendwie geahnt, dass er noch lebt und dass er etwas damit zu tun hat, auch. Wenn mein Bruder sich etwas in den Kopf setzt, dann gibt es nichts auf der Welt, das ihn daran hindert, es umzusetzen. Nur meine Mutter konnte das."

Wieder brach Yvonne in Tränen aus. „Er hat mir versprochen, dass er wiederkommt, aber ich weiß nicht mehr, ob ich ihm noch vertrauen kann. Erinnerst du dich noch an den Abend der Feier?

Da hat er schon gesagt, er müsse erst noch etwas Wichtiges erledigen und ich solle auf ihn warten."

Yvonnes Taschentuch war bereits völlig aufgeweicht. Ich durchkramte meine Hosentaschen doch fand keins. Unweigerlich kullerten auch mir die Tränen die Wange hinunter, während Yvonne mit schwacher Stimme fortfuhr.

„In den Tagen danach, als mein Vater starb, habe ich nicht mehr daran gedacht. Erst vor Kurzem fiel es mir wieder ein und ich habe ihn mehrfach gefragt, was er damit meinte, doch er hat sich immer vor einer Antwort gedrückt. Du bist sein Freund und kennst ihn viel besser als ich. Was für ein Versprechen ist das bloß, dass er meinem Bruder gegeben hat?

„Dass er ihm dabei hilft, Jennifer zu finden, so wie dein Bruder ihm geholfen hat, dich zu finden", fasste ich das zusammen, was ich Yvonne gerade schon erzählt hatte, doch diese Antwort war für sie wohl genauso wenig zufriedenstellend wie für mich.

„Aber warum verlässt er uns dafür? Letztlich hat euch mein Bruder nur eine Karte gegeben, zu einem Ort an dem ich mich nicht einmal mehr aufhielt. Wie kann er nun von Jonas verlangen, dass er ihn auf dieser aussichtslosen Suche begleitet? Und falls Jonas weiß, wo das davongelaufene Straßenmädchen zu suchen ist, wieso sagt er es ihm nicht einfach? Es muss doch noch einen anderen Grund geben, weshalb er gegangen ist", entgegnete Yvonne unter Tränen.

Da hörte ich hinter uns die Stimme meines Onkels. „Wo bleibt ihr denn? Deine Eltern suchen dich schon überall, Frederik!"

Als wären unsere eigenen, unbeantworteten Fragen nach dem Warum nicht schon schlimm genug, mussten wir schließlich auch noch die Schmach ertragen, die Marauns Verschwinden für uns bedeutete. Verbittert räumten wir gegenüber meinen Eltern und dem Rektor ein, dass der Junge, um dessen Platz auf dem Internat wir so sehr gekämpft hatten, bereits vor dem ersten Schultag das Weite gesucht hatte.

„Früher oder später kommt er zurück, ich bin mir ganz sicher. Er hat es mir versprochen", sagte Yvonne.

„Das mag sein. Aber höchstens, um seine Sachen abzuholen.

Unter diesen Umständen werden wir ihn hier keinesfalls auch nur einen Tag dulden", sagte der Rektor. Er informierte die Mutter telefonisch, die ebenfalls keine Nachrichten von ihrem Sohn erhalten hatte. Dennoch alarmierte niemand die Polizei. „Ich habe formell erst ab morgen die Aufsichtspflicht. Es liegt an den Erziehungsberechtigten, ob sie die Behörden einschalten oder nicht. Schließlich ist der junge Mann fast erwachsen und muss langsam selbst wissen, was er da tut."

Kurz überlegte ich, ob ich meine Eltern bitten sollte, mich einfach wieder mit nach Hause zu nehmen, damit dieser Albtraum ein Ende hätte und alles wieder wie früher werden könnte, doch da das ein unmöglicher Wunsch war, tat ich es nicht. Außerdem wollte ich Yvonne nicht auch noch im Stich lassen.

In den Tagen und Wochen danach verbrachten wir die Nachmittage mit gemeinsamem, vergeblichem Warten. Wir machten die Hausaufgaben gemeinsam, vor allem aber redeten wir viel, trösteten uns gegenseitig und teilten unseren Schmerz. So fand ich zwar unter meinen neuen Mitschülern keinen Anschluss, doch dafür lernten Yvonne und ich uns immer besser kennen, so gut, dass sie mir ein intimes Geständnis machte.

„Ich glaube, ich trage eine Mitschuld daran, dass er gegangen ist", sagte sie eines Nachmittags, als wir wie so oft auf der Bank im Kräutergarten saßen, unserem Lieblingsplatz in der gesamten Anlage, da sich dorthin außerhalb der Gartenarbeitsstunden nur selten jemand verirrte. Ich wollte ihr bereits widersprechen, doch sie ließ mich nicht zu Wort kommen.

„Anderthalb Jahre lang hat er mich wie ein Besessener gesucht. Er ist fest davon ausgegangen, dass ich der Himmel auf Erden für ihn bin. Dieser Gedanke hat ihn in schwierigen Zeiten am Leben gehalten. Und plötzlich stehe ich vor ihm. Die Frau, von der er immer geträumt hat. Du weißt doch, was mit einer Fata Morgana passiert, wenn man ihr zu nahe kommt, oder?"

„Aber du hast dich doch nicht in Luft aufgelöst, sondern er sich", warf ich ein.

„Das mag sein. Und sicherlich auch, weil ich seine Erwartungen nicht erfüllen konnte."

„Wieso denkst du das? Du hast doch erzählt, dass ihr nie Streit hattet", sagte ich.

„Das ist es ja gerade. Vielleicht war es mehr Harmonie als eine Liebe aushalten kann. Er hat so viele Hoffnungen in mich gelegt, mich so sehr angehimmelt und verehrt, dass ich für einen kurzen Moment wirklich glaubte, ich sei die Prinzessin, die er in mir sieht, das große Glück seines Lebens. Wie konnte ich nur so etwas Hochmütiges denken. Dieser Gedanke ist der wahre Grund für sein Verschwinden."

Ich war berührt von der Bescheidenheit und Güte dieses Mädchens und gleichzeitig bestürzt darüber, dass sie so von sich dachte und die Schuld für das, was man ihr angetan hatte, bei sich selbst suchte.

Was, wenn sie vielleicht sogar zu gütig war? Wäre Maraun – ein Junge, der sich immer lieber bestrafen ließ statt sich zu entschuldigen – vielleicht noch hier, wenn sie entschlossener versucht hätte, ihn davon abzuhalten? Wenn sie nicht sich selbst, sondern ihm Vorwürfe an den Kopf geworfen hätte, als er sich von ihr am Vorabend des ersten Schultages überhastet verabschiedet hatte?

Ich wagte es nicht, diese Gedanken auszusprechen, denn wie könnte ich Yvonne für ihre treue, ja beinahe blinde Liebe verurteilen. So wie auch sie mir nie einen Vorwurf machte, dass ich ihr nicht schon am Morgen von meiner Begegnung mit ihrem Bruder erzählt hatte. „Es ändert doch nichts. Wenn er nicht wollte, dass ich ihn sehe, dann hätte ich ihn auch nicht zu Gesicht bekommen", sagte sie nur.

Neben dem Kräutergarten stand ein Hühnerstall, der von einigen Schülern bewirtschaftet wurde. Louis hatte mir erzählt, dass gerade eine ganze Horde Küken das Licht der Welt erblickt hatte und um Yvonne etwas aufzuheitern, wollte ich sie ihr zeigen.

Die quietschgelben Tierchen saßen eng aneinander in ihrem Nest. Sie mussten erst vor kurzer Zeit geschlüpft sein, so winzig und schutzlos wie sie wirkten. „Sind sie nicht süß?", sagte ich zu Yvonne, doch statt des erhofften Lächelns hatte sie Tränen in den Augen.

„Alles in Ordnung?", fragte ich erstaunt.

„Ja, es ist nur… Das erinnert mich an meine Kindheit, wie Arthur und ich auf dem Bauernhof vom alten König mit den Küken gespielt und sie gestreichelt haben, wir waren ganz verrückt danach."

Ich lächelte, während Yvonne noch immer feuchte Augen hatte. „Ich befürchte, die sind noch zu klein, um sie zu streicheln und mit ihnen zu spielen. Aber bald sind sie groß genug", sagte ich.

Yvonne schien mir gar nicht zugehört zu haben. Mit ihren großen Augen, die selbst dann noch wunderschön waren, wenn sie weinte, blickte sie mich an.

„Ich muss dir etwas sagen, Frederik. Ich bin schwanger."

66

Yvonne wollte das Baby unbedingt behalten. „Ich habe mir immer gewünscht, ein Kind zu haben. Auch wenn es eigentlich noch viel zu früh ist."

Ich sagte ihr meine Unterstützung zu, doch wenn sie mit beinahe achtzehn sich noch zu jung fühlte, wie sollte ich ihr dann mit meinen fünfzehn Jahren eine Hilfe sein?

Wir sprachen mit niemandem darüber und wollten ihre Schwangerschaft so lange es ging geheim halten. „Was machen wir, wenn es irgendwann doch rauskommt?", fragte ich sie.

„Ich hoffe sehr, dass es irgendwann rauskommt", sagte sie und zeigte schmunzelnd auf ihren noch vollkommen flachen Bauch.

Ich lächelte ebenfalls und bewunderte sie für ihren Optimismus und ihren Mut. Als ich Jahre zuvor im Biologieunterricht erfahren hatte, wo die Babys herkamen, war ich froh und erleichtert, ein Junge zu sein. Noch immer hatte ich das Gefühl, dass eine Geburt eine zu große Sache war.

Vom werdenden Vater gab es noch immer kein Lebenszeichen, auch als der Bauch langsam wuchs. An einem Herbstwochenende begleitete ich Yvonne in den Ort, wo sie sich nach Kleidern umsah, die ihren Umständen entsprachen und sie soweit möglich kaschierten.

„Sie werden mich schon nicht gleich rauswerfen. Solange es noch geht, möchte ich weiter in die Schule gehen", sagte sie.

Wir verbrachten jeden Nachmittag zusammen. Alle dachten, wir wären ein Paar, was mir in meiner Klasse trotz meiner Außenseiterstellung Respekt und Anerkennung einbrachte. Schließlich war Yvonne nicht nur über zwei Jahre älter, sondern in den Augen vieler auch noch das schönste Mädchen der Schule.

Ich schwieg dazu. Anders als in Großburgdorf verriet ich niemandem unsere Geschichte und das Geheimnis des großen Maraun.

Eines Tages sprach mich mein Zimmergenosse Louis auf ein weiteres Gerücht an, das gerade begann, die Runde zu machen. „Weißt du, was einige aus der Klasse denken? Sie glauben, dass Yvonne nur dein Alibi ist, deine beste Freundin, weil du dir in Wirklichkeit gar nichts aus Frauen machst."

Ich dachte an die trotz allem noch immer vorhandene Faszination für meinen großen Kameraden und obwohl wir nie mehr als Freunde gewesen waren, fühlte ich mich seltsam ertappt. „Wer sagt das? Und warum denken sie das?"

„Ein paar Mädchen, Silvia und ihre Freundinnen glaube ich. Ich habe es zufällig auf dem Hof in der Pause aufgeschnappt, als du mal wieder bei Yvonne warst. Aber jetzt mal unter uns, Frederik: Du und Yvonne, da läuft doch nichts, oder? Ganz ehrlich, ohne dir zu nahe treten zu wollen, sie spielt in einer anderen Liga als du, als wir alle!"

Ich mochte Louis, aber die Freundschaft zu Yvonne war viel zu kostbar und einzigartig, um sie mit pubertierenden Jungs zu diskutieren, also schwieg ich, ganz wie es Maraun getan hätte.

Bei unserem nächsten Treffen erzählte ich Yvonne von dem, was Louis gesagt hatte. „Damals, als mein Bruder und ich noch gemeinsam hier zur Schule gingen, gab es die gleichen Gerüchte über ihn. Wenn man anders ist, besonders, dann wird in diesem Alter immer getratscht. Mach dir nichts daraus", sagte sie.

Yvonne bedeutete mir alles. Und trotzdem hatte ich bei jeder unserer Umarmungen, die sich als Begrüßungs- und Abschiedsritual etabliert hatten, ja selbst bei jeder noch so kleinen, flüchtigen Berührung zwischen uns das Gefühl, eine verbotene, unsichtbare Grenze zu überschreiten.

Ganz anders waren unsere Gespräche. So frei und offen hatte ich mich noch mit keinem anderen Menschen zuvor unterhalten können. Der traurigen Grundstimmung zum Trotz lachten wir viel und lenkten uns mit den Anekdoten des Alltags ab. Etwa, wenn ‚Tante Uschi' sich mal wieder hoffnungslos von seinen Schülern hinters Licht hatte führen lassen, weil er weder ihre Namen noch ihre Gesichter auseinanderhalten konnte. Oder wenn sein Sohn David, der immer noch nicht aufgab, erneut durch arg einstudiert wirkende Komplimente unbeholfen um die Gunst von Yvonne warb.

Mit der Zeit begannen wir, auch über die Vergangenheit zu sprechen – oder zumindest über die Teile davon, an die wir überwiegend positive Erinnerungen hatten. Yvonne erzählte mir von den Streichen, mit denen Arthur und sie ihre Freunde als Kinder in Angst und Schrecken versetzt hatten, etwa indem sie sich dank Theaterschminke aus dem Familienfundus und Bettlaken in Schlossgespenster verwandelt hatten.

Ich berichtete Yvonne dafür von den Abenteuern, die Maraun und ich während unserer gemeinsamen Zeit in Großburgdorf durchlebt hatten. Sie wollte alles wissen, bis ins letzte Detail, sowohl über Maraun, als auch über Merlin. Es schien, als brauchte sie den Schmerz der Erinnerung, um dem noch größeren Schmerz des Vergessens vorzubeugen.

Worüber sie hingegen nie mehr ein Wort verlor, war der Abend, an dem ihr Vater starb und die kurze Zeit danach, in der sie und Maraun zueinander gefunden hatten.

Auch ich hatte eine Phase, die ich in meinen Erzählungen aussparte, weil sie mir peinlich war und ich sie vergessen wollte. Von meiner Anbiederung bei meinen Klassenkameraden im Schuljahr nach Marauns Aufbruch erzählte ich ihr nichts.

Außerdem verschwieg ich ihr die drei Briefe, die mir mein großer Freund damals aus der Stadt geschrieben hatte. Ich befürchtete, es könnte sie verletzen und ihr noch deutlicher vor Augen führen, wie unverständlich es war, dass Maraun ihr in den vielen Wochen seit seinem Aufbruch noch nicht einmal ein paar Zeilen hatte zukommen lassen.

In den Herbstferien, die Yvonne als eine der wenigen Schüler mit Ausnahmegenehmigung am Internat verbringen durfte, vermisste ich sie noch schmerzlicher als an den vorherigen, ebenfalls schon viel zu langen Wochenenden ohne sie. In Großburgdorf langweilte ich mich zu Tode. Zu meinen alten Freunden, die eigentlich nie welche gewesen waren, hatte ich keinen Kontakt mehr.

Meinen Eltern erzählte ich nichts von den Dingen, die mich bedrückten. Sie waren froh, mich wenigstens an den Wochenenden bei ihnen zu wissen, verwöhnten mich gutem Essen sowie vielen kleinen Geschenken und stellten kaum Fragen.

Es blieben mir nur meine Modelleisenbahn, meine Bücher sowie die Erinnerungen, die mir in meiner alten Heimat an jeder Ecke über den Weg liefen und die ich sorgsam im Gedächtnis festhielt, wie ein Sammler, um bei meiner Rückkehr wieder etwas zu haben, wovon ich Yvonne berichten konnte.

Je näher der Winter rückte, umso schwerer wurde es, das, was in ihrem Bauch heranwuchs, zu verbergen. Hatten ihre Klassenkameradinnen zu Anfang nur über ihre neuen, viel zu weiten und ganz und gar unmodischen Kleider gelästert, so verbreiteten sie nun das Gerücht, Yvonne könne schwanger sein.

Schließlich machte sie auch noch den Fehler, sich einem netten, aber leider sehr gesprächigen Mädchen aus ihrer Wohngruppe anzuvertrauen, und ehe man sich versah, wusste die ganze Schule Bescheid.

Die Lehrer bekamen ebenfalls Wind davon, auch weil Yvonne des Öfteren im Unterricht fehlte. Immer häufiger litt sie unter Übelkeit und Unwohlsein, so dass sie auf ihrem Zimmer blieb. Ich sah nach ihr in jeder Pause.

Der Rektor gestattete ihr den Schulbesuch, solange es medizinisch vertretbar war. „Wenn du nach der Geburt weiter die Schule besuchen möchtest, brauchst du jemanden, der das Kind zu sich nimmt, einen Verwandten oder eine Pflegefamilie", sagte er, doch Yvonne konnte sich nicht vorstellen, ihr Kind fremden Leuten anzuvertrauen.

Ihre Familie, die nahezu ausschließlich dem sogenannten ‚fahrenden Volk' angehörte, erschien ihr genauso wenig geeignet. „Das hat mir gerade noch gefehlt", waren die ersten Worte ihres Onkels, als er von der Nachricht erfuhr. Der Rektor hatte darauf bestanden, Gabor zu informieren, da ihm das Sorgerecht für Yvonne nach dem Tod des Vaters zugesprochen worden war.

Anders als ich glaubte Yvonne noch immer, dass Maraun bald wieder auftauchen würde, dabei gab es dafür keinerlei Anzeichen. Niemand aus der großen Schaustellerfamilie, so berichtete uns der in der Verwandtschaft gut vernetzte Gabor, hatte Merlin in letzter Zeit gesehen. Auch Marauns Mutter, die dem Rektor versprechen musste, sich zu melden, falls ihr Sohn auftauchen sollte, ließ nichts von sich hören.

„Wir besorgen dir eine Sozialwohnung in Altenheimbach. Ich komme jeden Nachmittag und an den Wochenenden und helfe dir mit dem Baby", schlug ich vor.

Sie sah mich mit gläsernem Blick an. „Danke, Frederik. Ich weiß das sehr zu schätzen. Aber ich hoffe und glaube, dass es nicht nötig sein wird. Wenn das Baby auf die Welt kommt, ist Jonas wieder da und wenn er erst einmal Vater ist, wird er nicht mehr gehen, da bin ich mir sicher. Er wird mich um Verzeihung bitten und ich ihm vergeben, denn er ist ein guter Mensch, trotz allem", sagte sie und ich wusste nicht, ob ich sie für ihre Treue und ihren Optimismus bewundern oder für ihre Naivität bemitleiden sollte.

Selbst wenn er bald zurückkehrte und für immer bliebe, wäre er genauso wenig wie ich in der Lage, sich um ein Kind zu kümmern. Schließlich war er, waren wir alle nichts anderes als große Kinder.

Doch dann, es war bereits Anfang Dezember und Yvonne im fünften Monat, erreichte uns eine Nachricht von Onkel Gabor. Ein Vetter zweiten Grades habe vor ein paar Tagen einen Jungen, der ihn stark an den jüngsten Sohn des Seniors erinnerte, am Rande eines Weihnachtsmarktes in Belgien nahe der deutschen Grenze gesehen, wo er gemeinsam mit einem anderen, großgewachsenen Jungen, etwa im selben Alter, seine Dienste als Kartenleger feilbot.

Auch wenn kein Zweifel bestand, dass es sich um Merlin und

Maraun handeln musste, machte ich mir wenig Hoffnung. Doch Yvonne war wild entschlossen. „Wir müssen nach Belgien und sie suchen. Ich möchte ihn endlich wiedersehen, ihn zurückholen. Ich möchte, dass er erfährt, dass er ein Kind bekommt. Und ich will wissen, warum er gegangen ist."

67

„Ich halte das für keine gute Idee", erwiderte ich. „Wir können doch nicht einfach abhauen, ins Ausland noch dazu, und…"

„Du hast recht. Das kann ich nicht von dir verlangen. Entschuldige bitte. Ich fahre alleine", unterbrach sie mich.

„Niemals! In deinem Zustand?"

„Es geht mir gut, Frederik!", sagte sie, doch klang dabei wenig überzeugend.

„Ich werde sofort diesen Verwandten anrufen, damit er mir sagt, wo genau er die beiden gesehen hat." Ich folgte ihr zum öffentlichen Münztelefon in den Gang vor dem Speisesaal. Die Telefonnummer hatte sie sich von ihrem Onkel geben lassen. Wenn sie wollte, konnte sie genauso stur sein wie ihr Freund.

Ohne Höflichkeiten auszutauschen, so wie es eigentlich gar nicht ihre Art war, kam Yvonne direkt zu ihrem Anliegen. „Bist du sicher?"… „Ja, in Ordnung, danke trotzdem."

Als sie auflegte, begann sie zu weinen. „Sie sind nicht mehr da. Man hat sie verjagt, weil sie keinen richtigen Stand hatten, da sie die Gebühren dafür nicht bezahlen konnten. Was sind das bloß für herzlose Marktaufseher, die zwei mittellose junge Männer im kalten Winter einfach fortschicken."

Ich wunderte mich darüber, dass sie noch immer Mitleid mit Maraun und Merlin hatte. In mir hingegen wuchs die Wut mit jedem Tag, den sie sich nicht meldeten. Wie konnten sie, wie konnte insbesondere Maraun ihr das antun?

Zumindest hatte sich auf diese Art die verrückte Idee erübrigt, nach Belgien aufzubrechen, da wir noch nicht einmal mehr wussten, ob sie sich überhaupt noch dort aufhielten.

Die Weihnachtsferien standen vor der Tür und diesmal konnte Yvonne nicht in der Schule bleiben, da das Internat schließen würde. Ihr Onkel Gabor hatte vor Kurzem eine neue Liebschaft kennengelernt, die Inhaberin einer Schmalzbäckerei, und verbrachte die Feiertage in deren Winterdomizil. Yvonne mochte sich dafür jedoch genauso wenig begeistern wie für die gut gemeinten, aber dennoch wohl eher aus Mitleid erfolgten Festtagseinladungen weiterer Familienmitglieder, die sie jahrelang nicht gesehen hatte.

„Hättest du Lust, die Ferien mit mir in Großburgdorf zu verbringen? Ich habe schon mit meinen Eltern gesprochen, sie wären einverstanden", schlug ich vor.

Zum Glück stimmte sie zu. Meine Eltern verstanden sich wunderbar mit ihr. Mein Vater, der sich zuvor mir gegenüber noch sehr besorgt, ja beinahe verärgert über ihre Schwangerschaft geäußert hatte, hielt sich zurück und meine Mutter hörte gar nicht mehr auf, ihr gut gemeinte Ratschläge zu geben, die Yvonne dankbar annahm.

„Du solltest unnötige Anstrengungen vermeiden", lehnte sie jedes Mal ab, wenn Yvonne anbot, ihr im Haushalt oder in der Küche zu helfen. Wie jedes Jahr arbeitete meine Mutter ohne Pause, um uns zum Fest dekorative und kulinarische Hochgenüsse zu bescheren.

Ich hatte für Yvonne zu Weihnachten, wenig originell, ein Buch über Babys und ein kleines Kuscheltier gekauft. Das Geschlecht des Kindes hatte sie sich absichtlich nicht verraten lassen, also besorgte ich einen Ratgeber, der sich speziell an junge Mütter richtete und nicht zwischen Mädchen und Jungen unterschied.

Sie machte mir wieder ein viel zu wertvolles Geschenk: einen Discman, gebraucht zwar, aber in bestem Zustand. „Den hat David für mich aufgetrieben. Damit wird dir das Bahnfahren noch mehr Spaß machen", sagte sie, wie immer strahlend, wenn sie jemanden beschenken konnte. Weil sie wusste, dass ich nur Kassetten besaß, legte sie noch eine aktuelle ‚Bravo Hits'-CD aus ihrer großen Musiksammlung dazu. Ich hörte sie in den Wochen und Monaten danach auf allen Fahrten zwischen Großburgdorf und dem Internat und dachte bei jedem einzelnen Lied an sie.

Ich brachte sie zu all den Orten, von denen ich ihr bislang nur erzählt hatte. Wir liefen zur Scheune, in der Maraun und ich mit

Merlins Handlanger gekämpft und uns schließlich mit ihm verbrüdert hatten. Ich führte sie zum Festplatz, auf dem Merlin und Gabor einst ihre Zelte aufschlugen, auch wenn es zu dieser Jahreszeit nur ein braches Feld war. Dann nahm ich meinem Vater sogar heimlich den Schlüssel ab und zeigte Yvonne unsere ehemaligen Lieblingsplätze in der verlassenen, eiskalten Schule – die Heizung war in den Ferien fast vollständig abgestellt.

Ich hoffte, irgendwo noch ein Relikt von damals zu entdecken, doch ich hatte alles, was ich noch besaß und finden konnte dem großen Maraun geschickt. Vermutlich lag es jetzt auf dem Dachboden seiner Mutter, falls er es überhaupt aufbewahrt hatte.

Am Tag vor Silvester beschlossen wir, einen Spaziergang zum Baggersee zu unternehmen. Die Sonne schien, aber es war sehr kalt, so dass ich hoffte, der See könnte zugefroren sein.

„Er ist zwar bei weitem nicht so groß und so schön wie die Seen bei euch, aber dort kann ich dir von einem Kapitel aus meinem Leben erzählen, von dem du noch nichts weißt", deutete ich an. Die Zeit war reif und das Vertrauen zu ihr so groß, dass ich ihr nun auch von meiner wenig rühmlichen Zeit an der Seite unseres ehemaligen Feindes berichten wollte.

Es war offenbar noch nicht einmal nötig, seinen Namen auszusprechen, sondern es hatte bereits ausgereicht, nur an den Teufel zu denken, um ihm zu begegnen. Auf halbem Weg zum See, hinter dem Hügel mit den Sozialbauwohnungen, saßen Jannik, Martin und ein älterer Junge, den ich nicht kannte auf einer Bank. Noch immer hielten selbst Minusgrade eiskalte Kerle wie sie nicht davon ab, lässig im Freien herumzulungern.

Der Große pfiff bereits von Weitem, als er Yvonne sah. „Der Typ neben ihm ist Jannik Diebel, ich habe dir von ihm erzählt. Lass uns einfach schnell vorbeigehen, in Ordnung?", sagte ich.

Ich grüßte nickend und hoffte, er würde es mir gleichtun und uns mit Sprüchen verschonen, schließlich waren wir eine Zeit lang mal fast so etwas wie Freunde. Doch das war Vergangenheit.

„Na, wen haben wir denn da, den Internats-Bubi in Damenbegleitung! Hast du dir das zu Weihnachten gewünscht, mal ´ne richtige Braut?", äffte er.

Dem dicken Martin fiel der kleine, aber dennoch selbst unter der Winterjacke gut sichtbare Bauch Yvonnes als Erstes auf. „Die hat ja einen Fußball verschluckt!"

Yvonne und ich wollten bereits einfach weitergehen, doch so schnell gab Jannik nicht auf. „Hey, Big Mama, warte Mal! Wir kennen uns irgendwoher. Magst du uns nicht mal vorstellen, Plötzchen?"

„Ich glaube kaum, dass wir uns kennen", sagte Yvonne.

„Jetzt fällt es mir wieder ein, auf einem Foto hab ich dich gesehen. So eine süße Lady vergisst man nicht! Du bist diese schöne Yvonne, die Traumfrau vom verschollenen Maraun, von der dein kleiner Freund immer gefaselt hat. Aber Plötzchen hat dir doch wohl kaum das Baby gemacht, der ist doch impotent!", gab Jannik von sich.

„Und schwul noch dazu", ergänzte Martin.

Alle drei brachen in schallendes Gelächter aus. Ich kämpfte gegen die Tränen und fühlte mich schmerzhaft zurückversetzt in die Zeit vor Marauns Ankunft, als ich noch Freiwild für solche Jungs war. Und ich schämte mich gegenüber Yvonne, auch weil sie nun wusste, dass ich ausgerechnet Jannik von Maraun und ihr erzählt hatte.

„Ich befürchte, da liegt ihr falsch. Komm Schatz, lass uns weiter gehen, sonst wird es unserem Kleinen kalt", sagte sie und ehe ich mich versah, hatte sie mir ein Küsschen auf die Wange gegeben. „Und übrigens, Jannik Diebel, dein Hosenstall ist offen. Das ist gar nicht gut für die Potenz, bei diesen Temperaturen!"

Jetzt lachten nur noch Martin und der Große. Ich wusste nicht, ob ich ebenfalls lachen oder weinen soll.

„Das war echt stark von dir. Trotzdem tut es mir leid, dass du das erleben musstest", sagte ich.

Noch bevor wir am See ankamen, gestand ich ihr alles. Wie nicht anders zu erwarten, hatte sie Verständnis. „Jeder macht Fehler. Dich mit diesen Idioten einzulassen, ihnen gefallen zu wollen und eure Geschichte zu verraten, war sicherlich einer. Aber du warst jung und hast daraus gelernt. Wie könnte ich dir dafür böse sein."

Zurück wählten wir einen anderen Weg.

Den letzten Abend des Jahres verbrachten wir mit meinen Eltern bei Brettspielen, Kartoffelchips und Tischfeuerwerk. Während die meisten in unserem Alter an diesem Tag das neue Jahr ausgelassen feiernd begrüßten, taten wir seit Tagen nichts anderes als in Erinnerungen zu schwelgen – an die Menschen, die uns verlassen hatten und an die Zeit mit ihnen.

Wir dachten, wir würden in der Vergangenheit leben, dabei passierte das Entscheidende in der Gegenwart, genau in diesem Moment: Wir waren zusammen.

68

Nachdem die Weihnachtsferien vorbei waren, rechnete Yvonne fest mit der Rückkehr Marauns. „Jetzt ist überall Winterpause. Es gibt kaum Möglichkeiten, Geld zu verdienen. Und um ohne festen Wohnsitz von Stadt zu Stadt zu ziehen, ist es viel zu kalt", redete sie sich ein. Mit jedem Tag, an dem er nicht kam, wuchsen ihre Sorgen. „Hoffentlich ist ihm nichts zugestoßen!"

Nur selten zeigte sie, dass sie nicht nur besorgt, sondern auch enttäuscht war. Am neunzehnten Februar etwa, ihrem Geburtstag. Es gab keine richtige Feier, obwohl es ihr achtzehnter war. Und ebenfalls keine Glückwünsche oder Nachrichten von Maraun. „Ich weiß ja auch nicht einmal mehr genau, wann er Geburtstag hat und doch habe ich mir so sehr gewünscht, dass er sich ausgerechnet heute bei mir meldet. Albern, nicht wahr?", sagte sie.

Es war bereits Ende Februar, als wir endlich ein Lebenszeichen von ihm erhielten, wenn auch nur indirekt. Mein Cousin David lieferte den entscheidenden Hinweis. In der großen Pause trafen wir ihn zufällig in der Cafeteria. Wie immer, wenn er sie irgendwo sah, konnte David nicht anders, als Yvonne anzusprechen.

„Eigentlich habe ich ja kein Interesse daran, dass er zurückkommt. Aber da er das wahrscheinlich eh nicht tun wird und damit du merkst, dass ich einen guten Charakter habe, will ich dir etwas verraten: Ich habe letztes Wochenende deinen Freund gesehen. In der Stadt. Wir waren am Samstag auf einem Konzert, wollten danach noch was trinken gehen und sind in einer Klitsche beim Hauptbahnhof gelandet. Er hat mich wohl nicht erkannt, aber ich bin mir ganz sicher, dass er es zwar."

„Wie heißt die Kneipe?", fragte Yvonne ungeduldig.

„Bar Chicago. Zwei Straßen hinter…"

„Ich kenne die Bar", unterbrach sie ihn. „Meine Familie hatte eine Wohnung in der Nähe, ich habe viel Zeit in der Gegend verbracht. Du hast nicht mit ihm gesprochen?"

„Nein, er war sehr beschäftigt, hat Karten gespielt mit ein paar anderen. Wirkte so, als wäre er da Stammgast", sagte David.

Ich wusste sofort, was Yvonne vorhatte und versuchte erst gar nicht, sie davon abzuhalten. Wie sollte ich auch begründen, dass ich daran zweifelte, ob es überhaupt richtig war, den großen Maraun zurückzuholen?

Allerdings wollte ich auch nicht, dass sie alleine im rauen Bahnhofsviertel nach ihm suchte und bestand darauf, sie zu begleiten. Obwohl ich eigentlich nicht wie ihr Beschützer, sondern eher wie ihr Schutzbefohlener wirken würde.

Immerhin konnte ich Yvonne überzeugen, noch bis zum nächsten Tag, einem Freitag, mit dem Aufbruch zu warten. Ich rief meine Eltern an und erklärte ihnen wahrheitsgemäß, dass ich ausnahmsweise erst am Samstag anreisen würde, da ich am Abend noch etwas mit Yvonne unternehmen wollte. Was und wo, verriet ich natürlich nicht. Zum Glück schöpften sie keinen Verdacht.

Beim aufsichthabenden Pädagogen hingegen meldeten wir uns für das Wochenende ab, unter dem Vorwand, wir wollten zu Yvonnes Verwandten fahren, so dass niemand uns vermissen würde, wenn wir bis spät in die Nacht fortbleiben würden.

Die Bar Chicago hielt nicht, was ihr klangvoller Name versprach. Es war eine ganz gewöhnliche Kneipe mit lauter Musik, leicht bekleideten Mädchen und finsteren Gestalten, wie es in der Bahnhofsgegend Dutzende gab.

Anders als ich befürchtet hatte, scherte sich niemand um uns, als wir den verrauchten Raum betraten. Obwohl der Abend noch jung war und das Wochenende gerade erst begonnen hatte, bevölkerte bereits eine große Menge überwiegend nicht mehr ganz nüchterner Gäste die Kneipe.

Die vom Rauch vergilbten Vorhänge an den Fenstern waren zugezogen. Als sich unsere Augen nach der hell beleuchteten und mit Neon-Reklamen überfluteten Straße an die schummrige Atmosphäre im Inneren der Kneipe gewöhnt hatten, ließen wir unsere Blicke durch den Raum wandern und stellten schnell fest, dass weder Maraun, noch Merlin dort waren.

Yvonne lief zur Theke und setzte sich auf den einzigen noch freien Hocker an der Außenseite des Tresens. Ich stellte mich zu ihr. Zum Glück war der Mann neben uns, ein kräftiger Kerl in Lederkluft, sehr damit beschäftigt, tief in sein Glas zu blicken, so dass er uns nicht wahrnahm. Die Bedienung hingegen, eine Dame in den Fünfzigern mit rotgefärbter Fönfrisur, entdeckte uns sofort und musterte uns herablassend.

„Was wollt ihr? Schnaps für Schwangere und Kinder kostet extra", sagte sie mit rauchiger Stimme. Yvonnes Bauch war nun selbst im Sitzen und in der dunklen Kneipen nicht mehr zu übersehen. Mein junges Gesicht offenbar leider ebenso wenig.

Yvonne kramte in ihrer Jackentasche und holte ein Foto hervor, das sie und Maraun zeigte. Sie hatten es im Sommer an einem Automaten machen lassen. Es war das einzige Bild, das es von den beiden gab. „Ich suche diesen jungen Mann. Kennen sie ihn?"

„Wenn ja, was habe ich davon, es dir zu erzählen? Sehe ich aus wie Mutter Theresa oder der Moderator von ‚Bitte melde dich'?", krächzte die Kneipendame und wollte sich bereits wieder einem anderen Gast zuwenden, als Yvonne einen Zehner aus ihrer Geldbörse nahm und ihr entgegenstreckte.

„Bitte, beantworten Sie meine Frage, es ist wichtig! Wann und wo haben sie ihn zuletzt gesehen?"

Ohne zu zögern nahm die Tresenfrau den Schein entgegen und stecke ihn in ihr tief ausgeschnittenes Dekolleté. „Vor drei, vielleicht auch vier Tagen war er zuletzt hier", sagte sie.

„Wissen Sie, wo er sich jetzt aufhält oder wer uns das vielleicht sagen könnte?", legte Yvonne nach.

„Das sind jetzt aber gleich zwei neue Fragen." Abwartend hielt die gierige Bedienung ihre Hand auf. Yvonne sah sich genötigt, einen weiteren Zehner locker zu machen.

„Da hinten!", die Bardame deutete mit dem Kopf in die andere Ecke der Kneipe. „Der junge Kerl mit den blonden Haaren und der Kippe im Mundwinkel, das ist ein Kumpel von deinem Freund. Vielleicht weiß der was."

Aus der Nähe sahen wir, dass Marauns vermeintlicher Freund nach mir mit Abstand der jüngste Gast in der Kneipe war. Anders als die meisten an diesem Ort machte er einen nüchternen und hellwachen Eindruck, auch wenn vor ihm auf dem Tisch eine nahezu leere Wodkaflasche stand. Er wirkte nicht älter als achtzehn und vermutlich war es allein der Kredit seiner Jugend, der ihn inmitten all der verbrauchten Gestalten so frisch aussehen ließ, obwohl er rauchte und trank wie sie.

Seine leicht gelockten Haare waren lässig zur Seite frisiert, die Kleidung modisch. Um den Hals trug er eine Kette mit einem goldenen Dollarzeichnen, nicht so groß und protzig wie die der Rapper oder Gangster in Hollywoodfilmen, aber dennoch auffällig.

Vor ihm lagen drei verdeckte Spielkarten, die er rasch hin- und herschob. Um den kleinen Tisch, an dem der junge Mann saß, hatten sich mehrere andere Kneipengäste gedrängt. Wir stellten uns neben eine für die Jahreszeit viel zu dünn angezogene, frivol wirkende Frau, die ebenfalls keinen Sitzplatz mehr ergattert hatte, und beobachteten das seltsame Spiel.

„In der Mitte liegt es, das rote Ass!", rief die Frau neben uns plötzlich und zückte einen Zehner, den sie vor die noch immer verdeckte Karte legte. Der Spieler deckte die Karten links und rechts auf, hervor kamen zwei schwarze Asse. Dann lüftete er die zentral gelegene Karte – und tatsächlich kam ein rotes Herz-Ass zum Vorschein.

Der Junge gab der Frau einen glatten Zwanziger zurück. „Glückwunsch. Aber jetzt mache ich es euch ein bisschen schwerer", sagte er und begann von Neuem, die Karten mit den Fingern zu verschieben.

Aufmerksam schauten wir ihm dabei zu. Auch wenn er sich bemühte, den Weg des roten Asses zu verschleiern, verlor ich die Karte nicht aus den Augen. Als er innehielt, war ich mir sicher, dass sie in der Mitte lag. Umso mehr erstaunte mich das Verhalten eines Mannes mit Glatze, der einen Zwanziger auf die linke Karte setzte.

„Setzt noch jemand darauf? Oder glaubt einer von euch, es besser zu wissen?", rief der Spieler in die Runde. Ich durchkramte bereits mein Portmonee, denn ich war mir sicher, dass sich die Karte wieder in der Mitte befand und hätte so das Geld zurückgewinnen wollen, das Yvonne zuvor der Bardame in den Rachen geworfen hatte. Doch als sie sah, was ich vorhatte, hielt sie mich davon ab.

„Das ist Betrug, mach da bloß nicht mit", flüsterte sie mir ins Ohr. Verunsichert legte ich meine Geldbörse zurück in die Hosentasche.

Natürlich ging der Mann mit der Glatze leer aus. Doch ein anderer am Tisch setzte noch rasch einen Zwanziger auf die Karte in der Mitte – und lag, wie erwartet, richtig. Vorwurfsvoll blickte ich Yvonne an. Das hätte unser Geld sein können!

Wieder bewegte der junge Mann die Karten, diesmal jedoch so schnell, dass ich das gesuchte Ass aus den Augen verlor. Dann unterbrach der Spieler für einen kurzen Moment das Verschieben seiner Karte.

„Rosi", rief er der Bardame nach, als diese gerade am Tisch vorbelief, „bringst du mir bitte noch ein Glas mit Eiswürfeln? Du weißt doch, ich kann warmen Wodka nicht leiden!"

Anders als zuvor war der Glatzkopf nun besonders aufmerksam. Offenbar wollte er sich für seine vorherige Pleite revanchieren. Genau im richtigen Augenblick, als der Spieler mit seiner Bestellung abgelenkt war, gelang es ihm, die rechte Karte anzuheben und sofort wieder umzudrehen. Die wenigen Sekunden hatten jedoch gereicht, dass nahezu jeder am Tisch erkannte, um welche Karte es sich handelte: Es war das rote Ass!

Nur der Spielleiter bekam davon ganz offensichtlich nichts mit, da er sich für einen Moment lang abgewandt hatte, um der Bardame hinterherzurufen.

Prompt setzte der Glatzkopf einen Fünfziger auf die rechte Karte. Überrascht nahm der junge Mann seinen Schein entgegen.

„Da scheint sich ja jemand diesmal ziemlich sicher zu sein. Gibt es andere Tipps, wer macht noch mit?", animierte er die Runde.

Die Frau neben uns zückte einen Schein und drei weitere taten es ihr gleich. Sie mussten es auch gesehen haben, denn alle setzten auf die rechte Karte. Auch mir juckte es in den Fingern, doch ich hielt der Versuchung stand.

Neben der rechten Karte lag nun ein ganzer Haufen an Scheinen, während in dieser Runde niemand auf die anderen beiden gewettet hatte. Der ansonsten so souverän wirkende Spielleiter machte einen verdutzten Eindruck. Ich fragte mich, ob er so viel Geld überhaupt zurückzahlen konnte.

Mit dem Aufdecken ließ er sich Zeit. Zunächst enthüllte er die linke Karte, die, wie erwartet, ein schwarzes Ass zeigte. Doch dann lüftete er gleichzeitig die beiden verbliebenen Karten – und aus mir unerklärlichen Gründen befand sich das rote Ass nicht mehr auf der rechten Seite, sondern in der Mitte! Alle Spieler hatten ihr Geld verloren.

„Das gibt's doch nicht, ich hab's doch genau gesehen!", rief der Glatzkopf. „Betrüger, ich will mein Geld zurück!", schrie ein anderer den Spielleiter an.

„Betrogen habt ihr, nicht ich. Zumindest habt ihr es versucht - und das ist dabei herausgekommen. Nur gerecht, findet ihr nicht? Und jetzt, entschuldigt mich bitte. Einen schönen Abend allerseits", sagte er mit einem verschmitzten Lächeln auf den Lippen, trank einen letzten Schluck Wodka und stand auf.

Die Geprellten waren noch immer zu perplex über den Verlust ihres sicher geglaubten Gewinnes, so dass es zum Glück nicht zu einer Kneipenschlägerei kam. Wir waren die Einzigen, die dem Jungen zur Tür folgten. Als er sah, dass wir ihm auf den Fersen waren und legte einen Schritt zu.

„Wir müssen ihn aufhalten, er ist unsere einzige Chance", sagte Yvonne verzweifelt. „Renne du ihm hinterher, ich warte hier."

Eigentlich widerstrebte es mir, Yvonne alleine in der dubiosen Kneipe zurückzulassen, aber ich tat, was sie mir sagte. Als ich ins Freie trat, war er jedoch bereits wie vom Erdboden verschluckt, untergegangen irgendwo in den Massen der feierwütigen Menschen, die an diesem Freitagabend auf den Straßen des Amüsierviertels unterwegs waren. Ich wusste nicht einmal, in welche Richtung er gegangen war.

69

Resigniert liefen wir zurück zum Hauptbahnhof. „So bekommen wir wenigstens noch problemlos den letzten Zug nach Altenheimbach", versuchte ich vergeblich, Yvonne aufzumuntern, die seit dem Verlassen der Kneipe kein Wort mehr gesagt hatte.

Ich dachte darüber nach, dass ich das alles schon einmal erlebt hatte. Mit dem einzigen Unterschied, dass damals Maraun an meiner Seite und Yvonne die vergebens Gesuchte war. Kam es mir damals noch wie ein Abenteuer vor, so fühlte es sich jetzt an wie ein schlechter Witz, ein übler Streich, den einem das Leben spielte.

„Da ist er!", riss mich Yvonne auf einmal aus meinen Gedanken heraus. Sofort erkannte ich, wen sie meinte. In einem Schnellimbiss in der Bahnhofshalle sahen wir den Jungen, der uns eben noch entwischt war. Er hatte sich gerade eine große Tüte Pommes und ein Dosenbier geholt und stellte sich an einen Stehtisch. Als er uns sah, winkte er uns, aber nicht überrascht, sondern fast so, als habe er uns erwartet.

„Na, habt ihr es euch anders überlegt und wollt doch eine Runde mit mir spielen? Ich bin zwar eigentlich schon im Feierabend, aber für euch mache ich doch gerne eine Ausnahme", sagte er zur Begrüßung, als wir den Imbiss betraten, wobei er ausschließlich Yvonne ansah.

Man merkte, dass Yvonne aus der Erfahrung mit der Bardame gelernt hatte und nichts überstürzen wollte. Außerdem hatte sie bei dem Taschenspielerjungen auch noch einen anderen Trumpf, der bei der Thekenfrau nutzlos war: ihren Charme.

Statt sofort das Foto zu zücken und zur Sache zu kommen, fragte sie freundlich, ob wir uns zu ihm stellen durften und bat mich, ihr auch eine Portion Pommes Frites zu holen, auf die sie in letzter Zeit öfter großen Appetit hatte.

Während ich am Tresen stand, gab sich der junge Mann aufmerksam: Im Stil eines Gentlemans nahm er Yvonne den Mantel ab und holte einen Barhocker für sie herbei. Sie bedankte sich mit einem Lächeln und ich hoffte, dass es nur gespielt war. Den Nachwuchs-Casanova konnte ich spätestens da nicht mehr leiden.

Als ich wieder zu den beiden stieß, hatte uns Yvonne bereits vorgestellt. „Freut mich, dich kennen zu lernen, Yvonne, und dich natürlich auch, Frederik." Er reichte mir die Hand und widerwillig schüttelte ich sie ihm. „Ich heiße Max Müller, besser bekannt als Max Moneymaker. Warum, habt ihr ja schon gesehen."

Genau in diesem Moment betraten zwei weitere bekannte Gesichter die Bahnhofswirtschaft: der Glatzkopf und die Leichtbekleidete aus der Bar Chicago. „Mit so einem Spitznamen und dem entsprechenden Ruf handelt man sich bestimmt nicht nur Freunde ein", sagte ich und deutete auf die Tür.

„Du wirst sehen, die werden mir nichts tun. Sie werden mich nicht einmal ansprechen", antwortete der Moneymaker ohne sich umzudrehen. Tatsächlich machten die beiden keinerlei Anstalten, sich uns zu nähern und suchten sich einen Tisch am anderen Ende des Ladens, obwohl sie den Jungen, der sie in der Kneipe vor wenigen Augenblicken um einige Scheine erleichtert hatte, mit Sicherheit gesehen haben mussten.

„Ich habe mir schon gedacht, dass die Hälfte der Leute am Tisch deine Komplizen waren. Und die beiden warten jetzt, bis wir weg sind, um sich dann ihren Anteil von dir zu holen", sagte Yvonne.

„Du bist gar nicht so schlecht. Hast du mich doch glatt durchschaut. Aber ich dich auch, Yvonne. Das, was du da mit dir rumträgst", er zeigte auf ihren Bauch, „ist wahrscheinlich nicht mal echt, aber trotzdem eine wahre Goldgrube. Und jetzt willst du dir von einem Profi ein paar Tricks holen, wie man mit der ‚Bitte helfen Sie mir, ich bin schwanger'-Nummer richtig gutes Geld verdienen kann. Mein erster Tipp: Du brauchst einen erfahrenen Komplizen. Einen wie mich. Nichts gegen dich, Kumpel, aber…"

Yvonne hatte genug gehört, das freundliche Lächeln war ihr vergangen. „Was bildest du dir eigentlich ein? Mal ganz davon abgesehen, dass es dich nichts angeht, bin ich selbstverständlich keine Simulantin und erst recht keine Gangsterbraut!"

„Na ja, wie man's nimmt. Vielleicht habe ich dich überschätzt, aber dein Freund ist auf jeden Fall ein kleiner Gangster. Also nicht Freddie", er zeigte auf mich, „sondern dieser hier, das ist doch dein Freund, oder?"

Er holte das Foto, das Yvonne und Maraun zeigte, aus seiner Tasche hervor. Zuerst dachten wir beide, er hätte es von Maraun bekommen, denn auch er besaß einen Abzug davon, doch dann bemerkte Yvonne mit einem Griff in ihre Jacke, die über dem Barhocker hing, dass es ihr Foto sein musste. „Du hast mir das Bild gestohlen, als du mir aus dem Mantel geholfen hast!", rief sie fassungslos.

„Gestohlen nicht, hier hast du es schließlich wieder. Ich wollte es mir nur mal ansehen. Also, was wollt ihr von mir?"

Noch immer rang Yvonne um Fassung. Am liebsten, das spürte ich, wäre sie sofort gegangen und es kostete sie große Überwindung, wieder freundlich zu dem Jungen zu sein, der ihr beinahe die einzige auf Papier festgehaltene Erinnerung an ihre große Liebe geraubt hätte.

Doch als sie ihre Frage stellte, war sie wieder da, die Hoffnung in ihrer Stimme, dass alles gut werden würde. Es war ihr unerschütterlicher Glaube, für den ich sie so beneidete, da ich ihn längst verloren hatte.

„Kannst du mir sagen, wo ich ihn finde?"

„Wenn ich das Arschloch wäre, für das du mich hältst, würde ich jetzt kräftig die Hand aufhalten. Aber dann hätte ich auch gleich schon dein Portmonee nehmen können und nicht bloß dein Foto."

„Soll ich mich dafür jetzt bedanken, dass du eine schwangere Frau nicht ausgeraubt hast?", konterte sie.

„Na gut, ich erzähle dir was über deinen Maraun. Siehst du, das geht immer, diese Mitgefühl-Schwangeren-Masche. Schade, dass du wohl zu ehrlich bist, um mit mir damit ein bisschen Geld zu verdienen. Zumal ich leider schlechte Nachrichten habe: Maraun und sein bester Kumpel Merlin, falls du den auch kennen solltest, sind nicht mehr in der Stadt. Sie haben sich das Geld für ein Ticket in den Süden zusammengespart und seit Anfang der Woche hat sie hier niemand mehr gesehen."

„Wohin genau wollten sie?", fragte Yvonne.

„Mailand, Madrid, was weiß ich, irgendwo in den Süden. Die haben nicht viel erzählt. Wobei ich mir schwer vorstellen kann, dass sie sich nur in der Sonne entspannen wollen. Die wirkten so…", er machte eine Pause und schien über die richtigen Worte nachzudenken, „so gehetzt. Ich glaube, sie erhofften sich, da unten irgendetwas oder irgendjemanden zu finden. Vielleicht dachten sie, du wärst da. Also für dich würde ich sofort in den Süden…"

„Haben sie mich jemals erwähnt?", unterbrach Yvonne den Redefluss des Moneymakers.

„Nein, an einen Namen erinnere ich mich nicht. Aber wenn wir uns nach einem erfolgreichen Spieleabend noch die Kante gegeben haben, dann war besonders dein Maraun eine echte Spaßbremse. Je voller er war, um so mehr hat er rumgejammert. Irgendetwas davon, dass er nie mehr zurück könne und alles kaputt gemacht habe. Dabei hat er das doch ganz gut hingekriegt, wenn er das war", sagte er und zeigte auf Yvonnes Bauch. „Das waren schon zwei schräge Typen. Der andere, Merlin, von dem habe ich echt noch was lernen können. Er hatte unglaubliche Tricks drauf, wie man an gutes Geld kommt. Leider hat er so viel gekifft, dass er ab einer gewissen Uhrzeit einfach zu lahm war und man immer Angst haben musste, er läuft den Bullen direkt in die Arme."

„Hat nur Arthur… Ich meine, nur Merlin Drogen genommen?", erkundigte sich Yvonne besorgt.

„Maraun hat auch hin und wieder etwas geraucht, aber weniger. Meistens war er bloß besoffen."

„Und hat er euch auch unterstützt bei euren illegalen Glücksspielen?"

„Beim Zocken war er nicht so geschickt, aber er hatte andere Dinge drauf, war ziemlich stark. Das ist immer nützlich, zum Beispiel, wenn man Geld eintreiben muss oder Leute ihren Einsatz zurückfordern. Er konnte schon ganz gut austeilen, dein Freund!"

Yvonne machte einen beschämten Gesichtsausdruck. Ich spürte, wie unwohl sie sich fühlte. Jetzt, wo wir erfahren mussten, dass Maraun nicht nur ein Ausreißer, sondern auch ein Schläger und Kleinkrimineller war, schien sie aus allen Wolken zu fallen.

„Du weißt wirklich nicht, wohin sie wollten? Denk doch bitte noch mal genau nach!", bat Yvonne den Jungen eindringlich. Dabei spielte es doch ohnehin keine Rolle mehr. Wir konnten den beiden schließlich nicht durch halb Europa folgen – auch wenn Yvonne das vermutlich anders sah.

„Tut mir leid, ich weiß es wirklich nicht. Aber du kannst mir ja mal deine Telefonnummer geben, dann rufe ich dich sofort an, wenn ich etwas höre", sagte er.

Als Yvonne sie tatsächlich auf eine Servierte kritzelte, setze er wieder sein verschmitztes Lächeln auf und mir war klar, dass er nicht nur die Telefonnummern der Mädchen sammelte wie andere Leute Briefmarken.

Mehr konnten wir, das leuchtete auch Yvonne ein, an diesem Abend nicht mehr erreichen. Ich sah auf die Uhr und stellte mit Schrecken fest, dass wir den letzten Zug nach Altenheimbach verpasst hatten. „Er ist vor zwei Minuten abgefahren! Und eine Verbindung nach Großburgdorf gibt es auch nicht mehr, jetzt kommen wir nirgendwo mehr hin", sagte ich mit weinerlicher Stimme. „Was machen wir bloß? Meine Eltern bringen mich um, schließlich denken sie, wir sind im Internat!"

„Ich würde euch ja gerne nach Hause bringen, aber ich spare noch auf meinen Traumwagen. In ein paar Monaten ist es hoffentlich soweit. Dann habe ich meinen 69er Pontiac GTO, den schärfsten Schlitten der Welt. Wenn du bis dahin rausgefunden hast, wo die beiden abgeblieben sind, fahre ich dich sogar da hin. In den Süden abhauen will ich nämlich auch irgendwann. Musst dir dann nur ´nen Babysitter besorgen. Freddie vielleicht", meldete sich Max zu Wort.

„Mir wäre viel mehr geholfen, wenn du uns einen Ort zum Schlafen für heute Nacht vermitteln könntest, da wir hier wohl nicht mehr weg kommen", sagte Yvonne.

„Schwierig. Mit zu mir nehmen kann ich euch leider nicht. Meine Mutter... Ich wohne leider noch zu Hause." Zum ersten

Mal klang er ein wenig verlegen. „Und ansonsten kenne ich nur Schlafplätze von der Sorte, an denen sich Jungs wie Maraun und Merlin herumtreiben. Aber die kann man einer Frau, noch dazu einer schwangeren, nicht zumuten."

Yvonne verabschiedete sich von Max und zog rasch ihre Jacke an, bevor er wieder auf die Idee kam, ihr dabei behilflich zu sein.

„Wenn du auch niemanden in der Stadt kennst, bei dem wir übernachten können, bleibt uns wohl nichts anderes übrig, als meine Eltern zu verständigen", sagte ich.

„Da hätte ich eine bessere Idee. Mein Geld müsste noch für eine Pension reichen. Dann können wir morgen früh zurückfahren, ich ins Internat und du nach Großburgdorf. So kriegen deine Eltern von unserem kleinen Ausflug nichts mit."

Nun war tatsächlich eingetreten, was ich befürchtet hatte: Nicht ich beschützte Yvonne, sondern sie mich. Mit ihrer Idee und ihrem Geld musste sie mich retten, zwar nicht vor finsteren Bahnhofsgestalten, wohl aber vor meinen strengen Eltern. Was für eine Niederlage.

70

In einem spartanisch möblierten, engen Zimmer verbrachten wir den restlichen Abend. Da es nur einen Stuhl gab, saßen wir auf dem Doppelbett. Es roch nach billigem Raumspray. Die Matratze knarzte bei jeder kleinsten Bewegung, doch das war noch das angenehmste Geräusch. Aus dem Nachbarzimmer drang ein rhythmisches Stöhnen und trotz des geschlossenen Fensters war der Lärm der großen Ausfallstraße, an dem die Pension lag, nicht zu überhören.

Ich fühlte mich wie ein elender Verlierer. Ich hatte Yvonne nicht helfen können, die Spur des großen Marauns zu finden. Und nun gelang es mir noch nicht einmal, sie zu trösten. Ja viel mehr machte es den Anschein, als müsste sie mich trösten.

„Es ist nicht deine Schuld, dass wir hier sind", erriet sie meine Gedanken.

„Vielleicht erfährt dieser Max ja noch von irgendjemandem, wo die beiden sind und meldet sich bei uns. Vielleicht hat er sich sogar geirrt und sie sind noch in der Stadt", versuchte ich, von mir abzulenken, obwohl ich selbst nicht mehr an das glaubte, was ich da sagte.

„Ja, das ist möglich. Aber ich weiß gar nicht mehr, ob ich mir das wirklich wünschen soll."

Völlig überrascht sah ich sie an. Nie zuvor in all den Monaten hatte sie etwas Vergleichbares gesagt. Immer war nur die Rede davon, wie sehr sie ihn vermisste und sich wünschte, er würde zurückkehren – und nun war sie sich plötzlich nicht mehr sicher, ob sie das überhaupt wollte?

„Mir ist heute klar geworden, wie wenig ich Jonas eigentlich kannte. Dass mein Bruder irgendwann auf die schiefe Bahn gerät, das habe ich leider schon sehr lange geahnt. Aber dass der große Maraun zu so etwas fähig ist, hätte ich niemals für möglich gehalten."

Es war das erste und einzige Mal, dass Yvonne ihn bei seinem Spitznamen und nicht einfach Jonas nannte. Unter Tränen fuhr sie fort. „Ein davonlaufender, trinkender Kleinganove kann doch kein guter Vater sein."

Zwar wusste ich bis vor unserer Begegnung mit Max nicht, wie tief Maraun wirklich gesunken war. Dennoch sprach Yvonne gerade genau das aus, was ich schon seit Langem dachte und niemals zu sagen gewagt hatte. Doch auch jetzt brachte ich es nicht fertig, ihr zuzustimmen und bezog Stellung für Maraun – vielleicht noch immer aus Loyalität, vielleicht nur, um ihr wieder Hoffnung zu geben, wo längst keine mehr war.

„Aber du weißt doch, dass er eigentlich ganz anders ist. Dass er für dich da war, als es darauf ankam. Er hat dir nichts vorgespielt, das kann er gar nicht. Seine Liebe ist echt. Er hat alles für sie riskiert. Ich kann mir auch nicht erklären, was in ihm vorgeht, aber ich glaube, er hat ein dunkles Geheimnis, das niemand von uns kennt und weswegen ihn niemand verstehen kann."

„Und ich dachte, mir würde es gelingen, sein Geheimnis zu entschlüsseln und seine Wunden zu heilen, doch das war genauso hochmütig wie der Glaube daran, dass er sich meinetwegen ändern und nie mehr davonlaufen würde. All die Hoffnungen, dass er bald wiederkommt, sind nichts als Egoismus und Naivität."

Wieder fühlte ich mich, trotz aller Selbsterkenntnis, die aus ihren Worten sprach, verpflichtet, sie zu beschwichtigen und ihr zu widersprechen. „Du warst vielleicht naiv, aber bestimmt nicht egoistisch. Alles, was du getan hast, ist ihm treu zu bleiben."

„Der Einzige, der wirklich treu ist, bist du", sagte sie. „Ich habe mich viel zu selten bei dir bedankt für alles, was du für mich getan hast. Ich wüsste nicht, was ich ohne dich machen würde, Frederik. Du bist der beste Freund, den ich jemals hatte und der kostbarste, treuste und mutigste Mensch, den ich kenne. Ich habe dich sehr, sehr lieb."

Nun kamen auch mir die Tränen, allerdings vor Rührung. Wir umarmten uns lang und innig. Zum ersten Mal hatte ich dabei kein schlechtes Gewissen Maraun gegenüber. Zum ersten Mal fühlte mich nicht wie sein unwürdiger Platzhalter.

Ich hätte ihr so gerne gesagt, dass sie mir genauso viel und noch mehr bedeutete, doch ich brachte kein Wort hervor. Stattdessen hörte ich nicht mehr auf, sie festzuhalten, so dass aus unserer Umarmung ein zärtliches Anschmiegen wurde. Auch sie machte keine Anstalten, sich daraus zu lösen und so lagen wir viele Minuten, die mir vorkamen wie Stunden, eng umschlungen auf dem klapprigen Pensionsbett.

Ich wollte, dass dieser Moment niemals endete, also sagte ich etwas, das alles für immer veränderte. Nie zuvor, noch nicht einmal auf der Achterbahn, schlug mein Herz schneller als in diesem Moment.

„Ich liebe dich, Yvonne."

Kaum hatte ich es ausgesprochen, wünschte ich, es nicht gesagt zu haben. Ich rechnete damit, dass sie jeden Moment zurückweichen, dass sie peinlich berührt nach Worten suchen würde. Doch das größte Wunder war nicht, dass ich es ihr gestanden hatte. Sondern wie sie reagierte.

Ohne ein Wort zu sagen, nahm sie meine Hand und legte sie auf ihren Bauch. Langsam und zögerlich begann ich, ihn zu streicheln. Plötzlich merkte ich, dass sich etwas darin bewegte. Es war das Baby, das mich durch die Haut hindurch angestupst hatte!

„Hast du es gespürt? Mein Baby und ich, wir lieben dich auch", flüsterte sie.

Langsam näherte sie sich meinem Gesicht. Ich rührte mich nicht und blieb wie versteinert, meine Augen hielt ich genauso verschlossen wie meine Lippen. Gleich würde es einen lauten Knall geben und mich aus diesem Traum reißen, ich war mir ganz sicher.

Sie gab mir einen zarten Kuss auf die Oberlippe. „Du musst dich mal rasieren, das piekt", sagte sie lächelnd. Mittlerweile hatte sich dort tatsächlich auch bei mir ein dünner Flaum gebildet.

„Es ist schon komisch. Während du ein richtiger Mann geworden bist, habe ich die ganze Zeit auf einen großen Jungen gewartet."

Mein Puls schlug noch immer viel zu schnell und die Schmetterlinge in meinem Bauch flogen wie Kamikazepiloten, doch angestachelt von ihren Worten tat ich, was ein Mann tun musste. Nun war ich es, der die Initiative ergriff und einen zweiten Anlauf startete. Ich näherte mich ihren Lippen. Diesmal blieben sie nicht verschlossen.

Zum zweiten Mal in meinem Leben küsste ich ein Mädchen, doch was ich dabei empfand, kannte keinen Vergleich. Vor allem wurde mir schlagartig klar, was für ein riesiger Idiot Maraun war, wenn er vor einer solchen Frau davonlief. Obwohl ich ihm eigentlich dankbar dafür sein musste.

Diesmal benötigte ich keine helfende Mädchenhand, um zu wissen, was ich mit meinen eigenen Händen anzustellen hatte. Ich streichelte Yvonne zunächst über den Rücken und den Bauch, dann über die Schulter und schließlich, wir knutschen noch immer und immer wilder, näherte ich mich ihrer Brust.

Auch sie berührte mich, mit ihren Fingern durchwühlte sie mein Haar und fuhr den Rücken herunter, bis sie die Hände auf meinen Hintern legte. Obwohl wir die kleine Heizung eben erst aufgedreht hatten und die Kälte noch immer durch das schlecht isolierte Fenster in den Raum drang, wurde mir heißer als an einem Hochsommertag in der Sonne.

Dann wanderten ihre Hände langsam vom Hintern auf die

vordere Seite und als sie durch die Hose hindurch auf mein steifes Glied stieß, wich ich unweigerlich und ruckartig zurück. Wieder war ich mir sicher, dass nun spätestens der Moment des bösen Erwachsens gekommen war. Dass wir nun zu weit gegangen waren.

„Entschuldige, aber… Du bist doch… Das Baby…", stotterte ich. In meinen Kopf liefen die Gedanken Amok, ich brachte nichts als wirre Worte hervor und dennoch gelang es Yvonne, mich zu verstehen und zu beruhigen.

„Auch eine schwangere Frau kann sich verlieben und Lust empfinden", sagte sie.

„Ja, aber, was ist mit…?", ich beendete die Frage nicht.

„Ich kenne sein Geheimnis nicht, aber mein Gefühl sagt mir, dass es mit einer anderen Frau zu tun hat. Ich will seinen Namen nie wieder hören."

Ich öffnete den Mund und wollte etwas sagen, doch ich wusste nicht was. Yvonne legte mir ihren Finger auf die Lippen. „Psst… Jetzt sind nur noch du und ich wichtig. Alles andere ist heute Nacht egal", flüsterte sie mir ins Ohr.

Es war ganz anders als in all meinen verdorbenen Fantasien und verbotenen Träumen, in denen ich es niemals gewagt hatte, an sie zu denken. Es hatte nichts Schmutziges oder Perverses. Als unsere Körper sich berührten, hatte ich das Gefühl, nur durch das Verschmelzen mit ihr zu einer sinnvollen, zu einer vollkommenen Einheit zu werden.

Ich weiß, wie lächerlich, ja wie anmaßend der Gedanke war, aber es kam mir vor, als würde ich Yvonnes ungeborenes Kind so auch zu meinem machen.

Sie schlief bereits in meinen Armen, als ich noch immer wach lag und darüber nachdachte, was mir gerade widerfahren war: nichts Geringeres als das größte Glück auf Erden.

71

Als ich aufwachte, lag ich allein im Bett. Es dauerte einen Moment, bis ich realisierte, wo ich mich befand und sicher sein konnte, dass alles, was ich in der Nacht erlebt hatte, Wirklichkeit und kein Traum gewesen war.

Ich stand auf und sah nach Yvonne. Im winzigen Bad unseres Pensionszimmers fand ich sie, über die Kloschüssel gebeugt. Das letzte Mal, dass sie sich schwangerschaftsbedingt übergeben musste, lag bereits Wochen zurück. Und niemals hatte sie dabei so schlimm ausgesehen wie in diesem Moment: Ihr Gesicht war nicht bleich, sondern hatte einen ungesunden, geradezu gelblichen Stich.

„Oh, habe ich dich aufgeweckt? Das wollte ich nicht", sagte sie mit schwacher Stimme. „Mir ist übel und ich habe etwas Bauchschmerzen, weiter nichts."

Ich brachte sie wieder ins Bett, doch es wurde nicht besser. Sie musste sich erneut übergeben und die Schmerzen wurden immer stärker. „Das sind doch nicht etwa die Wehen?", sagte ich. „Unmöglich. Das Baby soll erst in sechzehn Wochen kommen", erwiderte sie, nur noch flüsternd.

„Ich rufe jetzt einen Arzt", sagte ich schließlich. „Selbst wenn es nichts Ernstes ist, dürfen wir kein Risiko eingehen". Sie nickte nur, denn selbst das Sprechen fiel ihr mittlerweile schwer. Wie in der Nacht war ich schweißgebadet, doch diesmal war es die Angst, die sich in meinem Körper ausbreitete wie ein Serum und durch jede Pore nach außen drang.

Während der Fahrt im Krankenwagen hielt ich ihre Hand, fest entschlossen, sie nicht mehr loszulassen. Doch bereits in der Notaufnahme trennten sie uns. „Wir bringen sie auf die Intensivstation. Du musst hier warten. Sollen wir jemanden anrufen, ihre Eltern oder ihren Freund?", sagte die Schwester.

„Ihre Eltern sind tot. Und ihr Freund, das bin ich", dachte ich, doch ich sagte nur „nein".

An das, was danach geschah, erinnere ich mich nur noch wie durch einen Schleier aus Schmerz und Schrecken. Eine Frau im weißen Kittel sagte mir, Yvonne wäre an einem komplizierten, seltenen Syndrom erkrankt.

Stundenlang kämpften die Ärzte um ihr Leben und das ihres ungeborenen Kindes.

Nur einer der beiden gewann den Kampf.

Nach quälend langem Warten kam eine Ärztin auf mich zu

und setzte sich auf den freien Platz neben mich. „Es gab schwerwiegende Komplikationen. Ihre Leberwerte sind abgestürzt, dann setzte ein Multiorganversagen ein. Wir haben sie verloren. Es tut mir leid."

Ich fühlte mich wie in einer schlechten Folge jener Arztserien, die meine Mutter sich so gern ansah. Ich konnte nicht glauben, was die Ärztin mir da sagte. Es musste ein Irrtum, ein Albtraum oder beides sein.

„Das Baby konnten wir retten. Es ist im Brutkasten, aber es wird wohl durchkommen", fuhr die Frau fort, doch ich hörte ihr kaum noch zu, denn langsam begann ich zu realisieren, was geschehen war.

Ich sah zum Fenster und verspürte den Wunsch, es zu öffnen und hinunterzuspringen. Ich wollte schreien und weinen zur gleichen Zeit.

Im Nachhinein würde ich sagen, dass meine ersten Gefühle nicht Wut und auch nicht Trauer waren, sondern Scham und Schuld. Ich fühlte mich verantwortlich für ihren Tod. Ich hatte sie nicht retten, nicht beschützen können.

„Ist sie… Hat es damit zu tun, dass…?", stammelte ich, unfähig den Satz zu beenden. Was ich fragen wollte, war unaussprechlich. Doch ich hatte Glück, denn die Ärztin ahnte, worauf ich hinauswollte und nahm zumindest einen Teil der Schuld von mir.

„Ihr Tod hat nichts damit zu tun, dass sie kurz zuvor noch Geschlechtsverkehr hatte. Wir wissen nicht, warum sie das Syndrom bekommen hat. Du darfst nicht nach dem Grund oder einem Sinn suchen. Für so etwas gibt es keinen", sagte sie.

Wenn der Tod keinen Sinn hatte, wieso sollte das Leben dann noch einen ergeben?

Die einzige Antwort auf diese Frage war ein noch namenloses Kind. Ein winziger Junge. Am Tag seiner Geburt, dem Todestag seiner Mutter und vier Monate bevor man ihn erwartet hatte, wog er keine zwei Pfund und war kaum größer als meine Hand.

Alles, was Yvonne hinterlassen hatte, war ein kleiner, ohne moderne Technik und die Hilfe der Medizin nicht überlebensfähiger Mensch.

Mit der bitteren Endgültigkeit, die nur dem Tod inne wohnt, endete unser Abenteuer ein für alle Mal. Nichts und niemand vermochte mich zu trösten.

Wir hatten Yvonne gemeinsam gesucht und gefunden, wir liebten sie gleichermaßen. Doch der große Maraun hatte sie verlassen. Verloren hatte nur ich sie.

v. Das Geheimnis

72

Es war in den Sommerferien, in einer schwülen Augustnacht etwa ein halbes Jahr nach Yvonnes Tod, als ich durch Zufall das Geheimnis des großen Maraun entschlüsselte.

Im Haus war alles still. Anders als in den vielen Nächten zuvor, war es ausschließlich die Hitze, die mich nicht schlafen ließ. Leise schlich ich mich in den Keller, wo es um ein paar Grad kühler war als in der oberen Etage unseres Hauses. Ich betrachtete meine Modelleisenbahn, die zusehends verstaubte. Seit Monaten hatte ich sie nicht mehr angerührt.

In einer Ecke des Kellers standen noch immer die beiden Umzugskisten, die dem großen Maraun gehörten. Als das Schuljahr vorbei war und meine Eltern mich mit dem Auto abholten, hatte ich sie einfach mit nach Großburgdorf genommen. Damals hatte ich nur einen flüchtigen Blick hineingeworfen und nichts Interessantes entdeckt. Mehr aus Nostalgie denn aus Neugierde öffnete ich sie ein weiteres Mal.

Zwischen Klamotten, Comics, Kassetten und anderen Habseligkeiten fiel mir ein kleines Hausaufgabenheft auf. „Englisch. Jonas Maraun, 8a", stand auf dem Einband. Ich wunderte mich, dass Maraun, für den das Lernen immer eine lästige Nebensächlichkeit gewesen war, ausgerechnet ein Relikt aus der Schule in dem Karton aufbewahrt hatte.

Ich schlug das Heft auf und fand Zusammenstellungen unregelmäßiger Verbformen, Vokabellisten sowie Diktatabschriften, jedoch nur auf den ersten Seiten. Danach hatte Maraun das Büchlein zweckentfremdet. Es handelte sich ganz offensichtlich um ein Tagebuch! Das hatte ich meinem schreibfaulen großen Freund nicht zugetraut.

Die ersten beiden Einträge stammten aus der Zeit unmittelbar nach Marauns Abschied von Großburgdorf und waren, wie das gesamte Tagebuch, in einer Mischung aus halbwegs ordentlicher Schreibschrift und schwer zu entzifferndem, pubertärem Gekritzel verfasst.

Ohne dass ich seine drei Briefe zur Hand hatte, fiel mir sofort auf, dass sie in weiten Teilen wortgleich mit dem waren, was er in sein Tagebuch geschrieben hatte. In seinem ersten Eintrag vom zweiten Mai stand, was er auch mir geschrieben hatte: Dass er in den Hinterhof gegangen war und anstelle von Yvonne nur ein unbekanntes, schwarzhaariges Mädchen dort getroffen hatte, mit dem er kein Wort gewechselt hatte.

Dem ersten Tag an seinem neuen Zuhause widmete er nur wenige Sätze: *Das Heim ist schrecklich. Ein Knirps hat in ein Glas gepinkelt und wollte mich zwingen, es zu trinken. Ich habe ihn ordentlich vermöbelt, dabei wollte ich mich nicht mehr prügeln.*

Danach erfolgten die Einträge in unregelmäßigen Abständen und unterbrochen durch längere Pausen. Außer dem Hinweis, dass er weiterhin jeden Tag in den Hinterhof ging und dabei fast immer schweigend dem anderen Mädchen begegnete, ging es vor allem um das Leben in der Einrichtungen und um Namen, die mir nichts sagten – bis auf einen: Er berichtete davon, wie er sich mit einem anderen Bewohner, einem Jungen namens Joschi, anfreundete, mit dem er auch die Schule besuchte.

Er hat mich beim Grammatik-Test abschreiben lassen. Dafür habe ich ihm Zigaretten besorgt. Ich glaube, ich erzähle ihm demnächst von Yvonne. Vielleicht hat er eine Idee und kann mir helfen. Ich denke noch immer kaum an etwas anderes als an sie, schrieb er kurz von den Sommerferien.

Erst im Herbst, etwa zum Zeitpunkt, in dem mich Marauns zweiter Brief erreichte, tauchte ein entscheidender Hinweis auf:

Auch heute war sie wieder da. Wir haben uns nur kurz angesehen und wortlos zugenickt, wie immer in letzter Zeit. Doch mir ist endlich eingefallen, woher ich sie kenne. Ich bin so ein Idiot! Wieso bin ich nicht früher darauf gekommen? Es muss Jennifer sein, Merlins verschollene Freundin. Vielleicht treffe ich ihn bald, damit ich die beiden zusammenbringen kann. Hoffentlich kann er mir dann einen Hinweis geben, wo seine Schwester abgeblieben ist. Ich halte es nicht mehr lange ohne Yvonne aus. Ich kann mich immer schlechter an sie erinnern. Dabei möchte ich nichts von ihr vergessen.

Im November folgte der nächste Eintrag:

Sie ist genauso verzweifelt wie ich. Trotzdem bringe ich es nicht fertig, sie anzusprechen. Ob sie mich für verrückt hält? Ob sie dasselbe von mir denkt?

Vielleicht sind wir ja wirklich beide verrückt. Sie gefällt mir, auch wenn ich das gar nicht möchte. Und obwohl sie ganz anders ist als Yvonne, gar nicht elegant. Aber trotzdem attraktiv. Sie hat ein rundes Gesicht, schwarzes Haar, einen großen Busen aber eine schlanke Taille. Am Nasenflügel und an der Oberlippe hat sie Piercings. Und sie trägt immer zu große, bunte Kleider, dazu Perlenketten, die aussehen, als wären sie von ihrer Großmutter. Manchmal glaube ich, sie ist völlig bekifft und sieht mich gar nicht. Aber heute haben wir uns lange in die Augen geschaut. Ich muss ihr sagen, wer ich bin und was ich weiß, aber ich traue mich nicht, warum auch immer.

Nur wenige Tage später war der große Maraun über seinen Schatten gesprungen und hatte sie angesprochen. Doch seine Geschichte verriet er ihr noch immer nicht.

Ich las jetzt schneller, da meine Neugierde ins Unermessliche stieg. Detailliert gab er Unterhaltungen mit ihr wieder, über Musik und das Rauchen von Joints, über den Sinn des Lebens und der Suche nach Liebe.

Es war bizarr: Sie hatten es offenbar fertig bekommen, sich bei ihren nachmittäglichen Treffen im Hinterhof über Gott und die Welt unterhalten, ohne dass irgendjemand der beiden es für nötig hielt, den anderen zu fragen, was genau er dort Tag für Tag eigentlich suchte.

Nach einiger Zeit begannen sie dann doch noch, sich über ihre Herkunft zu unterhalten. *Ich habe ihr heute gestanden, dass ich alles verloren habe. Meinen besten Freund, vor allem aber die Spur zu meiner großen Liebe. Und sogar meine Mutter habe ich verloren, an ihre Medikamente und ihre Ärzte. Ich wusste, dass sie mich verstehen würde, denn ihr ist es genauso ergangen. Ihre Mutter ist tot und ihr Vater trinkt. Sie lebt die meiste Zeit bei Freunden. In der Schule ist sie rausgeflogen. Sie ist genauso alt wie ich,* schrieb er am 20. November.

Am Tag darauf, was ungewöhnlich war, folgte bereits der nächste Eintrag: *Ich habe sie angelogen. Heute hat sie mich endlich gefragt, wieso ich jeden Tag in den Hinterhof komme. „Wieso kommst DU jeden Tag hierher?", habe ich nur geantwortet, dabei kenne ich doch den Grund. Aber sie hat nichts gesagt und mich wieder gefragt. „Ich komme hierher, weil du jeden Tag hierher kommst", habe ich dann gesagt. Das ist eine Lüge und doch die Wahrheit.*

Anfang Dezember war es zu einer ersten Annäherung zwischen den beiden gekommen: *Sie sagt, sie muss für ein paar Tage die Stadt verlassen. Sie hat mich gefragt, ob wir uns nicht einmal an einem anderen Ort treffen wollen als draußen in der Kälte auf dieser Bank und ich habe Nein gesagt. Zum Abschied hat sie mich trotzdem umarmt und mich auf die Wange geküsst. Dabei haben wir uns vorher noch nicht einmal die Hand geschüttelt! Ich habe das Gefühl, dass ich sie nie wieder sehen werde und ich weiß nicht, ob es gut ist, dass ich darüber so traurig bin.*

Doch Maraun irrte sich, Jennifer hatte die Wahrheit gesagt und war nach ein paar Tagen wieder da. Und Maraun seine Meinung offenbar geändert:

Als es dunkel wurde, und es wird immer früher dunkel, habe ich sie begleitet, in einen anderen Hinterhof ganz in der Nähe, wo es im Keller einen kleinen illegalen Club gibt. Sie hat mir ihre Freunde vorgestellt. Alle waren nett zu mir. Ohne etwas dafür zu verlangen, haben sie mir zu trinken und zu rauchen angeboten. Ich glaube, ich war ziemlich breit. Ich habe sie geküsst. Wolfgang hat ein Riesentheater gemacht. Jetzt will er mich zwei Tage gar nicht raus lassen. Ich werde trotzdem gehen. Ich habe noch keinen Nachmittag verpasst. Sollen sie mich doch rausschmeißen.

Ein noch schwerwiegenderer Eintrag folgte wenige Tage vor Weihnachten:

Heute habe ich Merlin wiedergetroffen! Er hat einen einsamen Stand am Rand des Weihnachtsmarkts am Rathausplatz, dort wo es zur U-Bahn geht. Einen einfachen Klapptisch, an dem er Passanten mit seinen komischen Karten den „schnellen, 100% treffsicheren Rundum-Zukunftsblick" anbietet, wie er auf ein Pappschild geschrieben hat. Für einen Fünfer. Er sah ziemlich fertig aus und es hat einen ganzen Moment lang gedauert, bis er mich erkannt hat. Es wirkte fast so, als hätte er was genommen.

Ich war trotzdem so froh, ihn zu sehen und habe ihn sofort nach Yvonne gefragt. Doch was erzählt er mir dann? Er hat sich mit ihr und dem Senior zerstritten! Sie haben keinen Kontakt mehr, er weiß noch nicht einmal annähernd, wo sie sein könnten! „Wahrscheinlich haben sie sich ins Ausland abgesetzt, denn es gab einen schlimmen Unfall, mein Vater hat Schulden und wird polizeilich gesucht", hat er nur gesagt. Ich soll Yvonne vergessen, riet er mir.

Ich war so enttäuscht und wütend. Wie kann er so etwas sagen? Wie kann er Yvonne bloß im Stich lassen? Er war doch meine einzige Hoffnung, sie wiederzufinden.

Dann hat er mich gefragt, ob ich vielleicht Jennifer gesehen hätte. Er sucht sie noch immer genauso verzweifelt. Seine Karten würden ihm sagen, sie sei ganz in der Nähe und doch unerreichbar. „Da haben deine Karten wohl recht", habe ich nur gesagt und ihn stehen lassen.

73

Am Tag darauf schrieb Maraun erneut in sein Tagebuch: *Auf dem Weg in den Hof bin ich über den Rathausplatz gefahren. Ich wollte mich bei ihm entschuldigen und ihn mitnehmen, in den Hinterhof zu Jennifer. Doch er war nicht mehr da. Ich habe überall gesucht und dann einen Luftballonverkäufer gefragt, der genau dort stand, wo Maraun gestern noch war. „Den haben sie verscheucht. Der Junge hatte keine Genehmigung", sagte er.*

Als ich in den Hof kam, hat Jennifer schon auf mich gewartet. Ich habe ihr wieder nichts erzählt. Jetzt kann ich es erst recht nicht mehr tun. Sie wird mich hassen. „Ich will heute nicht reden", habe ich gesagt. „Ich verstehe", meinte sie, doch sie versteht gar nichts. Sie liebt ihn immer noch, aber sie mag auch mich und ich glaube, ich sie auch. Ich habe den beiden die Chance genommen, wieder zusammen zu kommen. Und ich habe mein Versprechen gegenüber Merlin gebrochen.

Wir sind wieder in den Keller und haben uns betrunken. Wolfgang sagt, wenn ich so weitermache, kann er mir nicht mehr helfen. Aber mir kann ohnehin niemand helfen. Auch nicht Frederik, obwohl er es gut meint. Ich habe ihm einen letzten Brief geschrieben und ihn gebeten, mich zu vergessen. Er hat einen besseren Freund als mich verdient.

Früher hätte ich spätestens an dieser Stelle angefangen zu weinen, doch nach all der Trauer hatte ich keine Tränen mehr. Ich las dennoch mit zitternder Hand und Gänsehaut weiter.

Über Weihnachten besuchte er seine Mutter in der Klinik, die wohl eher eine dauerhafte Unterbringung als ein gewöhnliches Krankenhaus war. *Sie ist immer noch nicht ganz klar und wird es auch wohl nie mehr werden. Trotzdem wollen sie die Ärzte bald entlassen. Ich möchte nicht zu ihr zurück, aber ich möchte auch nicht mehr im Heim leben müssen.* Mehr schrieb er nicht zu ihr.

Noch in den Ferien traf er sich wieder mit Jennifer, feierte mit ihr Silvester auf der Straße. *Wir reden nicht darüber, aber wir sind wohl jetzt so etwas wie ein Paar. Heute habe ich das erste Mal mit ihr geschlafen, auf einer durchgelegenen Matratze in einem abrissreifen Bürogebäude im Gewerbegebiet. Danach haben wir uns zum ersten Mal nüchtern geküsst. Ich habe noch immer ein schlechtes Gewissen. Alles ist falsch. Abends sind wir in den Fun-Club. Die Musik war grauenhaft monoton. Ich habe zum ersten Mal Ecstasy eingeworfen. Erst dachte ich, ich könnte fliegen, dann dachte ich, ich würde sterben. Ich will es nie wieder nehmen.*

Zum Glück blieb dies tatsächlich seine letzte Drogenbeichte. Ohnehin würden die Einträge rarer, die Abstände dazwischen betrugen zum Teil ganze Monate. Wenn er etwas schrieb, dann entsprach es stets einem ähnlichen Schema: Der raue, eintönige Alltag in der Schule und im Heim auf der einen, die wilden, durchfeierten Nächte mit dem Straßenkind Jennifer auf der anderen Seite. Und dazwischen: Gewissensbisse, Selbsthass und Zweifel.

Jennifer kommt gar nicht mehr in den Hof. Ich treffe sie erst danach im Keller. Auf der Bank bin ich jetzt ganz alleine. Es ist sinnlos, dort zu sein, aber ich habe das Gefühl, dass ich es tun muss, dass ich es Yvonne schuldig bin. Ich wünschte, ich hätte wenigstens ein Foto von ihr, schrieb er im Mai.

Dann kamen die Sommerferien und Marauns Abschied von Heim und Schule. Seine Mutter wurde entlassen, erhielt vom Amt eine kleine Sozialwohnung zugewiesen. *Ich muss mich um alles kümmern, um das Einkaufen, um die Post. Sie geht nicht ans Telefon und kaum aus dem Haus. Es ist noch viel schlimmer geworden als früher. An manchen Tagen bekommt sie es noch nicht einmal hin, das Essen zu machen,* schrieb er Anfang Juli.

Und weiter: *Ich werde nach den Ferien nicht mehr in die Schule zurückkehren, sondern mir Arbeit suchen. Die einzigen, die ich vermisse, sind Susi und Joschi. Die beiden wollen aber sofort nach Joschis achtzehntem Geburtstag abhauen. Sie sparen schon auf ihr Flugticket nach Südamerika, in Joschis alte Heimat. Am liebsten würde ich mitkommen.*

Von Jennifer schrieb er kaum noch. Meistens ging es um Sex und Besäufnisse. Doch dann: *Ein Bekannter von ihr will mir einen Job auf dem Jahrmarkt vermitteln. Vielleicht finde ich dort Verwandte von Yvonne, die wissen, wo sie ist. Endlich ein Lichtblick, ein kleiner Strohhalm, an den ich mich klammere, auch wenn ich gar nicht wüsste, was ich Yvonne überhaupt noch sagen soll, nach allem was passiert ist.*

Auf dem Rummel traf er, kurz bevor ich ihn dort besuchte, tatsächlich jemanden, der ihm von Yvonne erzählte. *Sie soll völlig verarmt leben, an einem geheimen Ort ganz in der Nähe vom alten Familienanwesen, und sich um ihren kranken Vater kümmern. Ich wünschte, ich könnte ihr irgendwie helfen, doch alleine schaffe ich es nicht. Ich werde Jennifer endlich alles erzählen. Vielleicht kann sie mir verzeihen.*

Schon am nächsten Tag versuchte er, sein Vorhaben in die Tat umzusetzen, doch es lief ganz anders als geplant:

Heute wollte ich endlich reinen Tisch machen. Stattdessen ist alles noch viel schlimmer geworden. Aber man kann auch einfach nicht mehr mit Jennifer reden. Sie war schon am Nachmittag high. Das hat mich unglaublich wütend gemacht. Wie viel sie allein für das Gras ausgibt! Und wie selbstverständlich sie das Geld nimmt, das ich meiner Mutter aus der Haushaltskasse klaue! Ohne sie hätte ich doch niemals mit dem Rauchen angefangen.

Ich habe ihr gesagt, sie soll weniger rauchen, doch sie hat nur gelacht. „Ich brauche dein Geld nicht, ich kann mir mein eigenes verdienen", hat sie gesagt. Sie will auf den Strich gehen! Erst dachte ich, sie provoziert mich nur, doch ich befürchte, sie meint es wirklich ernst. „Wenn du das nächste Mal mit mir auf die Matratze springst, denk daran, ich mache es nicht mehr umsonst!"

Da ist es passiert. Mir ist der Kragen geplatzt. „Bin ich froh, dass ich meinem Freund Merlin alias Arthur nichts davon erzählt habe, dass ich dich gefunden habe. So ein Flittchen wie dich hat er nämlich gar nicht verdient."

Obwohl das ja ziemlich eindeutig war, hat sie es erst gar nicht kapiert, so bekifft wie sie war. Da habe ich ihr alles erzählt. Dass Merlin sie immer noch sucht, aber längst genauso verschollen ist wie Yvonne. Und dass ich in den Hinterhof nicht ihretwegen, sondern allein wegen Yvonne gehe.

Dann hat sie ganz fürchterlich angefangen zu heulen. Sie wurde hysterisch und hat um sich geschlagen. „Du bist so ein schlechter Mensch", hat sie gesagt. Erst da habe ich begriffen, was ich angerichtet habe. Auf einmal tat mir alles furchtbar leid. Aber sie wollte meine Entschuldigung nicht hören. Sie ist einfach gegangen. „Ich will dich nie mehr sehen", waren ihre letzten Worte.

Ich bin mir sicher, dass sie daran zu Grunde gehen wird. Niemand weiß das besser als ich, denn so wie sie Merlin liebt, liebe ich Yvonne. Nur um in meinem Unglück nicht alleine zu sein, habe ich sie ihrer einzigen Chance be-

raubt, glücklich zu werden. Ich habe Yvonne gar nicht verdient.

Es gibt nur eine Möglichkeit, wieder gut zu machen, was ich getan habe: Ich muss Merlin wiederfinden und ihn zu ihr bringen. Nur er wird sie retten können. Nur er wird mich retten können. Ich will kein schlechter Mensch sein.

Hektisch blätterte ich weiter, doch es kam kein nächster Eintrag, alle Seiten danach waren weiß.

Auch wenn ich nun sein Geheimnis kannte, hatte der große Maraun wie immer mehr Fragen aufgeworfen als Antworten gegeben. Zu gerne hätte ich seine Gedanken erfahren, zu dem, was im vergangen Sommer passiert war: dem Wiedersehen mit mir und Yvonne, ihre kurze gemeinsame Zeit und unser Neuanfang im Internat, unmöglich gemacht durch die Rückkehr des Zauberers. Doch von all diesen Dingen hatte er nichts mehr geschrieben. Und selbst das, was er aufgeschrieben hatte, war für mich nur schwer zu verstehen. Warum handelte er immer wie ein Getriebener? Weshalb konnte er sich mir nicht anvertrauen, wenn ich doch sein bester Freund war? Vielleicht wäre alles anders gekommen.

74

Die Vögel zwitscherten bereits und durch das Kellerfenster drang das erste Morgenlicht, als ich das Tagebuch aus der Hand legte und mich wieder nach oben schlich. Noch immer schliefen alle. Ich wollte mich auch wieder ins Bett legen, da hörte ich ein Geräusch im Garten.

Durch einen Spalt im Vorhang blickte ich aus der verglasten Terrassentür ins Freie. Neben dem Birnbaum erkannte ich eine Gestalt. Obwohl es noch immer warm war, trug die Person einen langen Mantel. Erst dachte ich, es wäre ein Einbrecher, doch dann sah ich genauer hin.

Es war der große Maraun.

Eine ganze Weile stand ich am Fenster, regungslos, erschrocken und überwältigt vom Schmerz, den seine Erscheinung in mir hervorrief. Dann überwand ich mich, schob den Vorhang bei Seite und öffnete die Terrassentür. Mein Freund hatte mich erkannt und kam auf mich zu.

„Frederik!", rief er, als er kurz vor mir stand, erschreckend laut und mit rauerer, tieferer Stimme als ich sie in Erinnerung hatte.

Ich legte meinen Finger auf die Lippen und deutete ihm an, leiser zu sein, doch es war bereits zu spät. Der Junge war vom Ruf seines Vaters sofort wachgeworden und schrie.

Während wir uns schweigend ansahen, stellte ich mir vor, wie er den kleinen Maraun in seinen Mantel hüllen würde, um mit ihm zu neuen Abenteuern aufzubrechen.